Zhou guo xiang si
Lu guo tong

走过相思 路过痛

夏卿缟 著

光明日报出版社

目 录

CONTENTS

【楔子】

概括起来，不过孽缘一场。

那年夏末的傍晚，林思安又一次经过那条街。

如同所有失恋后怏怏不乐的女人一样，心死了，爱情却还活着，一遍遍回顾孽缘的案发现场，压抑着左胸伴随心跳的抽痛，把曾经的一切悉数融进骨子里。

不同的是她们大多是为了痛过之后的遗忘，而林思安却是为了死皮赖脸地铭记。

她知道自己还没有死心，想想都觉得悲凉。

曾经的咖啡馆已经变成了音像店，那间破旧的书屋也终于重新装点了门面，林思安本想下车过去看看，手才放在车门上，一群刚放学的高中生三三两两地走了过来，那股扑面而来的青春朝气让她停住了接下来的动作。

世间万千故事，大半讲的皆是男女情深意长，而她自己的那段刻骨铭心的记忆，回想起来也不过是在岁月如花的年纪，碰到了某个白衣少年，名字融进了血肉里，然后莫名其妙地分离。在旁人眼里，恐怕也只是茶余饭后的调侃谈资而已。

那是 2006 年的某个傍晚，陆之然离开她的第二年，她回到两人无数次经过的那条街，心痛依旧。

时值夏末，秋未至。

【卷一】

孽缘还是良缘，不是你说了算

第一章

母亲的电话再一次驾临，林思安无奈地接起，那边的吩咐显然已是最后通牒，“我不想再看到你第四次爽约，反正我和你爸爸已经决定跟顾家舍了老脸了，你今天如果还是不愿来，那我们就一直等下去。”

林思安一下软了声音，“妈，都什么年代了，您还逼着我相亲？您不是主张自由恋爱的吗？”

“那你倒是看看你自己挑了个什么样的货色……”

林思安不敢再争辩，想可怜可怜自己。

林母放软了语气，“思安，你要明白，顾嘉臣无论家世、人品都比那个陆之然强百倍，何况以我们家的情况，和顾家结亲确实是高攀，难得你顾伯伯那么喜欢你……”

林思安忽然就想到很久以前的某一天，她和陆之然悄悄出去约会，边上还跟着来凑热闹的颜唱唱。路过报亭的时候，听到她指着一本杂志大叫：“哇，这顾氏小开长得还真帅！”而自己好像正和陆之然赌气，便上前唯恐天下不乱地说，“是啊，能嫁给这样的男人，这辈子也值了。”活似要把这顾嘉臣吹成神仙。

陆之然那头驴气上加气，冷着脸大步往前走。林思安看得好玩儿，便跟上去，一边走一边说：“嫉妒了吧，嫉妒了吧，我告诉你，一个好女人就跟传家宝一样，必须得到加倍的珍惜，比如说我！一个没什么优点只有运气不错的男人是不能得了便宜还卖乖的，必须时刻心怀感激，比如说你！听懂了没！”

陆之然猛地停下脚步，侧过脸看了她足足三秒钟，再迈开腿的时候已是步步生风。

林思安在后面气得直跳脚，被颜唱唱一推，才反应过来，大叫一声坐在地上。

前面的帅哥冷淡地甩了一句，“快起来，别再装了。”

颜唱唱影后上身，即兴发挥得几乎以假乱真，“你个死没良心的！今儿早上安安身体就不舒服，你还气她。”

陆之然这才将信将疑地挪了过来，拉着林思安的手小声问：“没事吧？”

林思安怕笑场，一直低着头，只有肩膀微微颤动。

陆之然就开始着急，蹲下身说："哪儿疼？别怕别怕，跟我说……"

话音未落，已被那非专业演员扑进怀里，"帅哥，你这么担心我，是不是对我有意思啊？别老拉着一张脸，无论你装不装酷，我都喜欢你。"

陆之然颇有些无奈。

颜唱唱只顾着笑，"哟，现在不说要嫁顾小开啦？"

林思安点头，"嗯，这个还有待考虑。"眼见陆之然皱眉，便又开始死抱着他不撒手，"骗你呢小气鬼，不许生气。"

陆之然弹了下她的脑门，忽然肉麻起来，"我老是被你骗到，是因为我真的担心你。"

那一刻，林思安忽然就听不到耳边的车水马龙，只记得陆之然清澈坚定的目光，温柔得难以抗拒。

即使到了物是人非的今天，她依然可以描摹出他当日的情深似海，自己的心如撞鹿。

很多记忆，回想起来就如同经历了一场浩劫一般。

"思安，妈妈只是不希望你再受伤，陆之然并非良人，你不要再执迷不悟了。"

林思安漠然打断，"我会去的。您放心吧。"

远处霞光万丈，已是黄昏将尽。

即使在路上做足了思想准备，林思安见到顾嘉臣的时候还是不免感叹。

这世上真有这样一种男人，生来便是为了诠释何谓"完美"的。

他并非盛装出席，甚至因天热脱下了西装外套，只着简单的白衬衫，袖子也挽到手肘处，随性却满身风流。

修眉斜飞入鬓，鼻梁挺直，白皙的肤色带着贵族般的矜持，最令人难忘的还是那双眸子，狭长精致，初时笑意盎然，细看却又如四月初融的河水，清冷无波。

他望过来的时候，林思安只想到四个字——芝兰玉树。

"哎哟，思安，怎么现在才到啊？你顾伯伯和顾伯母都等急了。"林母迎上来，打量了一番，小声道，"怎么素着张脸就来了，顾家那孩子眼光高，你又不是不知道。"

林思安勉强笑了笑。

顾太太倒是非常热情，忙把林思安推到顾嘉臣的座位旁，拉椅子，倒茶水，动作一气呵成，末了还拢了拢林思安的头发，笑道："早听说林家的姑娘漂亮，今天总算见着了，瞧瞧这眉这眼，活生生是会说话的。"

林思安不好拒绝，只能僵硬地受着。顾嘉臣的生母早年病逝，这个女人是顾父近年娶的，看上去比林思安大不了几岁，这顾家父子的风流倒真是一脉相承。

那位真正的顾太太是B城出了名的闺秀，即使结婚之后也不大爱出门，林思安有幸见过几次，倒不觉得有多貌美，但那气质及韵味却是远胜眼前这位的。转念一想，能从顾父的万千后宫中爬上正室的位置，手腕不可小觑，想必并非花瓶。

林思安尊敬任何有本事的人，尤其是女人，此刻称她一声堂堂正正的"顾阿姨"。

顾父道："孩子，怎么这么久都不来看顾叔叔啊？叔叔请客吃饭，三请四请地你也不愿意来？"

林思安这才真正笑开，"就是怕您生我的气，所以才不敢来见您啊。"

顾父顾停方和林父是医大同学，后来弃医从商，接手家族产业，几次心脏病发作，都是被林父救回性命，也因此两家人的关系一直比较亲厚。

"哈哈，你这鬼丫头，我知道，你其实是看不上我们嘉臣。"

林思安向右望了一眼，正撞上顾嘉臣的眼神，满满都是欣赏，不带一丝失礼地打量，被发现也只是客气地一颔首，不着痕迹地移开了目光。

于是便换做林思安死瞅着不放，想的念的仍是另一个人的名字，陆之然啊陆之然，我若真的嫁给顾嘉臣，你会不会哭着来抱我大腿求我原谅你？

"我们思安就是太单纯，被人骗了还不知道放手，怎能不叫人担心。"林母一张嘴就是满口的抱怨，仿佛已经对林思安爱恨不能。

林思安抬眼，刚想说话便被林父的一声叹息给堵了回去。

林父向来都是一个沉默的人，总喜欢窝在办公室和家里看医书，听到别人叫一声"林院长"便很开心，这样一个简单而严肃的人，却愿意多次参加女儿的相亲宴，林思安想想便觉得辛酸。

恰巧服务员鱼贯而入，摆了一大桌子的菜肴，精致悦目。

林思安想了想，还是决定等一会儿再说让人倒胃口的话。

顾停方动了第一筷，"孩子们的事，我们做父母的也急不来。思安，今天顾叔叔就是想你了，单纯地想请你吃顿饭，没有其他目的，你别有压力。老林啊，咱们喝一杯，让他们自己聊吧。"

于是开始了一场看似美满的欢宴，在所难免的，顾父和林父说起了当年的他和她，两位太太则聊起了最新的时尚美容，间或调侃一下李太和王太的家长里短。

两位主角坐在一起，无言以对，林思安和眼前的鱼头面面相觑，顾嘉臣无聊地转着茶杯。

林思安很奇怪，以顾嘉臣的社交手腕，应该轻而易举便能哄得女人飘飘欲仙，亏她还煞有介事地构建好心理防线，竟是自作多情。

这场面莫名其妙地激发了林思安的好胜心，你不说，我也不说，耗着吧，到时间就回家。

顾嘉臣对林思安不时瞥过来的眼神照单全收，冷不防夹了一筷子鱼放在她碗里。

林思安不明所以，有些晕，一时间就一个想法，这妖孽长了一双漂亮的手。

顾嘉臣终了开了金口，说了今天的第一句话，“手不方便吧？我看你瞅它半天了，我帮你夹。”

林思安憋着没说话，做足了优雅的姿态，和顾小开面对面，一时被他俊俏精致的脸吸引得有些移不开视线。

“你用的什么香水？好……特别。双黄连？”

林思安笑道：“我是医生。儿科的。”

顾嘉臣的目光温柔得像羽毛，“你笑起来很漂亮。”海妖一样的声音。

每个女生或多或少都会听到这样的赞美，可这句话有时却是别有意味，通常这是一种标志——我要开始泡你了。

这一点林思安也颇有经验，“你想跟我借钱吗？”问得是百转千回。

顾嘉臣一笑，“我能知道你平时的爱好吗？”

“我的爱好很广泛。”

“比如呢？”

“相亲。”

“……我记得你好像才二十四岁吧。”

“我妈妈在我十八岁的时候就已经有了危机感。我能知道你多大吗？”

“你看呢？”

“这难度有点儿大。”

“你好像不太喜欢我。”

林思安终于正视他，轻轻地说：“你刚刚发现的吗？”

顾嘉臣是个被女人宠坏了的男人，被人这么不留情面地拒绝还是头一回。林思安确实漂亮，但对于见多识广的顾少来说，也算不得过目难忘。她弯眉明眸，下颌尖尖，却不施粉黛，眼神也是难得的清澈，白瞎了狐狸精般的容貌。

这类女人，往往是最让顾少动心，却最不敢碰的。

顾嘉臣不知道该前进还是撤退，一时犹豫不决，世交家的女儿，还是相亲对象，多尴尬的身份。

林思安看大家都吃得差不多了，便站起身，正应了“母女连心”，林母几乎是一瞬间就明白女儿的意图，眼神又差点变成凶神恶煞。

“顾叔叔，顾阿姨，我一时还没有结婚的打算，也自认配不上顾先生，所以还是不要浪费大家的时间了。我们不合适的。”

四个长辈脸色迥异，最淡定的竟是顾嘉臣。

林思安俯身在他耳边说：“我们医院的女同事都是你的粉丝，很喜欢在八卦杂志上关注你的消息，她们都说，你新换的这个女朋友可比上次那个女明星难看多了。”

顾少果然是没皮没脸的典范，“我会考虑你们的意见。”

林思安点点头，目光像机关枪似的在他脸上扫了一圈，颜唱唱吩咐过，如果可能，要把他的睫毛也数清楚。

出了饭店，林思安觉得空气清新了许多，去车库的路上听到有人叫自己，回头一看，立刻加快了脚步。

顾嘉臣一把拉住她，“不能给我留个电话吗？”

林思安问了个极傻的问题，“你要我电话做什么？”

顾少竟也好脾气地解答了，“约你出来吃饭、逛街、看电影，我想和你交个朋友。”

林思安以为自己的意思已经表达得很明确了，奈何顾嘉臣是个装糊涂的高手，林思安输就输在开不了口说狠话，决定动之以情，“我想我们之间可能有些误会，您是头一次被女人拒绝吧？不甘心？气不过？想扳回一局？何必呢，我的生活已经一塌糊涂了，顾少您就别给我添乱了，这种事真的不兴父母之命的。”

顾嘉臣仍是笑得风流倜傥，连灯光都很配合，将他烘托得如同神祇，“林思安，你怕对我动心。”

那眼神带电一样深邃，直接把林思安看晕菜了，眼下左没有陆之然，右没有颜唱唱，林思安对其光明正大的耍流氓有些招架不住，索性大方承认，“没错，你猜对了，顾少不用再拿我试验你的魅力了，我一定完败。我遇到的男人不多，不想这么快就碰上第二个不值得爱的。”

“你的事我听说了一些……”

“那就求你可怜可怜我。”

顾嘉臣含笑点头，“电话给我。”

林思安有些崩溃，转手给了他医院小刘的电话，那丫头对他已然崇拜成疯。

顾嘉臣竟还不忍心放过她，“我送你回家。”

“这不是你的任务吧？再说我自己开车来的。”

“我爸妈不放心你。”

“我爸妈都没不放心。真不用了，要不你把车钥匙给我，我开你的车回去？顾少的副驾驶坐过不少女人，但驾驶席一定没坐过几个吧？”

没想到顾嘉臣竟真的交出了钥匙，“你送我回去也可以啊。”

林思安直接说了句再见。

顾嘉臣在原地笑了笑。其实早在两个月前，林思安第一次拒绝那个所谓的相亲宴之后，他就去了林家的医院，本以为会见到一个自命清高的女人，也想试试她会在自己的诱惑下能坚持几个回合，没想到见到林思安之后，已是千帆过尽的顾少却连面都不敢露。

那时林思安正在哄一个小孩子吃药，一身白衣，浑身上下的那份干净对顾嘉臣来说是致命的诱惑。

那一刻，他真的不知道自己的胜算有多少，这样的女人恐怕最不屑的就是纨绔公子，何况她还有个难忘的旧情人。

而今天，顾嘉臣见识到了小猫的利爪，似乎还被挠上了瘾。

大名鼎鼎的顾少从来都是一个自私的人，他享受追女人的过程，会无微不至到让她们忘乎所以，然而没有人知道顾少何时会生厌，他的撤退就和进攻一样让人措手不及。顾少的爱极其廉价，却被许多女人蜂拥争抢，久而久之，这样的男人在感情上，便不会再顾及旁人的感受。

此时此刻，顾嘉臣只知道，他对林思安有兴趣，并且非常浓厚。

林宅位于 B 城的富人区一带，精致的二层别墅，出入往来尽是名流，神态上的矜贵总是带着几分违和感。

林母的社交便大多集中在这里，无论购物美容还是游泳健身，一应俱全，闲来无事便和几位太太打麻将，那样的生活几乎让林思安毛骨悚然。

她敬谢不敏，也恐惧二十年后自己会变成那样，这便是她和林母本质上的区别。

林母当年也是名门闺秀，是比林思安更为标准的活教材，听从父母之命嫁入世代行医的林家，感情上一直不温不火。她总是教育林思安，一个女人最大的成功就是一辈子过着锦衣玉食的生活，若非林父阻止，她甚至希望林思安不要出门工作，以自己为榜样，等到适婚年龄，就踏踏实实嫁给一个可靠的男人。

林母所有的精明强干都用来教育女儿，可林思安在很小的时候就发现自己和母亲的价值观有着明显的偏差，这对两个需要交流的女人来说是极为可怕的一件事。

陈阿姨给林思安开了门，“太太刚才还来过电话，问你到家了没有，今天相亲还顺利吗？我怎么听太太语气不太好。”

陈阿姨算是林母的陪嫁丫头，比林思安在林家的日子都长，林思安一直很尊敬她。

“我不仅当面拒绝了顾嘉臣，让他颜面扫地，还中途落跑，我妈能开心才怪呢。”

“哈，你看太太回来怎么收拾你。”

林思安想了想，还是溜上楼，“他们回来您就说我睡了，谁要是想进我屋您就拦着点儿。”突然又回头问，“哎，您说是不是所有的大家闺秀啊，名门淑女什么的，老了都跟我妈似的？”

陈阿姨泡上一壶茶，“太太应该是个典型。”

林思安笑着回了房，才关上门，颜唱唱的电话就来了。

“美人，今天相亲结果如何啊，给我重播一下？”

“我狠狠地打击了你梦中情人的自尊心，他哭着抱我大腿求我，我都没回一下头。”

颜唱唱痛心疾首地说：“想到顾嘉臣那张小脸我就心疼……”

林思安深谋远虑道：“要不你甩了唐健康，我把顾嘉臣介绍给你。”

“哎呀，你又不是不知道，唐健康离不开我啊，我一说分手他就一会儿上吊一会儿割腕的，那我不是罪过大了。”

“明白了，这些话我会原封不动地转告他。”

“喂喂，你一林妹妹什么时候还干起特务的工作来了？”

颜唱唱比林思安小一岁，两人的交情隔着肚皮时就已经建立起来，那时候才一岁的小思安最喜欢一动不动地趴在颜母的肚子上，与里面的小家伙交流。

颜母怀孕时的种种症状都显示肚子里的会是个男孩，两家本来连娃娃亲都定好了，结果颜唱唱惊天霹雳地一出生便浇灭了所有人的希望。

只有长大后的林思安暗暗庆幸，她常和颜唱唱开玩笑，说她实际上就是一畸形产物，窈窕玲珑的身体里藏着一个钢铁男人的灵魂。小时候，她最喜欢踢足球和打篮球，其次是欺负男生，把人家的笔一根一根地扔到窗外，就留一盒铅。长大一点儿，她就开始疯狂地迷恋跆拳道和空手道，她成黑带的时候，林思安还在批改收到的情书里的错别字。

这样一个女生，林思安总是很疑惑她究竟会爱男人还是女人，后来遇到唐健康，林思安松一口气的同时，也决定要一辈子和颜唱唱布好防线，瓮中捉鳖，誓死不能放走自投罗网的唐小帅。

"安安，你老实和我说，你是不是还没忘了陆之然？"

林思安面不改色地说："怎么会，都两年多了。弃我去者，昨日之日不可留啊。"

"可惜陆之然那家伙是属耗子的，他在你心里打了个洞。"

"哇，颜姑娘，这不是你的台词吧，吓死我了。"

"你少转移话题，你应该比我清楚，陆之然爱的人一直都是季佳安。"

林思安几乎歇斯底里，"颜唱唱你胡说！"

那边安静了很久才有声音，"这是陆之然自己告诉你的吧？这两年来我和你有意无意地碰见过他多少次？哪次他身边没跟着那小安妹妹？不要再骗自己了，你该和他断了。"

林思安有些委屈，仰起头轻声说："他们没在一起，我能感觉得到。"

"林思安，你再这么自欺欺人下去就是犯贱明白吗？你因为他出车祸，昏迷住院的时候，他来看过你吗？给你打过一次电话吗？"

"那件事一定有误会。"

颜唱唱断然挂了电话。

窗外月朗星稀，华灯流萤。

林思安惆怅而不甘，她爱陆之然，即使在他们分手很久之后的今天，依然难以忘情。她相信曾经和陆之然相处的点点滴滴彼此定是真心，只是为什么这个收场如此血肉模糊呢？

她很想再给自己一个机会，哪怕不计代价。

找到那个从未删过的号码，林思安忐忑且卑微地拨了过去，就算听听他的声音也好。

一声、两声、三声……直到冰冷的女声开始重复一句话。

林思安关了机。

腮边一阵冰凉。颜唱唱真是一语成谶，她果然是在自甘下贱。

第二章

林思安向来都是一个很有主见的人，她漂亮骄傲，精灵古怪，还有些淡漠的神秘感，所以身边总是蜂拥着不少男生。

小时候她也缺德过，若即若离地逗弄那些喜欢自己的小男孩，看他们为自己脸红心跳，争风吃醋。男生爱讨好她，女生爱亲近她，林思安的脾气都是被人众星拱月给惯出来的。

直到遇到陆之然。尽管林思安不愿承认，可事实确实是她先示好，先表白，就连第一次接吻都是她主动的。林思安总是安慰自己，陆之然就是长了一张姥姥死了都不会哭的铁板脸，外加一天不愿说三句话以上的闷骚性格，再说自己好歹也比他大两岁，主动一点儿是应该的，想赶那姐弟恋的时髦，就得多付出点儿代价。

每一次吵架，几乎都是林思安先认错，她为了陆之然放弃了自己很多原则，学会忍让，学会释怀，学会得过且过，一边疼一边学，拔掉了身上的刺，死扎在陆之然怀里不松手。

现在就连林思安自己揽镜自照的时候都有些不认识自己了，曾经的她锋芒毕露，眸若波中翠，香腮映浅梅，仿佛眼睫毛都带着些年轻气盛。如今镜中这个苍白似鬼的女孩是谁？游魂一样，眼睛里只剩一摊死水。这变化究竟是在和陆之然分手之后，还是在他们相爱之时？自己也记不清了。

很多时候她都在想，那么相爱的曾经，也许只是自己杜撰出来的幻觉，其实从来痴狂认真的都只有自己，镜头的另一边则是陆之然的冷眼旁观。

这想法总是让她深深地体会到什么是肝肠寸断。

她宁愿去回忆他们的相遇，还有相识，其中的戏剧性让林思安觉得这一切都是命运设好的一个圈套，来等着她自投罗网。

那年林思安上大二，模样清纯，在医大搅乱一池春水。某天失恋的颜唱唱拉她去喝酒，初出茅庐的两人不知社会凶险，不觉间走进了一条酒吧街，随便选了一家闯进去，命运的转轮就开始玩命地转。

一整晚颜唱唱都在哭诉，空酒瓶越来越多，而林思安则一直在注视着台上弹吉他的男生，那似乎是一个乐队，主唱是个女孩。

林思安是学医的，总有些怪癖，她喜欢观察男生的手，太粗糙自然不行，太莹润又显得娘娘腔，那人则是恰到好处，手指修长，骨节精巧。

灯光下，男生精致的五官如同细心描摹的工笔画，却冷漠得难以亲近，即使身在舞台，也尽是神游天外般地漫不经心。

眼波一扫，滑向台下的林思安，在那疑似对视的几秒钟内，林思安的心脏几乎要飞了出来。

她不知道这算不算是一见钟情，自己在第一眼看到这个男生的时候，便再也移不开目光。林思安隐约意识到，自己生命中的某些印记，一定会由这个男生亲手打下。

等她终于回过神，忽然发现原本在身边的颜唱唱不见了。

林思安找遍整个酒吧，光是厕所就看了三遍，后来开始沿着整条街慢慢地找，依然不见其踪影。林思安慌了神，就算颜唱唱是武功高强的女侠，如今烂醉如泥能去哪儿呢？心里忍不住出现种种糟糕的幻想，什么强奸案啊，分尸案啊，被拐卖到偏远山村当童养媳啊……越想越忍不住抽自己嘴巴，怎么连个大活人都看不住呢？唱唱要是出了什么事，她林思安就是以死谢罪也无济于事了。

正无头苍蝇似的乱转，林思安忽然被一群人拦住。

有种流氓是光看穿着就能看出来的，那黄毛一开口就是色狼专用语，“美女，跟我们去喝一杯吧。”

林思安转身欲走，却被堵住去路，只好回头无力地说：“对不起，我不会喝酒。”

显然这帮人是惯犯，已经试图勾肩搭背，“没关系啊，我们教你。”

林思安被那只手碰得几乎尖叫，既担心自己又担心颜唱唱，一把推开黄毛就想跑，结果反让他拉进怀里，“我们不是坏人，别怕啊。”

林思安觉得自己不能输了气势，抬头直视黄毛的眼睛，“我爸爸是警察。”

“这么巧啊？我爸爸也是。”

林思安几乎吐血，忽然一道声音传来，“我妹妹不想去，放开她。”

男生走出阴影，目光淡漠而清冽，一点儿都不像是在见义勇为。

黄毛愣了下，看看男生，又看看林思安，“你们认识？”

男生点点头，“她是我一朋友的妹妹，你们别欺负她。”

黄毛悻悻地松了手，临走时还嬉皮笑脸地问道：“哎，你爸爸叫什么呀？说不定还认识我爸呢。”

林思安都懒得理他。

男生似乎刚下台，背着一把吉他，漠然地看着她，“他们其实没有恶意，只是想和你交个朋友，不敢对你怎么样的。”

林思安差点又要忘记颜唱唱的安危，暗骂自己没人性，想起这个男生或多或少也算是罪魁祸首，便说：“你在这一带比较熟，能不能帮我找一个人？”

林思安不知道自己当时是不是眼波含情，声音发嗲，那男生竟没有拒绝。

后来他们终于找到了颜唱唱，她正醉醺醺地哭闹着，和一个男人纠缠不清，怎么看都像正被企图非礼。

没等他们过去帮忙，颜唱唱已经一个过肩摔把他狠狠地放倒在地。

那个男人正是唐健康，这一役，就是他们的定情一摔。

林思安一把抱住颜唱唱，几乎热泪盈眶，谁能体会到她那种找到失散女儿般的辛酸。

躺在地上的男人挣扎着爬了起来，模样清俊，看起来竟像是松了一口气，“你们认识她？太好了，这位小姐喝醉了，刚才死抱着我不撒手，我还不知道该怎么办呢。”

原来这才是受害者，先是被非礼，然后又横遭一摔。

林思安顾不上安慰弱者，刚要和男生道谢，身后有人喊：“之然！你怎么在这里啊，我都找你好久了。”

是那个唱歌的女孩，面上三分娇嗔，更添俏丽。

男生望着她，眼睛温柔得像一汪春水，叫了一声“小安”。

林思安觉得有种酸涩憋在嗓子里，这一刻她是如此嫉妒这个女孩。

然后他听到男生淡漠的嗓音，对自己说：“我叫陆之然。”

林思安就像被圣诞礼物砸晕了的小孩子，“你……你好。”

后来她常想，自己在陆之然面前的弱势，也许一开始就已经注定。

那天之后，林思安经常拉着颜唱唱去那间酒吧，和调酒师、服务生打听陆之然的一切，知道他的星座、血型、手机号还有家庭住址，知道他和主唱季佳安只是邻居不是恋人，知道他今年其实才十八岁。听到这里的时候，林思安觉得使命感倍增，自己好歹是一名医大学生，应该辅导辅导失足少年，结果这样的奢望在知道陆之然科科全优的成绩时全部破灭。

陆之然并非每天登台，没有演出时也会当服务生，林思安就专门找他点单，还会给好多小费。她的醉翁之意已是昭然若揭，所有人都喜欢开她和陆之然的玩笑，林思安丝毫不会觉得不好意思，她的所有羞耻之心已然泯灭。

只除了季佳安。就连颜唱唱都能感觉到她的敌意。

于是他们三个人的爱恨情仇被改编成了无数版本，有人甚至希望两位女生舍弃男主角，然后成为一对神雕拉拉。

陆之然倒是平静得很，林思安来与不来都不见他有丝毫异常，其他人的痴心对他来说仿佛还不如一支香烟的消遣。

林思安按捺不住，她甚至不确定陆之然是否记得自己的名字。某一天她终于鼓起勇气，在他们演出完之后奋勇出击，“你今晚有空吗?”

问得看似漫不经心，只有林思安知道自己紧张得几乎舌头抽筋。

大家好像都在忙，却又都留了一只眼睛看热闹，从不离开陆之然身边的季佳安自然也在。

陆之然望着林思安，他的眼神总是带着一种令人难以捉摸的冷漠，这样的人通常会把自己保护得好好的，“我今晚要和小安早点回家。”

林思安大方地点点头，“这样啊，那算了，下次吧。”然后一步步走回颜唱唱身边。

季佳安没有说一句话，甚至没有看他一眼，便让陆之然明明确确地拒绝了自己。

这一局，她完败。

林思安从没受过这种待遇，从没。她觉得自己没有丝毫胜算。

颜唱唱和她抱头假哭，“哎哟，咱们林妹妹好不容易动了回真感情，却碰上这么一块铁板，让人情何以堪啊。”

林思安轻声说：“陆之然不是铁板，他是一块冰，我不知道他什么时候才肯为我化开一点儿。”

“要不咱也玩回欲擒故纵吧。”

林思安一个月没去酒吧，她觉得自己不能太上赶着，负心人都是被惯出来的，何况他们现在连一点儿奸情的苗头都还没有。

后来实在忍不住了，也认为时机成熟了，她便拉着颜唱唱上门踢馆。

结果陆之然看到她连眼睛都没眨，停了两秒就收回了目光。

林思安的情绪一落千丈。颜唱唱傻乎乎地安慰她，“哎，你不觉得他看你的眼神别有意味吗？”

“他看每个路人甲都是这样。”

陆之然来点单，颜唱唱照例点了两杯果汁。

林思安猛地抢过酒水单，直接越过饮料，挑了度数最高的洋酒，一点就是一整瓶。

颜唱唱有些吃不消，小声说：“你不是说喝酒不安全吗？”

“你不许喝，你负责保护我。”

陆之然垂下眼，“对不起，这酒卖完了。”

林思安暗笑，按照度数又挑了一个。

“不好意思，这个也卖完了。”

“那这个呢？”

“一样。”

林思安一拍桌子，“什么酒都没有，你们开什么酒吧？”

颜唱唱一不小心乐出声，跟着应和，“把你们老板请过来！”

陆之然抿紧嘴唇，一声不吭地走了。

酒吧的老板长年不在，调酒师就成了第二负责人，大家都叫他“楚哥”。

这楚哥是最早洞悉林思安心思的，最爱开他们玩笑的也是他。

“他到底是真傻还是装傻啊？您养的那只狗估计都知道我喜欢他了。”

楚哥点了支烟，笑道：“我们一直都以为你只是在玩玩，之然来这里才不到半年，看上他的小姑娘多了，没几个是真心的。你一个月没来，我还以为你也放弃了，原来是在欲擒故纵。”

林思安觉得自己应该和领导先搞好关系，“可是他都不理我啊。”

“我劝你，以后还是不要再给他小费了，你一次给那么多，任谁都会有一种被嫖的感觉。”

好像终于找到症结所在了。

颜唱唱分析道：“而且我看陆之然挺关心你的，这种闷骚型的人就这样，我才不信酒真的都卖光了呢。”

林思安重燃希望，明白心急吃不了热豆腐，对待陆之然这种非暴力不合作的人得智取。

当天晚上，林思安就把刚下班的陆之然堵在了门口，“一直都没机会感谢你上次的帮忙，今天能请你吃个饭吗?”

陆之然稍一犹豫，林思安已然通情达理地低下了头，轻声说：“我知道你很忙，对不起，打扰了。”

她转身便走，心里偷偷数着，一秒、两秒、三秒，结果数到三十秒的时候后面还是没动静。

林思安恨得咬牙切齿，突然被拉住，回头的一瞬间赶紧收起了才露苗头的狰狞嘴脸。

陆之然看着她的眼睛，这人专注地望着一个人的时候可以让一切无所遁形，好像……吸尘器!

林思安觉得自己的心跳已经飙到一百八十迈，以前她总认为“目光被黏住”这样的形容很扯，可是现在她的目光就像长了倒钩一样深深地扎在他身上。

陆之然说：“我今天没有别的事。”

林思安就傻愣愣地点头，“哦，那很好啊。”

陆之然笑了笑。

林思安猛地吸口气，秋香就是跟唐伯虎三笑定的情啊!

后来颜唱唱在听到这段描述的时候，无情地披露了真相，“他当时那是在笑你傻。”

这才是真正的旁观者清。

林思安恋爱时的智商就和色狼看见绝世美人时相近，她把所有的力气都花在了如何对陆之然好、如何改正自身缺点上，却从来没去想过他们到底是否适合在一起。所以即使豁出命去爱，感情也行将就木。

甚至到了现在，林思安都弄不清楚，那么久以来，陆之然爱的人到底是谁。

相亲回来的那天晚上，林思安过得意外地平静，晚上十一点多的时候林父林母才到家，林思安已做好迎接暴风雨的准备。

结果她躺在床上一直瞪着天花板，等到半夜三点也无人问津。

这是对她彻底死心了？

第二天，林思安忐忑不安地下了楼，看见丰盛的早餐还有笑容可掬的慈母。

“快点来吃饭吧，小心上班迟到。”

“我爸呢?”

“去市里开会了。”

林思安仔细看了看林母的神情，竟然真的没有丝毫怒气，看来此事有待揣摩。

去医院的路上，林思安在考虑是不是应该给颜唱唱打个电话。她从小心高气傲，朋友很少，死党几乎没有，失去颜唱唱是件可怕的事，林思安甚至找不到一个替补。

她比任何人都清楚颜唱唱对自己有多好。

小她一岁的颜唱唱为了能和自己一起上小学，在父母面前撒泼打滚，哭天抢地，小小年纪就以扬言自杀来威胁，其实都是林思安暗中唆使的。

有男生欺负林思安，颜唱唱想都不想就冲上去和他们厮杀，后来她以暴制暴成了孩子王，把林思安护在身后宣布：“谁敢欺负她我就揍谁!”结果每次颜唱唱和人打架都是林思安去打小报告，因为那样可以得到更多的小红花。

初中的时候，她们两个同桌，颜唱唱成绩不好，考试的时候总抄林思安的答案，一次两次还颇能满足自己的虚荣心，次数多了就开始厌烦了。后来林思安偷偷去找老师申请调座位，回来还跟颜唱唱假模假式地抱头痛哭了一场。

高中的时候，颜唱唱喜欢过一个男生，是他们班的班长，戴眼镜的清秀男生。颜唱唱把所有的注意力都集中在他身上，每天和他说上一句话就会兴奋得回家咬着被角笑。高中女生之间的友情是很危险的，尤其是扯上一个男生之后，那时候的林思安，漂亮、骄傲、成绩好、不喜欢和人说话，对十七八岁的男孩子来说，恰恰是致命的吸引。时至今日，林思安都想不明白自己当初为何会去向那个男生示好，她轻而易举地收到了他的情书，当着颜唱唱的面，盛装出席他的约会。

直到某天，她看到颜唱唱躲在教室里哭，才知道自己对这个女孩的伤害有多大。甚至那时颜唱唱还在对她说：“你不用管我的，真的，我知道自己配不上他，只有你才应该跟他在一起。安安，你不用担心我……”

那一刻，林思安忽然明白颜唱唱根本不是自己想象中无聊的消遣，她是林思安生命里不可或缺的存在，但这一认知，足足晚了十年。

林思安再没理过那个男生，专心辅导颜唱唱的功课，愣是把门门不及格的她教成了班级前五。文理分科的时候，颜唱唱为了和林思安一班而放弃了文科，填志愿的时候也是直接拿过林思安的志愿表抄，似乎她最重要的几个人生轨迹都是因为林思安的影响而偏离了航向。

后来林思安和陆之然分手，出了车祸，在病房醒来之后就看见号啕大哭的颜唱唱，旁边是捧着一卷手纸的唐健康，若不是他拦着，颜唱唱真是恨不得冲上来再把林思安抽晕过去。那时候，她指着林思安的鼻子撕心裂肺地骂："你他妈真有出息！为了那么一猪狗不如的东西连命都不要了！你怎么不想想你要是死了，让叔叔、阿姨还有我怎么办？天塌下来还有我陪着你呢，那畜生不知道珍惜还有我呢，安安，我永远不会不要你的。"

有时候林思安甚至想，自己要是一拉拉该有多好，肯定死攥着颜唱唱这傻子不撒手，哪里还轮得到唐健康什么事。

不觉间到了医院，停好车，下车的时候看见旁边的车上倚着个大美女，林思安对车没什么研究，从来记不住牌子，但感觉这辆车应该价值不菲。美女瞥了她两眼，神情高傲，林思安有些好笑，自己高中时看人的表情是不是就是这样牛气冲天呢？

换好衣服，她在楼道里碰见科室主任，"哎，小林，有个事我得跟你说一下，医大分过来几个实习医生，你帮着带两个。"

"啊？可是我自己才来不到两年啊。"

李主任笑得像招财猫似的，"你是林院长的女儿，又是学校里的尖子生，带几个小孩子没问题的。"

林思安听得心惊肉跳，自从被人知道自己是林院长的女儿，她觉得医院里所有人都在悄无声息地观察她，她甚至怀疑自己的垃圾桶是不是都会被清洁阿姨翻一遍。刚来医院的时候，她就想到这种情况迟早会发生，但她忘了想一想自己能不能欣然接受，这顶意味不明的高帽子，让她觉得自己好像偷了什么一样，自己在医大没日没夜地泡图书馆，年年得奖学金，各种比赛的奖状拿到手软，然后凭实力留在医院……这些根本没有人愿意关注，院长女儿的头衔掩盖住了一切，林思安分不清这到底是荣誉还是阴影。

她现在连病例都要写得比别人工整十倍，生怕哪一个笔画又落人话柄。

好在每天总是不乏小孩子陪伴，他们即使在病痛中也依然心怀善意。

胆子大的孩子会拉住林思安的小手指，委屈地说：“阿姨，我不想打针。”

那时林思安觉得自己的心都要化了。

李主任带着两个女孩进来，“小林，人我给你带来了，都是医大的好学生，好带。你们快叫林老师。”

林思安注意到其中一个正是今早碰到的那个香车美人，眉眼出挑，妆容精细，看起来比林思安还成熟。

她似乎也想起了早上的相遇，眼神有些异样，不咸不淡地叫了声“林老师”。

林思安赶忙说：“千万别这么叫我，我也才来两年，大家一起学习，我虚长你们两岁，叫我林姐吧。你们叫什么？”

“苏意浓。”

另一个脸圆圆的女孩说：“林姐，我叫莫童。”

林思安点点头，她向来不太喜欢跟陌生人接触，寒暄客套更是不会，只好说：“那你们先去换衣服吧，我带你们熟悉一下环境。”

莫童笑嘻嘻地拉着林思安，“林姐，您就放心吧，我们不会给您添乱的。”

第三章

林思安有些抵触苏意浓，觉得这个女孩太风尘，实在不像刚毕业的大学生，还是莫童比较活泼、单纯、招人疼。

结果中午林思安去洗水果的时候，听到自己的两个学妹在里面聊天，苏意浓满口不屑，“你看那个林思安，第一次见面就故意给咱们下马威，牛什么牛？大两岁就了不起啊？还林姐，什么玩意儿。”

没想到莫童竟比她还狠，“就是就是，我怎么就没觉得她长得漂亮啊，那么多学长还因为她五迷三道的。你看看她，眼睛那么大，下巴那么尖，肯定整过形了，狐狸精似的，还挺会装清高。”

“我还听说她和院长的关系不一般呢。”

“真的？我说怎么她年纪轻轻的就能带实习生呢，原来是睡出来的呀！哎哟，我还拉她的手来着呢，真恶心真恶心。”

“哈哈，赶紧洗洗吧。”

林思安不喜不怒地听完，怕一会儿碰上让她们尴尬，赶紧转身走了，想想都觉得自己善良，这要放在颜唱唱身上，一准操着京骂冲进去揪着她们头发来回抽嘴巴。

她倒是很想看看，里面那两位知道自己其实不是林院长的姘头，而是女儿的时候会是什么反应，估计更会说：“难怪呢，靠着老子发达起来的。”毕竟亲情要比奸情牢固得多，等不到自己失势的那一天，自然要多过过嘴瘾。

就当一个教训吧，貌似忠良的，也许比奸臣更心黑。

下班的时候，林思安没和自己的两位“好”学妹告别，她向来不够圆滑，不喜欢你就死也不会和你多说一句话，这一点就连颜唱唱都比她强。

手机响了，是个陌生号码，林思安接起来，那边开门见山地说：“我想请你吃饭。”

林思安一阵头疼，“你怎么知道我的电话号码的？”

顾少还在装孙子，“不是你告诉我的吗？”

“对不起，我和朋友在外面呢，没时间。”

“那请问现在站在医院门口的美女是谁？”

林思安警惕地四下环顾，一回头，看见西装革履的顾嘉臣正向自己招手，如同杂志封面上走下来的精装画，真正玉树临风。

“我说这一路怎么总是有人看我，原来是我自作多情了。顾少，您身体不舒服？可惜我是儿科医生，爱莫能助了。”

顾嘉臣一笑似春风，“看见你，什么病都好了。”

明明面对面，却还都举着手机不肯放下，一遇上这人，林思安就喜欢跟他斗一斗。

“这些话您还是留着跟莉莉、莎莎、瑞贝卡说吧，她们一定很喜欢给您看病的。”

林思安被他看得心烦意乱，挂了电话转身就走。

顾嘉臣不紧不慢地跟在后面，“是你妈妈让我多和你培养感情的，你这么伤害我，我怎么向阿姨交代。”

“不劳您费心，我会把所有八卦杂志上刊登的顾少的风流韵事做成连环画给我妈看，到时她一定不会再麻烦您了。”

“那些都是……”

“逢场作戏是吧，我懂。”

不再和他废话，林思安开门上车，谁知顾嘉臣跟着坐进了副驾驶室。

“喂！你下去！”

“司机已经把我的车开回去了，既然我是来找你的，你就有义务保证我的安全。”

“出门右转就有公交车站，打车也可以，你没钱我借你，行不行？”

顾嘉臣很严肃，“我就想坐你的车。”

林思安这才明白，原来像顾少这种人也是喜欢耍无赖的。

那边已然开始撒娇，“林医生，我喉咙痛，不想再说话了，你快开车吧。”

“好。你家在哪儿？我送你回去。”

“不去我家，去你家。”

林思安不可思议，“你说什么？”

“我找阿姨有事。”顾嘉臣为添可信度又点点头，“真的。”

“您不要再……”

“耽误了正事你负责？”

林思安哑口无言，恨恨地发动汽车。

“哎，林医生，我还没系安全带呢。”

一路无话，林思安自动屏蔽掉旁边不时飘过来的目光。

红灯的时候，顾少忍不住了，问道：“我听说你和颜唱唱当年是医大出了名的美女。”

“您很不服？也是，以您的美貌，一定能名冠医大。”

顾嘉臣竟然还很骄傲，“当年我上大学的时候，和哥们儿出去玩，还真有外国男人来跟我要电话。”

“您给了？”

“我们扒了他的裤子，扔到大街上去了。”

“对国际友人这么粗鲁？他不会是跟您问价了吧？”

顾嘉臣满目惊恐，“林思安，我以为你是纯情少女，你怎么会说这种话？”转瞬又笑眯眯，“不过我喜欢。”

林思安也笑，“那您是白费力气。”

“女人就爱口是心非。”

“我真不明白顾少到底是什么意思，是想看看我林思安在你的攻势下能撑几个回合吗？也许你以为我现在是在欲擒故纵，但我必须说句实话，我是真的对你没有半点儿兴趣。”

林思安觉得自己已经足够诚恳，没想到顾嘉臣依然面不改色，“我以为我表现得很明显，我想追求你。”

“你是在诱惑我。两个月后，你的兴趣就会消失，到时候这场闹剧怎么收场，别忘了我父亲和顾叔叔是多年知交。”

“我就不能跟人谈婚论嫁吗？”

“顾少还真不像是一夫一妻制的拥护者，而且我没兴趣给你当大房。”

这才是林思安见他的第二面，顾嘉臣已经被拒绝了数不清多少次，他从没遇到过这种女人，从没。

那时他们都没意识到，当一个人愿意委屈自己而去成全某种危险的兴趣时，便已是成瘾的开始。

正如当初陆之然之于林思安，而今林思安之于顾嘉臣。

顾嘉臣摇开车窗，晴空万里，夏风熏然，吹得后视镜上的小挂铃嘤咛作响。他随手拉开抽屉，里面全是王菲和邓丽君的唱片，他笑了笑，林思安该是一个多么寂寞而无辜的女人。

终于还是回到林宅，林思安刚要下车，被顾嘉臣拉住手臂。

“那次车祸留下的？”

那是一道十厘米长的疤痕，浅浅地横亘在右小臂内侧。

林思安淡淡地抽回了手，“不是要找你阿姨吗？耽误了正事我可负不起责。”

林母一看到顾嘉臣就眉开眼笑地说：“嘉臣怎么突然来了啊，也不提前说一声，阿姨给你准备好吃的。”

林思安猛地回头，狠狠瞪了他一眼。

顾少很受用，“路上碰到思安了，她邀请我来玩，没给您添麻烦吧。”

这才真是引狼入室。

陈阿姨也很八卦，凑过来问：“你不是说不喜欢他吗？怎么你们两个……”

“是他死皮赖脸非要跟我回来的。”

“所以你就把他带回来了？”

林思安不知道该承认自己傻还是让大家以为他们有奸情，反正哪个都让她郁闷不已。

她一把夺过陈阿姨手上的糕点盘，上楼，“不许给他拿吃的！”

林思安窝在床上给颜唱唱打电话，“还生我气呢？”

“为了陆之然那浑蛋？他也配。安安，我就是希望你好好的。”

“嗯，我都明白，不说这个了。哎对了，李主任今天让我带两个实习生，才来一天就差点跟人吵起来，让我郁闷坏了。”

“哇塞，这比我当年还牛啊，怎么回事？”

“我让她给一小女孩听胸音，那孩子觉得不舒服就哭，结果把大小姐哭烦了，上来就开始骂。真不知道带教老师怎么教的，人家家长还在旁边呢，肯定不乐意啊，幸亏没让其他人看见，要不她的出科鉴定就麻烦了。”

“哈，没医德的人就不要做医生，看我多有自知之明。”

“唱唱，我觉得你毕业没去医院工作真是正确的选择，老实说我也不想干了，我是林院长的女儿怎么了？凭什么让人戳脊梁骨啊。”

“你可别吓我，我这大学几年就是混下来的，家里人也没指望我干这行，就是想让我收收心。你可不一样，年年拿奖学金的尖子生，不做医生多浪费人才啊。”

“那我又为什么学医啊？小时候觉得我们全家都是医生，我就必须学这个，现在我是真的开始后悔了，我才没我爸那份博爱精神呢，生生熬成院长。”

“那你想干什么？”

林思安狠狠咬了口凤梨酥，“我还是想画画。”

“别逗了，你都多少年没动画笔了。”

林思安当年也是个有志少女，喜欢画画到疯魔的地步，在市里获过很多大奖，使林思安的芳名在学校一度成为传奇。后来家人以耽误学习为由，无情地扼杀了一棵好苗子，从此不许林思安再碰画板。旁人只看到林思安风光获奖，却没见到她的废寝忘食，而家人却刚好反过来。

林思安很是不甘，翻出封印了多年的画板，笔拿在手中，颤巍巍地举了好久，怎么也下不去第一笔，哪里还有当年一等奖的风光。

身后有人说：“何必跟自己过不去呢。”

林思安差点掀起画板摔他，“谁让你进来的。”

“我看门没关。”

“女厕所的门还没关呢！”林思安说完了差点自己抽自己。

顾嘉臣也笑，“没想到你这么厉害，你妈妈可比你温柔多了。”

“你……你不会对我妈……”

“嘴太毒的女孩可是嫁不出去的。”

“多谢您操心了。”

顾少来回转了转，像领导视察一样，“你竟然用粉色 Hello Kitty 的床单。”

林思安惊叹道：“哇塞，你老人家竟然还知道这个。”

“我今年才二十七岁。”

“好老呀，好老呀。”

顾嘉臣轻笑，望着林思安，眼波流转，微尖的下颌映着灯光，还有衬衫里线条精致的锁骨。

林思安赶忙移开视线，这样的男人就是一杯毒药，碰不得。

他若是想诱惑谁，那人也就只有乖乖缴械投降的下场。

惹不起，只能逃。

“阿姨让我叫你吃饭，快跟我下去吧。”

林思安真想问问他这到底是在谁家。

饭桌上，顾嘉臣给林思安夹了一筷子鱼，半路就被她拦下，“谢谢你了。你自己吃吧。”

“我记得你爱吃鱼啊。”

林思安莫名其妙，两双筷子相持不下。

自然还是顾少笑眯眯地收回手。

其实就连林思安自己都不明白为什么总要让顾嘉臣先服软，好像一碰到他，自己的智商就直接退至八岁。

林母的慈爱都是对着臆想中的准女婿的，“嘉臣，以后多来玩儿啊，思安不在的话就来陪阿姨。”

林思安则直接说：“可千万别再有下次了。”

“这孩子怎么说话呢，上次吃饭你扔下一大桌子的人自己走了，害我和你爸爸一个劲儿地给你顾叔叔赔不是，要不是嘉臣替你求情，我能轻饶了你？”

这顾嘉臣好大的魅力，几句话就能当免死金牌使？他到底说了什么？

林思安皱着眉疑惑地看过去，换来顾少高深叵测的笑。

真是令人讨厌。

酒足饭饱，林母担心准女婿的住宿问题，“嘉臣今天也没开车来，不如就在客房睡吧。”

林思安瞠目结舌，“他们家还有狗要喂呢。”

“这样啊，那让思安把你送回去。”

霎时无言以对。

又坐回车上，顾少心情很好，放了一张 CD。

林思安已经懒得计较这人的自来熟。

是邓丽君的《甜蜜蜜》。这个忧伤的女人一生情路哀婉，歌声却甜得腻人，不见丝毫悲凉。也许大家都一样，前一晚即使咬着被子哭得撕心裂肺，要死要活，第二天依旧可以笑脸迎人，不露出半点儿破绽。

陆之然还曾把邓丽君的几首歌改变曲风，在酒吧演唱，那时候他们正处在互相勾搭的阶段，还记得他小孩儿似的扬着头说：“我可不是为了你。”

林思安马上就说自己绝没有自作多情，聊表忠心。也许从那时开始，她就已经在积累儿科的临床实践经验了。

曾经他们多恩爱，在靡靡之音的掩映下一切都是那么顺理成章。

而今再回到那间酒吧，原来精干帅气的楚哥也已经有了啤酒肚。

物是人非。这是太狠太狠的一个词。

林思安关了音响，还在陶醉的顾少傻愣愣地回不过神来。

到底是老江湖，他马上就问：“想起什么伤心事了吧？你前任？”

林思安知道身边这人是情场真正的独孤求败，忽然就有了请教的欲望，“是不是你们男人都特别容易从一段感情中抽身出来啊？说断就断，阀门一合，对方的死活就再也跟你们无关了。”

顾少温润的嗓音很适合当情感顾问，可惜说出来的话着实让人齿寒，“一段关系建立起来，女人是因为爱情，而男人大多是因为激情，爱情会因为时间而变成习惯，越来越难以割舍，激情却会因为时间而变成鸡肋，食之无味。”

林思安受教，“多谢你让我更加坚定了不能和你在一起的决心。”

顾嘉臣大呼冤枉，“我和他们不一样的。”

当然，你的激情更容易腐烂，也许一周也许一个月，甚至也可能只是床上床下。

顾嘉臣住在市中心的高级公寓，以他的身价来说倒还算低调。林思安将车停在楼下，等着顾少自觉下车。

“不上去坐坐?”

“你确定上面没藏着个活色生香的大美人?”

“我从来没往这里带过女人。”

林思安忍了忍，很肯定地说：“你是在骂我。”

顾嘉臣笑嘻嘻地凑过来，“我是想邀请你看看那只等着我喂的狗。”

“我已经把你送回来了，你不能要求我超额完成任务。”

两人的距离极近，他浅褐色的瞳孔有种琉璃般的莹润感，总是带着一丝柔情，简直就是妖孽必备的一双眼。

夜色正好，巨大的霓虹灯华彩四溢，空气里还弥漫着不知名的香气。

林思安知道自己应该心如止水，他的男人就算不是陆之然，也绝不应该是顾嘉臣。

可她真的做不到对顾少的美貌无动于衷。

林思安先移开了视线，语气淡淡，“我今天很累了。”

只有幼稚的小男生听了才会不痛不痒地继续撒娇，“陪我玩陪我玩”。成熟的男人则会第一时间考虑旁人的感受，尤其是女人。

顾嘉臣拉起她的手吻了一下，“晚安，美丽的公主。”

林思安看着他远去，盼着他能摔一跤出个丑，看他还会不会永远那么自信笃定。

可惜没有，他连走路的背影都潇洒得让人有冲过去看看正面的冲动。

这真是一个把细致武装到睫毛的男人，满身风华，挑不出一点儿缺点。

林思安想不通母亲为何有意让他做自己的女婿，她总觉得太过精致的东西轻浮易碎，靠不住。

倘若日后自己有了女儿，林思安一定会在情路上保护好她，不让其受陆之然和顾嘉臣之流的诱惑。

回家之后，她自然看到母亲满意的笑脸，“把他送回去了？”

“还看着他上楼了呢。”

请那顾少爷吃顿饭还得车接车送，想想自己可真够廉价的。

刚躺到床上，手机响起，林思安打开一看是一个不认识的座机号。

接起来，那边没人说话。

林思安“喂”了两声，以为是恶作剧，却鬼使神差地没有挂。

浅浅的呼吸一丝一丝地透出来，她猛地直起身，心跳得厉害。

林思安慢慢地说：“陆之然，是你，对不对？”

那边依旧没有声音。

林思安霎时就有了哭腔，“陆之然，你个浑蛋！是你对不对？你说话啊说话啊！”

有些沙哑的嗓音传来，“……我就是想问问你最近过得好不好。”

林思安几乎有了仰天大笑的冲动，好不好，他竟然问自己过得好不好。

林思安的话语机械得如同背课文，“谢谢关心。我快乐得很。这段时间一直在相亲。你也要毕业了吧？打算什么时候和季佳安结婚？”

陆之然沉默两秒钟，“你快乐就好。”

林思安的心都凉了。

“然后你就可以安心地搂着别的女人逍遥快活了？”

“思安……”

林思安一个哆嗦，挂了电话，再也不敢听。

他从来都是叫她“小安”，叫自己“思安”，好像亲疏分明，林思安以前从没注意过这一点，以为称呼不过区分而已，如今倒真的很想知道，就算分清了名字，陆之然能分清自己爱的是哪个人吗？

可是她不敢问，真的不敢。

眼泪湿了满脸，全是自己犯贱的证据。

手机又响，林思安模糊地接起来。

顾嘉臣温雅的嗓音像一道清泉流过心底，“想问问你是不是到家了。”

她只是应了一声，没再多话。

顾少耳朵灵敏得很，“你是不是哭过了？怎么回事？跟阿姨吵架了吗？”

林思安忽然就有些委屈，她的理由是那么难以启齿，父亲、母亲、颜唱唱、陈阿姨甚至是她自己，都已经疲于应对她对陆之然那份病态的执著。

到底要有多少爱，才能仅凭呼吸就能知道那个人是他。

顾嘉臣只是说：“有用的话，就好好哭一场，没用就去蒙头大睡吧。天塌下来我陪你顶着。”

对于一个伤心的女人来说，再多的安慰其实都无济于事。此刻任谁都要为顾少的深明大义喝彩。

林思安问：“怎么样才能彻底忘记一个人?”

顾嘉臣不想骗她，“永远也不可能忘记的。但是如果想要不再去想他，你最好开始一段新的恋爱。”

林思安不禁笑出了声，“顾少爷是在暗示我吗?”

顾嘉臣也笑，“被你发现了。你记住，我不介意做你的备胎。”

可惜自己从来都没有这个习惯。

“总之，谢谢你。”

“那我下回可以去你家蹭饭了?”

“免谈。我还得负责车接车送，我可真便宜。”

“这个太好解决了。”

“那你要盼着你阿姨时时刻刻都在家，否则我一定不会给你开门。”

“看在备胎的情分上也不行?”

林思安知道顾嘉臣在转移话题，他无疑做得很成功。有个访谈节目曾经采访过一位演员，问他为什么年纪这么大了还不结婚，那演员笑着说：“因为我找不到那个可以随时陪我说话的人。”这是一个多么质朴而智慧的答案，当我们失落、无助、寂寞的时候，能有个人肯陪你聊聊天，就已经是最大的安慰了。

每次林思安因为陆之然难过得死去活来的时候，只会听到身边人一句句的恨铁不成钢，林思安从不奢望得到他们的感同身受，只是想要有个人能来陪陪她，她怕自己太疼，会熬不过去。

“顾少爷，要不咱也拜个兄妹吧。”

顾嘉臣沉默了一会儿，笑道：“顾哥，多难听啊。这件事还是容后再议吧。”

又是一次不见血的拒绝，可惜依旧被挡了回来。

林思安觉得自己真不是个好对手，难得顾少兴致高，可惜还没开战她就举了白旗。

又能怪谁呢？她的心已经成了千疮百孔的蜂窝煤，手底下也只是一队老弱残兵。

真的玩不起了。

第四章

周末一大早，林思安是被压醒的。

一睁眼，她正对上颜唱唱忽闪忽闪的大眼睛，“快起床，我带你出去玩儿。”

林思安一听就觉得疲惫不已，“饶了我，让我多睡会儿吧。”

“你看看你现在过的这是什么日子，每天做着自己不喜欢的工作，周末就窝在家里睡觉，再这么下去神仙都要生病的。”

颜唱唱把她推进卫生间，“快点快点，我等着你。”

林思安看着镜子，身边的女孩是那么光鲜亮丽，而自己则像刚爬出棺材的吸血鬼，看着就觉得自惭形秽。

“我听阿姨说你和顾嘉臣进展神速？他都已经登堂入室了？”

“忘了告诉你，你的偶像其实是无赖加骗子加没长大的小屁孩，你被杂志上的宣传语大大地蒙蔽了。”

“我就是觉得他好帅。”

“姑娘，你今年二十三，不是十三，你早过了花痴的年龄了，再这样就是白痴了明不明白？”

“反正我要是你我就选他，人家顾嘉臣是 B 城十大杰出青年，真正的钻石王老五，又长了一张如诗如画的脸，多难得。”

“而且还对女人来者不拒。嫁给这样的男人就注定得过一辈子捉奸的生活，和无数的小三、小四、小五抗争。”

“那些肯定都是逢场作戏，我相信顾嘉臣结婚以后肯定是个好丈夫。”

林思安无语，想来母亲也是抱着这样的想法，难得这两个智商相去甚远的女人在这件事上整齐划一地犯糊涂。

有的男人天生就是被挂在橱窗里当大众情人的，他们不会被婚姻绊住脚步，再和谐的家庭生活也终会成为助长其拈花惹草的温床。

顾嘉臣就疑似这一类的典型，林思安实在没有自信改变这样一个男人。

“我就盼着这世上的第二个唐健康能被我碰上，踏踏实实才是福。”

颜唱唱叹息，“辛酸不足以为外人道也。”

“怎么？再过两年他也三十了，你还不打算跟你爸妈说？”

“他在顾氏干了那么多年，还是销售部的一个小职员，每月薪水就那么一点儿，你让我怎么和我爸妈开口。”

唐健康上得厅堂，下得厨房，为人忠厚老实，恨不得时时把颜唱唱捧在手心里疼，唯一的缺点就是挣钱太少，可惜这在父母眼里却是致命的。

“要不你们也来个奉子成婚？”

“我妈才不吃那一套呢，她肯定是要求先打掉孩子，再打死唐健康。”

颜唱唱灵光一现，“哎，你要不让顾嘉臣帮帮忙，反正是他们家的公司，给唐健康升个职还不是一句话的事。”

林思安头疼得要命，“我跟他不熟的，这种事怎么好拜托人家。何况那么大的公司也不是顾嘉臣一个人说了算，那么多双眼睛在看着呢，唐健康就是升了职他能坐得稳吗？”

“倒也对……我就是怕过两天我爸妈也给我安排个相亲啥的。”

“颜阿姨才不会跟我妈似的呢，你才多大啊。”

“他们担心哪天我也会碰到一个陆之然。”

场面冷了几秒钟，颜唱唱拉了拉她的手，“对不起啊。”

林思安摇摇头，忽然说：“他给我打电话来着。”

颜唱唱跟被点了火一样炸起来，“他想干什么？还嫌把你害得不够惨？现在后悔了是不是？告诉他晚了！”

林思安惨然一笑，“他没有后悔。他只是问我最近过得好不好，他竟然有脸问我过得好不好。”

她真不明白陆之然怎么会残忍得这么绝情。

那时候，他一个电话打过来说要分手，没有任何理由。林思安百般哀求，哭闹不休，哪还记得什么是尊严什么是骄傲，那低三下四死皮赖脸的劲头连颜唱唱都看不下去。陆之然盯着她只说了一句话，“不要再犯贱了，我不爱你。”

她跑到陆之然面前点最烈的酒，喝得酩酊大醉。他依然神态自若，视而不见，而季佳安即使是在舞台上被绊了一下，都可以得到他小心翼翼的呵护。那时她再也无法自欺欺人，陆之然的眼里从来都只有那个女孩，只有她。

林思安到现在都不明白自己当时怎么会执著得那么充满勇气，直到她在酒吧休息室里看到光着身子躺在床上的陆之然和季佳安。

那女孩惊慌失措地想要逃开，陆之然却淡漠得近乎冰冷地直视自己的眼睛，然后一把拉过季佳安，浅浅地吻了下去，温柔得让人心碎。

那一刻，林思安几乎能感觉到一股涌到喉咙的腥甜，她不知道自己是不是一开口就会像那些身受重伤的武林高手一样口吐鲜血。

就连颜唱唱都记得冲过去大骂他们是奸夫淫妇狗男女，自己却只能傻愣愣地站着，真是个不称职的女主角。

后来她恍惚出了酒吧，好像到了车水马龙的大街，一阵剧痛后就什么都不记得了。

再醒来，她就看到哭得要死要活的颜唱唱。她知道自己伤得不重，整个人却像丢了心一样。

每日就傻坐在床上，紧攥着手机。

她不明白自己到底还在期待什么，只想抱着最后的一点儿希望不撒手。

直到出院，林思安也没有等到陆之然的一次探望，一句问候。

她觉得这一切太像一个梦，却不知道自己到底应该在哪里醒来。

红磨坊咖啡厅里，颜唱唱还在苦口婆心地劝说，“安安，你一定要坚守住阵地，不要再被他迷惑了。”

林思安搅着红茶，“我知道，对他，下贱一次也就够了。”

“你应该试着接受顾嘉臣，我认为阿姨说得很对，你就是需要一个能给你安全感的男人。”

“顾嘉臣？算了吧，他倒是能保证我一辈子锦衣玉食，可那只是物质上的安全感。”

“顾嘉臣是个很有责任感的男人，一旦结婚就绝不会弃家庭于不顾，再说即便他喜欢玩，也不可能玩一辈子啊，总是要踏踏实实过日子的。他可是个人精，想不明白这些道理？”

林思安环顾整间咖啡厅，窗明几净，装潢精致，“看看这里的几桌客人，你能判断出哪一对是夫妻关系，哪一对是妓女和嫖客的关系吗？只看表面是看不出来的，正如顾嘉臣和我，你怎么知道他对我真正的想法是怎样的呢？也许他从来都没有追过一个心里难忘旧情人的女孩，正如有的男人喜欢收集十二星座的女友一样，也许他只是想看看我到底有多傻，会不会像待陆之然一样为了他顾嘉臣如痴如狂。”

“是你想得太复杂了……”

“这不怪我，现在就连你都要倒戈当他的说客了，谁教你这么说的？我吗？”

颜唱唱几乎要迎风流泪，“苍天啊，我头一次当间谍就这么失败。我说是顾嘉臣你信不信？”

林思安吓了一跳，“你说什么？”

“我不知道他是怎么知道我电话的，总之他打给我，说你最近心情不好，让我多陪陪你。他只是问了关于你的很多事，绝对没有让我来做什么说客。安安，一个男人肯用这样的方式来关心你，绝不是虚情假意。”

林思安有些无奈，“唱唱，是你太单纯了，顾少若是连这样的手段都不会，怎么配称为‘情场悍将’？”

颜唱唱的眉毛都要拧成一团了，“你就这么讨厌他？”

“大小姐，若是你喜欢大可以去追，把唐健康让给我。”

颜唱唱忽然没了声音，林思安抬眼，顺着她的目光看去。

门口进来一对情侣，男的帅气，女的漂亮，真是金童玉女。

林思安不敢再看。

颜唱唱眼睛里要飞出刀子，“冤家路窄。”

没想到季佳安竟走了过来，“好久不见，真巧啊。”

林思安的视线正和他们交握的手持平，陆之然的手依然是那么漂亮，这就是当初诱惑她的罪魁祸首。

他瘦了，原本就跟竹竿似的，现在裹在T恤里好像能被风吹走。

林思安没有看他的眼睛，怕陷进去出不来，才保证过要抵制诱惑，一定不能再失守阵地。

她觉得自己的脑子一片混乱，顾不上颜唱唱和季佳安在说什么，隐约听到脆生生的一句“思安姐姐”。

林思安下意识地看向她，本就清秀的眉目略施粉黛，正如三月桃花。

季佳安笑着问：“思安姐姐，很久都没和你联系了，你最近过得好不好？身体没事了吧？”

真是奇怪，最近竟然有这么多人关心自己的死活。

林思安看到她眼底的得意，都想为她的卧薪尝胆叫声好，这个女孩像个安静的捕手，有耐性，有心计，很多次林思安都能感觉到她在角落里若有所思地看着自己，可是当着陆之然的面又能满脸笑容地叫自己好姐姐。那时候林思安毫不在意，反而喜欢向她加倍炫耀恩爱，她总是非常享受别人的嫉妒。

如今真是风水轮流转，此时此刻林思安有多痛，那个女孩当初就该有多恨自己。

林思安直接起身，“唱唱，走了。”

颜唱唱跟着站起来，错身的时候猛地把杯子里的咖啡朝季佳安泼了过去。

一声尖叫，他们立刻成了咖啡厅的焦点。

陆之然一把扯住颜唱唱的手，“你疯了吧！”

“你还好意思问？陆之然你可真够不要脸的，还敢过来跟我们打招呼，我要是干了这么缺德的事我都不好意思出门。我警告你，下次再让我看见你跟这贱人在一起，我泼的就是硫酸了，你信不信！”

颜唱唱越说越气不过，看见季佳安那副可怜相更加生气，抡圆了胳膊一巴掌就抽了上去。

陆之然想也没想就挡下来，清脆的一声，听着真解气。

他拽着颜唱唱的胳膊，脸色黑得像锅底，“你干什么！”

林思安把她拉到身后，迎上他的目光，反问道：“你干什么？”

她还真不确定这两人要是打起来谁会赢，也不知道自己到底是在保护谁，只是不能看到任何人让颜唱唱受委屈。

林思安看着他渐渐红起来的脸颊，“我只恨这一巴掌不是我打的。”

陆之然眼里的湖水霎时像淋了雨，晃动不停，汹涌而悲伤。

林思安不懂，他还有什么资格这样望着自己？谁也不可能对所有人都扮演情圣的，对A痴情，对B愧疚，起码她林思安不会欣然接受。若爱，便轰轰烈烈地爱，若不爱，就别想再做朋友，永远别想。

林思安拿出钱包，抽出几张钞票，递给那个满身污渍的女孩，“你的衣服我来赔。”

林思安不愿去想这样做是不是又会伤到陆之然脆弱的自尊，要是真的可以，她只恨自己没做得更绝一点儿，让他再难受一百倍。

顾少没有再搞突然袭击，只是偶尔打来一个电话，无非是提醒天凉加衣好好吃饭什么的。林思安觉得自己对这些嘘寒问暖受之有愧，能不接就不接，久而久之，电话就少了下来，但是短信却没有断过，无论林思安回与不回。

“从前有个年轻人，在开会的时候无聊地死掉了。”

林思安有些好笑，回道：“总裁如此不负责，顾氏危矣。”

“这种会我懒得说话的，各大股东互相拍马屁而已。”

看来大家的日子都不太好过，林思安心里平衡了许多。

医院的事依旧千篇一律，快到出科的日子，两个好学妹自然更加殷勤，也顾不得林思安到底长得像不像狐狸精了。

每次听到她们嗲着嗓音林姐长林姐短的时候，林思安都很想知道她们最近又在背后怎么骂自己，才听一次，实在不过瘾，也不知道在她们嘴里自己和林院长的故事究竟进行得怎么样了，应该来个章回体的。

换衣服的时候，莫童凑了过来，“林姐，跟我们去唱歌吧？我觉得你每天都特别辛苦，下班了应该好好放松一下。”

林思安都懒得正眼看她，“你们去吧。我没空。”

毫不留情的一句话，让莫童有些下不来台，“哟，林姐可真够忙的。和男朋友约会啊？要不叫上姐夫一起？”

“我回家陪我妈吃饭。”

真是好笑，这帮小孩儿都是跟谁学的？谁规定拍马屁就必须乱认亲戚啊？叫上姐夫……你姐夫还不知道躺在哪个黑暗城堡里等着我去吻醒他呢。

这个秋天真是来势凶猛，好像昨天才脱了裙子今天就得穿上大衣，一出门，冷风几乎要把人逼回去。林思安一路小跑，还没到车库就被前面的人逼得进退不能。

竟然是顾嘉臣和苏意浓。这组合太引人遐想了。

她的好学妹依然坚守着小短裙，穿得动人，哭得更动人，反观顾少倒是云淡风轻得多。

这是什么情况？情侣分手？债主讨债？还是父亲教育女儿？

林思安都被自己逗笑了。

顾嘉臣看过来，先打了声招呼，“思安。”

林思安尴尬得很。

顾少被学妹哭烦了，撂下一句重话，“我已经说得很清楚了，你不要再无理取闹，你现在是在逼我，明白吗？”

学妹再没脑子此刻也不敢久留，哽咽着离开了，临走前看向林思安的那一眼，让她觉得后背都冒出了冷汗。

她不确定顾嘉臣到底是来找谁的，她只想取了车赶紧走人。

顾少自然也跟着上了车，“这段时间太忙，一直没机会去你家，阿姨想我了吗？”

林思安没说话，她是不知该如何开口。

顾嘉臣主动坦白，“没错，就是你想的那样。我和她是在酒吧里认识的，一起玩玩而已，没想到小女孩太不上道，死缠烂打非要和我在一起。”

真是让人齿冷。

“顾少爷，你还是下车吧，我和你真的不是一路人。”

“我和她一开始就说得很清楚，甚至给她钱来表明我们的关系，就是不希望她误会。我是一个商人，我习惯用钱来换取既得利益。”

“那你想从我这里得到什么呢？”

顾少虚晃一枪，“你请我吃顿饭。”

“我没空。”

顾嘉臣低叹，“今天是我生日。”

林思安怀疑地看了他一眼，“真的？你有什么证据？”

“要不……你去问问我爸？”

“好吧，生日快乐。”

“哇，这也太敷衍了。我可是推了公司里的生日宴过来的。”

“……你想去哪儿？”

顾嘉臣乘胜追击，“去我家吧。我做菜给你吃，让你尝尝我的手艺。”

林思安一笑，“算了，我们还是出去吃吧。”

“每个怀疑我能力的人都会输得一败涂地，林思安，你敢跟我打这个赌吗？”

自然不敢挑衅顾少的权威，他们一起去了超市。

顾嘉臣娴熟地挑挑拣拣，还不忘回头教训两句，“真笨，买菜都不会，你还能干点儿什么？”

“我能一天都不开口说一句话。”

“我能在最无聊的会上不睡着。”

“我能一下睡十八个小时。”

“我能在公路上跟警察飙车。”

“我能打台球第一杆就把黑球打进去。”

“我能把一桌子的人喝趴下，家属来了也一样。”

“我能吃下你做的最难吃的菜。”

“我……”

“你能在最短的时间内泡到最多的妞儿。”

林思安不知道自己这是什么毛病，总之一看到顾嘉臣吃瘪她就开心。看来自己真的跟颜唱唱是一路货色，爱看帅哥，还爱欺负帅哥。

一回头，她瞅见一缸螃蟹在吐泡泡，手才伸过去，便被不留情面地夹了一下。

林思安吸了口凉气，猛地收回来甩了甩。顾嘉臣乐出声，对着螃蟹诚恳地说：“谢谢啊。”

林思安恶狠狠地看了他一眼。

提着大包小包的食材上了楼，才一开门，林思安就被那装潢震了一下。

顾嘉臣的公寓是套小复式，整体色调明快大方，小细节却尽显精致，林思安觉得这简直就是自己心目中的样板房。

顾少很得意，“漂亮吧？这可都是我设计的。”

“一般般而已。”

“那麻烦小姐你闭上嘴巴，口水都要流下来了。”

林思安很小的时候就想要一套属于自己的房子，有明亮的落地窗，一定要用那种三层的窗帘，一层纱，一层麻，再来一层纱，飘起来的时候让人如坠云端。地上一定要铺上厚厚的地毯，可以直接睡觉的那种，用力踩上去几乎可以把脚陷进去。墙上要贴满漂亮的壁纸，最好是自己画的，每天睡醒的第一眼就可以看到，心情一定很好。当然还要养自己的宠物，要两只猫，一只狗，打起架来也比较放心。晚上睡觉的时候就把两只猫搁到枕头边，早上再从稀奇古怪的地方把它们找出来。周末可以请朋友过来玩，大家坐在地毯上一起看恐怖片，在阳台上开 party，或者干脆自己在家睡个天昏地暗……

她甚至都要开始嫉妒顾嘉臣，不过才比自己大了三岁，他已经得到了超高的社会地位，旁人的尊重，傲人的财富，还有一套漂亮的房子。他是那么独立、自信、睿智、有风度，仿佛可以呼风唤雨，争取想要的一切，他有什么理由不骄傲。

而自己呢？只有一份不喜欢的工作，少得可怜的朋友，一段血肉模糊的初恋，甚至至今仍在父母的羽翼下不知疾苦地安乐着。她的生活是那么苍白无趣，没有一点儿生机。

顾嘉臣这个男人，甚至……甚至连饭菜都可以做得这么香。

“怎么？被味道吸引过来的？”

顾少挽着袖子，系着围裙，熟练地切着花刀，垂下来的睫毛晕成温润的阴影，像是蝴蝶的翅膀。

林思安看着他精致的侧脸，如同玉雕一样活色生香，此刻却在经营着人间烟火。

这真是一个太细致的男人。

他抬眼一笑，“饿了吧？乖，再等一会儿。”

林思安觉得胃里像吃了一口云彩一般柔软而温暖，已经多长时间没有人愿意这样哄一哄自己了？父母总觉得自己是听话的好孩子，坚强优秀。颜唱唱从来都不理解她为什么会落寞，就连当初和陆之然在一起，也都是自己在百般忍让，动辄便赔礼认错。

说穿了，她也不过是个要人宠要人疼的小女孩，装什么灭绝师太呢。

“做人应该接一接地气，不能总是高高在上的，你以为过着衣来伸手饭来张口的日子就舒服了？古代的大小姐们是把多余的那些时间对着白海棠呕血去了。我要是教育部部长就给学校增开一节烹饪课，从小培养孩子们发现生活之美。”

林思安看了看案板上被开膛破肚的鱼，“你确定这对小孩子的身心健康有益？”

“你把他们想得太脆弱了。”

“对不起，我是儿科医生，职业病吧。”

“那好，林医生，你打算送我什么生日礼物？”

第五章

林思安窘了一下，犹豫着说：“要不我也给你做道菜？”

顾嘉臣兴味大增，“我已经开始期待了。”

拿了条新围裙，套在她的脖子上，轻轻撩开头发，露出女孩白皙纤细的后颈，系腰上带子的时候顿了一下，顾嘉臣不着痕迹地松了手，“自己来吧。”

不到一分钟，林思安的成品就出炉了，“这可是我的拿手绝活，你能体会其中要义吗?”

“嗯，很圆。”

“猜对了。很少有人能把荷包蛋摊得这么圆。那我就祝顾少爷像这个荷包蛋一样……事业圆满，一辈子和家人团团圆圆。”

顾嘉臣挑挑眉，对她明显敷衍的祝寿词不置可否，拿起筷子一夹一分。

林思安来不及阻止，脱口而出，“啊，腰斩啊，太不吉利了。”

她抬眼看见顾少黑黑的一张脸，不好意思地笑了笑。

“一人一半好了，算是林医生为我过了生日。”

“哎呀，为什么你的蛋黄比我的多那么多?”

“小姐啊，我拜托你好歹尊重一下我这个寿星，行不行?”

饭菜上桌，林思安对着满目佳肴目瞪口呆。

顾嘉臣倒上一杯红酒，暗自得意，“这可是我的拿手绝活，你能体会其中的要义吗?”

“嗯，像顾少一样。”

“怎么讲?”

林思安对比了一下，“秀色可餐。让人食指大动。”

顾嘉臣大笑，“啊，林医生，你在调戏我。”

林思安羞涩地一低头，心里暗骂你个老流氓跟我装什么纯情。

看着红酒心里跃跃欲试，林思安刚伸手，顾嘉臣一筷子打过来，又起身拿了罐果汁给她，像在教育顽皮的孩子，“你还要开车，喝酒不安全的。”

林思安接过来，挺胸抬头，觉得要听话一点儿，不能让这位叔叔看不起。

两人开席，林思安像个美食家，每道菜都尝了一遍，碰到好吃的就忍不住多夹两筷，一抬眼，发现顾嘉臣正含笑望着自己。

以为自己的吃相吓到人家，林思安有些愧疚，“怎么了?”

顾嘉臣摇摇头没说话，暗笑两声，对面的女孩吃起东西来像只小松鼠，脸颊鼓鼓的，眼睛还转来转去地寻找下一个目标。他很高兴林思安没有在自己面前端起淑女闺秀的架子，同时又有些想不通林家夫妇怎么会养出这样精灵古怪的女儿来。

林思安懒得去想顾少又在高深些什么，人怎么能理解狐狸的想法呢？吃好喝好才是关键，嗯，这鸡真不错。

“我已经很久都没这么安静地过过生日了。”

这是……显摆他的朋友多？炫耀他的社会地位高？借机讨好自己？林思安只好说：“是吗？那还真是……生日快乐。”

灯光下，顾嘉臣晃了晃酒杯，莹红色的液体勾人心魂，白皙的指尖轻击杯壁，动静皆风景，可以瞬间入画。

真是如玉温良的君子。

林思安垂下眼，一切男女奸情都是从吃吃喝喝开始的，恐事出异常还是专注于饭菜吧，“过生日你都不回家，顾叔叔不会怪你吗？”

顾嘉臣眉目间尽是淡然，“顾老先生太忙，管不了我这些的，我都记不清上次他给我过生日是什么时候了。”

太忙？顾叔叔不是已经从顾氏一线下来了吗？现在应该是顾少和股东们在打理公司啊。

“他忙着打高尔夫、下棋、旅游、哄姨太太，哦，还要陪漂亮媳妇。”

踩到地雷了。林思安可算明白什么叫言多必失。

年迈的老父亲，年轻漂亮的后妈，还有风流俊美的野心大少爷，这活生生就是一现代伦理剧啊，就是不知道是上演《雷雨》还是《豪门孽子》？

有钱人家每日的生活都是传奇，家族里一定会藏着本苦涩的秘籍，引来四面八方的窥探，然后以八卦、小说、电视剧等各种方式来娱乐大众，我们就可以在电视机前咬着苹果感叹大哥终于把二哥弄死了，又少一个分遗产的……林思安再想想自家生活，虽然有些单调无味，但好歹还算清清白白，一望见底，立刻知足了。

不免生出些感慨，她看向那顾大少爷的眼神都带着些同情。

顾嘉臣失笑，“你那小脑袋里又在琢磨什么呢？好好吃饭。”

林思安不知该说什么，只好又吃了块咕噜肉。

酒足饭饱，杯盘狼藉。

吃人嘴短，林思安自觉起来收拾。

顾嘉臣也没拦着，上去帮了把手，就在一旁看着她忙。

谁想第一个碗还没刷两下就听见啪的一声响。

碎的声音都这么绕梁不绝，一定贵死了吧。

林思安慢慢回过头，顾嘉臣正风情万种地靠在门框上，此刻也是满眼惊愕，“林医生，你还真是……”

林思安觉得全身的血都在往脸上涌，说话都结巴了，“不是……我在家不这样的，你这……你这碗也太滑了。”

那小瓷碗玲珑剔透，描着小梅花，林思安一看就喜欢得不得了，吃饭的时候就捧着不愿撒手，一转眼成了堆尸骨，她竟也心疼得很。

关键还是……在顾嘉臣面前竟然丢了这么大的脸。

“好吧，我代它向林医生道歉。”顾少拉了她出来，忍了忍，还是笑出声。

林思安诚恳地说：“对不起，是我不小心。”

“没关系没关系，我家碗多。”

“那你就不要再笑了，好吗？”

顾嘉臣笑道：“说真的，我一直以为你是那种心灵手巧的女孩，喜欢诗词歌赋，偶尔写写小酸句子，钢琴再过个七级八级的。”

“还得煲得一手好汤，像日本女人一样专职在家相夫教子，老公一回来就巴巴地递上拖鞋，是吧？”

这恰恰就是林母的愿望，她很喜欢教育林思安如何做一个好女人、好妻子、好母亲，要把一切都安排得井井有条，成为家庭和谐最核心的中坚力量，让所有的家庭成员都离不开你。

可惜，此项教育中，林思安是个彻头彻尾的残次品，也许是因为身上逆鳞太多，她学不会母亲的圆滑，父亲的严谨。她总是高兴就笑，难过就哭，生气了就去气别人，喜欢你就爱跟你套近乎，不喜欢就懒得多说一句。和陆之然在一起时也喜欢欺负他，看他被自己损得接不上话时最开心，当然偶尔也会做小伏低，可那些她都小心眼地偷偷记着呢，就等着以后加倍讨回来，让她一辈子对男人卑躬屈膝，还不如一刀给她个痛快。就连颜唱唱都总结了，林思安其实有时比她还不像女人。

如今林思安很开心，顾少终于透过她娴良的面具看到她惨不忍睹的本质，估计很快就会胆寒地撤退，自己的阵地保住了。

拒绝别人最快的方法就是把自己所有的缺点一股脑儿全暴露出来，看他仓皇四顾，看他抱头鼠窜，看他退兵三千里，想来顾少也够惨烈，竟然是被自己生生吓死的。

那场面光是想着，林思安几乎就要笑出声来。

顾少本想来个十八相送，被林思安拦下了，这街坊四邻的，让人误会多不好，万一哪里潜伏个狗仔，再让自己以这种方式上次报纸，那就更说不清了，母亲一定会逼着自己对顾嘉臣的清白负责。

顾少不知从哪里变出来一个碗，“林医生把这个带回去，给池子里未寒的尸骨留个纪念。”

那碗本是一套，梅兰竹菊四公子，摔了个寒梅，这一个……竟然描着朵朵小菊花。

看着顾少清澈的双眼，林思安知道是自己又龌龊了，只好说：“我能不能换一个？”

“好啊。你要哪个？空谷幽兰？”

“竹子的。”

“林医生爱其风骨？”

“不。它身材好。”

“……”

顾嘉臣一时无语，估计是对自己的本质有些消化不良。

林思安穿上大衣，接过顾少递来的围巾，“我走了。”

“慢点儿开车，路上小心。”

顾嘉臣一直把她送出门，依依不舍地看着。

林思安皱眉想了想，忽然笑起来，“哎，你说这场面像不像小三和金主道别？我是大老板，你是我养的小蜜。哈哈。”

笑了一阵觉得有些冷场，林思安讪讪地挥了挥手，“再见。”

等电梯的时候，忽然听到他喊：“林思安。”

下意识地转头，顾嘉臣正望着自己，那目光太过专注，像一张网。

林思安不知怎的有些恍然。

她问：“怎么了？”

顾嘉臣却没有说话，只是笑了笑，然后进屋，关门。

林思安傻眼，心想这是报复。他一定是在报复我。

坐在车上，林思安的目光描摹着手里的小瓷器。

去人家家里吃一顿饭，还顺手捎回一只碗，林思安不禁轻笑出声。

顾嘉臣。一只会做饭的狐狸。

李主任开始忙活出科鉴定的事，向科室医生询问每个实习生的实习状况，这日正好问到林思安。

“莫童和苏意浓的临床知识都很过硬，我看过她们的出科总结，写得非常不错。”

“听说这两个孩子在学校时的表现就很优秀，都是班里前几名，可是咱们科现在实在要不了这么多新手。”

林思安只是听着，然后点点头。

“你觉得她们谁更出色一点儿?”

“都不错。”

李主任只好把话挑明，“院里的意思是，她们两个只能留下一个。”

林思安这才明白过来，这是逼着自己当黑脸啊，“主任，我……才来不到两年，哪能决定别人的去留啊。”

“小林啊，这事没有你想的那么严重，我们还要进行综合评估。你实话实说就行，也别偏着向着，她们两个总得有个更优秀的吧？再说了，你可是林院长的女儿，眼光肯定错不了。”

林思安觉得自己的头皮都开始发麻，林院长林院长，我有那么一个爹至于这么招你们嫉妒吗？天天挂在嘴边不放下，时不时就得溜出来刺激别人刺激自己，看我过得舒坦了你们就长痔疮是不是?

“主任……”林思安犹豫着，抬头看见她正满眼期待，估计得不到答案是不会轻易走的，这帮人都把小钢针藏在舌头里，林思安真是怕了他们。每天恨不能拿戒尺丈量自己的一言一行，可还是挡不住别人的有色眼光，她甚至觉得自己所有的努力都是在堆砌“林院长女儿”这一身份，根本没有人看到“林思安”的成绩。

若是不说，恐怕又会被认为是在拿乔，林思安淡淡开口，“她们两个确实都很优秀，就是苏意浓应该注意多和病患的沟通交流，她对孩子太没耐心了，有时就诊气氛太过紧张。”

想想都觉得恶心。本来以为医院应该是个很干净的地方，医者父母心啊，没想到消毒水只管清洁人的肉体，丝毫不管净化灵魂。

若是来看病的小朋友知道朝他笑得像天使的阿姨们人后是这样一副嘴脸，恐怕要吓得大哭找亲娘。想来还是当个小孩子好，永远没心没肺，管你骂我还是夸我，我就使劲高兴，气死你气死你。

“你说有她们这样的吗？我靠着我爸什么了？天天扯着这事不放。我那考试成绩是我爸帮我得的啊？我那些理论竞赛是我爸替我参加的啊？”

颜唱唱那小暴脾气一上来自然势不可当，“再听见谁这么阴阳怪气的就甭跟她客气，没完没了的还真是给她脸了，自己老子没本事怪别人也没用啊？要不赶紧抹脖子再投一次胎得了，给乾隆当闺女去，全国老大哥，谁不听话就揍谁。”

“我觉得你说得太对了，唱唱，我现在的生活实在是太悲惨了，她们让我对当医生这件事都有恐惧感了，日本那些电影你看过没？我现在每天早上一打开柜子都怕看见什么‘院长女儿滚蛋’，‘还我员工公平待遇’啥的恐怖标语。”

“哈哈，没准哪天还会有个断了头的布娃娃呢。安安，你想多了，她们那是嫉妒。但凡你长得难看点儿，也就不会有人老是抓着不放了，漂亮女人总得吃点儿亏的。她们越说你就越要昂首挺胸，让他们难受得百爪挠心去吧。”

林思安顿时觉得心情一下好了许多，“唱唱，没了你我可怎么办……”

“哎，安安，我不跟你说了！锅里还给唐健康炖着汤呢！先挂了啊！”

林思安听着忙音还有些反应不过来，颜唱唱这个连葱和蒜都分不清的女人竟然都会做菜了？爱情的力量真是伟大，改变物种都不在话下，那个能撂倒五个男人的彪悍女终于放下屠刀，拿起了菜刀。林思安默默想了一下她为唐健康洗手做羹汤的景象，汗毛都要立起来了。

又是身心俱疲的一天，林思安换好衣服，看向窗外，落叶纷纷，一片萧条。

这秋天过得……太让人闹心了。

“砰”的一声，门被撞开，苏意浓气势汹汹地闯进来，“林思安，你什么意思？你凭什么跟别人说我不适合当儿科医生？”

早就预料到自己的说辞会被添枝加叶，如今传到正主耳朵里了，自己这个罪魁祸首看来难逃一死。

林思安索性实话实说，“你来的第一天就和病人家属起冲突，这是不是事实？他们是来看病的，不是来找气受的，我看你火气这么大，比较适合当消防员。”

“是他们先骂我的！谁规定给人看病就得当孙子啊？我的成绩在班级里排前几名，我不配当医生？那谁配？就您配是吧？可惜我没有当院长的爸啊！”

林思安只觉得一股小火苗在胸口蹭蹭地烧了起来，“苏意浓，我警告你，别再拿这个来说事！你以为谁成绩好谁就能当医生？今儿我还告诉你，你没这份医德还就当不了医生！上岗不得浓妆艳抹、佩戴过多的首饰，医院有没有这条规定？有没有！你先把脸擦干净了，摘了耳朵、脖子、手上的那堆东西再跟我说话！”

更衣室门前聚集了越来越多的人，大部分都是医大来实习的学生，探头探脑地往里看。

苏意浓像是有了后援团，更加无所顾忌，“你还真当自己是这医院的主子啊！院长的女儿怎么了？院长的女儿就能含血喷人啊？你说我搞不正当男女关系、跟人在医院门口拉拉扯扯有伤风化的事，我还没找你算账呢！今儿就让大家做个证，我和顾少只是普通朋友！普通朋友！怎么就让你描得那么黑啊？林思安，你思想怎么这么脏？”

林思安猛地合上衣柜，镜子摔在地上，“啪”的一声四分五裂。她拼命地忍，告诉自己不能闹事，绝对不能给父亲抹黑，只是沉着气问：“谁告诉你的？谁告诉你的？我什么时候说过？”

“你管谁告诉我的呢？敢做不敢当就是咱医院的作风了？你这种造谣生事的女人更不配当医生！我就豁出去不在这家医院干了，我就是要好好教训你！大家对你不满也不是一天两天了，仗势欺人也要有个限度吧！你嫉妒我比你年轻漂亮，怕我以后超过你就找个借口把我轰走，你真恶心！”

门外的学生议论纷纷，“真的假的？看着她不像那种人啊？”

“这谁说得准，这年头高干子弟什么做不出来。”

“真够缺德的，最讨厌搬弄是非的女人了。”

林思安回到家，看见父亲正坐在沙发上看报纸，难得他比自己回来得早。

林思安打了个招呼，“爸。”

林父是个严谨得近乎刻板的人，小时候教林思安写毛笔字，一个笔画不够标准都要撕了重写。林思安很怕他，但又跟父亲关系最好，总是让他给自己编小辫子，跟他撒娇。林父不善言辞，便把林思安长时间抱在怀里。长大了以后，他总是很忙，回家的时候林思安都已经休息了。高中时有一次林思安躺在床上装睡，出差半个月的父亲刚回来，外衣还没脱就悄悄走了进来，摸了摸她的头，轻轻地帮她掖了掖被角。林思安很想父亲，却忍着没睁眼，她知道这份温存对两人来说太难得了。上大学以后，父亲更加忙碌了，见面的次数更少，但每次看到他慈爱的目光时，林思安都会觉得浑身充满力量。她从很早以前就已经体会到父亲那深远博大的爱，她唯一想到的回报就是让自己变得更加优秀。

“思安，要不要和爸爸谈谈?”

父亲一定已经知道了。

她只是说：“我没给您丢人。”

“我知道，你一直都很懂事，可是我也不希望我的女儿在外面受委屈。”

林思安比任何人都清楚自己的父亲有多辛苦，他要的不仅仅是别人尊敬的一声“林院长”，他是真的热爱这个行业。林思安决不允许自己给他抹一点儿黑，也不想再给父亲添乱，能有多大的事儿呢，说穿了，也不过女人之间的鸡毛蒜皮而已。

“爸，我真的没事。我可以自己解决的。”

林父不再多问，他对林思安向来保持足够的尊重，“你长大了，自己做决定吧。”

回到房间，她接起一直震个不停的电话。

顾少可真够执著的，笃定她一定会受不了。

那边软语温存，“在忙什么？吃过饭了吗?”

林思安心情不好，开门见山地说：“什么事?”

“哇，林医生好凶啊，碰到不开心的事了?”

“从前有个女孩人缘很不好，然后她死掉了。”

“原来是因为这种事。”

“我有说那个女孩是我吗?”

“你现在说了。思安，和我聊聊好吗？我不想看见你不开心。”

又是这种哄孩子的语气，可实在是让人暖在心坎里的舒服。林思安向后一靠，整个人躺在床上，她发现只要不是和顾嘉臣斗嘴，他们交流起来总是非常轻松，“你有没有遇到过特别讨厌你的人?”

“当然了，而且还不少。”

“那些被你抛弃的女人?”

“不，对于一个男人来说，被女人讨厌是件很失败的事。”

林思安就是看不惯他胜券在握的样子，“那你也算是个失败的男人，因为现在就有一个女人要开始讨厌你了。”

“呵呵，思安，你是在工作中遇到问题了吧?”

“嗯。从小我就独来独往惯了，觉得别人喜不喜欢我根本碍不着我什么事，可是长大之后我才发现自己错得有多离谱，人言可畏，舌头真能杀死人啊。”

“其实，上大学的时候，我也遇到过一些对我莫名其妙抱有很大敌意的人。一开始我还诚心诚意地自我检讨，等到实在想不出自己有什么对不起他们的地方时，我便听之任之，但是一旦他们让我不开心，我就让他们比我不开心十倍。接手顾氏以后有更多的人因为这样那样的原因讨厌我，但他们每月还不得求爷爷告奶奶地等着我发钱，所以更加不喜欢我。作为领导，我只能以压榨他们为乐，因为我发现让那些讨厌我的人更加讨厌我也是件很有意思的事。”

“我真是……看来顾少你做人比我还失败。”

“被你发现了。好了，思安，我的个人访谈时间结束了，我们来说说你。在这件事上，你绝对不能像我一样，明白吗?”

“哈哈，为什么？本来我都要敬您为偶像了。”

“我会这么做，是因为我经历的事太多，这些我是真的不放在眼里。而你不同，你一直都被父母保护得很好，现在刚出象牙塔，单纯得像白纸一样。而且你太敏感，人是群居动物，都会在乎周围的环境如何，你尤其如此。其实你很看重别人对你的看法，如今有矛盾发生，你若像我一样破罐子破摔的话，只会让一切愈演愈烈，我是在看自己的戏，我乐在其中，而你呢？你会快乐吗?”

“我……不知道该怎么做，好像我做什么都是错的。”

“可你真的错了吗？思安，你要找到事情的源头，去勇敢地面对，是你的错，改了又何妨，和你无关的，也不要委屈自己。你身边的每个人都会有自己的喜恶，她们对你会有各种各样的评判标准，但这世上没有无缘无故的爱恨，她们总不会就因为你今天穿了一件红衣服而恨你一辈子。”

顾嘉臣像个导师一样侃侃而谈，他所有的道理都是那么生动诱人，让林思安迫不及待地想要全部学会。有位采访过他的记者曾这样写道：顾嘉臣的智慧全都藏在他的风流不羁里，当你和他聊完天觉得酣畅淋漓棋逢对手而向他索要手机号码的时候，就说明你已经掉进了他精明而含蓄的圈套。

林思安不由得对他多了几分欣赏，心里也庆幸这样的男人不是自己的敌人，“我越来越怀疑自己当初的选择是不是正确的。我的确很喜欢学医，更喜欢在医大和别人争第一的感觉，可是当我真正成为医生的时候，我却发现自己其实并不那么热爱这个行业，它单调、枯燥、没有新鲜感，还要求自己必须时刻小心谨慎。每天我都会看到各种患者的各种病痛，生死之间的人世百态。有个母亲给儿子治不起病，下跪磕头也没用。我实在做不到像其他人一样淡定，总看到这种事，让我觉得生活真是太没希望了。”

“思安，工作只是生活的一部分，如果它给你带来的只是负面情绪，那你实在应该想一想这份工作到底适不适合自己。”

挂了电话之后，顾嘉臣倒了一杯香槟，倚在落地窗前看着二十层以下的风景，随手拨了个号码，“告诉切瑞，她被调往S城了……不不，她很好，是我最近需要一个空出来的位置。这事儿不急，让她慢慢准备，我会给她一个大红包。”

他晃了晃酒杯，满身闲适，却有种君临天下的气度。

每一次和林思安通话之后，他都会暗自回味好久，想象着那边那个女孩时而俏皮地一挑眉，或者漫不经心地勾起一抹笑，那里面总是带着几分坏坏的味道。有时他甚至会在工作中途突然想起她，想知道她在做什么，又怕贸然打电话过去会影响到她，就只能发短信。林思安回得很慢，短短的几个字几乎是扑面而来的不在意，但是那等待的几分钟却让顾嘉臣像小时候等待考试结果一样紧张。

身经百战的顾少自然知道大事不妙，可他控制不住自己，就是喜欢和她斗嘴，就是想知道她每时每刻在做什么。明白她对自己有多不耐烦，可就是要把她气得哭笑不得才好。多像小男孩欺负小女孩的手段，爱你就要让你注意自己，把目光移开一刻都不可以。

顾嘉臣所有的战斗力在林思安面前都自动熄火，他不敢过分地对林思安示好，怕这个太过聪慧的女孩直接把自己踩死在黑名单里。他只能扔掉全身的武器，赤手空拳以表忠心，让她慢慢习惯自己，这是个需要时间需要体力的技术活，他顾嘉臣耗得起。

【卷二】

剪不断的旧爱，理还乱的新欢

第六章

再去医院的时候，林思安已经平静了许多，到不了顾少的境界，起码也学了个皮毛，视而不见总会吧，什么是最让敌人恶心的？那就是她们使出吃奶的劲儿来和你过不去的时候，你把她们当个屁。颜唱唱说得很对，有些人就是越被在意越来劲，给脸不要脸就是这意思。遇到那脑子好使点儿的，自讨了没趣也就不再挑事儿了，那些脑子一根筋的，从来不分好歹，被人当枪使还觉得自己光荣伟大，日子一久，当笑柄的就是她们了。

有一次，林思安在洗手间碰到苏意浓，那姑娘还是满身的风尘味，擦肩而过的时候声音冷得跟冰碴子似的，“你以为顾少会喜欢你这样的女人?”

林思安这才恍然，原来这故事里也有顾嘉臣的戏份，没准还是重要线索。

这男人真是祸水。

本以为这事就这么过去了，剩下的小余震也掀不起风浪。谁曾想后续竟然更加惨烈，直接把医院炸了个底朝天。

全科室的人都收到一封邮件，上面列举了苏意浓从大二开始就被男人包养的证据，时间长短不一，零零碎碎加起来差不多有七八个。最近的是她和一个老男人的开房照，上面的女孩披散着一头漂亮的鬈发，成熟妩媚，是她新烫的发式，更指出她的那辆车实际上是顾氏小开顾嘉臣付给她的分手费。

“真是够恶心的！七八个男人……天哪！咱学校怎么会有这种人。”

“怪不得听到人家说她乱搞不正当男女关系的时候那么激动呢，做贼心虚还倒打一耙。”

“她们宿舍的小雪以前就说过她经常彻夜不归，每次宿管来查宿舍都让别人帮着喊到。”

“上回还跟我显摆她那 LV 来着，我还以为她们家真有钱呢，她也好意思。”

树倒猢狲散，墙倒众人推。千金小姐转眼成了青楼名妓，戏文里的情节如今活生生地发生在眼前，好比一滴水掉进油锅，大家只管拍手叫好，哪里还在意会烫到谁。但凡跟男盗女娼沾点儿边的事儿都会让大家伸长了脖子往里瞅，更何况这林妹妹突然成了尤三姐。女人在这种事上总是变得非常大义凛然，曾经再好的情谊也抵不过她们这一刻的疾恶如仇。

林思安成了消息散布者的第一怀疑对象，但大家都在忙着追逐讨论新一代的不要脸桂冠得主，懒得去追根溯源，即便有，估计也只会感谢林思安爆了这么大的料。在她们眼中，谁对谁错不重要，重要的是每日都要有让她们说三道四的人。而林思安，因为疑似给了她们这么大的噱头，一瞬间受到了前所未有的优待。

苏意浓在医院如同过街老鼠，林思安最后一次见她时，这个女孩狼狈而憔悴，眼里的恨意却像刀子一样，“林思安，我不会放过你的。”

实习生离开医院的那天，莫童来跟林思安道别，一张娃娃脸笑起来可爱无比，眼睛眯成了一条缝，“林姐，感谢您这段时间的照顾，我知道我给您添了不少麻烦，我们全家都很过意不去。您看这个，是我妈给您买的一对玉石耳环，我知道以林姐的身份肯定看不上，可是我妈嘱咐我一定要让您收下，您就当帮我一个忙呗？而且我觉得这玉可适合林姐这种气质好的大美人了！您戴上肯定能迷死所有男人。嘿嘿。”

一番话说得滴水不漏，真是好功夫，哪里像个才毕业的孩子。林思安简直不敢想象那个在背后骂自己狐狸精的人和她会是同一个人。

林思安想起顾少的话，看来是真的要和源头进行一次深入探讨，“怎么会，你这么聪明，我哪里敢教，说起来倒是我应该谢谢你，是你为我洗刷了冤屈，救我于水深火热之中啊。”

“什么？林姐……”

“莫童，你的好姐妹找我理论那天，为什么和她形影不离的你没有去帮忙？”

莫童大惊，立即摇头否认，“我怎么可能这么做呢？林姐，您真不知道我有多崇拜多尊敬你，怎么会帮着苏意浓对付您呢？”

“是吗？我看你们在背后倒是挺喜欢议论我的，我记得你们刚来医院的时候还以为我是林院长养的情妇什么的，对不对？”

莫童的脸憋得通红，嗫嚅半天也没说一句话。

“还有，苏意浓在被大家孤立的那段时间，只有你一个人待她如常，这实在不像是看起来胆小怕事的你能做出来的，让我猜猜你这是为了什么？一来稳住苏意浓，不让她怀疑你。二来可以在大家面前树立你对朋友仗义相助、不离不弃的形象。是这样吗？”

“林姐，您这是什么意思啊？”

“我从来没有跟李主任说过苏意浓不配当儿科医生，是你在以讹传讹，大家要是知道我对医院人员调配的事指手画脚一定会很反感。你还告诉苏意浓，我在背后说她作风不正、乱搞男女关系，你很了解她，知道她会来找我理论，而且一定不会把你供出去。那个发邮件的人也是你，苍蝇不叮无缝的蛋，大家不会认为我无缘无故地污蔑苏意浓，早就已经对她有些怀疑，你不过是证实了这一切，而且还漂亮地推到我身上。你知道所有人感兴趣的是八卦本身，而不是爆料的人，有我替你挡着你根本不可能被发现，你真是深谙人心哪！”

莫童的脸色青一阵白一阵，咬了咬唇，低声问：“你到底是什么时候知道的？”

林思安轻叹，“准确地说，是现在。”

莫童抬起头，脸上已是泪水涟涟，“没错！是我干的又怎么样？苏意浓她活该！她就是一个婊子！从开学第一天起，我就想跟她做朋友，可是她从来没对我用过一丝真心，这么多年来都只把我当成一个跟班，一个出气筒！我承认她漂亮，招人喜欢，有这样的朋友我本来很骄傲，可凭什么我买一件新衣服，她就一定要嘲笑我胖、我丑？只要我对她说我喜欢上哪个男生，她就一定要散播得人尽皆知，然后再来骂我自不量力？实训课的时候，总是她被老师叫到前面去演示，明明我就坐在她旁边，明明我的成绩比她好！她抄我的论文，抢先拿给老师看，被我发现之后还说我斤斤计较！大家都以为她是高高在上的公主，可我就是要让你们知道其实她就是一只人尽可夫的鸡！她总说留在这家医院的会是她，让我不要再白费力气跟她争，我就是要留在这家医院给她看看，我就是要让她输得比我惨！”

莫童已经泣不成声，肩膀抖如筛糠，林思安冷眼看着，实在没有心情安慰她，甚至不知道她为什么哭，是高兴大仇得报，还是回想起自己多年的委屈？反正一定不会是因为对苏意浓愧疚。

林思安慢慢摘下胸牌，照片里的人摆着虚伪艰涩的笑，实在不像个白衣天使。她把胸牌放在桌子上，像是终于下定了某个决心一样浑身轻松，“礼物还给你妈妈吧。我以后是真的照顾不着你了。”

林思安辞掉了医院的工作，在众人貌似惋惜的目光中收拾东西回家，出了医院大门觉得天都蓝了许多，心说这回可是我甩了她们，不是她们抛弃了我，抬起头做人的感觉真爽。

辞职这事事先和林父打了个招呼，一开始还担心会把老爷子气出个好歹来，没想到父亲只是沉默了两秒钟，便叹口气同意了，倒把林思安给感动坏了。父母大都希望儿女能继承自己的衣钵，那叫锦上添花，难得林父如此爱好医学事业，还能放过林思安一马，没逼着她一条道走到黑。

林母自然没有意见，她向来不希望林思安整日早出晚归，只是一听说林思安开始找新工作的时候就立马不干了，拉着她一通批评教育，说什么咱们家不用你出去抛头露面地打天下，赶紧趁年轻找个好婆家嫁了，然后抓紧时间生个儿子巩固地位才是正事。

“我一听头就大了，我觉得我妈很时尚啊，美容院、健身房、咖啡厅就属她去得最勤，上回还拉着王阿姨、李阿姨一起去KTV唱歌呢，怎么她在男女关系上的思想还停留在好几百年前啊？这亏了我爸老实，没养几个小情人，要不然我们家这大太太肯定得弄出人命来。”

“那你现在每天都在家干什么呀？不会读着诗词歌赋，品着毛尖儿普洱铁观音，兽性大发的时候再绣个鸳鸯小戏水吧？”

“等我再学会洗衣做饭煲汤，到时候唐健康还能看得上你？”

女人的领地意识极强，发现任何对自己男人有企图的敌情都会第一时间冲上去挠一爪子，颜唱唱也不例外，“你个怨妇给我滚！找不到工作就老实在家待着。”

“哪里是找不到，我现在根本没法找，买回来的报纸全让我妈给扔了。想上网看看吧，她还老霸着电脑不放。”

“那你爸呢？不拦着点儿？”

“他可能觉得这世界上除了当医生以外就没有正经工作了吧。”

其实也是一段不足为外人道的辛酸史。

林父把毕生精力都贡献给了伟大的医学事业，分给家人的时间实在太少了，总有忙不完的手术、看不完的病例、开不完的会，好不容易有了假期，还要国内国外地出差。林思安几乎可以说是被母亲拉扯大的，小到一支铅笔一块橡皮，大到每日接送还有升学考试，每次开家长会都是母亲去。有讨厌的小男生就嚷：“林思安的爸爸死了！她没有爸爸！”被颜唱唱按在地上一顿胖揍。有时候已经是深夜了，她迷迷糊糊地路过客厅还能看到母亲在看电视，表情空白，光一闪一闪地映在她脸上，是很无聊的娱乐节目。直到这些年林思安长大了，她才不再像护雏的鸟一样整日围着林思安转，才开始频繁地社交。每次看到母亲和邻居歇斯底里地唱歌逛街打麻将时，林思安都觉得母亲是在补偿自己这些年受的委屈，她总是很心疼。

在家里实在是闲得无事，林思安和陈阿姨要了头套和围裙，打算彻底收拾收拾自己的屋子，打开衣柜翻出曾经买的衣服，风格尽显少女朝气，嚣张得摊了一床。

林思安不敢想象以前穿上这些衣服的自己，好像在看前世一样，女人一过二十岁，便开始迅速老去，品味、思维、价值观每年都在变化，不敢感叹岁月，不敢回忆过去，那些都在提醒自己你已经青春不再，人老珠黄的下场指日可待。

翻出几张旧照片，上面的女孩机灵俏皮，故意做着鬼脸，快乐得恨不能把嘴角咧到耳朵上。而现在呢？林思安举起镜子，像是脸部肌肉坏死，牵一牵嘴角都那么费劲，皮笑肉不笑一样恐怖，虚伪至极。

谁把自己的青春年少偷走了？时间？工作？爱情？好像生活中的所有东西都是导火索，都憋着劲等着把自己烧个灰飞烟灭，真是没处说理。

林思安跪在地上，把床底下的箱子拉出来，很沉，好像诚心和她过不去。

里面装着她和陆之然的曾经，合影、电影票还有过生日时没烧完的蜡烛、逼着陆之然写给自己的情书，等等。他们还在一起的时候，林思安总喜欢一样一样地把玩，生怕磕了碰了丢了，恨不能全都抱在怀里才放心，那时候天是蓝的，水是绿的，陆之然是有情有义的。

乍然被甩之后，被一晴天霹雳给劈了个心灰意冷，所有和陆之然沾一点儿边的东西都被她如临大敌般拉入封锁区，关箱、落锁，几次想扔，又实在舍不得，只能推到床下，眼不见心不烦。

可惜藏来藏去，回忆还是留在林思安的脑子里，闭着眼睛都能说出那里面有什么，不过自欺欺人罢了。

小王子离开异星球，临走时对国王说：“我给你留了一个礼物，名字叫做想念。”

这东西有时候能让人坚强勇敢，有时候也能杀人于无形中。

林思安正坐在地上感慨万千的时候被林母看到，在陆之然的问题上，她比林思安更加严阵以待，几乎到了草木皆兵的地步，如今以为林思安又有了死灰复燃的苗头，自然是如临大敌。林思安不愿和母亲吵，只能哀哀地听着。

没想到林母对此耿耿于怀，觉得这是林思安在家闲出来的结果，竟不再阻止她找工作，甚至热情地帮忙。

林思安有些受宠若惊，没由来地有些不祥的预感。

果然，几天之后，林母就有了好消息，兴高采烈地拉着她说：“都给你联系好了，下周就去上班。”

“什么工作啊？我还没去面试呢，再说人家能看上我一医大毕业的学生吗？”

“那怎么看不上？给嘉臣做秘书，还用面什么试？”

林思安吓了一大跳，想也没想就拒绝道："什么跟什么啊，给他当秘书！我不去！"

"由不得你不去！你不是想工作吗？妈妈不拦着，但你必须得去我放心的地方上班，嘉臣是个好孩子，他会照顾你的。"

"妈，我实话跟您说吧，我跟顾嘉臣根本就不是一路人，我们不可能在一起，您就别瞎撮合了。"

"那你跟谁是一路人？你告诉我啊？人家顾嘉臣对你多上心，我上午跟他说完你的事，他下午就打了电话来，为了给你腾出位置，生生把自己的秘书调往 S 城。我又没逼你什么，只是先和他接触接触都不行吗？"

"我们完全可以私下做朋友啊，他来过咱们家好几次，我轰他走了吗？他带来的那些东西我扔了吗？为什么一定要扯上工作的事呢？"

"我都已经舍了老脸跟人家开口，嘉臣也给你预备了位置，现在你一甩手又不去，说得真轻巧，你怎么和人家交代？人家会怎么想我们？"

"谁让您自作主张地找他帮忙啊？都不和我商量一下，您这么喜欢那您去给他工作吧。"

林母已然动气，再也没有好脸色，"你留在家里做什么？又胡思乱想那些有的没的？我告诉你林思安！你别想再去找那个陆之然，老老实实给我去上班，顾氏那是大公司，有的是青年才俊，多跟人家接触接触！"

第七章

林思安被说得无言以对，原来母亲不是光冲着顾嘉臣去的，顾氏所有的雄性生物都在她的考虑范围之内，这才叫"广泛撒网，重点捕鱼""一颗红心，两种准备"。

林思安转手给顾嘉臣打电话，那边不是关机就是在开会，这两人一唱一和地配合起来还挺默契。

林母甚至已经准备好了数套正装，又买了化妆品，教林思安如何将自己打扮得端庄优雅又摄人心魂，好像上班只是捎带手，比美才是正业。

显然林思安已是骑虎难下。

“妈……我先干一个月行吗？”

林母一皱眉，“那你不是让嘉臣白费神吗？哪有说不干就不干的，这可不是咱们家的传统。你听话点儿，别让妈操心。”

你们家传统就是先斩后奏、逼良为娼吗？这话林思安自然不敢说。

林思安挑了一套铁灰色的裙装穿上，那衣服腰身收得很紧，仿佛不盈一握，下摆到膝盖处，露出纤细的小腿。

把头发高高地盘起，又戴了只细带的黑色手表和一副珍珠耳环。轻扑腮红，晕开几分桃花色。

站在镜子前照了照，她解开衬衫的两颗扣子，犹豫了下，又扣上一颗。

“哇塞！我都要嫉妒你了，大美人！”颜唱唱躺在床上，大口啃着苹果，含糊不清地说。

林思安回头，眉宇间多了几分轻愁，“你也觉得特像大老板养的小蜜吧？”

颜唱唱几乎看直了眼，“这样更好看了！真像林妹妹。”

林思安瞪她一眼，“我抽你了啊！”

“得，林妹妹变河东狮，还是现场版。”

“说真的，唱唱，我特别不想去，给顾嘉臣当秘书倒无所谓，就是觉得那种大公司里人际关系肯定特复杂，那什么……办公室政治，你知道吧？”

“有大老板给你撑腰你还怕什么？那可是她们的衣食父母，谁敢跟亲爹过不去啊？那些都是人精，你一去，新的办公室政治就出炉了，得一切唯老板娘马首是瞻，是吧？到时候我得好好教育教育我们家唐健康，其他人可以不巴结，总裁的心尖可不能小看啊！”

林思安一把夺过她的苹果，恨恨地说：“滚出去！这东西是给人吃的，你凑什么热闹！”

颜唱唱说的那些正是林思安所担心的。她当初为什么离开医院？不就是不想被人戳着脊梁骨骂自己搞裙带关系、靠着老子发家吗？如今去了顾嘉臣的公司，不过是换汤不换药，父女关系尚且被人如此忌讳，何况她和顾嘉臣根本非亲非故？少不了又会扯上些男盗女娼的肮脏事儿，阮玲玉还在遗书里写过“人言可畏”四个字呢，那些人肚子里都是藏了钻头的，林思安怎么绕得过他们？一人一张嘴，她百口莫辩。到了那时候，顾嘉臣何止是衣食父母，他整个就成了自己的活祖宗！得时刻供着，惹不起，更躲不起。平日里顾少没皮没脸惯了，别人怎么说怎么想他都能不痛不痒，可是自己呢？难不成也要落个对月流泪、对花惆怅，最后吐血而亡的下场？

林思安想得遍体生寒，求饶的话已经到了嘴边，一转眼又看见林母殷切的期望，生生又把满眼的辛酸泪憋了回去。

恐怕说了也只会让母亲拍手叫好，她巴不得有舆论造势，逼得林思安和顾嘉臣勾搭成奸。

周一一大早，顾嘉臣就开着他的座驾登门了，林母认为他体贴备至，林思安却觉得他在耀武扬威。

"今天是思安第一天上班，我怕她不认得路，就过来接一下，打扰了，阿姨。"

这种彬彬有礼的作态最能得到中年妇女的欣赏，林母赶紧拉着他在餐桌前坐下，"嘉臣吃过早饭了吗？在阿姨家吃点儿吧，千万别见外啊。"

顾少还真不客气，拿起叉子就向培根伸去。

林思安皱着眉把盘子拉过来，慢慢地说："谁让你吃了。"

林母"啪"的一声把杯子放在桌上。

林思安才拉到一半，咬咬牙，又推了回去。

"你帮了我们思安这么大的忙，阿姨真不知道该怎么谢谢你，有时间一定要常来玩啊。"

"阿姨您太客气了，我和思安本来就是朋友，互相帮忙是应该的，上次她还去我家帮我过生日来着，那天我们都很开心。"

林母的眼睛霎时亮了起来，"思安，这事怎么都不告诉妈妈一声？"

林思安硬着头皮笑了笑。

"既然这样，那嘉臣啊，我们家思安就交给你了。她太单纯，脾气又不好，老是迷迷糊糊的，得罪了人也不知道，你可要照顾好她啊。"

顾嘉臣看了林思安一眼，笑起来，"那是自然，要是有这个机会，那可是我的福气。"

林思安再也听不下去了，大清早的为什么给自己肠胃找不痛快，嘴里还含着果汁，也顾不上咽，拉起顾嘉臣就走。

林母还在后面喊："思安，你懂点儿事，别老欺负嘉臣。"

哪里还听得进去，她心里冷笑一声，只怕十个林思安也斗不过一个顾嘉臣。

终于坐上了顾少的座驾，林思安是车盲，分不清这是多少钱的名家新款，只觉得椅子舒服极了。

车子开得极稳，林思安没有一点儿交流的欲望，顾少几次开口都被她“嗯嗯啊啊”地敷衍了，就是要憋死他。靠在椅子上假寐，没想一会儿工夫竟真的睡着了。

安静地开了一路。顾嘉臣把车停在路边，看着身边的女孩。

长长的睫毛像扇子一样，忽闪忽闪的，让人看得心痒。

他忍不住，靠过去轻轻吻在她的唇上。

齿颊噙香，还有淡淡的橙汁味。

林思安猛地惊醒，看着近在咫尺的顾嘉臣一阵茫然。

顾少不慌不忙，“正要叫你起来呢。”

那感觉很轻，林思安不太确定，总不能追着问人家你亲我了是不是是不是是不是？

她觉得脸上发烫，若无其事地看了看窗外，“这就到了？”

“下了车再往前走五十米就是，我知道你不想被别人看见和我一起来。思安，你在怪我。”

林思安垂下眼。

“其实你的那些顾虑我都想到了，所以才会安排你做我的助理秘书，你是直属于我的，平日里和你接触的也只是各个部门的几个主任还有经理而已，剩下的员工很可能根本就不知道还有助理秘书这么一个职位，更不会去关心它的人员变动。你根本不用担心办公室政治人际关系什么的，你接触最多的就是我……思安，不是怕我嫉妒你才华出众品貌过人，然后说你搞裙带关系走后门吧？”

林思安笑出声，开门下车，跟顾嘉臣敬了个礼，“总裁，小的初来乍到，不懂事，请多多指教啊。”

走到公司门口，林思安仰头看着这几十层的建筑，再一次感叹顾家的财大气粗，几代人的拼搏，换来这横亘整个 B 城的基业。如今让顾嘉臣轻易接手，他就是再年轻有为也不免遭人嫉恨。

迎面走来一个美女，大冷天的，鼻尖都冻红了，笑容却还是那么大方得体，“林思安小姐是吧？我是姜月，总裁让我在这里接你。”

林思安真是受不起，暗骂顾嘉臣怎么忍心让这样一个大美人在外面受冻，“不好意思，我来晚了，您等很久了吧？真是对不起。”

美女眼里闪过一丝惊讶，笑容多了几分真诚，“林小姐客气了，总裁的吩咐就是我分内的事。”

真够敬业的，这才像女秘书吧？除了听话还是听话，哪像她，每次都得让顾嘉臣哄着让着。

电梯是按层数分的，一层到十二层是一号梯，人群大多拥挤在那里，十二层到二十四层是二号梯，二十四层以上的是最后的三号，林思安和姜月身边几乎没什么人，间或有跟姜月打招呼的，却没一个开口问林思安是谁，甚至多看一眼也不曾。

看来功夫都很到家啊，别人不牵头介绍，便连问也不问，想往上爬，首先得扔掉多余的好奇心，能混到3号梯的，肯定都是杀出多条血路的战斗机。

一直坐到顶层。林思安没有想到自己的工作环境这么好，竟然还有间独立的办公室，就连在总裁室的外面，这助理秘书活似古代的大太监，任何进宫面圣的人都要经过她的排查，然后再颠颠地前去通报万岁爷，准了才能放行。

房间不大，但是五脏俱全。角落里还有个小吧台，咖啡豆、咖啡机以及各种茶叶一应俱全，想也知道是给里面那位预备的，自己的待遇估计就是旁边的饮水机。

“总裁一共有三位秘书，切瑞已经被调去S城，瑞贝卡怀孕了，准备辞职在家专心照顾孩子。我主要负责顾氏与媒体、慈善机构、国内外的同行们还有外地子公司的一些外联沟通工作，平日一般都不在公司。这是林小姐的办公室，有任何要见总裁的人都要先打进桌上这部电话，你要根据总裁的时间来逐一进行安排。当然，加急文件不要擅自做主，一定要向总裁问清楚，我们谁也不知道延误一分钟会给顾氏带来多大的损失。除此之外，林小姐还要制订好总裁每日的行程，这个需要我们两个沟通配合，我会主动联系你。公司内部会议由你来陪总裁出席，顾氏的社交事宜由我来协助总裁，我要是抽不开身，就还要多多麻烦林小姐了。有任何不清楚的地方都可以随时问我，不必客气。”

姜月嘱咐完，末了还浅浅地鞠了一躬。林思安诚惶诚恐地还了一个，心里越发没底，尤其是那句“不知道会给顾氏带来多大损失”。伴君如伴虎，看来顾嘉臣的贴身大太监加老妈子加看门狗真不是那么好当的。

姜月果真心细如发，立刻笑语盈盈，“林小姐不用担心，只要协助好总裁办公，你的工作其实没那么复杂，而且新的秘书已经在招聘当中，你很快就会有助手了。”

她已经是别人的助手，助手还需要助手？这是要建设人造卫星还是开发核武器啊？

林思安一下子还真有些转换不过角色来，里面那个若是顾嘉臣，逼急了她可是什么都做得出来的，可现在那人成了顾家大少，林思安觉得自己霎时没了气焰，高度下降到人家大腿，只能跟在顾少后面屁颠屁颠地端茶倒水，心里颇有些不是滋味。昨天还跟自己站在小山坡上的人，今天就占山为王可以颐指气使了，这是多让人悲愤的落差啊。林思安咬咬唇，啊对了，就今儿早上，顾嘉臣还上我们家蹭饭吃呢！一转眼的工夫，我就得奴颜婢膝地伺候人家了，这叫什么事儿！

何况这工作危险系数还不小，动辄就是机密文件加急文件的，要真有个三长两短，顾嘉臣能看在他阿姨的面子上不让林思安豁出命去赔吗？

虽然不愿意讨他欢心，可分内的事还是得做的。

林思安煮了咖啡，在浓郁的香气中敲了敲门，听到一声“请进”。

真有种鸡皮疙瘩往下掉的感觉，她硬着头皮推开门，里面的豪华程度自然不必赘述，顾嘉臣正在看文件，只抬头瞅了她一眼，“放在桌上就好，谢谢。”

林思安有些莫名气闷，真是公私分明啊。

本以为会忙得四脚朝天，却不料一上午都无事可做。靠着上网消磨时间，林思安又和颜唱唱发了会儿短信，不知不觉间，再一看表，竟然已经一点钟了。

林思安大惊失色，想到顾嘉臣还没吃饭，也不敢贸然进去问，只好给姜月打电话。

训练有素的美人也不禁吃了一惊，“赶紧打电话跟楼下那家餐厅订餐，让他们快点做好送上来，你先记一下总裁喜欢吃什么还有平时的忌口。”

在纸上足足记了两大页，不吃青椒、不吃萝卜、不吃竹笋、不吃辣，还指定大厨，这顾嘉臣到底是几岁？

挂了电话之后，林思安才想起来没问餐厅的电话号码，再打过去那边已是通话中，实在不敢再委屈顾少的胃，只得亲自下了楼，几乎是一路小跑。

好不容易等到饭菜端上来，打好包要结账的时候才发现没带钱包，林思安一阵困窘，对着服务生甜美的笑容张不开嘴，犹豫半天，咬着牙说：“不好意思，我能不能赊账？我就在旁边的顾氏上班，今天下来得太匆忙，没带钱包。”

服务生和经理商量了一下，再回来时态度好得不得了，“小姐您好，请问这是不是顾先生的工作餐？”

林思安不确定顾先生是谁，一不小心脱口而出，“你说顾嘉臣？”

服务生眼睛瞪得像看到了外星人。

林思安轻咳两声，“是……给我们总裁买的。”

“这就对了，我们经理熟知顾先生的口味，而且只有顾先生才会指定厨师。”

原来顾嘉臣的口味都成了活招牌，挑食还挑出名了，这可真是天子待遇，万岁爷一皱眉，小太监就知道今儿的菜咸了。

“经理吩咐了，顾先生的用餐金额都是月底一并结算的，您直接带走就可以了。”

没钱，自然免不了饿肚子的命运，总不能算在人家顾先生的账上。

阵阵香气从保温餐盒里散发出来，林思安委屈地摸了摸肚子，电梯里的镜子上映出自己可怜兮兮的一张脸。

敲敲门，还是一声彬彬有礼的“请进”。

顾嘉臣竟然还在看文件，一副无框眼镜架在鼻梁上，俊美中多了几分书卷气。

迎着他温和的目光，林思安满心愧疚，“总……总裁，您该吃饭了。”

顾嘉臣看了眼腕表，恍然一笑，“都已经一点多了啊……怎么样？第一天来上班还适应吗？”

林思安心虚得很，一上午什么正经事都没干，还把主子的饭给忘了，只得越发恭敬，“还好还好，姜月小姐都已经吩咐过我了，我会努力做好的。”

林思安赶紧把午餐奉上，汤匙、筷子、餐巾纸一应摆好，顾少挑挑眉，“为什么你的殷勤里面透着几分心虚？”

林思安深吸一口气，“对不起。我忘了还要给你准备午餐，下次一定注意。”

顾嘉臣摘下眼镜，揉了揉太阳穴，眉宇间尽是疲惫，“就为这事儿？没关系的，反正我也不饿，早一点儿晚一点儿都无所谓。”

林思安看着他恹恹地打开餐盒，莫名地有些酸涩。

身处高位，势必要比别人多操十分心，否则一不小心跌下来摔个尸骨无存，别人也只会哀叹两声然后扬长而去，茶余饭后又多了谈资而已。顾嘉臣是堂堂大少爷又如何，只怕处境更艰难，创不出成绩来，被人指着鼻子骂败家子，好不容易在商界杀出条血路，又怎么知道合作伙伴会不会一转身就嫌弃他是抱老子大腿的窝囊少爷？旁人苦了累了难过了，还能回家诉诉委屈，顾少呢？亲妈死了，亲爹又不管，还扶正了小老婆，真是一部现代版的《XX秘史》。

“思安，你吃过饭了吗？”

咽咽口水，林思安理了理桌上的文件，“嗯，我一会儿在外面吃就好。”

好在每天她都有带水果的习惯，聊胜于无吧，对着电脑“咔嚓”一声咬下一大口苹果，打开邮箱一看，姜月已经把顾嘉臣接下来一周的工作日程发了过来，林思安粗略地扫了一眼，不禁咋舌。

一抬头，那可怜的顾少爷正倚在门上看着自己，“这就是你的午餐？”

林思安只好使劲嚼嚼嘴里的苹果。

“已经瘦得跟竹竿一样，再减肥就要吓死人了，进来和我一起吃吧，你买的东西太多了。”

到底又同桌吃了一次饭，林思安懒得去想那几位秘书是不是也像自己一样大胆，眼睛一闭又夹了筷牛柳。

顾嘉臣问：“怎么中午不买饭?”

“没带钱包。”

“那这个是怎么买回来的?”

“你的工作餐费用是按月结算的，不需要我操心。”

“那你就打算饿一下午?”

“我有一个苹果呀。”

“明天开始，你直接打电话给那家餐厅定两份工作餐，算是我给你的福利。”

“那不行，我凭什么贪你的小便宜。”

顾嘉臣气得牙痒痒，“那你现在正吃谁的东西呢?”

林思安惊慌地抬起头，嘴里的饭菜在脸颊上鼓起两个小包。

顾嘉臣真是哭笑不得，“你在我面前的那份嚣张劲儿去哪儿了？这么听话实在太让人不适应了。”

林思安不禁瞪了他一眼，心说你有病吧，还有老板不想要听话员工的？那是找下属还是找祖宗呢?

顾嘉臣用汤匙搅着碗里的汤，细致而温柔，这么简单的动作竟能被一个男人做得如此优雅。

“楼下这几家餐厅做的东西味道的确不错，但我怕你每天吃会腻的，有时间带你去附近转转，碰到喜欢的就把送餐电话记下来，不要再亲自跑一趟了。”

“我看到这附近有麦当劳。”

顾少皱起眉头，“快餐很不健康的。”

林思安眨眨眼，“知道啦，大叔。”

“做饭像我这么好吃的大叔现在已经很难找了，我可还记得，你上回去我家吃饭，恨不能把菜汤都舔一遍。”

“真对不起，我那势如猛虎的样子把您吓坏了吧?”林思安夹走最后一个虾球，何必枉担了虚名呢。

一碗温度适中的汤被推到面前，那人目光温柔得像在看一个调皮的孩子。

那天也是这样，他把搅凉的汤推过来，自己顺势喝了，丝毫没有多想。

怎么今天竟觉得这样旖旎亲密，平添了几分心慌？

林思安恨不能把脸埋进饭里，再不敢抬头。过了一会儿，她又故作轻松地说："姜月小姐已经把你接下来一周的日程表给我发过来了，等下我会拿给你看，再做修改。"

顾嘉臣轻叹，"那你问问姜月小姐能不能行行好，给我多放几天假？实在不行就免去几桌酒会，退了高尔夫俱乐部，慈善晚宴也由她代劳。"

林思安一本正经地说："总裁的意见我会严肃地转达。"

第八章

一转眼已在顾氏待了两个月，熟悉各项工作之后，每天依然会有小小的负罪感，林思安觉得自己真是堕落了。原来在医院上班的时候，整日忙得不可开交，时常连口饭都吃不上。给一个又一个的小病患看诊，病情都大同小异，同样的处方一遍遍地开，同样的疑问一遍遍地答，就连哄孩子的话语和微笑都一成不变，那时她以为这就是生活，这就是每个人都该经历和忍受的忙碌。

来到顾氏上班以后，她才发现自己错得有多离谱，原来人和人的那八个小时竟会有如此大的差距。如今她做着传说中两个人的工作，还有大把的时间在网上和颜唱唱聊天。那个家庭主妇每次看到她在线都嫉妒得不行，又听说在顾氏小蜜吃饭总裁报销，对林思安这种带薪腐败的行为更加痛恨，时常抱怨某人的工资应该分一半给楼下累得要死要活的唐健康。

林思安很是安于现状，不用费心经营人情往来的工作环境简直就是天堂，伺候一个人当然要比伺候一百个人轻松多了，何况顾嘉臣确实是个让人不得不承认的好老板。在这里不用担心别人和自己聊起张家长李家短时应该如何接话，也不会有人因为自己今天戴了名贵的耳环而指指点点。她知道同龄的女孩现在正是大笑大闹肆意挥霍青春的时候，不应该这么死气沉沉，可她林思安就是角落里的一株讨厌阳光的杂草，不喜欢出门，不喜欢讲话，不喜欢交朋友，就打算欺负颜唱唱一辈子不撒手，又怎么样呢？顾嘉臣真是把她的懦弱拿捏得分毫不差，旁人看来林思安是被丢在一旁自生自灭，却不知那正适合她孤僻而无辜地生长。

被人这么准确地了解是件很恐怖的事，人和人相处的亮点就在于时刻存在着不为彼此所知的惊喜，倘若对方可以轻而易举地探知你下一步的所思所想、所作所为，你的下场要么是被厌倦抛弃，要么是永远被吃得死死的。这两种结果都让林思安很不爽。

某日正和颜唱唱聊天的时候，唐健康拿着文件进来，挤眉弄眼地笑嘻嘻道："老板娘，我需要老板给我签字，你拿进去还是我拿进去？"

林思安恨不得拿显示器砸他，颜唱唱现在把唐健康教育得越来越不正经了，哪里还有初见那晚月光下的小娇羞。

她是真的不喜欢别人开她和顾嘉臣的玩笑，几个月前听到之后还能一笑而过，现在是越来越恐惧那种状况，每次顾嘉臣都是笑而不语，她在一旁一边跳脚一边解释，活生生的一副欲盖弥彰。

"我倒觉得你们很配。"

"你又是从哪儿来的灵感？"

"嗯，你和顾少很有夫妻相啊！"

"拜托，起码你给我一个人类能接受的理由好不好？"

"夫妻相本来就很重要啊，别相信什么王子灰姑娘的童话，看着不般配是会出现问题的，就算内部感情勉强和谐，也架不住旁人没完没了的冷嘲热讽，时间久了肯定有人受不了。"

颜唱唱是一根肠子通到底的性格，从她说的话就能知道她最近在想什么，都已经考虑夫妻相的问题了，看来和唐健康已是好事将近。

那边还在喋喋不休，"……然后我们才能考虑其他的问题，毕竟知人知面不知心啊，有多少被人看好的金童玉女结婚没几年就领了小绿本？感情这东西是必须要细心经营的，各玩各的可不行，就比如说你和陆之然，那时候我一个劲儿地提醒你季佳安不是好东西，你非说他俩只是邻居关系、兄妹关系，结果现在人家给你整了个睦邻友好、兄妹乱伦，你有辙吗？"

蓦然间，林思安的胸口尖锐地疼痛，像是锥子深深地扎进心窝，觉得没过瘾，拔出来在相同的地方又扎进去，一次比一次更疼。

颜唱唱的关怀总是带着几分莽撞，让人措手不及，她太幸福，始终都不明白，陆之然是林思安刻进骨子里的名字，每提一次都要扯下一层皮肉。

林思安悄然下了线。

总是有那么一个人，明明让你恨得撕心裂肺，却还是将他的一切都记得清清楚楚，不敢想，又不能忘。

轻轻敲了敲门，无人应答，林思安进去一看才发现顾嘉臣趴在桌上睡着了。

林思安知道顾嘉臣实在是太累了。她比任何人都清楚他每天要看多少份文件，要审核多少份合同，要参加多少个会议，每一笔款项的划拨都要经过严格的审核，所有人的眼睛都在看着这位年轻有为的阔少爷，即使他把公司的业绩翻了好几倍又怎样？稍有一点儿松懈，便会被人戳着脊梁骨骂。

有一次，一个部门经理拿着计划案来找顾嘉臣签字，竟是员工要求翻新整栋大楼的厕所，理由是地砖的颜色不符合未来几年的流行趋势。顾嘉臣把他狠狠地骂了回去，“厕所又不是他们家厨房，颜色不好还影响食欲啊？想镶钻石是不是，只要他们出钱，我举双手赞成！谁有意见就让他上来用我的厕所，我倒要看看他的尿是不是那么金贵！”

林思安从没看过顾嘉臣发火，那还是第一次，想到那经理灰溜溜出门的样子就好笑。这理由编得真的太烂了，顾嘉臣若是一时糊涂把这笔钱批下去，经过底下一层层的老鼠，指不定还能剩下多少。家族产业都会有这样的诟病，长老繁多，冗员严重，大家都在坐吃山空，又能支撑得了多久呢。

林思安不知道其他公司的老总是不是也像顾嘉臣一样事必躬亲，可即使如此卖命，其他人也只是两眼一抹黑装看不见，满心的理所当然。股东大会上，顾嘉臣很少说话，都是各大股东在互相吹捧，好不容易谈到公司的事，也都要按他们的意思，稍有不如意，便摆出一副“你瞧着办”的嘴脸。这些老头有的比顾父年龄都大得多，当年以极低的价格入股，如今水涨船高，一个个都财大气粗起来。在他们眼里，顾嘉臣只是黄口小儿，不足为惧，即便顾家是最大的股东又如何，终究不能一人独大。

“年纪都能做我爷爷了，我能对他们怎么样？不高兴就死赖着不走，活像要死给我看，顺心了才拍着肩膀笑呵呵，又是口口声声的贤侄贤侄……这哪是股东，分明是活祖宗，我又不能不带人家玩，只要给足他们好处，谁还会在乎顾氏的死活?”

就连睡觉，他都是皱着眉的。

林思安不知道自己此刻的感觉究竟是同情还是心疼，真的不想看到顾嘉臣这么辛苦这么委屈，她都替他觉得冤枉。

拿过大衣替他披在身上，动作再轻，顾嘉臣还是醒了。

看到林思安，睡眼蒙眬间就先笑了起来，“我又耽误你下班了吧？”

顾嘉臣可真是变脸的高手，平日里和林思安在一起，没有一刻不是笑着的、温柔的、狡黠的，那轻浮的作态怎能不让人以为他是纨绔子弟？如今看到他每日都像背水一战似的工作状态，林思安真是奇怪他怎么还有力气笑得出来，甚至连眉眼间的一丝疲惫都无处可寻。

而自己呢？整日就只会纠缠些小情小爱，拿出过去翻看，一片空白，上面就写着“为了一个男人爱过痛过不要脸过”。

事业名誉、幸福快乐，这是人生中最重要的两样东西。

如今的林思安，却是真正的两手空空。

她什么也没有。

准备睡觉的时候，她接到顾嘉臣的电话，那边的声音有些疲惫，“思安，睡了吗？”

“还没。怎么了？”

“有件事要拜托你。”

林思安不确定是公事还是私事，只想着尽力帮忙就好，“你说。”

“嗯，这个周末有个慈善晚宴，我想请你做我的舞伴。”

“就这事儿？当然没问题啊，我可是你的秘书，这是我的工作。”

就是下次少占用我的私人时间，林思安在心里暗暗补上一句。

“不，我是想以私人名义邀请你，不算工作上的事，能陪我吗？”

林思安一顿，像是大热天喝了一口冰酸奶一样，从喉咙一直流到胃里，有种说不出来的感觉，“那……这就算帮朋友的忙是吧？”

“这是当然。”

林思安底气硬了些，“这种事你下次还是找别人吧，慈善晚宴那地方我玩不来的，听着就很无聊……我还用捐钱吗？”

顾嘉臣一笑，“这么说你是答应了？不仅不要你捐钱，礼服我都已经替你准备好了。”

林思安眼睛一亮，哪个女孩不想穿着水晶鞋去城堡溜一圈？何况还不用担心十二点一过就被打回原形，嘴上却不好意思地说：“那多不合适啊。”

“是吗？那算了，估计你也不喜欢，我扔掉好了。”

谁不知道顾少的品味是出了名的高雅，他的穿着经常被时尚杂志打高分，有时还名列明星之前。

林思安气得直挠床单，“顾嘉臣，你别讨厌啊。”

“哇，脾气见长啊，我还以为你最近乖了许多。”

顾总裁，你这是哪里来的错觉？别忘了现在可是非工作时间。

快挂电话时，林思安忽然小声说：“多注意身体。”

那边顿了两秒，顾少含笑的嗓音温柔得不行，“谢谢。”

林思安向来不是阿谀奉承的人，若非真的关心，你就是累死了，她也不会多说一句，冷血而又耿直的小坏蛋。

然后恰恰是因为她说的很多话不会带丝毫水分，才会让人听起来那么舒心。

顾嘉臣把玩着手机，眼神深邃得像一片琥珀色的海，让人跌进去就爬不出来。

周末一大早，顾家的司机就把礼服送了过来。鹅黄色的裙装，下摆直到脚踝，小披肩玲珑精致，还飘着几朵小巧的蝴蝶结。

林思安真是一见倾心，她从来都没有机会参加晚宴，心里一点儿概念都没有，倒是对这套衣服的期待更大一些。

穿上试了试，尺寸竟然分毫不差，她歪了歪头，看着镜子里的人，不管多大的女人都有权利做公主梦，是吧？

“嘉臣对你可真上心，思安，你老实跟妈说，你们发展到什么阶段了？”

“妈，您又来了，我们只是上司和下属的关系，下了班能勉强称为朋友，不是您想的那样。”

“那他这次让你陪他出席慈善晚宴？那是什么地方啊，根本就是上流社会作秀的舞台。”

“我们这是工作需要。您要是她的秘书就该您陪他去了。”

“傻孩子，人家嘉臣是这么想的吗？你看看他送你的这件衣服，合身得吓人，一个男人能这么了解你的穿衣尺寸还不能说明问题？当年你爸爸送我的衣服不是肥了就是瘦了，还老奇怪我为什么不穿，我找谁说理去？”

林思安心里一动，此刻柔软的布料贴在身上竟有些不适。

顾嘉臣的温柔是那样不露声色，但却无孔不入，日子久了会让人上瘾的。

林思安知道自己现在的处境有多危险，就像站在云雾环绕的悬崖边，所有人都在推着她前进，但却没有人知道那片白茫下究竟是刀山火海，还是世外桃源。

她疼怕了，所有的力气都用在了上一场和陆之然的殊死博弈中，输得溃不成军，哪里还敢再豁出命去陪人玩。

迎着黄昏，顾嘉臣眼里流过浅浅的惊艳，不着痕迹，却让那目光更显专注。

林思安脸上一阵发烫，只好提了提裙摆，“见笑了啊，没吓到您吧？”

顾嘉臣为她拉开车门，“美丽的公主，请。”

一路开到某个不知名的会馆，金碧辉煌，仿佛都不足以形容其边角，连区区门童都是一身名牌西服。

里面更是极尽奢华，巨大的水晶吊灯掉下来能足足砸死二十个人，往来尽是名流，林思安还看到了颜唱唱很喜欢的那个当红小生，孤零零地站在一边，根本没有人上去搭话。

林思安到底还是个窝在家里没见过什么世面的小女孩，此刻心里有些打鼓，拉了拉顾嘉臣的手，“我需要做什么呀？你先教教我好不好？”

顾嘉臣看了看她，那小丫头怯生生的表情让他心头一阵柔软，“跟我跳支舞就好，这个你肯定会吧？”

林思安猛点头，长长的耳坠一阵乱晃。

几个相识的老板迎了上来，握着顾嘉臣的手就不松开，“好久不见啊顾少爷，什么时候再去杀一局？上次输你一个球可让我不甘心了好久！”

他们多边会谈似的聊个没完，从天气到股票，从沙狐球到高尔夫，最后还不忘比较比较哪里的温泉最好。

一转头，那老板打量了一下顾嘉臣身边老实得跟小媳妇儿似的林思安，笑道：“顾少，这是哪一位啊？怎么也不介绍一下。”

人家问的是顾少，林思安自然不能搭话，又不敢给主子丢人，只好向那老板礼貌地笑了笑。

顾嘉臣轻描淡写，“这是我朋友，林思安。”

平日里，大家对彼此带在身边的女伴都是心照不宣，出来玩，被问到了也大多一笑而过，毕竟只是图个新鲜逢场作戏而已。今天听到顾少这样的口风，自然对林思安另眼相待起来。

“原来是林小姐，幸会幸会！”

“顾少爷的朋友果然是人中龙凤，林小姐好风采！”

“真该让我那女儿也来见见林小姐，让她也知道知道什么叫大家闺秀。”

林思安被夸得不知如何回答，只得和每人握了一遍手，心想这些可不是一般人的手，动辄就指挥上百万上千万的生意，今天自己也算捞回来了，握了满手的财气。

音乐响起，人群渐渐向场中央拥去。

顾嘉臣也伸出手，“这位小姐，能赏脸陪我跳支舞吗？”

林思安忍不住笑起来，“看你表现。”

顾少直接牵起她的手吻了吻，语气疑似撒娇，“算我求你了呀。”

林思安摆出一副嫌弃状，“勉强给你个面子好了。”

整个大厅里，再也找不到第二对像他们这般金童玉女的组合，裙摆翩跹间，是呼之欲出的默契。

两人逐渐成了焦点，时不时还引来阵阵掌声，有个老外在一旁用艰涩的中文说：“中国娃娃！中国娃娃！”

林思安不善应对这样的状况，加上顾嘉臣一直紧盯着她不放，步子一乱，踩到了乱放电的顾大少。

“喂，想报复我也不能让我这么出丑吧，大家都看着咱们呢。”

“就是啊，他们老看着咱们做什么？”

“当然是因为咱们配合默契跳得好。”

“那就活该被当猴看？让他们交钱！一人一百！”

顾嘉臣满脸的不可思议，“林思安，你太势利了，能不能先从钱眼儿里爬出来一分钟？”

“我这怎么能叫势利？合理利用资源而已。哦，对了，我忘了顾少是非卖品，丢不起这人。”

林思安俏皮地眨眨眼，正巧音乐在此时停下，顾嘉臣拉上她突出重围，一路跑到露台上。

园子里种着不知名的花，浅浅的粉色和蓝色，淡淡透着奶香。

“这是什么品种啊？好漂亮，真想摘回去养在家里。”

“真正的惜花之人才舍不得呢。”

林思安白他一眼，“你就会装蒜，附庸风雅。”

“我只是知道该如何爱我身边的一切，花一样，人也一样，这有错吗？”

也许是月色太好，也许是顾嘉臣的声音太温柔，林思安直觉不该在此时此刻讨论这些情情爱爱惜花护花之类的问题。

“我们还是进去吧，肯定有好多人要找你呢。”

顾嘉臣低下眼帘，在她脸颊上轻轻吻了一下。

林思安惊慌地捂着脸，那模样倒像是被人抽了一巴掌。

“你……喝多了吧。别待在这里了，被人看到不好，快走吧。”

顾嘉臣死死地拦住她的去路，衬着身后又大又圆的月亮，活似意图不轨的小流氓。

“林思安，你看着我。”

林思安下意识地抬头，顾嘉臣严肃而专注地盯牢她，这人眼里没有温柔和笑意时就如同一把出鞘的剑，锋芒毕露，寒意凛然。

“你还想躲我躲到什么时候？我们认识这么久了，难道你还以为我只是一个不知上进、以玩弄女人为乐的花花公子吗？思安，我们今天把话说清楚好不好？”

林思安闪躲不开，眼睛里多了几分恳求，“我们……就这样不好吗？做朋友……在感情的事上谁也不干涉谁。”

剩下的话，就连自己都说不下去了，这是多么冷血自私的要求。

顾嘉臣的心却莫名其妙地软了下来，“我只是希望你能给我一个机会，不准不仔细考虑就直接说不要我。”

那语气甚至带了几分委屈，想他可是顾嘉臣，死死撑起顾氏一片天的男人。林思安心头一阵酸涩，却又多了些别样的甜蜜，轻轻点了点头。

顾嘉臣吻在她的唇上，林思安想躲，却被揽住腰拉到怀里。

花似乎更香了，眼前飘过烟岚的颜色。

近在咫尺的眉眼清俊得难以描摹，最是眸光辗转间的几分如诗如画。

林思安听到自己剧烈的心跳，那是似曾相识的频率，破土而出般用力。

第九章

不料那半推半就的一吻竟然引出无数祸事。

林思安早知道顾嘉臣是公众人物，一举一动都在万众瞩目之下，生意场上的成就是给内行人看的，普通大众却津津乐道于他的风流韵事，所以顾少一直是八卦杂志上的红人。和名模跳个舞，和影星拉个手，就连跟人隔着安全距离聊天，只要那边是个雌性生物，就能惹出旁人的浮想联翩。林思安不是爱八卦的人，但和颜唱唱凑在一起达成了正负相吸的局面，经常嗑着瓜子一起翻看娱乐杂志，看见谁跟谁因为谁而分了就拍手叫好，活似两个深宫怨妇。

看得多了，自然也有了些鳄鱼式的同情，人家穿着拖鞋去街上倒趟垃圾怎么了？凭什么就得被批得脑袋不是脑袋屁股不是屁股的，非得烟熏妆晚礼服上阵才显得对人民大众足够尊重？有换衣服那时间垃圾车都跑了十辆了。

当名人太难，林思安以为自己一辈子都没机会享受到这种痛并快乐着的滋味，却忘记了“常在河边走，哪有不湿鞋”的道理。顾嘉臣是一朵闷骚的花，散发着无尽的八卦气息，实在是引人入胜，而自己却一不留神成了被殃及的池鱼。

“啪”的一声合上杂志，一低眼又看见封面上醒目的标题，林思安头疼欲裂。

《顾少恋人曝光 情系世交千金》。旁边还配上他们在露台上接吻的照片，自己在文章中也成了林某某，吹得那是天花乱坠，第一段就胡扯说她和顾嘉臣十多年前就定了娃娃亲。

林思安死盯着封面上某人俊俏的侧脸，恨不能用眼神烧出一个洞来。

母亲那意味深长的眼神让她无言以对，颜唱唱还不知死活地发来一个恭贺新婚的电子贺卡，现在就连上班都要戴上大墨镜，生怕被人认出来。

最逍遥的反而是那罪魁祸首，近几日动手动脚的行为还大有愈演愈烈之势，时不时地偷着拉拉小手亲亲脸颊，林思安心里暗恨，不是说只想要个机会而已吗？不是说绝对不逼我吗？那时候要不是看你可怜兮兮的，我也不会大意失荆州，落得现在陪你在杂志上丢人的下场，没想到顾嘉臣你个浑蛋竟然没有一丝悔恨之心，反而愈加猖狂。如此一想，林思安憋屈坏了，对顾嘉臣也没了好脸色。

某日去送文件，被某人扯住胳膊，一不留神跌坐在他大腿上，林思安像被蜜蜂蜇了似的跳起来，恨不得一脚踹上去，“顾嘉臣！信不信我告你性骚扰?”

顾少的不要脸已经到了一定境界，“好像整个 B 城都觉得我们关系匪浅，你要是真去告我，会不会被人误会我们在打情骂俏?”

林思安一口气憋在心里，说不过，打不过，真是要活生生被气死。

顾嘉臣看着她摔门而去，笑得越发像只狐狸。又翻出那本杂志看了看，指尖摩挲着图片上的人，顾嘉臣轻叹一声，枉他还自诩是个君子，还不是一样为个女人用尽手段？拿起手机拨了个号码，“王主编，我是顾嘉臣。说了要请您吃饭的，怎么能言而无信呢……您太客气了，我是真想好好谢谢您……那篇稿子是谁写的？真的很不错，比我预计的效果还要好很多，还有拍照片的那位，我一定得给个大红包……您定个时间好了，咱们出去吃个饭，这事算我欠您一个人情，以后有什么用得着我的地方您尽管开口。”

林思安不愿再去纠缠谁对谁错，反正脸已经丢了，又不能找警察叔叔伸张正义，更不能找顾嘉臣讨要精神损失，索性舍了一张脸任人品评。况且人家是冲着顾少来的，他身边是男是女都没关系，自己就是那美人脑袋上的红头绳，无关紧要，时间长了谁还管她林思安是萝卜还是白菜。

只可惜有人把这件事看得比天还大，哪里那么容易就能糊弄过去。

林母没有再逼问林思安和顾嘉臣的关系，她以为女儿害羞张不开嘴，做母亲的当然要善解人意一点儿，“思安，找机会我们再把你顾叔叔约出来吧，我们一起吃个饭，商量一下你和嘉臣的事，这回你可不许再惹人家生气了。”

林思安觉得自己的舌头都要生茧子了，“妈，您就别添乱了，还嫌我不够烦是不是？”

“你有什么可烦的？该烦的是我，女儿偷偷交了男朋友都不告诉我一声，可真够把我放在眼里的。”

“谁说他是我男朋友了？”

“那这照片是怎么回事？”

这可真是问到点子上了。

“现在整个 B 城都知道你和嘉臣的事了，在广大人民群众面前你还想抵赖？思安，妈妈看人不会错的，顾嘉臣是个有责任感的好孩子，你们很合适。”

“合适的人多了，您怎么不去撮合他们？顾嘉臣就会在您面前装蒜，他其实可讨厌了。”

“那你敢摸着良心说你一点儿都不喜欢他？”

林思安猛地一顿。

林母立刻就笑了出来。

转头接到不知是王太还是李太的电话，林母底气自是足了不止一两分，“我就说嘛，我们家思安可不是一般的姑娘，要选就得选最好的。顾嘉臣对她可真是好得没话说，女儿要是能嫁给这样的男人，我这当妈的还用得着操什么心啊，你说是不是？”

林思安心里无端憋了一股火，又不好对母亲不敬，只能忍了下来。

林母的好姐妹上门做客，亲亲热热地拉着林思安打量，“这丫头可真漂亮，气质也好，怪不得能让顾少喜欢得魂都没了。我原先还埋怨你怎么不把思安介绍给我儿子，今儿一看才知道，我家那不争气的东西哪配得上你的宝贝女儿？这以后可就是咱B城的小顾太了，我们见了还得礼让三分呢。”

林思安像洋娃娃一样任人摆弄，看到林母眼里的得意，更觉难受。

某日回家，一进屋她就发现自己的房间被人翻过了，床单也换了新的，跪在地上往床下一看，那箱子果然不见了。

林思安一路跑下楼，“妈，您把我的东西放哪儿了？谢谢您帮我收着，下次我不会乱放了。”

林母正在喝茶，举手投足间都透着一股贵夫人的闲适，“床底下的那个？我扔了。”

林思安一慌，钝钝的心疼涌了上来，忍着难过勉强说：“您扔哪儿了？”

“你还想捡回来？扔了就是扔了，找不着了。一堆破烂留着有什么用？”

林思安的眼泪霎时就涌了出来，“妈！您怎么能这么做呢？我就是想留个念想也有错吗？”

对着女儿的泪水，林母依然轻描淡写，“你想纪念什么？有什么可纪念的？你已经浪费了最美好的两年，我不允许你再搭进更多的时间去思念一个不值得的男人，再说这对嘉臣也不公平。”

“我早就说了我和他没关系没关系！您怎么就是不信呢！”

“我不想再听到你说这样的话，你们马上就要有关系了！前几天，我和你顾叔叔通了电话，聊到你们的事，他说一切决定都看我们，你还敢在这个时候给我摇摆不定？”

林思安心都凉了，“妈，我早就想问问您，您拼了命想要我嫁给顾嘉臣，究竟是为了我的幸福，还是为了满足您的虚荣心？我不是您用来炫耀的工具！”

林母猛地一拍桌子，茶杯一下摔到地上，“林思安，你还有没有良心！我为了你的事操碎了心，你就这么回报我？我犯得着用女儿的婚姻来标榜我是成功的阔太太吗？哪个做母亲的不希望自己的女儿嫁个靠得住的好男人？你凭什么这么怨我恨我？你想嫁给谁？你心心念念地想着谁？那个陆之然就那么让你忘不了？有钱的不喜欢，非喜欢那穷小子，这样就能证明你是清高的大小姐了，是不是？”

林思安哭得像个小孩子，清高？她有什么资格清高？明明送上门去人家都不看一眼，此刻还要什么脸，“我就是忘不了他，我忘不了！无论我嫁给谁，我心里都会装着一个陆之然！去和顾叔叔说啊！去告诉顾嘉臣啊！他要是不怕一辈子戴着绿帽子那就来娶我吧！反正我和谁过都一样！”

“啪”的一声，林思安不可思议地捂住脸颊，林母举着手亦是有些反应不过来，却还是硬起心肠，“我警告你，你不准再去想那个杀人犯的儿子！”

林思安觉得胸口痛得拧成了一团，闪开母亲伸过来的手，头也不回地跑出了大门。

眼泪止不住地流出来，为自己，也为陆之然。

陆父因杀人被判无期徒刑，没多久就死在狱中，生活在单亲家庭里的陆之然从小就受到各种各样的歧视和欺负，这是他心底永远也无法愈合的伤口。

林思安不知道母亲是如何知晓这些的，可她真的不想听到任何伤害陆之然的话，即使他不爱我不要我又如何，我只想用自己的方式默默地保护他。

漫无目的地走在街上，周围的人都是行色匆匆，每个人都有自己的爱和恨要经营，林思安却找不到一个可以为之牵肠挂肚魂不守舍的人。

一声闷雷突然响起，天空劈出两三道闪电，雨滴争先恐后地打了下来。

好像每次自己狼狈的时候，总会有种种更糟糕的情况迫不及待地跳出来雪上加霜。

林思安只着单衣，雨水浇在身上，冷得止不住颤抖，没有观众在旁边，越可怜便越可笑。

她不知道自己要去哪儿，只好机械地走着，丝毫不管路人投来的诧异目光。

已经五年了。五年前，她遇到陆之然时还是个孩子，聪明、骄傲、浑身都是灵气，恨不得让所有人都看到她，只看她。

如今却被各种人各种事打压成这般下场，公主变怨妇，哪里还有半点曾经的影子，莫非这就是她为不知轻重的青春年华而付出的代价？

她的状态让所有人都变得惊慌四顾、诚惶诚恐，她像只珍稀动物一样被大家保护起来，母亲死死地攥着顾嘉臣，一刻都等不了似的逼她结婚，好找人帮忙一起看着她。

她的幸福已经成了别人的负担。

雨越下越大，谁也看不出她在哭泣，终于不用再强颜欢笑地说自己很好很好。

一辆加长的黑色轿车开过，又猛地刹车退了回来，顾嘉臣冲下来扶着她的肩膀一阵猛摇，“思安！林思安！”

解下外套把她整个人裹起来，顾嘉臣搂着她往车里走，林思安好像此时才反应过来一般，“顾嘉臣……”

好像找到了一切的元凶，林思安一把推开他，撇下身上的衣服，“顾嘉臣！都是你的错！你个大少爷没事跑来打搅我的生活做什么？我招谁惹谁了？从我认识你的第一天起，就再也没有过过一天顺心的日子，你老阴魂不散地缠着我干什么！谁让你那天亲我了？谁让你亲了？现在弄得满城风雨你满意了？人家都觉得你顾少是金龟婿，我高攀了你就该知足，连我妈都开始怪我不识好歹！我做错什么了？又不是我上赶着没皮没脸地勾搭你，凭什么大家都觉得我得对你负责啊！怎么说吃亏的都是我吧？你一花花公子受什么委屈了？我告诉你，你少在我妈面前装孙子！好像是我欺负你似的，你自己说说到底是谁欺负谁？谁要嫁给你这个浑蛋啊？你跟鬼结婚去吧！”

顾嘉臣手忙脚乱地捡起衣服给她裹上，却被再次推开，“我的错，都是我的错，不要闹了好不好？你先回车上。”

“你少来！你顾大少多会哄人，把我妈哄得团团转，哪还认得谁是她女儿？干脆我搬出来，你去我家住好了！反正你那么会讨你阿姨欢心……”林思安越想越委屈，声音都哽咽起来，“谁都喜欢你，宠着你，其他阿姨见了我都口口声声地说什么顾少的眼光肯定错不了，根本不管我这人到底怎么样，和你沾上点儿关系就那么值得骄傲吗？你是活神仙啊？还不是和我一样是个两条腿的人？我妈从来没和我说过重话，今天竟然为了你打了我一巴掌！我找谁给我评理啊？”

顾嘉臣也吓了一跳，“阿姨打你了？”

林思安拍开他的手，“你少猫哭耗子！你肯定在心里偷着乐呢！”

顾少就是再好的脾气此刻也忍不住要生气，“林思安，你讲讲道理好不好？我刚开完会回来就在街上遇到惨兮兮的你，你连发生了什么事都不告诉我就说是我的错，我找谁给我评理啊？”

“谁要你管我了？顾嘉臣，我真是倒了血霉才会碰上你！滚滚滚！”

“你自己都说咱们的事闹得满城风雨人尽皆知，回头你在街上晕倒还不是得让人送到我家去？”

“顾嘉臣你真不要脸！”

“我怎么就不要脸了？喜欢一个人就不要脸了？那你放心吧，林思安，这辈子我就跟你不要脸到底了！”

“你闭嘴！小心这话让人听见再惹出什么事，到时候人家更要怪我拿腔作势不知好歹了！你顾大少我可得罪不起！”

“你得罪不起？林小姐，你哪天不是在挖空了心思惹我生气？我还没觉委屈，你凑什么热闹？你要真那么在乎别人的看法，信不信我让整个 B 城的人都认为你对我始乱终弃?”

“你就是一无赖!”

“你今天才发现吗?我顾嘉臣就赖定你了!”

两人在倾盆大雨里一边发抖一边对峙，最后自然是顾少心疼得受不了，伸手去拉她，“跟我上车。”

林思安倔得像只怪脾气的猫，湿了浑身的毛还不愿认输，“高攀不起!”

“你怎么这么不讲理?”

“你今天才发现吗?我跟你没理可讲!”

顾嘉臣终于耐性全无，揽着林思安的腰一把将她扛在肩上，“啊!顾嘉臣，你个流氓!你想干什么?放我下来!”

顾少懒得浪费口舌，打开车门就把她塞了进去。

林思安这个恨啊，“你……”

“不要脸是吧?林小姐，今天我就让你见识见识什么叫真正的不要脸。”

一路开到顾宅。林思安也没客气，浑身湿淋淋地进了屋，还在客厅中央甩了甩头发。

顾嘉臣把她推进浴室，调好了水温，又拿来新的毛巾和浴袍，“这么恨我的话就洗完澡再接着和我吵，别和自己过不去。”

林思安一言不发，想要接过来，却被闪开，“你身上都是湿的，我先给你放在台子上。”

顾嘉臣拂开她贴在脸上的头发，林思安的眼神藏在长长的睫毛后，是扑面而来的哀伤，这个女孩的情绪总是那么让人应接不暇，也那么让人放不下。

“思安……”顾嘉臣一时却又不知该说什么，再也没有方才针锋相对的气势。

林思安闭了闭眼，把他推了出去。

打开花洒，水流冲了出来，温度刚刚好，正如顾嘉臣进退有度的温柔。

是谁说过?女人只会在信任的男人面前才会不设心防，肆意任性。

可她从来都是对顾嘉臣吊起一百二十个心防备着，怎么还敢跟他这么撒泼打滚呢?

林思安从小就是个爱端着劲儿的人，在生人面前，她永远是高不可攀的大小姐，举手投足都带着贵夫人般的高贵修养。即使相熟已久，若是感觉不对，她说话做事也总是会留三分余地，让人觉得不够真诚。只有在颜唱唱面前，她才彻底打回原形，嬉笑怒骂都是歇斯底里的。

可现在她遇到了一个例外。似乎从遇见顾嘉臣的第一天开始，她就没想过要在这人面前给自己留条后路，每一次相处都有一种反正下回也没机会见他了，不如破罐子破摔的感觉，自来熟都用在和他较劲上了，却没想在你来我往间反而有了种棋逢对手的酣畅，这样的兴趣是危险的，让人上瘾而不自知，对和他的相处有了期待，就已经是输了的开始。

顾嘉臣这样的男人，真的让人很难不去爱上。他的俊美风度已是一大利器，即使侥幸逃过美色的威胁，相熟之后也会被他成熟而智慧的思想所诱惑。

碰到让人觉得又可恨又可爱又欣赏又心疼的顾少，女人果然只有缴枪投降的下场。

林思安慢慢蹲下身，缩在墙角，温热的水流打在脸上，落地镜上模糊地映出自己的影子，活像个战败的可怜虫。

自己是什么时候动心的呢？是给他过生日，看到他居家细心的一面时？是他耐下心来讲他的人生哲理，告诉自己快乐是一切的根本时？是看到他为了顾氏忙得焦头烂额，却还努力对自己微笑时？是那天在露台被他偷走一吻时？抑或根本就是在初见，撞上他含笑望来的那一眼时？

她输了。逃了这么久，躲了这么久，还是输得一败涂地。

林思安总是忍不住想，顾嘉臣到底是真的喜欢她，还是在捕获她？最开始时还能一条一条地据理分析，越到后来就越不淡定，心都乱了，这些问题还怎么敢想。

等到顾少有一天腻了烦了，她会被甩掉第二次。

不如由她来了结。

走出浴室，她没看到顾嘉臣的身影，顺着响动找到了厨房。

他正靠着墙闭目养神，身上的衣服还是湿的，听到声音回过头。

林思安裹着他的浴袍，像个偷穿大人衣服的孩子，让人怜惜。

“洗好了？我刚才给你妈妈打过电话了，她知道你在我这里。我给你做了姜汤，快趁热喝了吧。”

在温着火的锅里盛了一碗递过来，顾嘉臣才拉起她的手，林思安却像被电到一样缩了回去。

满满的一碗姜汤有大半洒在他手上，顾嘉臣猛地一颤，轻嘘一声，放下碗，打开冷水冲着伤口。

林思安冷眼看着，“你到底想从我这里得到什么？”

顾嘉臣没说话。

“你想和我上床?”

他一顿，“你这又是怎么了?”

林思安笑得有些嘲讽，“这不就是你们男人的惯用伎俩吗？追求，得到，厌倦，离开。你算不错的了，在我身上费了这么多心思花了这么多时间，没有知难而退，反倒迎难而上。”

顾嘉臣的头和手一起痛起来，他知道自己必须和林思安好好谈谈，关上水龙头转过身，整个人却在一瞬间呆住了。

林思安解下浴袍，赤裸着身子站在他面前。

顾少慌乱地垂下眼，“穿上衣服。”

林思安头晕得厉害，也不想管清醒之后自己会不会羞愤得自杀，只想着要在这一刻和顾嘉臣做个了断，“你曾经很风流，有过很多女人，遇到我之后老实得都不像顾少了，你为了我真的花了很大的心思。我没遇到过比你对我更好的男人，给你也算值得了。”

她拉起顾嘉臣伤到的那只手，看着他痛得抖了抖，“这不是你一直期待的一刻吗？你不用再费神去想怎么讨我欢心了，我们把那些都省了吧，别再耽误大家的时间了，我知道你有多忙。”

顾嘉臣死死地盯着她，林思安那双黑白分明的眼睛里装的全是冷漠，像冰一样焐不热，“你真的就是这么看我的?”

“是。今晚过后我会辞掉工作，也希望你不要再出现在我的生活中。”

你的城府和你的温柔都太危险。

“哪怕只有一丝一毫，你对我动过心吗?”

第十章

林思安连眼睛都没眨，谁绝情起来不是演戏的高手?

“没有。”

林思安以为顾嘉臣会歇斯底里，会恼羞成怒，会心灰意冷，她已经做好了最坏的打算。

但他只是为林思安重新裹上浴袍，横抱起她走向卧室，重新盛了一碗姜汤端进来，看着她喝下去又去拿了吹风机。

开到暖风，顾嘉臣的手指在她的发间穿梭，林思安觉得自己的心像被火烧一样滚烫。

“我知道，你其实一直都不敢相信我，我的表白我的承诺，你只当是谁信谁死的花言巧语。每一次你或轻或重地拒绝我时，我没有让你看到过我的挫败和失落，因为我知道你比我对爱情要更加绝望，可是思安我希望你能明白，一个男人的真心若是只被别人当成手段，那对他真是不小的打击。你只谈过一次恋爱，却比别人要刻骨铭心得多，欢笑和眼泪都是相对的，你当初有多在乎他，分手之后便有多痛苦。思安从来都是一个敏感的孩子，一朝被蛇咬，从此就恨不得对所有的雄性生物都敬而远之。你对繁花似锦的爱情不屑、嘲讽，更加鄙视我刻意营造的浪漫庄园，你觉得那都是我为了得到你而虚构的幻象，你知道你现在像什么吗？你悲观得像一只受到伤害后跳进井底的青蛙，自愿画地为牢，天蓝水绿都跟你没关系，只要不看不听不想不相信不动心，那就不会再有危险。

“我不想骗你，我顾嘉臣想要什么样的女人得不到？漂亮的、身材好的、气质佳的、清纯的、妩媚的……只要我想。可这种游戏有意思吗？她们就像没血没肉的贴画，一夜风流之后，我甚至连样子都记不起来。我对爱情也不再奢求，只想用变本加厉的荒唐来填补我的空虚，直到我遇见你。你一定不知道，其实早在那天的相亲宴之前，我就已经去医院偷偷地看过你。那时候我就在想，敢对我玩欲擒故纵的女人，该有多自视清高呢？本来我是想逗逗你，为我平生第一次被人拒绝而报个小仇，可是那天落荒而逃的却是我。你真的太干净了，我早过了做梦的年纪，可那一刻却觉得你像断了翅膀的天使，因为你的眼睛是死的，连忧伤都带着防备。到底什么叫一见钟情，我现在也弄不清楚，我只知道你就是我的灾、我的劫、我的魔障。从看见你第一眼起，我就狠狠地栽进去出不来了……我是个满身铜臭的商人、市侩，追逐利益，曾经以为那些不计回报的付出很傻，可现在却又不得不自打耳光，你爱不爱我，有多爱我，跟我又有什么关系呢，我们在彼此身边，不就够了吗？”

顾嘉臣把林思安揽在怀里，让她听着自己的心跳，“你亲自来教教它，如何才能不再看着你、向着你、想着你。”

林思安的脸颊贴在他的胸膛上，温热的皮肤下是有力的跳动，一下比一下快，鼻尖尽是他身上清新明媚的气息，混着雨水的香，那是不可言说的诱惑。

“我骗你的。”

“什么?”

林思安狠狠地咬了他一口，认命般闭上眼，泪如泉涌，“我骗你的。”

顾嘉臣没再多问，只是静静地抱着她。

“他是我心里好不了也除不掉的疤，多少次我都想彻底扔了他，可是我又舍不得。没有人告诉过我爱情是件让人这么痛苦的事，五年了……遇到他时我才二十岁，如今已经五年了。痛过、怨过、爱恨不能过，可惜除了眼泪和委屈我什么也没有得到。你知道那种生不如死的疲惫吗？就像夸父追日，很多事不是你努力就能看见希望的。”

林思安缩在他怀里，拔掉满身的刺，和他交换柔软。

顾嘉臣轻拍着她的背，像是在哄玩累的孩子，“如果时光倒流，你会选择遇见他吗?”

林思安没有说话，谁能保证爱就一定可以抵过痛呢?

他吻她的额头，“我会。即使明知你可能一辈子也不会爱上我，我也一定要遇见你。”

那个男人的眼神像一道琥珀色的光，温柔而坚定，难以抗拒。

后半夜，林思安发起烧来。顾嘉臣浸了湿毛巾搭在她的额头上，又喂她吃了药，就坐在床边安静地守着。

他凝视着病弱中的女孩，她的脸苍白得像朵白莲花，毫无攻击性，却总能精准地刺进他心底最软的地方，酸涩痛楚，牵牵扯扯，舍不开放不下。

顾嘉臣经历过很多事，从小时候知道顾家大宅里住了三位太太起就不再对爱情抱有幻想。他母亲漠视着丈夫的不忠，像所有名门闺秀一样贤惠而冷冰冰，不吵不闹，即使和其他女人共享丈夫也要维持那份大太太的尊荣。其实顾父一开始也是深爱母亲的，只可惜一时欢情终究还是抵不过性格相悖，到底还是日久生厌。顾嘉臣远没有林思安想象中那么豁达乐观，好像对任何事都充满希望。他十岁丧母，母亲咽气那天父亲不知在哪个女人床上醉生梦死，目睹这一切的孩子怎么可能有胆量相信没有目的的地老天荒?

很多事情想明白了也就绝望了，他实在不忍心让林思安知道那些苍白狰狞的事实。爱情和婚姻，完全就是两个南辕北辙的故事。他之所以会执著于林思安不放手，不仅是因为爱她，更重要的是这个女人适合他，他可以对他们的未来有无尽的幻想，碧海蓝天，花红草绿，而不是一地的贫瘠荒凉。至于林思安的爱，一直念念不忘的是孽缘，得她牵手到老，才是真正的爱情。一旦经过婚姻的浸润，着手经营生活，哪里还有时间去缅怀昨天的万千恩怨？时间真是一剂良药，可以结束一场爱情，也可以开始另一场爱情，不过是一场耐心的较量。

顾嘉臣摩挲着她的手，他知道人在病中有多怕寂寞。

林思安烧得迷迷糊糊，勾起他的手指，声声都是哀思。

“之然……之然……”

顾嘉臣静静地听着。

“为什么不要我……为什么？”

他终于还是忍不住伸出手，接住她滑下来的泪，烫得人心发慌。

林思安醒来时，看到趴在床边的颜唱唱，一时有些恍惚，坐起身，轻轻地拍了拍她。

“哎，安安你醒了？来我摸摸。嗯，已经不烧了。”

林思安四下看了看，还是在顾嘉臣的公寓没错，“你怎么在这儿？”

“一大早顾少就给我打了电话，我连头发都没梳就赶来了。”

低头看了看自己身上的衣服，林思安眨眨眼，“这是……”

颜唱唱打了个哈欠，“当然是我给你换的啦，顾嘉臣还真细心，让我给你多带些衣服，连发卡皮筋什么的都想到了。”

“他呢？”

“上班去了，哦，对了，他给你做了粥，就在锅里，我尝了尝味道，还真不错。”

林思安掀开被子要下床。

“哎哎，你干什么去？”

“把你电话给我用一下。”

“打给阿姨吗？顾少早就知会过了，你别担心。”

“我知道。我是打给新来的秘书小方，顾嘉臣今天有好几个会要开，没有助手他会忙不过来的。”

交代完具体的流程和注意事项，小丫头在那边神秘兮兮地问：“林姐，你为什么不来上班啊？是不是在准备和总裁的婚事？”

林思安有气无力地答：“我休产假行吗？”

挂上电话，她瞅见颜唱唱在一旁意味深长地笑。

“哎，我不问！我绝对不问！顾少可吩咐过了，不能问东问西地把你累着，等下他会亲自告诉我，我想他肯定会比你讲得精彩。”

林思安不愿再给这个八卦的女人任何可乘之机，去厨房盛了两碗粥出来，一路飘香，闻着就让人食欲大增。

“顾嘉臣这种好男人可真要绝种了，哪像我们家唐健康，就会做番茄炒蛋和蛋炒番茄。”

桌子上散落着几个文件夹，林思安怕弄脏了，便收拾起来送进顾嘉臣的卧室，关门时眼睛扫到床头柜上的东西，不由得一愣。

那是一枚精致的珍珠耳钉，光泽莹润。

颜唱唱脸色渐沉，“这不会是他藏的哪个娇留下的吧？这款式一看就是狐狸精戴的。”

“不好意思，这是我的。”

颜唱唱一怔，随即不怀好意地打量她，“你们？”

林思安瞥她一眼，“我也不知道这是什么时候掉的，原来是被他捡到了，也不说还给我，我还以为丢了呢。”

“睹物思人啊！顾少真痴情！”瞧见林思安又把耳钉放了回去，颜唱唱笑道，“不拿走吗？”

“还是装不知道吧，说出来又是尴尬。”

颜唱唱叹气，“你们两个真是……明明互相喜欢，为什么不在一起呢？”

林思安揪着她的耳朵，“喝不喝粥了？”

顾嘉臣打来电话，问了林思安的身体状况，然后也不知是他要求还是颜唱唱自作主张，将电话举到了林思安耳边。

隔着线路谁也没有说话，沉默五秒后，林思安把话筒推了回来。

颜唱唱目瞪口呆，“你们这是在交流什么？用脑电波吗？”

黄昏时，颜唱唱将一切都收拾妥当，一转头发现林思安正盯着电视发愣，在她眼前晃了晃手，“还不走？”

林思安慢慢地眨了眨眼睛，“不走了。”

“啊？住……这里？”

“你别管我了。唐健康应该下班了，你先走吧。”

颜唱唱还有些呆愣，“你是说真的？”

“再见。”

林思安忍不住又去顾嘉臣的卧室转了一圈，推开他的衣柜，里面挂着的全是西装和衬衫，黑白分明，优雅却冰冷。

她的指尖滑过那一排排的衣服，呼吸间尽是顾嘉臣身上的味道。

忽然她又停下，惊觉这恰是那些被人豢养的情妇思念饲主最常做的事。

林思安不禁一笑。

顾嘉臣回来得很晚，一夜没睡加上忙碌一天，就是铁打的人也禁不住有些疲惫。

打开灯，被坐在沙发上的林思安吓了一跳，他以为自己出现幻觉，茫然地问：“怎么没开灯？不是……你怎么没回家？”

林思安拿起苹果咬了一口，“我好饿。”

顾嘉臣摸着她的额头试了试温度，笑起来，“想吃什么？”

“我订了外卖。”

林思安拉下他的手，昨天烫到的地方还有些红肿，轻轻摸了摸，仰起头问：“还疼吗？”

“疼。”

林思安当然知道他在装蒜，但还是凑过去吹了吹，哄孩子一样，“好点儿没？”

可惜顾少向来都是得寸进尺，“更疼了。”

“忍着！”

顾嘉臣在公司已经用过餐，外卖送到之后还是陪着林思安吃了些，电视声音开得极大，却没人看。

“为什么没回家？”

林思安没回答，只是给他添了一些香槟，“还没谢谢你的救命之恩呢，这杯我敬你。”

顾少挡在杯口上，“你身体才好一点儿，不要喝酒。我喝，你看着。”

林思安松了手，目光滑向他，直勾勾地盯着。

顾嘉臣的眼里依旧是一片温柔的琥珀色，“怎么了？”

林思安露出一抹笑，“今天我不会再摔碎你的碗了。”

顾少一副恍然状，“是我大意了，忘记把所有的餐具都换成木头的。”

“少来！至于这么防着我吗？”

“就这样我还怕防不胜防呢。”

“一个破碗而已，你也值当这么小心眼？”

“破碗？林小姐，你都让人家粉身碎骨了还侮辱人家名誉？你知道那一套碗多少钱吗？摔一个还送一个，我亏大了。”

“不是还有两个吗？”

“侥幸留下来的更可怜，相依为命的艰辛你懂吗？”

“呸，回头我送你十套！”

“林小姐，别忘了你的工资还得仰仗我呢。”

“老谈钱多伤感情啊？”

谁也没有再提起昨晚的事，好像大梦一场浑然觉醒，寻不着半点儿痕迹。

两人都是演戏的高手，插科打诨，装疯卖傻，你来我往间又是退在安全线以外的男女关系。

当然还有没交代的事。

顾嘉臣在迁就林思安，他已决定拉长战线，耗尽时间坐等瓜熟蒂落。

而林思安最终也没告诉顾少，她之所以没回家，是因为忽然很想见他。

转眼又过了几个月，顾嘉臣的工作轻了不少，不再没日没夜地忙碌，助手小方也对秘书工作得心应手，林思安整日里几乎无事可做。

有时被顾少教唆着公然旷工，两人一起偷溜出去玩，看电影、喝茶，有一次还钓了一下午的鱼。

林思安不想再做胆小的井底之蛙，索性兵来将挡，如今已是顺其自然。

很多时候，男女之事并不需要那么多的开场白，往往一个眼神一个微笑便可让一切心照不宣。

“你这是往哪儿开啊？怎么越来越荒凉？不会有事吧？”

“放心吧，这车比你值钱，就是有危险也是它首当其冲。”

林思安皱起眉，“这车比我值钱？”

“那得看你值多少钱。”

“无价之宝，你懂吗？大叔！”

“那些挂在橱窗里待售的名门淑女才是无价之宝。”

“我怎么就不是淑女了？”

顾嘉臣含笑看她一眼，“淑女才不会这么问。”

林思安目不转睛地看着他。

顾少被盯得半边脸发烫，“好吧好吧，不识货的人才觉得她们值钱……可你在我心里确实是明码标价的啊，怎么会是无价之宝呢？”

林思安在他腿上狠狠地掐了一下，觉得不解气又转了两圈。

“哎哎！开车呢！别闹别闹……你听我说完啊，你的价格就是……比全世界任何东西都贵那么一点点。”

这人连甜言蜜语都带着三分可气。

林思安的脸明明像个熟透的小番茄，却还是装出一副不屑状，“油嘴滑舌。”

“林小姐你可真难伺候。好话坏话都不爱听，你还是杀了我吧。”

“你顾大少要是死了谁还能天天气我啊？”

“现在知道我的重要性了吧？所以说，你最离不开的人，一定是你的敌人。”

林思安撑起下巴，在他耳边吹了口气，“咱俩有可能化敌为友吗？”

“那还得看你。”

“怎么？”

“你先让我把你掐我的那下给还了。”

“我一弱女子你也忍心？”

“冲这句话得还两下，在我这儿没装可怜这一说。”

“你可真……”

“讨厌？无赖？不要脸？林小姐我连你骂人的套路都掌握了，你还拿什么跟我斗。”

林思安笑出了声，“我向党国投降。”

顾少不怀好意地勾起唇，“那咱们得先商量商量如何处置战俘的问题。”

说话间车停了下来，林思安往窗外望去，一大片的麦田，几乎看不到边际。

跳下车，清甜的空气争先恐后地扑面而来，隐隐带着麦香。

“顾少真是高手，能把浪漫和实际相结合，啧啧，佩服佩服。”

顾嘉臣也跟着下了车，走到她身边，“我一直都很喜欢来郊外看庄稼，也不知道为什么，看到这些田地就会觉得很踏实。”

“那是因为你顾大少在云端飘了太久，忘了自己也是要吃五谷杂粮的普通人。”

“嗯，这倒是很有道理，不过林小姐你确定你没有比我飘得更高吗？起码我看到这些还会有感触。”

林思安迎着风伸了伸手，眯起眼睛看那一片金黄，“你错了，我从来都没想过要飘在天上，我知道自己没那个本事，也害怕会摔个尸骨无存。你肯定不知道，小学的时候老师让以‘我的理想’为题写一篇作文，同学们不是要当科学家就是要当宇航员，最不济也是教书育人的园丁。我写的却是我要当个花农，老师问我为什么，我就说每天对着花花草草很快乐，它们不会逼我学习，不会逼我次次考出好成绩，也不会和我有各种各样的竞争。结果回家之后，就被我妈训了一顿，《我的理想》到现在也只是理想。”

“这明明就很值得表扬啊，那么小的年纪就懂得了别人大半辈子才悟出的道理，我女儿要是有这么超脱的想法，我肯定好好夸她。”

林思安鄙夷地瞅他一眼，“你这人肯定不是个好爸爸。”

“那你这个好妈妈会怎么做?”

“我会带她亲自去看看花农工作起来有多辛苦，吓得她绝了这个念想。”

这回换顾少鄙视她了，“你可真够恶毒的。以后你要是和我结了婚，咱孩子得多可怜。”

林思安点头称是，“孽缘之下的孽种，生下来就是一身孽债。”

两人不禁都笑了起来，靠在车上，仰头看天，比画着云彩的形状。

“我能吻你吗?”

“不能。”

顾少轻叹，真的不再动。

倒把林思安气得不行，心说你什么时候这么老实过，想让我求你？我就不，憋死你。

“这荒郊野外的，野狼和色狼应该都不少吧?”

林思安茫然了，“是吧。”

“行。那我今晚就把你扔这儿了。”

“你!”

“我辛辛苦苦地开了半天车，一点儿福利都没享受到，当然要罢工了。你要是害怕也行，我陪着你，晚上我睡车里，你在外面把风。”

顾少笑嘻嘻地转过头，小墨镜后闪过一道光。

林思安哭笑不得，“顾嘉臣你到底几岁?”

“你管我八岁还是八十，亲不到就不让你回家。”

林思安只好凑过去，狠狠地咬在他嘴上，又被顾嘉臣轻轻地揽住腰。

风过处，能听到麦田的低喃，像是大团大团的云朵化在心头，声声皆是温存。

【卷三】

爱情就像加减法，
多一分，少一分，都不是他

第十一章

林父大寿那天在家里举办了一个小宴会，同僚及好友纷纷到场，还有一些被救治康复的病患也趁此前来感谢救命之恩。

林父本是极低调的人，不愿如此大肆铺张，奈何客人来了不能光是喝茶聊天，总归要款待一番。

好在林母颇好此道，半个月前就开始设计张罗，倒把这家宴办得有声有色。

少不了又向客人介绍自己的宝贝女儿，林思安只得对那张叔叔李伯伯赵阿姨礼貌微笑，一圈绕下来，脸都僵了许多。

“嘉臣怎么还不来？你顾伯伯都到了。”

林思安也奇怪地张望了两眼，“应该快了吧。”

林母轻叹一声，“你也大了，不愿让妈妈管得太多，我也就不再多嘴了，有些事情你自己掂量清楚就好。”

林思安当然知道这些年自己是真的伤了母亲的心，无论如何不敢再雪上加霜，“妈，是我错了。那些事您别放在心上，以后我什么都听您的。”

林母为她掠了掠头发，看着眼前亭亭玉立的女儿，好像昨天她还跟在自己身后咿呀学语，如今都已经比自己高出这么多，“你知道妈妈做的一切都是为了让你幸福，倘若我费了半天的心神，女儿还在心里怨我恨我，那我可真是太失败了。”

林思安拉住母亲的手，低声说：“妈，无论您做什么我都不会怪您。”

“妈妈当初确实把你逼得太紧了，可到了我这个年纪，还有什么比让女儿有个安稳的归宿更重要呢？思安，你告诉我，现在和嘉臣在一起快乐吗？”

林思安笑了笑，“他很好。”

顾嘉臣来得颇晚，以为他是被工作绊住了脚，林思安也没多问，“迟到了可是要自罚三杯的。”

顾少示意她看自己手里的东西，“我来晚了是因为在等这个。”

那是一个暗红色的匣子，绣着明黄的宫花纹路，看起来贵气逼人，漂亮得紧。

林思安一向对这种精致的东西没有抵抗力，“什么啊，这是？”

顾嘉臣轻轻拍开她的手，“不是给你的，别瞎碰。”

“这屋里还有比我更需要你讨好的人？”

顾少神秘兮兮地一笑，“那当然。讨好他可比讨好你重要多了。”

林思安一副不屑的模样，转身欲走，被他牵住胳膊，一路拉到林父面前。

“伯父，今天是您的大寿，我和思安也没准备什么厚礼，不过聊表寸心，博您一笑而已。”

林父笑着接过那盒子，还没来得及说话，几个相熟的叔叔伯伯便先笑了起来，“老林哪，这准女婿送的礼物可得好好收着啊。”

林思安闹了个大红脸，想挣开顾嘉臣，谁想他那爪子却像钳子一样死死地揽在她的腰上。

林母也笑起来，“好孩子，你们有心就好，送什么我们都高兴。”

打开那盒子一看，两人的笑却都定在脸上，周围的人也纷纷呆住了。

林思安不明所以，凑过去看了看，躺在那绸绢里的是一块色泽莹润的玉，流彩辉映，左下方隐隐有一道红痕，添了三分妩媚。

相熟的人都知道，林家有一块世代相传的玉，真正是传家宝一样的地位，到了林思安曾祖父那一代，正赶上国内百废待兴，万般萧条，林家一穷二白，日子几乎过不下去了，无奈之下把玉卖给了一个外国人。好在祖父重振家业，林家东山再起，本想再把那玉佩买回来，可这时已经过去了几十年，一直在海外漂泊的宝贝早已成了别人的私家收藏，怎肯轻易出手。

林父几乎热泪盈眶，隔着绸绢小心翼翼地摩挲着，“回家了，终于回家了。”

林思安对那玉没多大感情，小时候就只当个故事听，如今看到父亲这般模样，顾嘉臣俨然已成林家的大恩人，自然也没敢再贫嘴问问那宝贝到底是真是假。

林母此刻也激动万分，“嘉臣，送这么大的礼，可让我们怎么感谢你。”一边说着，眼睛一边不住地瞥向林思安。

林思安毛骨悚然，这不是要把我当成谢礼送给他吧？

顾嘉臣仍是一脸外交官般的笑，“这玉佩的持有者是我生意上的一个朋友，我们合作过很多次，交情不错，他听说了您家的事，觉得也应该物归原主，便低价转给了我。”

林父重重地叹了口气，拍了拍他的肩膀，“孩子，你用不着骗我，当年思安的爷爷开出那么丰厚的条件去和那家人交涉，还是没有把这块玉佩买回来，我知道，你肯定费了不少周折。今年这个生日，你不仅治好了我的一块心病，也圆了思安爷爷的一个梦想。伯父嘴拙，也不知怎么表达谢意，这杯酒，算我敬你。”

自然又是一通宾主尽欢的客套，末了还是林母说：“让他们两个孩子去玩儿吧，思安，带嘉臣去你屋里坐坐。”

众目睽睽之下，林思安只好保持着一张笑脸。这可真是了不得，有了宝玉做前锋，登堂入室已然合法化。

可想而知，林思安也不会那么老实，离开母亲的视线就把他牵到了小花园。

“哎？不是要去小姐闺房？”

“顾生不觉得月下相会更有气氛？”

挽起裙子坐在台阶上，林思安向他招招手，却见顾少轻皱着眉头，“喂，你不是觉得和我席地而坐有失身份吧？”

“起来吧，地上凉。”

林思安笑开，一把把他拉坐下来，“顾少，温柔可不是迂腐，你怎么跟个老头子似的？”

顾嘉臣也笑，解下外套披在她身上，“女孩子当然要学会时刻保护自己，年纪大了，更应该明白凡事不可肆意而为。”

林思安撑起下巴眨眨眼，“我很老吗？”

顾少一本正经地说：“有一点儿。”

林思安恶狠狠地推他一下，“哎，你这人一向这么讨厌吗？”

“说实话也有错吗？你和人家那些十八岁的小姑娘能比吗？”

“那我怎么没见顾少整日跟在那些小姑娘屁股后头乱转啊，老缠着我干什么？”

顾嘉臣故意羞涩地说：“这个，人家看不上我呗。”

“合着我就是一收破烂儿的啊？”

“你是垃圾再生厂，我只有在你手里才能变废为宝。”

林思安捏着他的耳朵看了看，笑道：“哎，你的脸呢？你的脸去哪儿了？出门怎么不带着？还宝呢，真不害臊。”

她又歪头靠在他肩上，一副小鸟依人的样子，“也就是肩膀枕着还舒服点儿。”

顾嘉臣微低下头，气息扑在她脸上，清新温润。仿佛蝴蝶掠过的翅膀，婆娑，暧昧。

林思安心如鹿撞，闭上眼凑过去，在他唇上印了一吻，只一下便退开，干净得如同四月初融的河水。

顾嘉臣狭长的眼里全是温柔，笑容也添了三分暖意，“怎么跟个小孩儿似的，想表达谢意的时候就撒撒娇。”

“谁跟你撒娇了。”

顾少又把她搂紧了些，轻声说：“我送那块玉佩给林伯父，是想让你们大家都开心，你不用有什么负担。”

“可这礼真的很贵重……”

“大家高兴就好，何必跟快乐计较得失呢？”

林思安笑眯了眼，“那就行，我还真怕我爸为表谢意把我卖给你，那我这回可就真是明码标价了。”

顾嘉臣想了想，“那肯定还是我亏了，买一就会撒娇的小屁孩回家干什么？”

林思安只好无奈地补上一句，“顾大少，我代表我们全家好好谢谢你。”

“我就不说没关系，让你永远记着。”

“还说我呢，你比我还幼稚。”

月色正好，浅白的光晕成一帘透明的纱，呼吸间似乎都有种凉凉的味道。顾嘉臣揽着怀里的人，轻声说：“你真的够成熟了吗？那我们把陆之然约出来见个面好不好？”

林思安的身体反射性地一僵，声音有些含糊，“见他做什么？”

“思安，如果你想走出某种恐惧，首先你得去面对他。我陪你，好吗？”

其实，林思安已经很久都没有再想起陆之然了。生活中没有他的蛛丝马迹，即便他是一切的罪魁祸首又如何？爱和恨，都找不到施与的对象，谁还有力气再唱独角戏？一杯茶泡得太久，就是西湖龙井也少不了被冲进厕所的下场。林思安向来都是一个寡情的人，从小到大没参加过一次同学聚会，毕业后连电话都不留一个，活像个处不熟的白眼狼。她这辈子所有的痴狂全都一股脑儿地砸在了陆之然身上，时间一长就成了执念，接着就是魔障，最后，心字成灰。

那时候她多傻，抱着陆之然幻想未来时从来没看过他眼里的牵强，所以从那之后她就养成了习惯，喜欢死死地盯着别人的眼睛，颇有些恶狠狠的目光吓跑了不少人。她只是不想再会错意，平白再受一回伤。

那句歌词是怎么唱的？“太委屈，连分手也是让我最后得到消息。”

真的。太委屈。

一开始她还不愿放手，觉得打断骨头毕竟连着筋，总能仗着他的不忍心挽回三两欢愉。后来才明白，对于一个男人来说，不爱了，就是最大的理由，怎么说，都是错。爱情和生活一样，终归是一场不公平的游戏，没有人规定，你付出的多，就一定能得到回报。我们能做的，不过是在被晴天霹雳劈到的时候努力站直了别趴下。

曾几何时，她也以为自己和陆之然的感情一定会在她死缠烂打地坚持之后功德圆满，所以她一次又一次地妥协忍让，把自己逼到墙角，再也无路可退。就连颜唱唱都责怪她甘于弱势，不思长久，可惜自己却不明白何谓情深不寿。

时间真是善良而又残忍，它就是一切最大的理由，无论爱恨，还是遗忘。

如今再相见，不过依稀可以分辨几分当初牵动少年心的风情而已。

月亮湾的装潢一向为人津津乐道，和名字一样旖旎精致，从来都是小情侣光顾率最高的餐厅。

顾嘉臣温文浅笑，藏不住眉眼间君临天下的气势，“我是思安的同事，刚才在街上遇到她，听说思安要请朋友吃饭，我便厚着脸皮来蹭一顿，你们不会介意吧？”

这孙子就会装蒜。

陆之然垂着眼睛，季佳安不敢说话。

林思安伸手给对面的两人满上茶，“好久不见了，最近都还好吗？”

季佳安一双妙目在她脸上转了一圈，估计是实在吃不准林思安的想法，连笑容都有些牵强，“我们都还好，之然在公司老是受到经理的表扬，我最近也换了新的工作。”

林思安笑了笑，如今再面对这个女孩，再也不会有如临大敌的局促。

失恋果然是让一个女人成熟起来的最好方法。

再抬眼，她仍是笑意盎然，“之然，工作还顺利？”

陆之然清隽的眉目总是带着三分漠然，此刻眼里却像弥漫着雾气，茫然而冰冷，没有回答，反问：“你呢？”声音低沉喑哑，哪里还有当年那翩翩少年的清澈。

林思安的心还是微微地疼了一下，也许是职业病在作祟，随口说：“你是不是感冒了？注意身体。”

两人自说自话，都急着知晓对方的近况，彼此间的问题倒像是在问另外的人。

季佳安忙道：“前几天，我缠着之然去游泳，可能被凉水激到了。思安姐你也知道，他身体一直不太好，还爱逞强。”

林思安知道自己问得多余，未免尴尬，只好点点头。

陆之然一直静静地看着她，不语不动。

林思安和他对视几秒，有些扛不住，勉强一笑。

陆之然的瞳孔剧烈地收缩了一下，忽然问："他是你男朋友吧?"

正闲着喝茶看戏的顾少忽然被点名，还有些不明所以。

林思安好心地重复一遍，"人家问你是不是我的男朋友。"

顾少皱起眉头，"这得看你啊，是吧?"

林思安给他满上茶，慢条斯理地说："你还是喝水吧。"

答案自是不言而喻。

季佳安好像忽然放松下来，"思安姐，你男朋友真帅，看着还有点儿眼熟。"

这厮隔三差五地就在杂志上露一次脸，ET 看他都眼熟。

林思安不领情，直白地说："我这同事没别的优点，就靠着一张脸招摇撞骗呢，妹妹你可千万别上当，他要是敢跟你不规矩你就骂他，狠狠地骂。"

顾嘉臣也很淡定，"同事，当着我的面就这么诬蔑我，不太好吧?"

季佳安彻底被这两人的相处模式弄得傻了眼，向陆之然看去，发现他正发着呆，眼里空洞得让人胸口酸疼。

好在此时菜端了上来。

季佳安平日在家也是被宠坏了的，小户人家也没那么多规矩，第一个拿起筷子就向盘子伸过去，尝了一口才发现其他人正看着自己。

顾嘉臣笑了起来，也跟着拿起筷子，"没关系，吃吧。"

季佳安窘迫得满脸通红，尤其是想到在林思安面前丢脸。她知道自己有很多地方都比不上这位真正的大小姐，所以想起来总是忍不住妒意横生。

她转身给陆之然夹了菜，亲亲密密地笑，"之然，我记得你最爱吃这个了，还老让我学着做呢。"

陆之然扶了扶盘子，淡漠地应了句，"谢谢。"

顾嘉臣挑了挑眉。

林思安扒拉着碗里的木耳，一旁的顾少又开始没话找话，"当医生还挑食?"

林思安随意挑了片竹笋夹到他碗里，那边立刻就老实了。

"你们现在还在那间酒吧唱歌吗?"

季佳安笑道："工作这么忙，哪还有时间老去啊，偶尔去找楚哥聊聊天罢了。平时闲下来的时候，我和之然就喜欢窝在家里看电影，不大爱出门。"

这倒是真的，陆之然宅起来就像孵蛋的鸡，打着骂着都不出窝。

"楚哥还好吗?"

“好着呢！半年前刚结婚，如今儿子都出生了。”

林思安茫然地眨眨眼，娶媳妇还搭一小的？

“哦，他们结婚的时候，楚嫂都已经怀孕小半年了，是奉子成婚。”

“那楚哥可赚了，媳妇儿子一步到位，后半辈子的生活有着落了。”

“呵呵，可不呢，人逢喜事精神爽，他现在胖死了，那啤酒肚一天比一天大。对了，他们结婚的时候，楚哥还想请你来着，思安姐怎么没来啊？”

那时候你思安姐正对你家之然避之如蛇蝎呢。

女人在餐桌上永远都不会没话聊，即使恨不得对方出门就被车撞死，这一秒还是能姐姐妹妹地装手帕交。

这一点本来林思安以为自己一辈子也学不会，如今对着季佳安才明白，原来是因为之前还没遇到像她这般讨厌到骨子里的人。

虚伪其实是女人的本性。

两个男人在一旁听着看着，陆之然依旧眉目冷淡，顾嘉臣倒多了几分兴味。

原来林思安不是不会装孙子，瞧着装得还不错。

“思安姐，你这头发是在哪儿做的啊？这花儿可真漂亮。”

“呵呵，瞎转时碰到的一家店，一会儿我把地址写给你，你也去试试。”

“好啊好啊，我原来总是怕烫了头发会显老，之然也不太喜欢，可我觉得思安姐这样很漂亮啊。”

“呵呵，你直发就很好看，显得很清纯。”

季佳安羞涩地笑了笑，“来，思安姐，别光顾着说话，吃鸭掌。”

陆之然淡淡开口，“她不吃芥末的。”

气氛有一瞬的僵硬。季佳安的筷子还举在半空中，讪讪地收了回来。

林思安下意识地看向他，却发现陆之然早已移开了目光。

他们以前总喜欢找家小餐馆坐下来，点对方不爱吃的东西，陆之然点芥末鸭掌，林思安点鸭血豆腐，然后就开始玩各种幼稚的小游戏，输的人要惩罚自己的舌头，结果每次那盘芥末鸭掌都是在林思安的胡搅蛮缠下进了陆之然的肚子。

无聊至极，他们却乐此不疲。

季佳安不自然地笑了两声，“哦，对啊，思安姐不吃芥末的，我怎么给忘了？”

正说着，她忽然干呕起来，手挡住嘴，含糊地说：“对不起，我去趟卫生间。”

陆之然也站起身，担心的目光一直跟着她。

林思安看得差点又要冷笑，好歹忍住，“小安身体好像不太舒服，我去看看她。”

顾嘉臣几乎是一瞬间就明白了季佳安的小伎俩，暗道好个心机深沉的小丫头。

再看对面的陆之然，多么年轻，多么青涩，眼里就写着单纯二字，总是为爱情心神不宁，却从不知道心爱的人正在或即将承受些什么。

顾嘉臣靠在椅背上，漫不经心的眼神和笑容，气势却无懈可击，“我发现你看着我和思安在一起时的目光很复杂，有嫉妒、有安心，还有几分绝望。你真是因为另有所爱才离开思安的吗？

陆之然的眼中闪过一道锐利的光，“那和你有什么关系。”

“可是和林思安有关系。”

陆之然抿紧了唇，倔犟且悲凉，“我们为什么分开不重要，重要的是我们永远也不会在一起。”

顾少听得心花怒放，“这话真是深得我心啊。我要是真想知道，你的一切对我来说都不是秘密，可你说得很对，感情这种事，没有人会傻得去追究原因的，结果才最重要。”

陆之然极慢地眨了下眼，眸子里的雾气更深了些。

到底还是一个孩子。铁石心肠如顾少也不忍再往人家伤口上撒盐。

“你和季佳安发生过关系吗？”

陆之然像被冒犯了一样，“顾先生，请你说话慎重一些。”

顾嘉臣点点头，“我猜你们也没有。你知道你们像什么吗？两个不称职的演员，一个牵强，一个敷衍，活生生一出失败的家家酒，只有思安是关心则乱，看不出来，我一个外人从头到尾看下来，至少能挑出十个你不爱季佳安的证据。”

陆之然闭口不答，跟这人讲话怎么讲都是输。

“其实这样也好，演员傻，观众更傻，到头来能达到让她死心的目的就行。我好不容易才把林思安这傻孩子从南墙下拽回来，怎么可能让她再回去死磕。”

陆之然复又抬起眼，死死地盯住顾嘉臣，“让她幸福。”

一句话，轻，却仿佛掷地有声。

第十二章

洗手间里，季佳安趴在池子上呕个不停，脸憋得通红，却吐不出丝毫东西。

林思安忽然起了疑心，“你这段时间月经正常吗?”

谁知季佳安立刻惊恐地直起身，抖着手拉住她的胳膊，“思安姐，我没事的，就是最近肠胃不太好，真的，你千万别跟之然说。”

林思安的心一点点沉下去，从镜子里望着自己身边的女孩，目光渐冷，“你怀孕了?”

季佳安突然哭了出来，冲碎了精致的眼妆，“我，我不知道怎么会……就是有一次……我推不开他，他力气好大……我好害怕，思安姐，我求求你，你别告诉之然……等我想好了我会自己说的……我求求你。”

竟然还干起了强奸的勾当，陆之然你好本事!

林思安觉得心脏有阵突如其来的钝痛，带着一种旧伤复发的尴尬，她咬牙咽下涌到嘴边的哽咽，还有某些不甘的怨恨。

看看，这就是我曾经爱过的男人，在我愿意为他舍生忘死地和所有人对抗的时候，他可以抱着另一个女人苟且缠绵。

本来已是心如死灰，如今又被风吹过，当真连半点儿曾经相爱的痕迹都不剩。

反而淡定下来，林思安抽出张纸巾，想为季佳安擦一擦泪水，顿了下，又塞进她手里，那张美丽却肮脏的脸忽然让林思安如此厌恶，“我不会说的，以后连面都不会见，哪来的闲工夫关心你们的事。”

她知道自己对这个无辜的女孩态度不好，心底却有些恶狠狠的快意。

陆之然看到哭得一塌糊涂的季佳安，立刻迎了上去，并没有第一时间发问，看向林思安的目光却不可避免地带了些疑惑和责问。

林思安的心脏又是一阵抽搐，她真想冲过去一边一个狠狠地抽他两个大嘴巴，再骂他们活生生就是一对奸夫淫妇狗男女，让所有人都来看看这个笑话。

当个泼妇又如何，起码还能快乐地潇洒一把。

可她最终只是避开了陆之然的目光，淡漠又苍凉，“她身体不好，注意饮食。”

犹豫了下，她打量他一番，真想再加一句“切忌房事”。

还是颇有些不欢而散的意味。

道了别，林思安一直看着他们的背影，忽然轻声道：“陆之然。”

他回过头，眉眼间仍是初遇那年的清澈，一望见底。

林思安一字一顿，“再见。”

像是石投古井，陆之然眼里的水光潋滟不休，朦胧间刻着伤痕。

那场对视只有释然，没有动荡。

如今，是真的再见。

林思安上了顾少的车，又是一路无话。

开了一段，林思安道：“我请你喝酒。”

随便挑了间酒吧，林思安连酒水单都没看就直接说：“来瓶度数最高的。”

酒瓶端上来时，顾少才挡住她的手。

林思安不耐烦，“顾嘉臣，你这可是第三次不让我喝酒了，今天我可没开车，身体也没病没灾，你还有什么理由？”

总不能说我怕你调戏我。顾嘉臣只好松开手。

林思安一杯接着一杯地喝，“快，跟我讲讲你的那些大道理。”

“比如呢？”

“嗯……就是当你看到你讨厌的人小日子过得风生水起红红火火的时候！”

“那肯定是要比他们过得快乐百倍，人比人，一定会气死人的。”

“那什么才是快乐啊？”

“起码不会借酒消愁。”

林思安的反应已然有些迟钝，点点头，隔了两秒又瞪起眼，“你是不是又拐着弯骂我呢？”

顾嘉臣拂开她挡在眉前的头发，轻声说：“思安，你今天做得很好，你已经走出来了。”

林思安看着他，一双眸子像滴进了天蓝色的忧伤，“我觉得……我觉得我可以做到不再想他不再爱他了……可是你知道吗？你知道吗？季佳安竟然怀孕了！她竟然怀孕了！他们都没跟我说一声就整了个野种出来！我……”

顾少只是说：“他们有他们的生活，我们有我们的，总不可能因为你和陆之然曾经在一起过，他就有义务跟你汇报一切吧？今儿是儿子满月，明儿是儿子上小学，再过几天儿子又要娶媳妇。思安，分手之后即使做朋友也不是这样做的。”

林思安悲凉一笑，“不可能了……我和他不会成朋友的。男女之间本来就没有纯粹的友谊，何况是豁出命去爱过之后。”

顾嘉臣轻拍着她的背，一下又一下，“我是怕你有时会忍不住想他。”

林思安咬着唇，“即使想，也是怨和恨多一点儿吧，我老暗示自己忘记他的好，结果现在就真的有些记不清了。”

顾嘉臣把她抱在怀里，下巴抵在她的头顶，那姿势像在保护一个受伤的孩子。

林思安醉得醺醺然，眼盈媚意，面晕桃花。她回过身，双臂勾住顾嘉臣的脖子，笑道：“你会送我最大颗的钻石吗？”

顾少轻笑，“要多大？”

“恐龙蛋那么大！”

“那你可不可以亲我一下？”

林思安醉了之后倒是精明了些，“不行不行，我要先验货！”

“你要那么大颗干什么？”

“要干的事那可多了去了，我可以拿去砸死那些我讨厌的人！还可以给我妈，让她去砸死那些她讨厌的人！前段时间，她还跟我说，谁谁谁家的太太嫌她的钻石小来着。”

“哇，林小姐连孝顺都这么别有新意。”

“嘿嘿，被你发现了。我以后也好好孝顺你啊，大叔。”

顾嘉臣的耐心真是无底洞，跟个小醉猫还能聊得这么有声有色，“你要怎么做啊？”

林思安忽然定住，勉强挣脱他的怀抱，颤巍巍地指着顾少，“你！你是不是和那个演电视的肖月月有一腿来着？还有那个名模艾佳？她们俩还为了你大打出手？”

任顾大少再淡定，此刻也不禁汗了下，“八百年前的事了，怎么提起这些？”

林思安两手揪着他的脸，恶狠狠地拉了几下，“我告诉你顾嘉臣！要么你给我老实点儿！要么你给我玩好点儿！你要是敢让我发现我就……”

顾少心里暗爽，坏坏地挑眉，“你就怎样？”

林思安的一双大眼睛漫上水汽，凑过来亲了他一下，又老老实实地扎进他怀里，声音带着几分委屈，“你可千万别这么对我。我特别怕。顾嘉臣，我特别怕。”

顾少的心都要化了，缠绵至极地吻她，“我不会。思安，我永远也不会。”

林思安忽闪着大眼睛，“信你才有鬼。”

“那我要怎么做你才会相信?”

“当然是先把恐龙蛋给我啦!”

“小财迷。”

林思安神秘兮兮地凑到他耳边，“我看见你卧室里的秘密了。”

“什么秘密?”

“你偷藏我的耳钉！颜唱唱说你是睹物思人!”

顾嘉臣笑起来，“那你怎么看?”

“我当然也这么觉得！哎，你肯定爱我爱得特别欲罢不能吧？特别怕我离开你吧？还偷藏人家的东西，你太闷骚了!”

顾少的心情好得不得了，“被你发现了，你自己知道就好，不要告诉别人哦。”

林思安煞有介事地点头，“明白!”

一瓶酒几乎见底，林思安也彻底安静下来，顾嘉臣抱起醉得迷迷糊糊的她向车里走去。

女孩软绵绵的身体像花瓣一样，纤细的腰肢不盈一握。

体香混着酒香刺激着顾嘉臣的神经，他的手摩挲着林思安的脸，目光像夜海一样幽深。

林思安喃喃道：“陆之然……”

顾嘉臣的心底忽地蹿起一簇火苗，捏住林思安的下巴，忍不住动了三分怒气，“林思安！这是你第二次躺在我怀里却叫着其他男人的名字!”

林思安痛醒过来，看清了眼前的人，“顾嘉臣……”

顾少还来不及说话，她先开始埋怨，“你干什么啊？很疼知不知道?”

顾嘉臣觉得自己真是昏了头，跟林思安讲理已是不可能，遑论醉了的林思安。

转眼她又被揽着不放，“你会不会不要我?”

顾少答：“不会。”

“会不会?”

“不会。”

“会不会?”

“不会。”

“你就不能大点儿声吗?”

却不再给他开口的机会，林思安吻住他，舌尖轻轻勾勒着唇形，分分寸寸皆是诱惑。

顾少忍不住将她揽得更紧，深深地吻着，恨不得把呼吸吞噬掉的力道。

林思安溢出一声低吟，像导火索一样灼烧着顾嘉臣的理智。

他把林思安压在座位上，吻也开始向四周蔓延，经过纤细的颈项，颇有些恶狠狠地咬了咬。

挣动间，林思安衬衫的扣子散了几颗，温热的体香诱人深入。

车里的热度逐渐上升，两人越来越急促的呼吸交缠在一起，暧昧而惊心。

林思安的笑容有醉意，有羞涩，有妩媚，不躲不避地望着他。

顾嘉臣却慢慢退开，闭上眼努力平复呼吸，“我们有的是机会，我不想看见你醒来再后悔。”

她的眼里似乎有一瞬间的清醒滑过，像一道夺目的光。

顾少给她系上衣扣，重新坐回驾驶座，“乖，睡一会儿吧，很快就到家了。”

半年后。

又是一年夏末。林思安和顾嘉臣正式订了婚。

订婚宴在 B 城最豪华的餐厅举行，名流尽来祝贺。

一切社交往来自不必赘述，顾嘉臣负责寒暄还礼，林思安一袭红裙从旁微笑就好。

到了交换戒指时，顾少忍不住笑道：“还是没法给你恐龙蛋，林小姐先戴着这个凑合吧。”

林思安抬起手看了看，璀璨的钻石闪着荧惑的光亮。

她拉过顾少的手，套进指环，却只停在指尖处，“你知道我给你戴上这戒指以后意味着什么吗?”

顾嘉臣虚心求教，“什么?”

林思安一脸严肃，“那意味着，你顾嘉臣注定要老老实实地待在我的手掌心里，一辈子都跑不了。”

第十三章

陆之然对着那篇报道发了很久的呆，被同事一推才猛然惊醒过来，“之然？琢磨什么呢？”

同事凑过来一看，啧啧叹道：“顾嘉臣啊……那可是咱B城出了名的钻石王老五，据说接手顾氏没几年就把公司的业绩翻了好几倍，还真不是个只会玩儿的纨绔子弟。我妹妹可崇拜他了，老嘱咐我要是看见顾少一定得帮她要个签名。哎，你说人家那种大少爷哪是咱们这小老百姓说见就见的？这人和人的差距啊……怎么能差这么多。”

陆之然静静地听着。

“这是顾嘉臣的未婚妻？嚯，可真够漂亮的，是不是明星啊？拿咱公司那几朵花跟人家一比，纯粹是狗尾巴草和白牡丹较劲啊，我要是有这么一老婆，还不得天天摆在家里供着？这男人要是有了钱，什么女人得不到？多漂亮的美人儿都得前赴后继地往前冲。”

“她才不是那样的人。”

“啊？你说什么？”

陆之然一抹脸，勉强笑了笑，“我去抽根烟。”

他摸出打火机，手却抖得不成样子，怎么也点不着。脱力般靠在墙上，这是怎么了？不是你一直期待的结果吗？现在这么唧唧歪歪地难受给谁看？

林思安和那人多般配，千金小姐是一定要和豪门少爷在一起的，要是陪在她身边的是个参加工作才两年多的小职员，那才是笑话一样的悲剧。

正如母亲所说，林思安是真正的白天鹅，不可能一辈子陪着你在泥塘里打滚，总有一天她是要飞上天的。

他不得不正视那些曾经被他刻意忽略的问题，再也不敢自欺欺人地说只要他们相爱就可以。

相爱不过两年，却好像历经了生死一般，活生生累怕了两个人。

林思安总说她对陆之然一见钟情，瞅见他的第一眼就迈不开腿了，就知道傻愣愣地看着，心里刹那间只有一个念头，一定要把这小子搞到手。

直到现在，她都不知道，其实先动心的人是陆之然。那天林思安推开酒吧的大门，身上那分灵气像是带着光一样，他只看了一眼便低下头去，心却慌得不成样子。后来林思安坐在台下瞪着一双漂亮的大眼睛看他演出，每忽闪一下他就觉得自己的心跳更快，接连弹错了好几个音。

林思安常来酒吧，出手阔绰，动辄就塞给他几张钞票，眼里是不知世故的讨好。

他甚至没有拒绝的资格。只是越发明白，这不是自己要得起的女孩。却还是忍不住寻找她的身影，一日不见，心底就开始有各种各样的猜想，是学业太忙？生病？还是……已经腻了？活像个情窦初开的少女，自己都恶心自己。

后来是怎么在一起的？其实一直也没说明白，林思安红着脸说爱他，他就面无表情地听。多傻的女孩儿，以为表白完就完成任务了，丝毫不理会旁人的所思所想，她是那样自卑，甚至不敢开口计较陆之然是否真的爱她，却又那样自信，笃定自己的付出一定会有回报。

直到现在想起来，陆之然都不禁苦笑，即使所有的事都变了，所有的人都离开了，他还是一样不敢还她一句“我爱你”。

他有什么胆量大言不惭？他用什么来爱她？

那时的陆之然才满十八岁，正是一个男孩子最狼狈的年纪，没有钱，没有社会地位，没有沉稳的气度，手里攥着的不过是几分青春朝气而已，他有什么能力给林思安那样的女孩幸福？

她知道陆家生活拮据，从未提过任何要求，就连第一年过生日的蛋糕都是自己买好了才来找他庆祝的。林思安的善解人意是那样光芒刺眼，让他觉得不知所措，无处可躲。她不知道男孩子的自尊需要悉心保护，妥善安放，只想着拼了命地对他好，却总是被他的若即若离弄得万分沮丧。两人毕竟都还年轻，发生争执时恨不得把满身的盛气凌人都用在对方身上，相处的时间竟有一半用来吵架冷战。

陆之然总想保护林思安，那时却不明白在伤害她的人其实就是自己，从小他就是一个冷心冷情的人，爱上林思安之后才像是有了活人的温度，可即使如此他也从未主动和林思安道过歉，活生生把自己憋死也不愿先开这个口。林思安常点着他的额头骂他没有君子风度，他却不敢告诉她，其实每一次吵架，他都希望林思安可以彻彻底底地扔掉他，去找一个真正有资格爱她的人。连他自己都看不清他的未来在哪里，怎么舍得拖上林思安和自己一起闯。

到底还是他陆之然太懦弱，贪图和林思安在一起时的快乐，醉生梦死，不知死活。

那年他大二，每天天还没亮就起来读书，在图书馆自习室待到关门，考试全优，奖学金拿到手软，系主任、校领导都另眼相看。旁人忙着游戏恋爱时他又开始报考校外的技能考试，被人问到为何这么拼命，他只是茫然地答了一句“我想找个好工作”。所做的一切努力不过是为了能和林思安的距离更近一点儿。

他希望自己可以永远为林思安遮风挡雨，把她捧在手心里，让她尽情地没心没肺地嚣张。他想赚很多很多的钱，带林思安去她想去的地方，紫霞连天的普罗旺斯、金黄麦田的荷兰，还有淳朴安详的威尼斯小城……他想和林思安一起经历人生百味、酸甜苦辣，只要是她就好，他会变成一个温柔稳重的小男人，不和她争，不和她吵，有错没错都让着她……他想把林思安带给妈妈看，她那么古灵精怪，又那么会装蒜，一定能把老人家哄得团团转……陆之然幻想着无尽的可能，每个方向都是如此光明，或许前路并非那样艰难，毕竟他和林思安相爱，他以为这就是最深的羁绊。

直到林母打来电话，当头棒喝一样把他敲醒。

那妇人只着简单的T恤和卡其裤，走进来的时候却成了整间屋子的焦点。

那张脸上可以轻易地分辨出和林思安相似但更加动人心魄的风华，贵气逼人。

“我明明不喝咖啡，却总喜欢和人约在咖啡厅聊天，想起来还真是有点儿尴尬。”

陆之然看着她扶在茶杯上的手，莹润纤细，仿佛二八少女一样白皙，他想起母亲那双在纺织机上操劳了一辈子的手，心底一阵酸涩，“思安也不喜欢喝咖啡。”

林母笑了起来，“是，她把那个当提神的药来喝。孩子，你今年上大二对吗？认识思安那年才十八岁？”

陆之然轻轻点了点头。

“我来之前一直在想，一个二十岁的男孩子，对感情会有多认真呢？我以为你是看思安漂亮、纯情、家境好，符合所有小公主的特点，想和她玩一玩，毕竟这样一个女朋友带在身边实在是太拉风了。可是见到你之后，我发现自己错了，你看我的眼神不是心虚，而是恐惧，你已经猜到了我的意图，你怕我把思安带走。”

“阿姨……”

“你说，我在听。”

他发现此时此刻在林母面前所有的语言都是那么苍白无力，“我真的很爱思安。”

“呵呵。恕我冒昧……我已经知道你家里的事了，这也是我今天找你的原因，你愿意和我谈谈吗？”

陆家当年在B城也曾风光过，陆父和人合资开公司，生意一直不错，后来运转出了问题，合伙人打算携款私逃，被陆父撞了个正着，两人起了争执，合伙人意图杀人灭口，拉扯间竟捅死了自己。本来这该算是正当防卫，可那人的岳父是有钱有势的大户人家，自然不能善罢甘休，诈骗罪和蓄意谋杀一并压在陆父身上，一拍桌子给他判了个无期徒刑，进去没两年就病死了。

“你们若是还小，交交朋友也就算了，可如今思安已经大学毕业，她的人生到了一个新的阶段，做母亲的自然要为她考虑得更多。孩子，你和思安不会有结果的，耗得越久伤得越深，不如当断则断。”

陆之然垂在身侧的手紧握成拳，“我会努力让她幸福。”

“你确定你给的幸福是她真正需要的吗？她现在还小，没有经过柴米油盐的浸润，以为爱情足以温饱，她愿意陪你吃苦陪你从零开始，可是十年以后呢？你能保证她不后悔吗？你若真的爱她，你舍得让她受苦吗？无论是家庭背景还是成长环境，你们都相差太多，当你发现她买的一条裙子足以顶过你半个月的工资时，你也会觉得这个女人不可理喻。你们真的不适合在一起。况且……”

林母的目光冷得像一块坚冰，“我也不会允许自己的女儿嫁给一个杀人犯的儿子。”

那日连怎么回的家都已经忘记了，只记得进门后就看到母亲正抱着父亲的遗像在哭，陆之然的心像被冻住一样，麻麻地痛。

陆母是个烈性子，乍然丧夫，也没有哭天抢地。她一抹眼泪卖掉高级公寓还了债，挽起袖子就去纺织厂当了女工，两个月的光景就再也看不出一丝贵妇人的气质，手上全是冻疮。那年陆之然才五岁，开水都不会烧的年纪，穷得快要揭不开锅的时候，陆母就抱着他撕心裂肺地哭，那么小的一个孩子，印象最深的童年记忆竟是母亲的眼泪。后来邻居季家知道了他们的情况，看这位年轻的陆太实在可怜，便时刻帮衬着他们母子。陆母常说，他们能活下来，真是多亏了季家那口应急的粮食。

在纺织厂，只能拿到微薄的薪水，还要因为陆父的事被领导、同事冷眼相待，再多的委屈也只能咽到肚子里，一个女人把年幼的儿子独自拉扯大，身上也再没了原先的傲骨。陆之然常受欺负，被骂成杀人犯的野种，有时忍不住了就冲上去和他们打架，满身是伤地回家，却还要被陆母罚跪。只因他打伤的人是校长的儿子，有天大的理由也开罪不起，伤还来不及敷药，就被母亲拽去给人家登门道歉。她知道母亲被社会规则伤怕了，所以她活得那么小心翼翼，病态地保护着陆之然。

“从小我就告诉过你不要去招惹那些有权有势的人，他们都是没有心肝的啊！你忘了你父亲是怎么死的了？他是被那帮草菅人命的畜生害死的！我就希望你能一辈子平平淡淡，不要再像你父亲一样经历那些大风大浪，可你倒好！你竟然敢去招惹林家的千金小姐！那种女人是我们能碰得起的吗？我看你这傻小子被人玩了都不知道！如今还要连累我被人找上门骂教子无方，你可真对得起我……”

他木然地跪在母亲腿边，不住地说着“对不起”。

陆母哭得满脸泪水，哀戚地看着自己拉扯大的儿子，“小然，如今你也大了，有些事妈妈必须要告诉你……季家对咱们有大恩，我们不能对不起人家，佳安喜欢你，瞎子都看得出来，我和你季伯伯已经商量过了，等你们到了合适的年龄就把事情定下来……这才是你应有的生活，娶一个乖巧贤惠的女孩，何必非要去够那天上的云呢！”

陆之然死死地咬着牙，用力到浑身打战，他从来不敢违背母亲的旨意，此时此刻也没有丝毫理由说一个“不”字。

不过是一场天荒地老的大梦，如今天亮了，还有什么纠缠下去的理由。

“小然，答应妈妈，和那个林家小姐断了吧，好不好？”

一滴眼泪猛地砸在地上，视线里的整个世界都是扭曲的，陆之然听到自己艰涩的声音，“我会离开她。”

然后便是那场惊心动魄的分手，生生砸断骨头、割裂皮肉、五马分尸一样的痛。

他从来都是演戏的高手，林思安痛苦、哭喊、纠缠，他都可以无动于衷。即使心如刀绞般血肉模糊，也决绝得不肯再让她看出半分眷恋。

他说着各种绝情的话，看那女孩眼里的光一点点黯淡下去，伤害像带着惯性，一旦有了缺口就停不下来，多像一场兵荒马乱的闹剧，伤敌八百，自损三千，他陪着林思安演下去，活生生地痛死两个人。

他狠狠地抽烟，抽到肺都是麻的，好像隔着烟雾想到林思安的脸，就能看不清她眼里的哀伤。

季佳安在他面前脱下衣服，身子打着颤，目光却坚定得很，“我帮你。”

他记不清那天林思安到底是什么表情，即使他一直强迫自己紧盯着她，手握成拳，掌心血迹斑斑。

他吻上季佳安的唇，缱绻而缠绵。

有什么东西在他心里猛地碎开，清脆的一声响，像是双生儿一般，他知道那一刻她有多痛。

后来他跪在林母面前，抖着嘴唇求她让自己进去看一眼病房里的林思安。

那妇人眼角还含着泪光，却坚定得近乎残忍，“我让你离开思安，没让你把她伤进病房。她好不容易才对你死了心，如今你再进去示好，这么反反复复变化无常，你想玩死她吗？陆之然，你和思安已经没有任何关系了，我不会让你再伤害我女儿。”

遍体生寒，终成陌路。

一开始，林思安还会长时间情不自禁地凝视他，目光哀戚，后来逐渐变成刻骨的怨，最后再相遇，她的眼里再也泛不起丝毫涟漪。

陆之然终于完完全全失去了她，无论是爱，还是恨。

所有人都当他是无情无义的冷血动物，心是焐不热的狠毒。

谁又知道，陆之然丢了林思安的同时，也丢掉了自己的半条命。

不过行尸走肉而已。

陆母也知晓林思安订婚的事，心口已是落下一块大石，“不如抓紧时间把你和佳安的事也办了吧？”

陆之然恭恭敬敬地应下来，眼里哪有半分喜气，活像是出殡在即。

他找了季佳安摊牌，温柔而残忍，“你若想嫁给我，我一定会娶你，但是我这一辈子都不可能爱上你，我心里装着谁，你很清楚。”

十余年的相守和等候终究是一场空，季佳安哭得声嘶力竭，“她都已经要结婚了！”

陆之然轻描淡写地说：“她是否结婚，和我爱不爱她，有关吗？”

曾经那些轻狂的岁月里，他总是忍不住想，谁若伤害林思安分毫，定要那人十倍百倍地偿还。

谁曾想这些年林思安最怨的、最恨的、最想永不相见的，偏偏就是他陆之然。

诚然报应不爽。

答应过你的承诺自然不会忘。

这笔债，我用一辈子来还怎么样？

第十四章

即便已经订了婚，林思安和顾嘉臣的相处模式也没什么变化。上班时间依旧各忙各的，顾少淹没在如山如海的文件里，林思安在一旁伺候早餐午餐下午茶，间或被人看见，小顾先生和小顾太恩爱似鸳鸯的八卦便在公司不胫而走。

下班之后各回各家，偶尔互相串门吃个饭，准女婿一到林家，丈母娘面前便是亲女儿也失了宠。

林思安也会觉得这一切都像一场梦，明明现在有时多看顾嘉臣两眼还忍不住脸红心跳，可再过不久这个男人就要彻底进入自己的生活，想着想着不免就有了些恐婚的症状。

每个有勇气结婚的人都值得嘉奖。

林母叫她多跟顾嘉臣亲近亲近，这本是母女间不言而喻的闺房话题。

林思安却会错了意，以为要趁结婚之前的这段时间再对他来个深入了解，于是越发黏在顾少身边，也不说话，就是跟着，看着。

顾嘉臣自然暗爽得很，免不了又欺负两句，“我发现你最近很黏人啊。”

林思安轻叹，“我妈说了，要我和你多亲近，可能是怕以后半夜醒来以为枕边躺了个陌生人吧。”

顾少无语，一方面感谢丈母娘的深明大义，另一方面又埋怨林思安的不解风情，凑过去把她逼到墙角，“你想怎么个亲近法？”

墙角啊墙角，真是调戏必备良品。

林思安瞅着极具压迫感的顾少，大眼睛转啊转，“我觉得我们肯定要坦诚相对吧。”

顾嘉臣有一下没一下地吻着她的脖子，心猿意马，“当然……一定要赤裸裸地坦诚相对。”

“那，有这么一个问题，颜唱唱好奇好久了，我也挺想知道的。”

顾少也来了兴趣，“什么？”

林思安一脸严肃地问：“你是真有八块腹肌吗？颜唱唱老追着我问，让我必须给她一个交代。”

顾嘉臣勉强保持几分暧昧气氛，声调缓慢而低沉，“不信你来摸一摸。”

林思安笑起来，“好呀好呀。”利索地解开他的西装。

顾少还没反应过来，一双小魔爪已然伸向了他。

林思安那表情像做尸检，顾少有种欲死不能的绝望。

谁想这还不是高潮。

林思安飞快地给颜唱唱拨了电话，得意得像只小狐狸，“哎，我跟你说就是八块就是八块……我数了没错的。你必须请我吃饭！早告诉你了，跟我打赌你准输！”

腹肌被如此冒犯，顾少自然不甘心，眼里闪着墨蓝的光，夺过电话，冲着那边说：“颜唱唱，你是想让我把唐健康调去保洁部吧？”

转头他又开始刑讯无辜的小狐狸，“我的腹肌就只值一顿饭这么廉价？”

林思安想跑，却被他卷进怀里，“哎哎！我冤枉啊，是颜唱唱想知道的。”

“我看你摸得挺爽。”

林思安红着脸据理力争，“硬邦邦的，有什么好摸的！”

顾少气得没辙，怒火和X火都没处发，只得又狠狠地咬她一口。

真正一对活冤家。

林思安知道自己身上不具备传统女性的贤良和忍耐，内心也颇为鄙视日本已婚妇女的生活状态，每日要比丈夫早起两个小时，画个一丝不苟的精致妆容，做好早饭，温声细语地叫丈夫起床。上午的任务就是买买菜、收拾收拾屋子，下午间或逛逛街做个美容，看时间差不多了就狂奔回家，补好妆，准备晚饭。等丈夫回来就巴巴地过去鞠个躬再递上拖鞋，光是想想都觉得毛骨悚然。

她曾经和顾嘉臣讨论过诸如婚后男女双方地位的问题，明确表达了自己的看法，男女平等虽然是个历史遗留问题，千百年来女卑男尊的思想根深蒂固，但是在顾家，绝对不能存在谁压迫谁的问题。顾少当下就拒绝了，说什么平等怎么能表达他的深情呢，他甘愿每日被小顾太欺压，这是他痛并快乐着的权利，谁也不能剥夺，瞧瞧这话说得多漂亮。

颜唱唱听了以后立刻就“呸”了出来，“你听他瞎说呢！什么叫大男子主义，你知道吗？就是绝大部分男人都奉行的主义！连我们家唐健康都理直气壮地说，女人洗衣服做饭是天经地义的，何况顾嘉臣那样的男人？你别傻了，现在他跟你说得好听着呢，过不了多长时间他就得变卦！而且这种事你还得不到广大人民群众的支持，跟谁说都是你没理，安安你可别在这上面想不清楚啊，中国是个男权社会，想翻身做主的女人都没好下场的。”

这一番危言耸听让林思安颇为担忧，“我看顾嘉臣任劳任怨的，挺老实的呀。”

“哪个男人不喜欢温柔贤惠的？谁愿意豁出脸去见天儿在家哄着母老虎？长此以往，你就是在助长他寻花问柳的不正之风！”

“他敢！”

“你看看，你这一脸要跟人拼命的样子最要不得，你知道一个贤良淑德的女人此刻应该怎么说吗？”

“怎么说?”

“讨厌啦，他怎么会不要人家呢？人家要给他煲一辈子的汤啦。”

小顾太想象了一下那场景，跟老太太踩了电门似的抖了抖。

“安安，撒娇、发嗲、眼泪，这是女人的特权，更是对付一个爱你的男人的致命武器，别老是瞧不起那些满嘴‘人家人家’的姑娘们，做女人不会，做男人又太累，咱们这种中性人迟早就是被淘汰的份儿。”

林思安很是惆怅，“母老虎”和“中性人”这两个词真是让她羞愤欲死。

“如今你已嫁做他人妇，总不能老让顾少又当丈夫又当妻子的，在外赚钱养家，在内操持家务，一想到顾嘉臣那样的男人会拿着菜刀跟葱姜蒜较劲，人家就好心痛的啦。”

小顾太总算没完全被她的妖言迷惑，拼着最后一丝清醒问：“谁教给你的这些歪理？琼瑶剧?”

“这是本大小姐感悟生活总结出来的！我跟你说，安安，攻城容易守城难，你可小心哪天不注意被人劫了粮草！要想把一个男人的心攥在手里，得先降服了他的胃，口腹之欲乃人之大欲，把他的嘴养叼了，以后不管他在哪个狐狸精的身边，一定还会念着你的好！后悔死他!”

“打住打住！我们才刚订婚几天啊，言情剧里狐狸精都得过段时间才出现。”

“这就是你傻了，姐姐，顾嘉臣那种人屁股后面时刻都跟着大把的狐狸精，不分公母还全是九条尾巴的那种顶级妖孽。哎，我可听唐健康说了，上次他和顾嘉臣出去谈生意，那老总把他女儿也带上了，那小姑娘拽着顾少的袖子就不撒手，说什么‘嘉臣哥哥你不知道我喜欢你吗？嘉臣哥哥你结婚了可让我怎么活，嘉臣哥哥你怎么能这么对我’，就差说‘嘉臣哥哥我给你做二房也没关系，抽空记得来临幸我啊，晕死!”

小顾太深感这是奇耻大辱，如此明目张胆地勾搭她林家的有妇之夫，也太不把她放在眼里了，更可气的是“嘉臣哥哥”竟然没跟她汇报，平时遇到抱着顾少西装不撒手的姑娘，他们两个都是当成笑话来讲的，这次有这么好玩儿的事他竟然藏着不说!

也许真该反思一下，颜唱唱说得对，一个好女人，应该具备为人妻的贤良和为人母的慈祥，把丈夫当成男人来奉献、当成儿子来疼爱。男人不仅娶了媳妇还多了妈，一妻一母同时坐镇，坚决斩掉一切歪风邪气的苗头，什么小三小四好姐姐好妹妹，一律被拍死在勾引与镇压的羊肠小路上，这才能保证婚姻和谐健康地发展。

“顾少的心早就被你攻克了，你现在应该多和他的胃较较劲。”

小顾太想起自己少得可怜的那几次下厨经历，煲的汤被他嫌弃得比做刷锅水，番茄炒蛋连自己都辨别不出真身，炖的排骨肉丝根根分明，几乎可以当牙签。每次一进厨房就是险象环生，顾嘉臣全程监护还是免不了出岔子，上次不小心切了手之后就被他骂了三天的“笨笨笨”，如今想来真是女人的耻辱。

不甘屈居人下的小顾太打算绝地反击，不仅要证明这世上没有她攻不下的堡垒，更要给顾大少又当媳妇又当娘，体验一下双重身份的快感。

头等大事自然是先准备菜谱。

书店里，各大菜系的菜谱一应俱全，林思安的手滑过一本本花花绿绿的小册子，一时拿不定主意。她想到顾嘉臣虽然挑食，但是口味多变，甜酸皆宜，便一样买了一本，打算有朝一日让丈夫兼儿子尝到自己亲手烹制的五湖四海的美食，又买了详细的煲汤大全，誓要一雪刷锅水之辱。

林思安抱着一摞书往收银台走，经过转角的时候不慎和一人狠狠地撞在一起，怀里的菜谱噼里啪啦地全掉了下来，散落一地。

林思安道了歉便慌忙蹲下来捡，那人愣了好一会儿，也弯下身帮忙。

那只手白皙秀致，骨节精巧，得天独厚如工艺品。

林思安的心一抖，刚捡起来的书又差点扔到地上。

她抬头望去，那人正静静地看着自己，眼里是一弯深邃的旋涡。

他说：“好久不见。”

林思安垂眼笑了笑，“是啊。好久不见。”

熙熙攘攘的人群从身边经过，有个孩子跑过去的时候不小心撞到了林思安，陆之然下意识地把她揽在怀里，待她站稳后便有些局促地收回了手。

一时沉默。他不经意扫到她满怀的书，瞳孔几乎是立刻便被刺得缩了缩，哑着声音说：“订婚快乐。”

林思安抿了抿唇，声音小得几乎听不到，“……我以为你会来。”

陆之然沉默了两秒，说：“楚哥跟我说了，可是刚好那几天我要出差，经理说没什么重要事的话不能请假。”

林思安飞快地移开视线，笑起来，“这样啊，呵呵，工作重要，当然是工作重要，很好啊，很好。”

眼睛里没出息地有些酸热，还以为谁都跟顾嘉臣那傻子一样把你捧在心尖尖上吗？早就知道的结果，只不过听他亲口说出来而已，不要再丢人现眼了。

不过偶遇一场，很快就过去了，很快。

林思安转移了话题，“季佳安……身体还好吗？”

陆之然淡淡点头，“她身体一向很好。”

林思安深吸了一口气，仍是笑着，“她为你付出了那么多，你要好好对她。”

陆之然并未看她，也没有说话，隔了很久才道：“我知道。”

林思安抱紧了怀里的书，这些烟火世俗才应该是她今后生活的全部。

“那，我先走了，再见。”

陆之然不动声色地看着林思安，又是那种让她想不通摸不透的眼神，每一次刚要探究，又被他淡然隐去，“再见。”

她看不懂他，从很久以前她就已经开始看不懂他，曾经的陆之然是初融的小溪，淡漠却清澈，一眼见底，而今却是冬季的夜海，深沉且冰冷，转眼即可吞没一切般绝情。

一天深夜，林思安接到颜唱唱的电话，隐隐带着哭腔，“安安，帮帮我。”

林思安猛地从床上坐了起来，迷糊间脑子里就抓到几个信息。

深夜、女人、哭泣，怎么看都是一个不详的排列组合，“唱唱，你别急，告诉我发生什么事了？”

“我爸妈知道我和唐健康的事了。他们死活不让我和他结婚。健康要跟我分手。”

言简意赅的三句话，倒让林思安放下心来，“是不是你爸妈觉得唐健康挣钱太少，唐健康觉得自尊被二老羞辱了？”

“嗯，而且我爸妈也打算让我去相亲！你在我们家已经成了教育成功的典范！”

林思安对“相亲”这两个字真是深恶痛疾，从古到今，它坑害了多少少男少女的水晶玻璃心？

“你别担心了，我找顾嘉臣帮忙吧。”

颜唱唱很忧伤，“你原先不是说不大合适吗？”

搁现在也确实如此。不过彼时他视顾嘉臣为吸人精魂的公狐狸，处处防备还来不及，怎敢开口指天要地，如今不是已经狼狈为奸了吗？自然要享受一下高层家属的福利。

林思安淡然道：“哦，怎么说也算你准姐夫。这个忙我帮了。”

海口虽已夸下，上阵时还是不免有些紧张。

林思安端着红茶进去，笑不露齿。

可惜顾少只看了一眼，什么评价都没有就又低下头去。

自从腹肌事件之后，他对林思安有些冷淡。

“要不要歇一会儿？”

顾嘉臣瞥了那杯子一眼，目光疑惑。

林思安笑眯眯地说：“总喝咖啡对身体不好的。”

顾少道：“嗯，我又闻到了。”

“红茶香？那当然，我费了半天劲呢。”

顾嘉臣冷冷地看过来一眼，“是阴谋的味道。”

林思安晃啊晃地趴到他肩上，“其实是有那么点儿事想拜托你。”

“说吧。”

林思安忸怩了一会儿，“要不我还是先给你捶捶肩吧。”

顾少笑着说：“看来可不是个小忙。”

林思安索性给他一个痛快，“我想让你给唐健康升职，起码是经理级别。”

顾嘉臣一顿，死命地揉了揉太阳穴，“你在顾氏工作了这么久，应该明白这事不是我一人说了算。”

林思安不想让他为难，可无论如何也不能放着颜唱唱不管，“唐健康如果升不到经理，拿不到公司派的房子，颜唱唱的父母就不会同意他们的婚事。嘉臣，我看不得唱唱伤心的。求求你。”

这是林思安第一次求他。

顾嘉臣迎着她期待的目光，揽她入怀，轻声道：“交给我吧。”

果然没几天，唐健康就成了总裁钦点的销售经理。

林思安身居顶层，不知底下众议如何，但也明白裙带关系会让奋力拼搏的人恨得有多切齿，可如今形势所逼，无奈只能让唐健康硬着头皮往前顶，总不能大家一起坐看颜唱唱去相亲吧？何况唐健康实力不俗，就是为人太过耿直不会溜须拍马，所以总也得不到提拔。

唐健康一开始还是很有傲骨的，表示君子不受嗟来之食。

林思安只问了一句，“你是要脸还是要颜唱唱？”

唐健康立刻就没了气焰。

颜唱唱，你何其幸运，有个男人把你看得比脸还重要。

如今准女婿已经勉强入了丈母娘的法眼，这对野鸳鸯又朝合法化迈进了一步。

颜唱唱自是对林思安感激涕零，可惜功不可没的并非自己，她表错了情。

顾嘉臣陪着林思安一起开心，她真的很感激顾少，让她能彻底地报答颜唱唱一次。

从小到大，林思安知道自己着实亏欠她良多。

林思安以为这件事不过是顾氏的一个小插曲，却没想到竟已上达天听。

说来惭愧，这一段真相依旧是在洗手间里听到的。

“你知道销售部最近新提上来一个经理吗？那可是大肥差啊！多少人都瞄上那块肉呢，结果顾少一道圣旨下来，这美事一下就砸在那名不见经传的唐健康头上了。”

“这人谁啊？和顾少什么关系？我可听说了，原来那销售部经理是许老的人，这唐健康还值得顾少和公司大股东叫上板了？”

“而且这事还惊动了太上皇呢！我姐姐是顾老先生的营养师，跟我说这几天顾家父子为这事都吵过好几回了。”

“这爷俩不是一直关系都不好吗？估计这回是老爷子诚心找碴，按着唐健康这导火索不放了。”

“胳膊到底还是拗不过大腿，小顾是斗不过老顾的，想想顾少也真是可怜，为顾氏拼死拼活不算，还得哄着老爷子高兴，弄不好辛苦这么多年很可能什么都捞不到。”

林思安默默地离开。

她向来是个不通人情世故的人，哪里知晓这些弯弯绕绕。

现在回想起来，当初顾嘉臣拒绝时就该知不妙，这世上能有多少让他犹豫的事？

她却只在一边撒娇讨饶，一时任性之下，竟没想过会让顾嘉臣背负这么多。

真是恨自己这不长心眼的个性。

和林母悉心讨教厨艺，这第一课讲的就是如何煲汤。

细细切好了配料，煮沸，放入锅底，文火慢熬，三分熟时再加一遍底料，小火慢煨，至九分浓，盖上锅盖，以免走味。林思安全程在一旁守着，片刻不敢离开，生怕哪道工序出了问题就要重来。

口腹之欲真难满足，根本就是在供奉活祖宗。

好不容易做好，一分钟不敢耽误，她倒进保温桶，匆匆开车去了顾宅。

顾嘉臣开门时着实吃了一惊，原因也在林思安事先并未知会一声，但能看到他的意外和欣喜，一切便都值了。

彼时早已过了晚餐时间，顾少乐得体验这餐后汤。

林思安盛了一碗，端过去，看他喝下。

垂下来的睫羽忽闪忽闪，颤颤，复颤颤。

林思安心里温软得像塞了棉花。

难怪女人总喜欢给心爱的男人洗手做羹汤。这浓浓的情意，全由食物做了中介。

顾少眉梢眼底尽是温情，拉她坐在身边，“怎么还大老远地送了过来？叫我一声，我必定欣然前往，顺便也拜访一下阿姨。”

林思安软软地靠着他，勉强笑了笑。

顾嘉臣轻声问：“不开心？”

林思安抬眼，看见他眸底的担忧。

这个男人玩闹时嬉笑调皮，像个没长大的孩子，工作时又修眉紧蹙，好似任何困难都压不垮那铮铮傲骨，永远进退得宜，安然如故。

他从不让林思安看到他的软弱和委屈，言谈浅笑间，连他自己好像都可以忽略背后不为人知的付出。

林思安把玩着他的手指，一寸寸，尽是惭愧，“给唐健康升职的事，让你很为难吧？”

顾嘉臣沉默了一下，轻描淡写地说：“没什么大不了的。”

林思安盯着他的眼睛，“让你和股东结怨，还被顾叔叔责怪，这些都不重要？”

顾少的眼波在她身上浅浅流过，“我是说，能让你高兴，一切都没什么大不了的。”

林思安又给他添了汤，淡淡地说：“可我很不高兴。顾嘉臣，我希望我能站在你身旁，而不是你身后，我想陪着你经历风雨，不是让你替我遮风挡雨。”

顾少一声叹息，“林小姐，作为你的未婚夫，照顾你，让你快乐无忧，这是我的权利也是我的爱好，你没有资格剥夺。”

“但是你起码要让我知道你为我做了什么！”

“现在你知道了，愧疚又难过，我的初衷也实现不了，让两个人都不开心的事，何必做呢？”

林思安无言以对，只好说：“你还让我在顾叔叔面前难做人……我要不要去登门致歉？”

顾嘉臣的眸光冷了下来，“不需要。他不过是在借机发挥而已。”

林思安早知顾家父子的关系是冰冻三尺，绝非三言两语便可化解。毕竟子非鱼，她自问也无力做个两头调解的贤惠儿媳，便不再多嘴，“是我太不懂事了。”

顾少欣然一笑，“我就是喜欢你的不懂事，你若太懂事，不也成了挂在橱窗里的女人？我要来干什么？”

林思安颇为受用，甜甜蜜蜜地问：“汤好不好喝？”

“你要听真话还是假话？”

“哼哼，你这人嘴里也有真话？”

顾少顶着她的额头撞了一下，“顾嘉臣永远不会骗你。”

两人近在咫尺，林思安虚蹭着他的唇，就是不吻上去，“那你倒是说说，我的汤做得怎么样？”

顾少追着她吻，“假话就是一般般，真话就是不怎么样。”

林思安立马推开他，“你知道这花了我多长时间多少心思吗？”

“明明是你要我说真话的。”

“我真是爱死你这时不时蹦出来的正直！”

顾嘉臣哀哀地缠上来，“汤做的难喝也就算了，还不从其他方面给我点儿福利？”

林思安轻抬眼眸，四十五度角望着顾少，妩媚一笑，“奖励你一辈子喝我做的汤。”

第十五章

顾嘉臣计划歇个长假，出去旅旅游，这想法和林思安一拍即合，可这不年不节的，总得有个名目。

两人凑在一起商量如何钻顾氏的空子。最后顾少一拍桌子，决定亲自去海南和盛世传媒的王总联络联络感情，顺便带上漂亮小蜜林思安。

林思安心里乐开了花，嘴上却说：“怎么哪儿腐败你去哪儿啊？还有，跟你去，安全吗?”

顾嘉臣一副无所谓的样子，“随你便。反正我秘书多。”

林思安一个如刀似剑的眼神飞过来。

顾少老实了，“可是心上人只有一个。”

林思安仰头望天，“顾嘉臣，好久没听见你跟我说你那什么我了。”

“我什么你?”

“就是你那什么我!”

顾少羞答答地把她拉过来抱着，“老夫老妻了，何必呢。”

林思安看着手上的戒指，慢慢地说：“这样啊。”

顾嘉臣凑到她耳边。

“你嘟囔什么呢？听不见。大点儿声!”

活脱两个加起来五岁半的小屁孩儿。人一旦碰了爱情，智商就直线下降。

某天和颜唱唱出去买东西，看见她随手扔了两盒安全套在购物筐里，林思安呆了一下。

颜唱唱反而不明所以，“怎么了?”然后灵光一现，“你和顾嘉臣不会一直都没……”

林思安很淡定，“没。”

颜唱唱目光惊恐，说话都没了标点，“你们都在一起多长时间了，顾少不会是不行吧？我靠！这消息太惊悚了，太惊悚太惊悚了!”

“一直……没机会吧。”

“得了你！他那是在爱你，在尊重你！安安，顾少可不是保守的人，他能为你做到这一步，真挺不容易的!”

“不至于吧，你和唐健康还不是……总不能是他不爱你吧。”

颜唱唱厚着脸皮，“真不瞒你说，是我主动的。他一开始还不同意来着，后来才就范的。”

林思安无言。

“不过，说真的，安安，一个男人若爱你，就一定会对你有渴望，他若是对你的身体没有幻想，那就是本质问题，你们就是再相爱也不行。”

前言一概没听进去，就这一句话让林思安记在了心里。

她忍不住跑去问顾嘉臣，省略了铺垫和声东击西，说：“你就……你怎么就不提呢?”

顾少茫然，“啊？”

林思安咬咬牙，“你怎么就不提和我那个呢？”

顾嘉臣顿了两秒，“是颜唱唱又和你说什么了吧？”

林思安努力回想，勉强迸出，“她说……你对我的身体没有幻想……本质问题……你……不行……”

顾少的脸一下就黑了，那一瞬间颜唱唱在他脑海里死了一百遍。

顾嘉臣把林思安吻得几乎背过气去，分开以后又不甘心地贴上去狠狠咬了一口，“我行不行，你迟早会领教的，深深领教。”

林思安脸上红霞四散，艳若流丹，飞快地瞥了他一眼，然后埋在顾少怀里不动。

顾嘉臣揽在她腰上的手紧了紧，在她耳边悄声说：“不会是你等不及了吧？”

林思安在他身上狠狠一掐，顾少多了第九块腹肌。

林思安心底自是感动，对顾嘉臣这种没什么节操的人来说，寻常的过程就是兴趣了，喜欢了，激情了，发生关系了。然而一旦爱到了骨子里，反倒会克制守礼，不敢冒进，怕唐突了彼此的真心。

因为计划去海南，近几日的工作自然繁重了起来，来找顾少的人络绎不绝，林思安负责迎来送往，笑着接待一个又一个男人，活脱脱一青楼大花魁。

几个相熟的部门经理都很喜欢这位小顾太，没看到林思安私下狰狞的嘴脸，都在称赞她温柔贤惠和顾少天造地设。对此林思安颇为受用，觉得这花魁当得也算神清气爽。

这天林思安接到一个电话，那边是悦耳的女声，“我找顾嘉臣。”

“不好意思，小姐，顾总不在，您方便留言吗？”

“你是哪位？”

“我是行政助理林思安。”

那人微哑的声音慢慢传来，“我姓素。”

顾少一直应酬到下午才回来，看见林思安先奉上一个午安吻，“那帮老家伙，个个都是狐狸变的。”

林思安挣脱出来，按着记事本上的信息逐条汇报工作，“……基本上就是这样。啊对了，刚才有位姓素的小姐打电话找你。”

他顿了顿，好奇道：“我那小后妈找我？”

“她说她叫素雪。”

顾嘉臣猛地定住，转瞬又恢复了平静，“她有什么事？”

“不清楚。她说她会再打来。”林思安合上本子，细细地打量他，“怎么了？这人是谁啊？”

顾少抬手倒了杯水，氤氲热气后，眸光是欲碎的模糊，“一个老朋友而已。”

日子依旧不紧不慢地过着，和顾嘉臣偶尔再去逛逛麦田，话题从古代田园诗聊到当今农民的现状，再到未来儿女的教育问题，天马行空一通胡扯，最后一定会以顾少的温情一吻结束。有一次，两人靠在车边你是风儿我是沙地缠绵，正巧一个小孩牵着牛走过来，就停在那儿看。

林思安豁出去的时候也是个不要脸的主儿，就问：“看什么呢？”

那小孩义正词严地说：“这种事应该回家去做。”

顾少笑倒在林思安肩上。

小孩指着他，肯定地说：“你对你媳妇儿不好！”

林思安一下来了兴趣，问：“他怎么对我不好了？”

小孩死命地皱着眉，“大街上随随便便就亲你，都不在乎你的声誉！姐姐，他对你不好，不好。”

林思安瞬间琼瑶附身，“其实他的确不在乎我，他爱的另有其人，我只是个替身。”

小孩瞪大眼，“太过分了！”

故事还高潮迭起，“他爱的人是我弟弟……哎，跟你一样高，嗯，模样也差不多。”

一直任人诬蔑的顾少朝他色迷迷地一笑。

小孩撒腿就跑。

两人又开始缠缠绵绵到天涯。

后来颜唱唱知道以后，直骂他们丧心病狂地祸害社会主义娇嫩的花朵。

周三下午是固定的例会时间，言行向来参照标尺的顾少竟难得迟到了。林思安前去叫他，刚要敲门，却听见虚掩的门里传来顾嘉臣冷若寒冰的声音，“八年前，我就已经跟你说得很清楚了。你回来想证明什么？”

她从来没听过顾嘉臣这般咄咄逼人的语气。

“素雪，已经不可能了。”

林思安推开门。

顾嘉臣眼波一晃，猛地切断电话，转瞬又笑起来，“安安，怎么了？”

林思安淡淡开口，“下午是股东例会，你忘了？”

顾少回身整理文件，“看我这烂记性。”

林思安上前接过档案夹，笑了笑，“走吧。”

顾嘉臣道：“今天晚上和我一起回家吃饭吧，爸爸想见你。”

“只有顾伯伯想我了，我才能去你家蹭顿饭吃？”

顾少揽住她，“林叔叔就是想死我，没有你的允许，我不还是连大门都进不去？”

林思安自鸣得意，“你明白就好。”

下班后，林思安坐了顾少的车离开，到顾家大宅时，恰逢顾停方和年轻的顾太太打完高尔夫，乘兴而归。

“思安终于舍得抽空来看看我这个老家伙了？”

长辈面前，林思安向来纯良如小绵羊，羞涩地一笑，“顾伯伯，顾阿姨。”

艳若桃李的顾太太温软地说：“嘉臣难得和思安一道回来吃饭，快进屋吧。”

顾少冲顾父点了点头，淡淡道：“爸。”

而后他便拉着林思安进了大门，真正对那小后妈视而不见。

顾父颇为尴尬，干咳一声。

林思安老老实实地跟着，不敢回头。

先去顾少的房间转了转，屋里就墨蓝加银灰两种颜色，典雅大气，却冷冷冰冰的。

明亮的落地窗外是巨大的花园，隐约看见花农在修剪花枝。黄昏下，暗金色的余晖灿然流辉，淋在簇簇花朵上，活生生就是童话里的惆怅。

“顾嘉臣，这明明就该是苦情公主住的城堡，你一个大男人凑什么热闹？”

顾少上前揽住她的腰，轻笑着说：“你以为白雪公主那么好当吗？”

林思安想到他那年轻貌美的小后妈，一时无语，回过头小声问：“何必让顾伯伯为难呢？”

顾嘉臣漠然垂眼，“你不懂。”

每次一谈到素晴，他就是一副恨到心窝子里的模样，林思安都要怀疑真相是不是当爹的对儿子横刀夺爱。

不愿再自讨没趣，林思安拉开书桌的抽屉，光明正大地检视顾少的隐私。

翻开儿时的相册，每一张都是某人调皮捣蛋的证据。

林思安笑趴在桌子上，“我要是把这些照片卖给媒体，你的形象一定会在广大少女心中幻灭的。”

顾少淡定得很，“反正我已经是你的人了，丢的也是你们林家的脸。”

林思安想了想，发现还是自己吃亏，“呸！你这无赖。”

伸手去拉最后一层抽屉，却发现被上了锁，林思安不甘地问：“喂，这里面装的是什么?”

顾嘉臣解开袖扣，将衬衫挽到手肘，斜靠着衣柜望来，难以捉摸地洒脱，“不记得了。”

“钥匙给我!”

“林小姐，我上哪儿给你变出一把钥匙来?”

“人家都说，每个男人的卧室里都藏着一个不可告人的秘密。”

“那人家有没有告诉过你，每个男人都不喜欢别人翻自己的抽屉?”

林思安的脸红了红，自知理亏，软着嗓音撒娇，“我也是别人吗?”

顾嘉臣垂眸浅笑，“你就只会这招吗?”

小顾太自觉被伤了自尊，气哼哼地用书桌磨了磨爪子，起身扑到他的大床上，滚了两圈，“好舒服。”

顾少也躺了过来，撑起手臂望着她。

林思安撇撇嘴，扭过头不看他。

顾嘉臣抬起她的下巴，凑上前深深一吻，“真生气了?”

那人琥珀色的眸光宛若三月春时婆娑的柳影花痕，浅浅静静，却是一眼刻进骨子里的神往心动。

林思安觉得自己的心脏几乎要跳出胸口，抬手揽住他的肩颈，颇有些恶狠狠地反咬回去，“顾嘉臣，我怎么会……怎么会这么喜欢你?”

这句话像长了倒钩一般霎时戳进顾少心里，呼吸间都是牵牵扯扯的痛，“得你这句话，就是要我明天去死，我也能欣然闭上眼的。”

林思安顺着衬衫下摆伸进去，微凉的手贴在他的腰上，激得顾嘉臣一抖，“满嘴的死死死，你可别指望我陪你。”

“那你宁愿守寡?”

“我会买一大堆帅哥，天天在你坟头前开 party。”

顾少深感主权领土被侵犯，抵着额头威逼林思安就范，“你敢！你要是不愿意陪我，我去死，那你就一辈子当寡妇好了。”

林思安大笑，侧目间瞥见门口的人，吓了一跳，慌忙推开顾嘉臣。

素晴换了一身玫瑰色的旗袍，明妍的布料更衬得肤白胜雪，身段曼妙如二八少女，自有嫣华气韵，宛若旧胶片里走出的苏丝黄，静静地站在那里，也不知听了多久，看了多久。

林思安讪讪地望着她，“顾阿姨。”

素晴浅浅地笑着，眼里却是一汪波澜不惊的水，映不进任何情绪，“下来吃饭吧。”目光在顾嘉臣身上停了片刻，才转身下楼。

林思安咬咬唇，小声抱怨，“她怎么也不敲门？”

顾嘉臣冷凝着一双眸子，从床上拉起她，沉声道：“别理那个女人。”

几米长的西式餐桌，坐在前面就忍不住严阵以待，林思安昂首挺胸，生怕在未来的公公婆婆面前折了分数。

顾父和颜悦色地问：“思安，你爸爸最近还好吧？”

“医院的工作还是很忙，我爸的脾气您又不是不知道，恨不得事事亲力亲为。”

“是啊。你爸爸不是普通的大夫，他是位真正的医学家。”

林思安笑了笑，心底却颇为惆怅，太过专注事业的男人是不能兼顾好家庭的，英雄都是没有家的。

她又想起顾嘉臣每日都拼命三郎一般扑在工作上，不由得心生几分警惕，看向他的目光也凶恶了不少。

顾少正低着头和牛排较劲，瞥见林思安的眼神还以为她在眉目传情，笑嘻嘻地挑了挑眉。

“快到顾氏周年庆了，公司的工作很忙吧？思安，你还能适应吗？”

“我还好，主要是嘉臣很辛苦。”

顾父笑着摇摇头，“我这个儿子啊……也就是工作上的事还比较拿得出手。”

林思安不敢苟同，心说顾老先生您忒谦虚，起码顾嘉臣在对付女人这方面就是青出于蓝，虎父焉能有犬子啊？

“你们的婚事商量得如何了？”

林思安觉得这件事还是应该小鸟依人些，便说：“我都听嘉臣的。”

顾嘉臣轻笑，“那就下个月好了。”

林思安一惊，眼见顾父已经开始皱眉考虑，忍不住拉了拉顾嘉臣的衣服。

没想有人先她说道：“不会太赶了吗？”细软的嗓音带着烟雾般缥缈的质感，竟是一直未开口的素晴。

几乎是一瞬间，林思安就感觉到顾少周遭的气温直降十度。

他都懒得赏她一个正眼，“世事无常，我怕再生波澜。”

顾父自然也看不过他的态度，冷下脸，“嘉臣。”

顾少恍若未闻。

林思安胆战心惊地装哑巴。

素晴垂着眸子不知在想什么，而后抬手盛了些沙拉，推到林思安面前，“饭菜还合口味吗？”

林思安被那双柔若无骨的玉手晃花了眼，衬着素晴美艳而尖利的眉目，忽然就想到了美女蛇的传说。

恰在此时，顾嘉臣拉着林思安起身，“吃饱了吧？我们上楼。”

顾父忽然扔下刀叉，正好撞在盘子上，清脆的一声响，“你给我坐下。”

林思安恨不能把顾少的手掐成猪蹄。

场面僵了几秒钟，最后还是顾嘉臣嬉皮笑脸地坐下，“爸，您好大的火气。”

“今天家里来了客人，你别再给我胡闹。”

家丑面前，儿媳变客人也不过是分分钟的事。

一顿饭吃得林思安汗流浃背，豪门大户果真开罪不起，人家餐桌上都不忘刀光剑影，时刻等着杀你个鸡犬不宁。

顾少在这种环境下久经锤炼，功力定然已经登峰造极，和他生活在一起的女人，到最后一定恨不得把自己全身的缺点都打碎了重塑来迎合他吧？

林思安苦笑，偏偏她就是一门心思非君不嫁了。

好歹吃完了饭，顾父领着按摩师上楼按摩，收拾干净的餐桌前剩下林思安和顾嘉臣以及那美艳的小后妈。

气氛堪比森冷寒冬。

林思安犹豫着站起来，“我去添些热水，顺便拿点儿水果过来。”

另外两人端着架子没说话。

待她走远了，素晴忽然抬眼，目光直逼顾嘉臣，“阿雪要回来了。”

顾少连睫毛都没动，“跟我有什么关系？”

“你会不知道她为什么回来？”

顾嘉臣懒洋洋地挑起眉毛，“知道，所以才更觉得奇怪。已经八年了，我都快要忘记她这么个人了，为什么她又忽然冒出来？”

素晴桌下的手攥得死紧，忍了好久才没向他抽过去。

顾家的大公子，当真狠绝至此。

林思安七拐八拐地摸到了厨房，两个佣人正在里面说笑。

刚要开口，就听见一人说道：“你不觉得这位林小姐长得很像一个人吗？”

门口的林小姐很是受用地抬了抬下巴，心道哎呀真是不好意思，我又不小心和哪位明星长得像了？

“是啊是啊，刚才我就看出来了，一直没敢说。”

“总觉得她的眉眼气质，和太太的那个妹妹很像，就是那位阿雪小姐！”

“啪”的一声，林思安手里的杯子掉在了地上。

顾嘉臣闻声赶来，牵起她的手看了看，皱起眉，“怎么这么不小心？”

林思安避开他的目光，低声道：“我没事。”

顾少一顿，眼光朝那两个佣人扫去。

两人不禁抖了抖。

“你们惹林小姐不高兴了？”

一人连忙申辩，“不敢不敢，是我们在闲聊天，没照顾好林小姐。”

顾少还在不依不饶，态势一拿出来，于良民就是雷霆万钧的效果，“早听说本宅的佣人被爸爸惯上了天，今日倒真让我见识了，连我的妻子都敢欺负，是不是以后还想翻身做主子？”

两人战战兢兢，早被吓得面无血色。

林思安甩开他的手，冷道：“你够了没有？是我自己没拿稳，关人家什么事？还是你顾少在给我下马威，提醒我知道你们顾家的媳妇不是那么好当的？”

顾嘉臣一阵茫然。

林思安转身就走。

“安安，你在闹什么脾气？到底哪里不高兴了？”

顾少跟在后面，几次三番想去拉她，都被闪开了。

眼见快到客厅，林思安不愿让那小后妈看顾嘉臣的笑话，便停下脚步。

林思安转身挨近他怀里，“好了好了，我没生气。”

顾少才要说话，又被她抵住唇，“什么都不许问我。”

顾嘉臣眼里尽是笑意，点了点头。

林思安放下手，“送我回家吧，我很累了。”

顾少小狗一样舔了舔她的唇，“遵命。”

街灯忽明忽暗地照进车内，映着林思安沉思的眼神，场景很像悬疑片。

杀风景的是顾少一直在喋喋不休，“……还有嘉宾名单的事，不知你父母怎么看？我这边要请的人肯定少不了，虽然不愿把我们的婚礼搞得像商联会，可生意场上的礼数万万不能做不周全……安安？安安？”

林思安回过神，侧头望来，“什么？”

自导自演了半天都是在对牛弹琴，顾少轻叹，“没事。”

“你说想下个月就办婚礼是真的假的？”

“自然是假的。我恨不得明天就娶你过门。”

林思安忍不住笑起来。

“这么开心？”

“我那是替你开心，能娶到我这么好的老婆。”

顾嘉臣失笑，“真不知道刚才是谁还莫名其妙地朝我发了顿火。”

林思安脸上的笑慢慢淡下来，忽然漫不经心地问：“对了，那位素雪小姐有再联系过你吗？”

恰逢红灯，顾嘉臣稳稳当当地停在白线后，“给我打过电话。”又望她一眼，“是和瑞士 HK 合作的事。”

林思安靠在车窗上，闭上眼，“哦。”

【卷四】

和他相爱，是恨不得告诉全天下人的骄傲

第十六章

一周后是顾氏周年庆。

金碧辉煌的会场里挤满了顾氏高层和生意场上的合作伙伴，林思安和姜月陪在顾少身边装点门面，间或还要被行政部拉去解决后台问题。

顾嘉臣正和香港来的老总叽里呱啦说着鸟语，林思安一脸微笑，实际上眼里全是茫然，经姜月一翻译，才知道他们在讨论全球变暖的问题。

这都是些什么不靠谱的人。

不过顾少一口流利的粤语却让她听得心神荡漾，眼见周围几个富家千金也对着他如痴如醉，心里不由得暗骂：顾嘉臣你个臭流氓，声音那么好听，想勾引谁?

手机又响，林思安赶快接了起来，“林姐，音响好像出了点儿问题。”

“让技术部的人去修啊!”

“正修着呢，要不您还是来看一下吧。”

林思安只得又匆匆赶去，脚上那双八厘米高的高跟鞋还是顾嘉臣陪她去挑的，那时候他捧起自己的足踝软语温存，“就这双吧。”

林思安被蛊惑，想着豁出去不要这双脚了也要让他高兴。

现在却恨不得直接甩到他脸上。

行政部的小姑娘快急哭了，“林姐，怎么办?”

林思安无情得很，低头看了看表，“还有十五分钟，顾总就要上台讲话。”

小姑娘的眼泪霎时噼里啪啦往下掉。

林思安问：“到底是哪里出了问题?”

有人从音响底下探出脑袋，“不是咱们这边的问题，买来的时候应该就是坏的。”

林思安一急，“后勤部的人到底在干什么？白领工资吗？都不检查一下?”

技术组的小男孩向来没正经，嬉皮笑脸地说：“老板娘，您行行好，跟顾总商量商量，让他再多等一会儿，我们好换个新的。”

一旁的小姑娘哀哀地望着她。

林思安轻叹，抬手给顾嘉臣打电话，说明了情况，那边答应下来，“修好了就赶紧过来，人家都等着看我的漂亮媳妇呢。”

林思安笑着挂了电话。

好在行动还算迅速，新的音响很快送来了，七手八脚地组装完毕，总算逃过一劫。

林思安慢慢往回走，脚踝一抽一抽地疼得厉害，经过角落时不禁停下来。

一个消瘦的女人正靠着墙壁抽烟，修长的手指摄人心魂地莹白。

那是一种名贵的女士凉烟，细长秀气，烟雾非但不呛人，反而带着股清香。

林思安走过去，“这位小姐，不好意思，我们这里不让抽烟。”

女人在阴影里转过头来。

林思安忍不住呼吸一窒，她对自己的容貌一向骄傲，此刻却才一打照面，便觉得输了眼前的人好几个档次。

眉若青山远，眸是雾波横。

古时那传说中的倾城貌，恐怕也不过如此吧。再配上那幽凉静婉的气质，真正称得上绝代佳人。

对着这么一个大美人，就连林思安这个女人也不禁脸红心跳，可是她依旧礼貌地说：“真的非常不好意思。还是请您去那边的吸烟区吧。”

女人一边望着她，一边抬起手深深地吸了一口，又慢悠悠地吐了出来。

她的眼里似乎带着幽蓝的光，直勾勾地看过来，意味不明。

林思安有些局促，觉得她对自己有很大的敌意。

真苦恼，为了一根香烟和这么漂亮的美人结怨。

女人却又笑起来，指尖一捻就掐灭了光点，“是我唐突了。”

林思安微愕，这个嗓音好像在哪里听过。

细想却一时又想不起来，再一抬头，顾嘉臣已经走上台。

林思安和身边的女人一齐望向他。

款式简单的深灰色西服，手腕处是精致夺目的袖扣，那是林思安在他们纪念日时送给他的礼物。

他站在礼台中央，望着台下如潮的人群，云淡风轻，却又那样耀眼，举手投足尽是挥斥方遒的气度。

林思安心里涨满了柔情，她告诉自己，看，这就是你爱的男人，他浑身上下都是你爱他的理由。

恨不得告诉全天下人的骄傲。

“五年前，我第一次来到顾氏上班，站在三号梯前等电梯的时候迎面碰上一个清洁工，那是个广东来的老太太，非常可爱，她惊慌失措地拉住我，‘少年仔，你是来应聘的吧？不能坐这部电梯的，去去去，那边去。’我不记得五年前的我究竟看起来有多么青涩多么不靠谱，但是一定不会像现在这么玉树临风。”

下面哄堂大笑。

“那年我才二十三岁，毕业于一所还算让人欣慰的名校，又去美国商学院深造了两年。父亲觉得我被折磨得差不多了，便把我拎了回来，扔进了顾氏，非常淡定地对我说：‘想证明自己？那就在五年之内把顾氏的业绩翻几倍给我看看。’那时候我心想这老头子真是疯了。刚来顾氏的时候，我很狂傲，憋着要做番大事业，很多事都一意孤行，叛逆得让众多股东谈起我时连胡子都是翘的。有一次，脾气暴躁的胡老还要替我父亲教训我，愣是追着我在楼道里跑了十分钟。状纸如雪花般砸到我父亲那里，我家老头依然很淡定，说‘让他做吧’。这么不负责任的回答当然不能服众，我和整个顾家都面临着被弹劾的危险，好在老天爷疼我，让我在上任不到半年的时间内，拿下了被视为最难攻克之堡垒的 Y 国 DCT 公司的订单……

“……我第一次因为内部原因辞退了一个员工之后，他冲过来指着我的鼻子骂：‘顾嘉臣，你不过就是靠着你老子发家，算什么本事？’我觉得非常有意思，也知道这个人很有才华，便给了他一些钱，对他说：‘你虽然没有一个有钱的父亲，但你有一个有钱的前老板，让我看看，你能靠着这笔钱走多远。’不过短短几年之后，他便在复兴街有了自己的公司，现在我们是非常好的朋友。我想说的是，顾氏不只是一个品牌，很多时候他就像五年前的我，锋芒毕露，却在人才辈出的社会中不知所措，需要人扶持，而今天到场的各位，就是顾氏成功的基石……”

一番话说得幽默又煽情，下面很多顾氏的老员工都已经热泪盈眶。

林思安甚是感慨，她是离顾嘉臣最近的人，自然最清楚他的成功是用何等辛劳换来的。

很多时候，她都希望他头上的光环能少一些，只要不再让他这么累就好。

顾少伴着雷鸣般的掌声走下台。

而后舞曲响起，来宾纷纷向中央走去。

林思安招了招手。

顾嘉臣望来，一瞬间便凝住了眼神。

林思安有些奇怪。

他慢慢走过来，揽过林思安的腰，目光却紧盯着另一个人，“好久不见。”

女人挑起长长的睫毛，轻轻笑了，“是。”

她望向林思安，慢慢伸出手，“你好。我是瑞士 HK 的商务总监，素雪。”

林思安心头一紧，有些无措地瞥了眼顾嘉臣，却发现他并未注意自己，只好硬着头皮迎上这漂亮得充满压迫感的女人，伸过手去，“我是……”

她却笑着接上，“行政助理林思安，我知道。”

原来那通电话早就让两个素未谋面的女人记住了彼此。

“我这次来的目的想必顾总您也知道，我们老板非常想和顾氏合作，可是报价总谈不拢的话实在太耽误进程，我们已拖了快两个月了。”

顾嘉臣抬手打断她，“我们去一边谈。”

他转头在林思安唇上一吻，柔情万千地说：“去找姜月玩儿吧，我一会儿就回来。”

林思安心里凭空起了一根刺，咬了咬唇，笑道：“不用担心我。”

撞上素雪似笑非笑的眼神，她只当做没看见。

望着他们远去，林思安忍不住有些失落，她这辈子注定只能做顾嘉臣身后的女人，到死也没本事跟他比肩。

她想起那日在顾宅，那两个用人的谈话。

和这样的美人相像？真是太抬举她了。

林思安靠在墙上，冰凉的壁砖冰得她一抖，却动也不动。

鼻间还能闻到那支凉烟的味道，正和素雪这个人一样，寡淡而清雅，探到人心底的诱惑。

顾嘉臣，你和她的故事，你又瞒了我多少？

露台上，顾嘉臣和素雪相顾沉默了很久，摸不透对方的心思，先开口就是输。

最后还是素雪说：“你的未婚妻很漂亮。”

顾少望着夜幕下的月亮，轻轻点了点头，“谢谢。”

又听她问：“打算什么时候结婚？”

“自然是尽快。是我等不及了。”

素雪点起一支烟，淡淡地说：“和她取消婚约吧。”

顾嘉臣不可思议地看过来，冷嘲道：“是我耳朵出毛病了吗？”

素雪捻了捻指间的烟，眼波映着月光，宛若浮在莲花上的绵软露水，“记不记得你以前说过，你顾嘉臣今生非我不娶?”

顾少温柔地笑起来，“我也说过，从你姐姐嫁给我父亲那天开始，我们之间就已经不可能了。素雪，我还是很愿意和你做朋友的，你今天的身份，也让我不得不和你做朋友，我不想和你撕破脸。”

素雪望着他，那目光恨不能扎进他心窝子里，“你就那么喜欢她?”

顾嘉臣坦荡荡地承认，“我就那么喜欢她。”

她怔住复又轻笑，带着隐隐凉意，“顾嘉臣，你可以不和我在一起，但你也不能娶其他女人。”

顾少也不动怒，像逗小孩子一样问她：“我为什么不能呢?”

他伸手拍了拍素雪的肩膀，依旧笑着说：“阿雪，我们都不是小孩子了。你现在是 HK 的商务总监，你这么棒。”

素雪慢慢退开，望了他许久许久，“好。那我们不要再耽误时间了。叫上你的团队，我们现在就开个会。”

顾嘉臣仍是在那个角落找到了林思安，她正蹲坐在墙角，盛了一大盘子的食物狂吃。

顾少走上前拉她，“怎么坐在地上呢?”

林思安理也没理。

他便跟着坐了下来，“我要回顾氏开个会，让司机把你送回去好不好?”

林思安刚要开口，素雪就在身后喊：“嘉臣，走了。”

她站在一旁，温雅高贵。而自己却像八百年没吃饭的饿死鬼。那对比真是刺痛了林思安的眼睛。

她把头扭向一边，“不用了，我让颜唱唱来接我。”

“也好。”顾嘉臣蹭了蹭她唇角的蛋糕碎屑，“笨死……我知道你在生气，可我不赚够了钱，怎么养你?”

林思安在他手指上咬出深深的牙印，“滚。”

待他们一道出了门，林思安才撩起裙摆，揉了揉肿起来的脚踝，心里一阵委屈。

你当我愿意这么不顾形象地坐在这里给你丢人吗？说两句好听的你会死吗？

她抬手给颜唱唱打了电话，没几分钟她就和唐健康开着车赶了过来。

林思安一瘸一拐地上了车，趴在后座上，一言不发。

颜唱唱那个大嗓门从来不会看眼色，“哎哟，这地方怎么这么豪华，这人怎么这么多，这车怎么这么漂亮，哎哟哎哟。”

唐健康用胳膊肘碰了碰她。

颜唱唱这才看过来，直接披露真相，“怎么了，安安？吵架了？”

林思安张了张嘴，顿了三秒，“闭嘴。”

第二天一早，她便接到素雪的电话，“见个面好吗？”

一家名叫“天涯小镇”的茶馆。

素雪温柔地望过来，“知道我为什么约你来这里吗？以前我和嘉臣最喜欢这家茶馆，没想到八年之后它竟然还在。”

林思安含笑接招，“八年啊，确实够久的。茶馆还在，恩情还剩多少？”

“他昨天告诉我，已经一点儿都不剩了。”

林思安底气足了几分，决定不让顾嘉臣跪搓衣板了。

她素手执杯，指尖若点点桃花，“你不好奇我们的故事吗？”

“不好奇。”

素雪轻笑，不急不缓地道：“老实说，看到你的时候我也不禁吓了一跳，你和八年前的我，实在太像了，无论性格还是样貌。”

林思安在低头的瞬间狠命咬了咬唇，抬眼亦笑，“你想说什么？”

“我和顾嘉臣是大学同学，相恋三年，已经到了谈婚论嫁的地步，那时候顾嘉臣还不是身经百战的情场悍将，颠来倒去的就那么几句情话，每天恨不得念上几万遍娶我娶我。顾老先生反对我们在一起，他甚至愿意抛下顾少的身份和我私奔，在外地的那一个月里，他为了我什么脏活苦活没干过？这些你都知道吗？你知道他有多爱我吗？你知道他卧室的书桌里藏着什么秘密吗？顾嘉臣平生最敬重他母亲，若非我姐姐嫁给顾老先生，他也不会恨我，我也不至于被逼得出走瑞士，这才是我们分手的真正原因。林思安，如果八年前我没有离开，你手上的这枚戒指应该是我的，你以为你得到了顾嘉臣的爱？其实你不过是我的替身而已。你要是没有那张脸，你以为他还会多看你一眼吗？”

浮在杯面上的几片茶叶忽然坠了下去，茶香似乎更浓郁了。

林思安闭了闭眼，霎时溃不成军。

她知道自己有多傻，和陆之然在一起那么久，甚至不明白他根本不爱自己。

而今又来了个顾嘉臣，天神一般降落在她面前，穷追猛打之后便是无尽的恩重情浓。

一切都是那样突然而顺利。

她又忘了问上一问，他究竟为何动心，为何会爱上她？

林思安根本就是丢了水晶鞋的灰姑娘，凭什么要王子对她一见钟情？

他明明那样优秀。

即使到了今时今日，她还是不愿睁开眼睛好好想一想，“我不信。他是爱我的。”

“爱你又怎样？里面有几分真情，又有几分假意？他看着你的时候，就真的一次都没想起过我吗？你这样纯粹易碎的人，忍得了吗？”

宛若利剑穿胸而过，冰冷的风顺着那血窟窿灌进来，生生冻结了灵魂。

这一刻林思安是那样慌乱失措，原来一切不过是顾嘉臣自导自演的一出移花接木。

她成全他爱而不得的悲凉，他回报她山盟海誓的假象。

多像两个戏子。一个成痴，一个入魔。

哪有什么天长地久，从来都是一场朝生暮死的荒唐梦。

素雪挨过来，眉目依稀有几分林思安的影子，却生生要美上好几个段数，“我为他打过一个孩子，做完手术那晚他几乎在我床前跪了一夜，流着眼泪跟我保证，永生永世，绝不负我。那时候他多可爱，还会为了我哭呢，哪像现在，竟然因为一个不相干的女人要跟我彻底恩断义绝。林思安，你这样的女子就适合找个简简单单的老公，平淡一生，这么复杂的事你玩不过我的。当然，若你想一辈子做他见不得光的情妇也可以，那我不管，你看这八年来顾嘉臣床上床下有多少女人？我何曾问过？我的立场很简单，他若接受不了素家姐妹同时嫁给他顾氏父子的荒唐事，可以不和我在一起，但是他一辈子也不能娶别的女人。”

眼泪砸碎在杯子里，林思安动也未动，“你是个疯子。”

素雪反而很高兴，笑容恰似月下芙蕖，半是清雅，半是妖冶，“爱上顾嘉臣的结果就是会变成疯子，我以为你早就有这觉悟了呢。啧啧，快别在我面前抹眼泪了，你倒真有那种魔力，一蹙眉就让人心疼。”

林思安闪开她递来的纸巾，慢慢站起身，泪水还挂在脸上，眼底的高傲却似骄阳，“若你说的是真的，我便把顾嘉臣扔给你。可你若没那个本事，就别再来跟我炫耀他曾多愚蠢地对过你。不要告诉我你们有多相爱，你该去提醒提醒顾嘉臣。”

狠话虽已撂下，林思安还是落荒而逃。

午后的街道空旷而喧嚣，汽车驶过的地方扬起一层淡淡的烟土。

公园的秋千上坐着两个小孩子，男孩对女孩说："你不要哭、不要哭，我什么都给你，都给你。"

撒谎是不是男人的天性？无师自通。

林思安在花坛一角慢慢坐下来。

阳光落在她的手上，霎时灿然夺目。

选戒指那天，走进店里，她很想像喜宝一样口出狂言，要来一枚最大的镇店之宝。

顾嘉臣就笑她小家子气，活像刚进城的土地主。

林思安也笑，却忍不住失落。

喜欢喜宝和亦舒的女人，其实都是坚强又脆弱的，即使有着独立的思想和作风的，骨子里还是希望能在如花年岁碰到一个良人，从此生活静好。

就在那时，顾嘉臣把她揽进怀里，轻而易举地把她整个人都包裹起来，用最温柔的声音在她耳边说："你已经有了很多很多很多的爱，不需要很多很多很多的钱了。"

他明白。他全都明白的。

那时林思安再也顾不得旁人的眼光，投进他怀里狠狠咬他的唇。她想，她林思安这辈子，必然要为这个男人生，为这个男人死。

她霎时泣不成声。

秋千上的小孩子被她吓到，结结巴巴地叫："姐姐，你……没事吧？"

她哭得连肺都要裂开。

手机上的名字又一次亮起来，不急不缓地震动。

她总是喜欢全姓全名地叫他，字正腔圆地喊出来，那样理所当然，那样挑衅霸道。

而今只是看到那三个字，她便觉得胸口隐隐作痛。

"思安？为什么不接电话？你知不知道我找了你好久。你在哪里？"

她抹了抹腮边的泪水，目光渐凉。

"喂？安安？你遇到什么事了？喂？"

"顾嘉臣……"

"你怎么……"

涌到嘴边的恨被她咽了回去，林思安猛地切断电话。

两个小孩子还在傻愣愣地看着她，林思安便走到那女孩面前弯下身，“小妹妹，不要相信他说的话，他都是骗你的。”

小女孩被吓到，小声申辩，“他没有。”

林思安暗恨。

第十七章

回到家，她一眼便看见端坐在沙发上侃侃而谈的人。

眉目如画，笑若春阳，满身尽是风流。

她真是看在眼里，恨在心里。

林母不知听到了什么，被逗得前仰后合，一眼望见门口的林思安，连忙叫道：“安安快来，嘉臣说你没带手机，怎么这么大意？害他担心好久。”

顾嘉臣低着眼睛，晃了晃茶杯。

林思安把兜里的手机甩在桌子上，“我带了。”

顾少笑着站起来，很快接上，“那可能信号不好。安安，我们去你房间聊。”

林思安一把甩开他的手，“你少碰我。”

林母自然也看出了门道，丈母娘一碗水端平，谁也不帮，“有话好好说，别大呼小叫的。”

林思安瞪他一眼，转过头。

顾嘉臣道：“阿姨您别担心，安安就是跟我闹了点儿小脾气，都是我的错。”

谁在无理取闹，显而易见。

“小夫妻哪有不吵架的？我去花房了，你们解决完了就过来帮忙。”

顾少恭恭敬敬地待她走远，转过头来便凶神恶煞地质问道：“林思安，你到底几岁了？你知不知道我有多担心你？”

林思安抿着唇不看他，“我从来都这么幼稚。”

“你到底在跟我闹什么别扭？我又怎么惹到你了？就是因为昨天我去开会没陪你回家？”

昨天昨天，林思安现在最不想听的就是“昨天”两个字。

“我管你昨天去哪儿！你爱和谁在一起就和谁在一起！我才不关心！”

顾少以为找到了症结，扶着她的肩柔了嗓音，“安安，我那是为了工作，素雪是HK的商务总监，不远万里来中国洽谈此次合作，我怎能不给人家几分面子？”

林思安望着他，一步步地后退，“顾嘉臣，你给我出去。”

“你……”顾少很抓狂，耐着性子说，“思安，你不是这么不讲道理的人。到底哪里不高兴？”

“我哪里都不高兴！我看见你就不高兴！你给我滚！”

顾嘉臣松开她，顿了片刻，淡淡地说：“安安，你这样让我很累。”

擦身而过的瞬间，她忍不住回头，想开口叫他，眼泪却先滑了下来。

顾少连停都没停，自然也不会看到林思安在他身后悲伤欲碎的目光。

那样难舍而哀凉。

她在床上缩成小小的一团，颤着手举起电话，“唱唱，我该怎么办？”

那边沉默许久，颜唱唱一字一顿，“我不相信。安安，我不相信。”

“我好害怕……素雪她那么漂亮，那么强势，那么……爱顾嘉臣。”

“她再强大又如何？你的对手，从来都不是她。素雪才一出现，不过三言两语，你就否定了你和顾少的一切，你是被自己的怀疑打败的。”

林思安咬着唇，尖利的牙齿深深陷进去，但感觉不到痛，“我爱他。”

太爱太爱他，才会时刻担心失去他。

颜唱唱低叹，那声叹息太沉太重，背着这么多年凉苦的茧，“安安，你明明这样聪明，却从来不肯在感情的事里谋划经营，只凭着一股任性莽撞前行，注定一路走，一路伤。你好好想一想，顾嘉臣那样的男人，想要多精致的仿制品没有？何苦为了一个木偶费尽心思？他明明……就是愿意拿命来爱你的。”

那天黄昏，落日如烟如潮，有熏然夏风穿堂而过。

他们靠在一起看电影，看到书生和妓女结伴殉情，阴差阳错，一死一生。

妓女不肯投胎，孤魂野鬼飘荡世间，要找那心尖上的人再续前缘。

数十年辗转，偶然相见，彼时一边花容月貌，一边垂垂老矣。

启唇无言，连名都唤不出，不过徒然叹两三凉薄而已。

那时林思安虽感动，却也对这样的剧情嗤之以鼻，“哪有这种超越生死的爱呢?”

“你不觉得人和人一旦相爱，生命便不独属于自己了吗?”

“这倒奇了。你说说看啊。”

顾嘉臣的目光深沉若夜海，“比如说你和我啊。以后的每一天，你都不是为自己而活，是为我们而活。”

林思安眨着眼睛，“为什么?”

他淡淡一笑，“因为我若死了，你痛过之后，还能好好过下去，可你若死了，我便是真的生无可恋。”

那一刻，顾嘉臣的声音若春时檐下的梁燕呢喃，那样轻又那样重，声声苍凉，声声哀婉。

林思安低下眼睛，“才不是。好像我多薄情一样。”

“没有谁对谁错之分。爱得多的，总会吃亏一点儿吧。安安，是我离不开你。从来，都是我离不开你。”

他是那样温柔得狠毒的男子，连呼吸都带着罂粟花的香，用款款深情将她溺死在怀里。

月华流进没有开灯的屋子，光影重重。

她躲在窗帘后向楼下看去，那辆黑色的车依然停在那里，隐隐看见驾驶座里香烟的光点。

谁会想到那袖带轻狂名满 B 城的顾嘉臣，也会一人在楼下惆怅满腹，深情相候?

林思安再也忍不住，转身跑下楼，一路跑到顾少车前。

她甚至还穿着睡衣，在车灯的光芒里伶仃颤抖，泪痕犹新。

隔着挡风玻璃，顾嘉臣静静地望着她。

那目光太深太重，林思安总也看不懂。

他下车，脱下外套裹在她身上。

林思安在那熟悉的温暖里哭得像找不到家的孩子，“我不相信。顾嘉臣。我也不相信的……”

顾少一下一下地吻在她的额头，出口的还是那一声叹，“安安……”

他牵着她上了车，目光凝视她身上，等她开口。

“素雪找过我。”

他动作一顿，递给她纸巾，又点起一支烟，手撑在车窗上，沉默好久，才问："她跟你说了什么？"

林思安望着窗外，无尽的黑暗之下，他们一起躲在车厢里，好像真的有了同生共死的勇气。

她问："我是她的替身吗？"

他猛地看过来，目光如刀若剑，更兼有凛冽风雪，隐隐刻着凄怨，半晌，又忽然笑起来，满是自嘲，"林思安，你这个女人都没有心吗？对你再好，你也感觉不到的。别人随意说些什么，你都能记到骨子里，偏偏不愿可怜可怜我。这世上你最不信任的人，是不是就是顾嘉臣？"

林思安低垂着眼，"你们……你们曾经那么相爱。"

他一把抬起她的下巴，恶狠狠地望进她的眼底，"你也知道是曾经！素雪已经离开八年了，早在她走的那一天我就已经死心了，我现在满心满眼看到的都是你！你明不明白？替身？亏你想得出来，我连八年前的自己长什么样子都记不清楚，哪里还记得清素雪长什么样？"

指尖触到冰凉的泪，顾嘉臣颤着手松开她，又慢慢凑过去，额头抵着她的额头，"安安，你总是这样矛盾，自卑又骄傲，轻信什么，便认定什么，不肯给我留半点儿活路。"

她亦颤着唇，已是认命，"顾嘉臣，你便是在骗我，我也认了。"

他苦笑，"我宁愿骗自己，也舍不得骗你的。从来都是我在骗自己说，我们有足够的爱情，有足够的信任，我们什么都不怕，可惜谎言终究是谎言，成不了真。"

周一，两人一起去上班，在会议室碰到素雪。

她像失忆一样，温文浅笑，"顾总，林小姐。"

顾嘉臣淡淡点了点头。

林思安从来不是有风度的人，目不斜视地走过去，直接将她视为隐形了。

素雪笑容依旧，忽然道："林小姐，这段时间我会代表 HK 常驻顾氏，希望我们相处愉悦。"

林思安回身，目光落在她身上，霎时凝结成冰，"我也希望我们三个人能和平相处。"

可不要哪天谁想不开刀剑相向，到时不是我砍死你，就是你砍死我。

素雪悠悠地收回目光，"她真可爱，不是吗？"

顾嘉臣面无表情地接过姜月递来的档案夹，吩咐道：“今天上午和华东赵总的约会取消，改日再聚。然后给我联系本杰明，让他尽快把美国市场的数据调查结果发到我邮箱。下午华盛堂的谈判让小陈搞定，人家只派个经理我凭什么出面。另外，通知瑞士 HK 合作项目的全体人员半个小时以后找我开会，记住是全体人员，端茶倒水的也别漏下。”

他扫了眼素雪，伸手推开会议室的门，扔下一句，“你跟我进来。”

偌大的空间里，顾嘉臣像个陌生人一样背对着她。

素雪抱臂靠在桌上，一头浓密的鬈发垂下来，传来隐隐暗香，“你真是变了很多，原来的你哪有这种君临天下的气度。”

“你不也变了？八年前你可没这么无聊。”顾嘉臣慢慢转过身，逆光处看不清他的眼神，却有扑面而来的寒意，“素雪，我一早就告诉过你，我们根本就不可能了，你为什么背着我去找林思安？”

她温柔地笑了，目光幽幽地停在他的脸上，轻飘飘地说：“嘉臣，你在撒谎，我不想看你再自欺欺人下去，你是爱我的，对不对？那个林思安，不过刚好长了一张像我的脸。”

顾少轻佻地挑起她的一绺头发，声音温柔而残忍，“阿雪，我何必骗你？若非面对着你，我再怎么想，也已经记不清你长什么样子了。人的喜好轻易是不会变的，八年前我会喜欢上你，八年后自然也会喜欢上思安，谁让我顾嘉臣就爱那个调调？”

望着她霎时没了血色的脸，顾少接着道：“素雪，到底是谁在自欺欺人？为什么到了现在你还死抓着我们曾经如何如何相爱的假象不放？你很清楚，我们并不是因为素晴和我父亲结婚才分手的，早在那之前，我们的感情就已经名存实亡了。”

“你撒谎……”

八年前的那段往事太像一个梦了，是注定要被生生痛醒的幻觉。

“阿雪，你是一个病人，你根本就不会爱人。你以为我不知道当年实验室里的硫酸瓶为何会在陆纤歌经过时炸开吗？那个女孩做错了什么？她不过是趁你不在的时候给了我一封情书，你便要毁掉她的一生。思安哪里和你像？哪里配和你像？她白长了一张祸水的脸，却有一颗懦弱的心，而你那狠毒的心肠倒真不负你的好相貌。我那么爱你，你又是如何对我的？只因我和其他女生多说了几句话，你便去酒吧买醉，和其他男人上床，回来还笑嘻嘻地把照片拿给我看，你知不知道那时我有多想掐死你？我要和你分手，你倒真豁得出去，竟然不知去哪里给我怀了个野种回来，那时我多惨，不仅要陪前女友打掉来历不明的孩子，还以为一切都是我造成的……阿雪，你知不知道你曾经把我逼得有多怕你？你用自杀来威胁我和你私奔，当我回来时却得知素晴已经嫁给我父亲的消息，那时我才明白原来你早就知道你姐姐是我父亲情妇的事，骗我到外地也不过是为了让你姐姐顺利嫁进顾家。那一刻我就暗暗发誓，你们素家姐妹的死活，从此再也跟我无关。你以为八年前我们分开时，我对你是什么感情？没有不舍，没有眷恋，只有厌恶和恨。"

顾嘉臣拂去她腮边的泪水，恍若未觉指尖的凉意，淡淡地说："阿雪，不要再来打扰我和思安，我这辈子的女人就是她，只是她。"

那句话让素雪霎时瑟缩了肩膀，她抬眼，茫然地问："那我呢？"

顾嘉臣看着她的眼睛，他从来就这么冷血，"一个路人。"

素雪呆愣在那里，像没听到一样，忽然抬手揪住他的袖口，那样用力，好像下一刻青筋就要从手背上暴出，水晶制的袖扣立刻被她扯落下来。

她苍白着脸，眼睛里全是尖锐的怨，"你别想扔下我，顾嘉臣，你一辈子都别想扔下我，这是你欠我的！你欠我的！"

他拉开她的手，轻而易举，却让她挣动不得，"你记着，八年前，我就已经扔了你。"

顾嘉臣一直忙到中午才得空，敲敲林思安的桌子，神秘兮兮地说："走，我带你出去吃饭。"

林助理的工作态度非常端正，眼睛盯着电脑屏幕，爱答不理，"我还有工作。"

顾少可怜兮兮地撒娇，"可是我好饿。"

林思安顿了顿，抬手要打订餐电话，死活就是不肯赏他一个眼神。

顾嘉臣压低身子吻她，林思安烦躁万分，下手没了轻重，一把推开他。

顾少猛地撞在桌角，依然色心未泯，舔舔唇耍无赖，"安安，你的心太狠了。"

她背过身，手扶着额头静了静，轻声说："对不起，我觉得很乱。"

顾少环住她的腰，慢慢地说："一切都会好的。"

餐厅离顾氏大楼极近，两人没有开车，一路步行前往。

林思安心情不好，点了一大桌子的菜，势如猛虎一般风卷残云。

顾嘉臣被她吓到，"又没人和你抢，急什么？"

林思安瞪他一眼，"你管我？"

顾少放下筷子，望着窗外熙熙攘攘的人群，“你一定要用这种态度对我吗？”

“不然还要怎样？我又不像你顾大少那么招人喜欢，八年前的桃花债还惦记着你。”

“安安。”

“好了好了！”林思安打断他，“耳朵都要听出茧子了，我又没要怪你什么，抱怨两句都不行吗？吃饭吧。”

角落里忽然传来一阵哄闹声，一个年轻男子涨红着脸，在众人的簇拥下缓缓跪在女孩面前，手上托着一枚钻戒。

女孩惊喜地捂住嘴，热泪盈眶。

两人紧紧地抱在一起，像要直到地老天荒。

林思安艳羡地看着，可怜兮兮的小模样分外让人心疼。

顾嘉臣都没有跟她求过婚的。

那天他们一起出去玩，身上就剩下十块钱的时候走进一家麻辣烫店。

顾少从没吃过那种东西，看着新鲜，也不管自己不能贪辣的体质，硬是要舍命陪君子，最后吃得满脸通红不说，连话都讲不利索。

也不知那时候他是不是被辣糊涂了，忽然就来了一句，“林思安……我们……我们订婚吧。”

她嘴里还叼着半片菜叶，下意识地问：“你说什么？”

顾嘉臣汗如雨下，吸了口凉气，故作镇静地说：“我们订婚。”

刹那间，她的心脏几乎要破胸而出，一口气没倒上来，被辣椒呛到，手忙脚乱地找水喝，又溅了一身的汤汁。等到一切尘埃落定的时候，她低着头，像个熟透的小番茄，“那，那就订呗。”

不但没有花前月下，连个浪漫的地点都算不上，甚至两人身上还带着浓浓的麻辣味，她便傻傻地把自己许给了他。

现在想来，委实有些心酸。

回公司的路上，林思安跳上花坛，沿着坛边一步步走出直线，手扶着顾少的肩膀，没头没脑地说：“顾嘉臣，你真讨厌。”

他一直望着林思安脚下那双颤巍巍的高跟鞋，胆战心惊，“我又哪里招你烦……喂，你小心点儿！”

林思安越走越快，脚下越来越用力，好像踩着顾少的尾巴似的，“没脑子没心肝，就会气我！”

他把她整个人拦腰托抱下来，抵着额头去咬她的唇，“非要我在大庭广众之下做那么丢人的事吗？”

林思安仰着头，气哼哼地不理他。

顾嘉臣低笑一声，和她十指相握，微一用力，那枚订婚戒就滑了下来。

下一刻，他便在车水马龙的大街上跪下，“林思安小姐，请你嫁给我好吗？”

林思安惊得小退半步，周围已经有人开始对他们指指点点了，更有经过的顾氏员工大声吹起口哨，她恨不能躲到地缝里去，伸手去拉顾少的胳膊，“顾嘉臣你成心是不是？快点给我起来！”

顾少入戏挺深，还在一旁深情款款，“我保证一生对你一心一意，不离不弃，任你欺压，绝不反抗……”

林思安又是感动又是羞窘，待他把戒指重新给自己戴上，便一刻不停地把他拽了起来，一低头扎进他怀里，“你就是一无赖！”

顾少微笑着环顾四周，就差挥手致意，“这么多人见证你的幸福，不好吗？”

她被气得哭笑不得，“顾嘉臣，你是在报复我，对不对？”

他轻笑，在她耳边低声说：“我一直欠你一个正式的求婚仪式，你若还不满意，这次也当彩排好了。”

“你少来！”

抬眼的刹那，林思安看到站在顾氏大楼门口的人。

隔着一条街，她看不清素雪此时脸上的表情，只觉得那个身影充满了孤寂。

几天之后，林思安接到素晴的电话。

“我想和你们谈谈。”

林思安对这小后妈总有几分敬畏，马上答：“好的好的，您说个时间吧。”

那边绵软的嗓音带了些疲惫，“一定要叫上顾嘉臣一起。若非你出面，他是不会理我的。”

果然就在顾少那里碰了钉子。

“我不去。”

“我都答应人家了，好歹看看她想说什么吧，兴许是我们的婚事呢？”

顾嘉臣眼里流过一丝冷意，“他们素家的人会安什么好心？”

林思安咬着唇，“那我自己去了？”犹犹豫豫地走到门口，顾少还是无动于衷。

“喂，你真舍得让我一个人去面对那条美女蛇啊？”

就听他轻飘飘地说：“没有人逼你。”

林思安甩门而去，在门外等了许久也不见他出来。

她恨不得用爪子把墙挠破，又冲回去抱怨，“顾嘉臣，是不是在你心里，一个讨厌的人都比我重要得多？”

顾嘉臣转了转签字笔，笑得没心没肺，“怎么会？”

林思安死气白赖地挤进他的怀里，趴在一堆文件上，“你越来越敷衍我了。”

“都老夫老妻了，还犯得着蜜里调油吗？”

“呸！我可还没嫁给你呢，等以后咱们结婚了，你还不得欺负死我？”

顾少一挑眉，若有若无地吮吻着她的耳垂，坏坏地问：“怎么个欺负法？你教教我，嗯？”

温热的气息钻进耳朵，是探到心底的痒，然后他就眼睁睁地看着林思安脸红起来。

“哟，林小姐这么大年纪了还会脸红呢？”

“你！”

第十八章

顾少死活不肯就范，林思安只得爽约，此事一搁数天，小后妈终于等不及了，主动出击，把他们堵在了家门口。

彼时林思安和顾少正用新买回来的工具玩着泥塑。林思安兴冲冲地拿着自己努力了半个多小时的作品给他看，“猜猜这是谁？”

顾嘉臣瞥了一眼，淡定地下了结论，“猪吧？”

林思安忍了忍，继续问：“不对不对，再猜。”

顾少冥思苦想，为表尊重还皱着眉，“总不能是驴吧？”

“你再好好想想！”

顾嘉臣被难为得不行，“变异的猪？”

林思安眼巴巴地望着他，“我明明做的是你。”

顾少竭力忍着唇边的笑，再审视一番，严肃地说："嗯，细看还挺像。"

他转手又取了新的泥巴，敲敲打打之后举到林思安眼前，"我也做了个你，还满意吗？"

林思安仔细瞅着那块扁扁平平的长方体，茫然地问："这是什么？"

"飞机场啊，林小姐！哈哈！"

"顾嘉臣！你快点去死去死！"

就在林思安要冲过去掐他的时候，门铃响了起来。

"哎哎，别闹别闹，你去开门，我来收拾。"

林思安在他的衬衫上擦了擦手，"等下再跟你算账。"

她小跑过去开门，立刻被门外一袭裙装的美人吓了一跳。

"顾阿姨。"

素晴还是一脸客套地笑，那笑容像刚从海报上撕下来一样虚伪，"打扰了。"

林思安直觉大事不妙，今日任务何等艰巨，恐怕她要身兼数职了，劝架调停不在话下，保不齐还要急救。

"安安？谁来了？"

顾少很快得到了答案，眼里的温度直降下来，"你来干什么？这房子可是我自己买的，不算顾老先生的财产。"

他的衬衫胸前还印着林思安的两个小手印，可爱又滑稽，说出来的话却像刀子一样。

素晴抿了抿唇，气色不是很好，黑裙更衬出她的苍白憔悴，"我要和你谈一些事。"

顾嘉臣冷笑起来。

林思安走到他面前，仰起脸望着他，眼里有几分哀求，小声说："嘉臣……别让我这么难堪。"

顾少僵了僵，沉默着坐在沙发上。

素晴开门见山地说："阿雪最近状态很不好，她的胃病犯了，你知道吗？"

顾嘉臣淡淡回道："和HK合作的事我们不急，素小姐可以安心休息，祝她早日康复。"

素晴蓦地低低笑起来，"你真的不念半点儿情分了吗？"

顾少的目光冷得能冻死人，冷声道："当着我未婚妻的面说这些话，你觉得合适吗？"

林思安低了低头，嗫嚅着说：“……我去给你们倒茶。”

“慢着！林小姐，我并非针对你，也无意破坏你和顾嘉臣的感情，只是午夜梦醒时着实替我妹妹委屈，有些话，今天我不吐不快。”

素晴望了顾嘉臣许久，忽然问：“你还记不记得八年前，你们分手之后，阿雪有一晚给你打过电话，想要和你偷渡出国，约你在码头见面？”

顾嘉臣思索片刻，漫不经心地点头，“是有这么回事，我以为她还没睡醒，也就没在意。”

素晴凄然一笑，眼里有雾气弥漫，“你当然没有在意，你根本就没想过要去。顾嘉臣，那晚阿雪在码头苦等你未果，你知道后来发生了什么吗？她撞见了一伙走私贩的交易现场，那群畜生本欲杀她灭口，又忍不住对她动了邪念，他们……轮暴了阿雪，然后便把奄奄一息的她丢进大海，阿雪躲在栈桥下被冰冷的海水泡了一夜才敢爬上岸。医生说她再也不能生育了，又听闻你已准备动身前往美国，那一刻她的心就死了，这么久以来，她可曾缠过你半分？”

午后的阳光斜照进室内，明灿之下，却让人遍体生凉。

一声轻响惊醒了屋里的人，是林思安不慎打翻了茶杯。

她惊慌失措地抬起头，迷茫地抽了些纸巾擦拭水渍，“对不起对不起……”

不知为何，泪水突然滑落下来。

顾嘉臣呆坐在沙发上，眼神散乱得找不到焦点，嘶哑的嗓音低不可闻，“为什么没有告诉我？”

“你早已和她说得很清楚，也没留给她任何承诺，这件事，说到底，也只是阿雪自作自受而已。顾家已经够乱了，让你知道这件事，只会乱上加乱。可我没想到阿雪还会回来，我如今告诉你，就是想让你明白，在素家人面前，你最没资格摆出一副受害者的嘴脸，我不欠你，我妹妹更不欠你。阿雪一向偏激，倘若她有冒犯的行为，我希望你们能多一些耐心，不要再伤害她。”

素晴深深地吸了一口气，仿佛这样就感觉不到胸口的痛，“我是个不称职的姐姐。从小到大，都是阿雪让着我，保护我，就连幸福，也是她牺牲自己成全了我。顾嘉臣，你从来都不愿相信，我是真的爱你父亲，阿雪也是真的爱你。”

顾嘉臣闭着眼睛靠在沙发上，斜阳过室，在地上投出一道挫败的影子。

素晴已经离开很久，他却一直一动未动。

林思安从没见过这样情绪低落的顾嘉臣，像个被打败的国王。

她跪在他面前，指尖轻轻碰了碰他紧蹙的眉头，“嘉臣。”

“这么多年，我从未想起过素雪，我对她的爱，早就被八年前的那些人那些事磨光了，再惨烈，也已经成了过去时。”

他望着天花板，眼里全是茫然，“我一直以为是她亏欠了我，可没想到，竟然是我害她至此。”

八年前的素雪不过是个不谙世事的小女孩，横遭大祸，却得不到心上人的相惜相怜，甚至还要打落牙齿和血吞，要将这秘密生生烂在肚子里。

林思安终于明白，素雪为什么不再争取顾嘉臣。

不是不敢，而是不能。

她那样骄傲的人，不会用那件事作为武器，相反，面对顾嘉臣时，是恨不能低到尘埃里的自卑。

可又需要多少勇气，才能在经历了那么大的伤害之后重新站起来，成为HK今时今日的素总监？

“她很坚强……”

顾少艰涩地扯出一抹笑，“她越坚强，越是证明了我的懦弱。”

林思安枕在他的膝上，长长的头发垂下来，扫过地上的光影，她动了动唇，呢喃两声，几不可闻。

和素雪同处顾氏大楼，再怎么躲，还是逃不开没完没了的偶遇。

电梯门一开，里面就一个人，却让林思安望而却步。

素雪好脾气，林思安一刻进不来，她便一直按着暂停。

林思安只得硬着头皮走进去，还要出口道谢，“谢谢。”

“不客气。”

素雪淡定得很，更显得频频偷窥的林思安分外小家子气，“你有话要对我说吗？”

林思安觉得自己在她面前平白输了阵势，说话都底气不足，“没有。”只盼着早一些开门，管它是哪层，先下了再说。

电梯总算停下。

门外站着顾嘉臣和姜月。

“……下个季度如果继续亏损的话，我们就拿掉这个项目，浪费了这么多时间和金钱还养不活，我们怎么向股东交代……”

一抬眼，他霎时闭了嘴。

顾少向姜月点了点头，“去把这些资料送到远大置业。”

林思安看着他走进来，往后缩了缩，恨不能钻进角落。

这下好了，主角已齐，静待开场。

素雪抬手看了看腕表，一副公事公办的口气，“顾总，我们总裁过一会儿会把新的合作案里的修改事宜发过来，我会拿给你看，再做协商。”

顾嘉臣侧目看了她几秒，收回目光时又成了叱咤商场的顾少，“贵公司有什么意向?”

“需要顾氏再让利百分之三。”

他想也没想就拒绝，“不可能。顾氏不是我一个人说了算，这笔钱，我们一分也不会让。”

“我在顾氏考察了这么久，你们除了有个家大业大的好名头，又比其他公司多了哪些优势呢？顾总，我们 HK 在中国有很多选择。”

“鄙公司上下都盼望能和 HK 合作，但实在做不到丧权辱国，倘若你们认为金钱也算是不可抗力，那我们别无选择，只好期待贵公司的下次垂青。”

“丧权辱国？顾总您言重了。”

“对于一个商人来说，少赚一分合理的钱就是对自己员工的不负责。”

电梯停下，素雪出了门，又回头笑道：“我也衷心地希望此次合作成功。”

林思安一直缩在角落里，静静地看着他们针锋相对，看着他们势均力敌。

她从来没有像这一刻一样，觉得顾嘉臣比自己高出这么多。

电梯一路升到顶层。

顾少先下，察觉她没跟上，叫道：“安安?”

林思安低着头没说话。

他又进去把她牵了出来，指尖勾了勾她的下巴，“发什么呆?”

林思安望着他，眼睛里几乎要流出潋滟的波光，“我好笨的，我什么也不会。”

顾少何等心思，立刻就明了，在她额头不轻不重地拍了一下，“你什么都会了，还要我干什么？你会吃就够了。”

“喂！顾嘉臣，我跟你说正经的呢，你会不会有一天嫌弃我笨?”

“现在就已经嫌弃你了，笨女人。”

林思安甩开他的手。

顾少懒洋洋地瞅着她乐，笑够了，才淡淡地说：“安安，我顾嘉臣要的是我最爱的女人，不是最优秀的女人。

外国人的钱不是那么轻易好赚的，尤其是以精打细算著称的瑞士人，HK 的老总果真好学，合不合作是两码事，倒先把中国式的含蓄拿乔学了个彻底，和顾少视频时永远都满面笑容，涉及关键问题就又高深莫测地“考虑考虑”，方案改了不下十遍，舌头都磨出了茧子也得不到一个准信儿。

“花了半个小时的时间，让我给他普及饺子的历史渊源，还要辨析一下和包子的区别，我都恨不得把他从显示器里揪出来。”

林思安一不小心乐出声，“我猜那老头应该是个 gay，对你仰慕已久。”

顾少把档案夹甩在书桌上，闭着眼睛揉了揉眉心，“顺风那边的事怎么样了？”

林思安不敢再嬉皮笑脸，正色道：“已经谈妥了，下个星期我会和唐健康去 S 市签约。”

顾嘉臣顿了顿，皱着眉问：“怎么你也要去吗？”

“这个案子是我一路跟下来的，亲自过去一趟比较放心。”

当然还有一个难以启齿的原因。

S 市素来被誉为艳遇率最高的城市，未来的唐太太深具危机感，觉得那里的女人必定个个都是肤白貌美的蜘蛛精，她怕唐健康一时把持不住被吸了精魂。

颜唱唱紧握着她的手，郑重道：“此行你任重道远，一定要帮我看好他。”

林思安真是对她嗤之以鼻，“你总不能天天把他拴在腰带上吧？怎么连起码的信任都没有？”

“何必挖苦我？我就不信你把顾嘉臣独自留在素雪的虎口之下一点儿都不担心。”

林思安一字一顿地说：“我相信他。”

颜唱唱心底一声轻叹，这便是传说中命中注定的眷侣吧，谁又说得清，林思安和顾少究竟谁更爱谁一点儿？

顾氏上下为了 HK 的事忙得焦头烂额，素雪作为唯一的代理人更是恨不得每天再多出十个小时，这日来找顾少时，脸上一点儿血色都看不到，如花似玉的大美人正迅速憔悴着。

顾嘉臣接过她递来的文件，看也没看就扔在桌上，目光在她身上停留了一会儿，才说：“怎么不照顾好自己？”

素雪慢慢抬起眼帘，一双黑白分明的眸子像是最最清澈的水墨烟雨，“你还关心我的死活吗？”

那抹淡然像刀子一样戳进顾嘉臣的心里。

这份情债，便是陌路人都说不明还不清，何况他们曾经还相爱过。

顾嘉臣凝望着她，目光最深处，刻着难以言说的愧痛。

素雪当真有颗七窍玲珑心，辗转低睫间便通晓了一切。

“姐姐还是告诉你了对不对？”

顾少闭上眼，颤声道：“对不起。”

这是一份晚了整整八年的歉意。

她惨笑，“顾嘉臣，你是不是看不起我，更加嫌弃我了？”

他没有办法设身处地地理解那件事对一个女人来说是多大的伤害。

他不敢盲目出言安慰，因为怎么说都是说不圆的空洞苍白。

“阿雪，你很坚强，坚强到让我叹服。”

她微低着头，睫羽投下淡淡的阴影，颤若秋荷，“以前我是最爱躲在你怀里哭的，没想到现在竟会被你夸赞坚强。”

顾嘉臣努力去回想曾经那个剔透无瑕的小女孩，她应该有狡黠的目光，明媚的微笑，可惜再怎样拼凑，也终究只是一团模糊。

他只好又是一声低叹，“对不起。”

他眼里的些许茫然几乎让素雪仰天大笑，自己日复一日的思念挣扎又是为了什么，忍不住恨声道：“真觉得对不起我的话，那就不要跟林思安结婚。”

顾嘉臣沉默不语。他知道这个问题自己一旦开口，免不了又要吵翻天。

素雪渐渐凉了心，却又软声道：“你若……你若真的舍不下她，我也不会妨碍你们，只求你这辈子不要娶其他的女人。八年前你曾经答应过我，今生的新娘一定是我，如今我已经不能嫁给你了……就把这个位置留给我好吗？在我心里，我早就是你的妻子了，就让我守着这个念想过下去都不行吗？”

顾少轻描淡写地说：“阿雪，你为什么还不明白？我顾嘉臣素来猖狂惯了，世人所谓的伦理纲常绑不住我的。倘若你和林思安易地而处，我才不管她姐姐和我父亲是什么关系，哪怕要我扔了 B 城的一切，和她偏居小渔村安安心心地生活，我也是愿意的。”

素雪静默地望着他，刚要开口，门外忽然传来林思安的声音。

“顾总顾总，你忙完了没有？要不要吃饭啊？”

她推门进来，两只手上各提一袋餐盒。

望过来时，她立刻停了脚步，收敛站好，轻声说："不好意思，不知道你们在商量事情。"

顾嘉臣一脸淡然，"没关系，我们都谈完了。"转头看向素雪，目光倏然变深，"素小姐，这些文件我会慢慢看，有什么问题我再找你聊。"

素雪轻轻挤出一丝笑，干脆地转身离开。

擦肩而过时，林思安看到她微红的眼眶，衬在苍白的脸上，像染了血的胭脂。

"不是要吃饭吗？怎么不过来？"

"你们说了些什么？"

她知道自己不该问的。

顾嘉臣看了她一眼，林思安拎着食物傻站在门口，也在静静地看着他。

"没什么。还是 HK 合作案的事。"

"只谈公事她怎么会哭？"

林思安紧攥着手里的袋子，"还顺便回顾了一下往昔的小甜蜜吧？"

顾少脸上没了表情，他不笑的时候整个人就如盛雪隆冬时的寒梅，俊美而凛冽，"安安，你过分了。"

她咬了咬唇，"对不起。"

相安无事地吃完饭，林思安将一切收拾妥当，很快出了他的办公室，一下午都没再理过顾嘉臣。

到了下班时间，顾少要送她回家，林思安便拿了东西跟他走，却还是一言不发。

车子开到她家楼下。

林思安没动，顾少也不开口。

狭小的空间里，气氛越沉默便越紧张。

顾嘉臣蓦地侧过身，擒住林思安的下巴，把她压在车座上，恶狠狠地吻她。

林思安缩了缩肩膀，静静地承受他的粗暴。

他抵着她的唇，近在咫尺的那一寸目光如若烟岚。

"我走了。"

直到林思安转身下车，顾嘉臣也没说话。

晚霞流过车窗，映着他冷冰冰的侧脸，恍若光影下的九天神祇，无心无情。

他就是这样我行我素的男子，掌控着林思安所有的喜怒哀乐，行事却自有一套标准，动辄点到即止，多一丝温存也不行。

林思安猛地喊出声，“顾嘉臣！顾嘉臣！”

他的车子已经开出了几米远，又刹车停下。

林思安小跑过去，紧盯着顾嘉臣的眼睛，“你会不会不要我？”

顾少看也不看她，“林思安，你马上给我回家。”

她却不让他走，非要执著于一个无聊的答案。

是不是她太贪心？情话听了一千遍也不够，非要他没完没了地磨破嘴皮才肯罢休。

顾嘉臣摩挲着她的指尖，手合在一起，两枚同款的婚戒闪着温润的光，“安安，是我在怕你放弃我们的感情，是我在怕你不要我。”

林思安慢慢收拢手指，两只手握得那样紧，恨不能缠断指骨的力度。顾嘉臣的眼里倒映着夕阳，似深不见底的漫天大火，一路烧到她心底。

出差的事很快提上日程，林思安在家收拾行李，林母从旁帮忙。

“你一个人要去外地待好几天，安不安全啊？”

“我不是一个人啊，还有唐健康一起。”

想到头脑简单四肢更简单的唐健康，林母皱起眉，“那和你一个人去有什么分别？”

“妈！颜唱唱听到会咬您的。”

“顾氏难道没人了吗？怎么还轮到你去？”

“这可是我第一次有机会好好表现，当然不能让给别人。”

“没听过还有人上赶着出差的。”

女人的事业心向来被林母视为粪土，林思安不愿和她争辩妇女的社会价值问题，只好说：“顾嘉臣那么优秀，想做他的妻子，当然要积极上进一些。”

“你若是个女强人，嘉臣绝不会多看你一眼，你信不信？”

林思安心里一动，奇道：“为什么？”

林母淡笑，“不是所有成功的男人都希望得到一个可以和自己比肩的女人。嘉臣要的婚后生活是相濡以沫，不是棋逢对手。安安，以后你会无比庆幸你被我教成了一个小家碧玉，而非女中豪杰。”

“歪理。”

“不如我们拭目以待。”

第十九章

机场大厅里，颜唱唱和顾嘉臣前来送行。

同样是面临小别的情侣，境况却是天壤之别。

颜唱唱死抱着唐健康的胳膊不撒手，死了亲爹一样，来回就两句话。

“呜呜”还有“呜呜呜呜”。

偏偏唐小帅很吃这一套，心疼地擦了擦她的泪水，柔声道：“别哭了唱唱，我很快就会回来的，你一个人在家要小心一点儿，别跟上回似的又差点烧了厨房。”

颜唱唱继续哭，过了一会儿才反应过来，抬头道：“上次明明就是你的错。”

“好吧。我的错。”

“嗯，乖。”

林思安和顾少看够了戏才转过头来，她用力挤了挤眼睛，却没忍住乐了出来，“我们就不用那套了吧？”

顾嘉臣点点头，忽然凑过来送上一个法式热吻。

耳边传来颜唱唱的口哨声。

林思安笑着看她一眼，手臂勾着顾少，也贴上去咬了咬他的唇，“不把接下来几天的份儿一并亲完吗？”

顾嘉臣眼里荡开笑意，“好啊。”

林思安一把推开他，拉起行李箱，“走了。”

顾少拉住她的胳膊，千言万语也抵不过一句最质朴的情思，“注意安全。”

“知道啦。”

等两人进了安检，顾嘉臣侧头问：“我送你回去？”

颜唱唱伸了伸懒腰，一转身，眼泪收了个干干净净，“好啊。”

车子在高架上平稳地开着，颜唱唱蓦地开口，“我听说顾少您最近够风云的，八年前的老情人还惦记着您。”

“分手了就不能做朋友吗？”

“当然不可能！你看安安和陆之然。”

顾少瞥来一眼，淡淡地说："不要总是把陆之然挂在嘴边。她嘴上说不在意，心里还是会难受的。"

颜唱唱语塞了一下，抢白道："她早就不在乎了！"

顾嘉臣面无表情地看着前方，"真不在乎了，又为什么不能平静相处？"

她呆了呆，"这……总之！总之你要是做了什么对不起安安的事，我一定不会放过你！"

"你放心，我不会成为第二个陆之然。"

"我也不会给你那个机会，到时候我就替天行道灭了你。"

顾少轻笑。

颜唱唱看着他，眼神像长了钩子一样，"我说的是真的。林思安是我这辈子最重要的人。"

"这么巧啊，我也一样，欢迎你和我一起好好保护她。"

林思安和唐健康下飞机的时候天已经黑了，夜幕下的S市华灯斐然，比起B城更多了分妖娆，处处皆是诱惑。

忽略唐健康不算的话，林思安这还是第一次一个人出远门，撒了欢儿的兔子一样活蹦乱跳，"还挺漂亮的啊，我们先去转转吧。"

拉着行李的唐苦力赶忙扼杀她的不轨念头，"还是先去酒店吧，早就跟人家订好了，如今飞机已经晚点，别再耽误时间了。"

"就是啊，反正都晚点了，那就再晚一会儿呗。"

"思安……"

站在他们旁边的一个女孩子刚刚接到男友，拥抱之后便是埋怨，"怎么这么晚才到啊。"

"对不起啦，我们现在过去吧。"

"橘风会馆可是家私人会馆，主人从来不肯对外开放的，好不容易有了这次机会，今天还是最后一天，错过了多可惜。"

林思安猛地顿住，"橘风会馆"的大名对每个喜欢画画的人来说都是如雷贯耳。

"……而且这次展出的还是一批丹麦画家的作品，很多都是高价拍的……"

林思安清清嗓子，挡在唐健康身前，正色道："此行除了和顺风签约之外，顾总还交给我一个任务，他早就有意投资S城的文化产业，特地让我来考察一番。"

唐小帅点了点头，"哦。"

“这件事顾总等不得，事不宜迟，不如我们从今晚就开始。”

“啊？”

“我们先从艺术界着手。”

林思安拉着他跳上出租车，“师傅，麻烦您去橘风会馆。”

唐健康就来得及说一个“喂”字。

司机扭过头直乐，“又是去看什么画展的吧，我这一晚上都拉了好几个了。”

林思安对他笑笑，看向唐小帅时又是一脸严肃，“看见没有，连老天爷都在帮我们，刚下飞机就有调研素材送上门。”

到了橘风会馆，唐健康一看那熙熙攘攘的人群就晕菜了，拉着行李说：“我去街对面的长椅那里等你，你自己进去看吧。”

林思安眼睛都放了光，随意挥了挥手就小跑进去，“去吧去吧。”

人一旦对某样东西痴狂起来难免会改了本性，林思安也不例外，想当年她的画笔也曾在灯下挥洒到了疯魔的地步，后因种种原因搁置，但对美术的热情一直没淡过，如今赶上难得的好机会，哪里还顾得上顾嘉臣的合约唐健康的死活。

唐小帅分外凄苦地向长椅走去，暗暗思考如果回去向颜唱唱告她一状能有几分胜算。

大师的画作近在眼前，林思安一看起来就忘了时间，碰上志同道合的画友，兴致一起又多聊了几句。

看到画展结束，她才想起来要走，等到出来的时候，已经过去两个小时了。

唐健康在长椅上呼呼大睡。

林思安怎么推也推不醒，低头想了想，凑过去说：“颜唱唱掉河里了。”

唐健康猛地睁开眼，迷迷糊糊地问：“什么什么？颜唱唱怎么了？”

“她说你该跟我一起去酒店了。”

“哎？你什么时候出来的？”

“在你说梦话第四遍，发誓非颜唱唱不嫁的时候。”

林思安笑起来，“走吧。”

她想要伸手去拉行李，左右找了找，却不见其踪影，“唐健康，你把行李放哪儿了？”

“不就在……”

唐小帅瞪大眼，茫然地看过来，“哪儿去了？”

林思安坐在长椅上，忍不住又数落他一遍，“你个大活人怎么连行李都看不住？”

唐健康比她还着急，在地上团团转，“这可怎么办？和顺风签约的合同资料都在里面，还有咱俩的手机钱包！”

林思安没好气，任谁出师不利也开心不了，“你就那么困吗？非得那时候睡觉？”

唐小帅委委屈屈地说：“我也不知道你要那么久啊。”

林思安真是没话说，算来算去，还不是她自己耽误了正事？

人说某一领域是天才在其他方面都奇烂无比，可见果然是真理，唐健康的聪明才智都发挥在了谈判桌上，平日生活中恨不得笨得能被三岁小孩子拐跑。

天空忽然一阵雷鸣。

两人傻愣愣地抬起头，很快便有密如针芒的雨丝落了下来。

“怎么这么倒霉！”

唐健康解下外套披在她身上，拉着她去避雨，林思安还仰着脑袋愤愤不平，几乎要冲老天爷竖中指。

橘风会馆外已经躲了一大批避雨的人，两人站在最外面，将将遮住半个身子，“要不我们先打车去酒店吧，到了再找工作人员垫一下钱。”

唐健康沉痛地赞赏，“好主意。可是地址也在包里。”

“名字呢名字呢？”

“忘了。”

“谢谢！”

雨势越来越大，被风吹着斜刮进来，狭窄的屋檐根本起不到遮挡的效果。

林思安冻得直发抖，唐健康一件小半袖比她抖得更厉害。

林思安又气又愧，忍不住笑起来，“真不知道你和颜唱唱两个这么不靠谱的人凑在一起怎么活下去。”

一辆银灰色的名牌车忽然在众人面前来了个急刹车。

林思安正在猜谁会这么命好，就见一个穿着工作制服的中年男人下了车，打着伞小跑过来，停在她面前，仔细瞅了瞅，“请问您是林思安小姐吧？”

她茫然点头，“是。”

男人松了一大口气，“哎哟，您怎么在这儿躲着呢，可算让我找到您了，快跟我上车。”

“不是……你谁啊？”

“我是国际天城的经理，您在我们那儿定了房间，还记得吗？”

林思安和唐健康对视一眼，齐刷刷地点头，“啊啊，记得记得。”

上了车，经理递来毛巾，林思安擦了擦脸，奇道：“你怎么认识我的？”

经理没急着回答，又从保温杯里倒了些热汤递给他们，林思安真是受宠若惊，S 城的顾客都是这种上帝待遇吗？

“林小姐是有什么事耽搁了吗？您和唐先生应该在几个小时前就来我们酒店入住登记的。”

林思安不好意思地笑了笑。

经理直叹气，“您一直没来酒店，也没给顾先生打电话，您和唐先生的手机又打不通，顾先生都快急疯了，等来等去也不是办法，就把您的照片给我发了过来，让我出来找您。”

林思安捧着热热的汤，手上烫，脸上烫，心里更烫，低下头，唇边的笑意怎么忍也忍不住，“真对不起，给您添麻烦了。”

想起顾嘉臣那吓死人的语气，经理还心有余悸，“顾先生真是……太着急了，林小姐还是先给他回个电话吧。”

“我的手机丢了，借下您的可以吗？”

拨过去，那边立刻接起，上来就冷冰冰地问：“怎么样了？”

“嘉臣。”

顾少一顿，语调没什么变化，但明显安下心来，“发生什么事了吗？”

林思安吹了吹热汤，“我们的行李全都丢了。”

那边立马就急了，“你有受伤吗？到底怎么回事？”

林思安看了唐健康一眼，有些难以启齿，“嗯……我们都没事。”

“思安。”

“好吧好吧……是我非要去看画展，行李才被偷的。”

顾嘉臣深深吸了口气，勉强压下怒火，“林思安，你什么时候才能长大一点儿？给我打个电话能累死你吗？”

“我不是一下飞机就给你打了？”

“真是谢谢你的好记性！我再拨回去就一直都是已关机，打到国际天城人家说你根本没入住，你知不知道我有多担心？”

“我知道错了啊。”

“你哪回不知道错？哪回又改过？让我省心一点儿就这么难？”

“嘉臣……”

“下次你别想再给我出去。”

林思安不耐烦，浑身湿漉漉地更来了气，“啧，顾嘉臣你没完没了了是不是？挂了！”

经理从后视镜里惊愕地看她一眼，胆战心惊地接过她递来的手机。

没一会儿手机就又响了起来。

“林小姐，还是顾先生。”

林思安撑着下巴看向窗外，“不接。”

经理自然不敢挂，又不好开口劝她，一时两难，几乎想把这烫手山芋扔出车外。

唐健康暗里鄙视她一下，说：“我来接吧。”

除了开头的一声“顾总”，他就剩下“嗯嗯啊啊”的份儿。

总算到了酒店。林思安回房先洗了个澡，出来以后立刻觉得神清气爽许多。

她裹着睡衣坐在床上思考明天的生计大事，正头痛着，忽然听到门铃响。

林思安过去开门，外面站着笑容可掬的经理，“林小姐您好，这是几套新衣服，驱寒的药，还有一部新手机。”

她接过来，眼神扫过最上面的一个信封，捡起来一看，是一摞厚厚的现金。

“是顾先生吩咐的。”

不用你说我也知道。

“还有，顾先生说明天会派人再送一份文件过来，叫您不要担心工作的事。”

林思安终于眉开眼笑，“多谢您了。”

仿若梨花含露初绽，盈着流波月华，一眼难忘的清丽。

经理呆了一下，暗暗摇头轻笑，终于明白那声名赫赫的顾少为何会栽在这么个小丫头身上。

林思安拿起衣服看了看，是精致玲珑的小裙装，不用试也知道必定是合适的尺寸。

她倒在床上，滚了几个圈，把玩着手机，拨通了一个号码。

那边语气冰冰凉凉，“干什么？”

林思安拖长了嗓音，“喂……”

“想道歉的话明天请早，我正在忙。”

“顾嘉臣，你不要这么小气好不好？”

顾少都被她气笑了，“林思安，你还讲不讲理？”

“不讲不讲，跟你还讲什么理？”

恋爱中的女人真是惹不起。

拖了数月，顾氏和 HK 的合同终于协商妥当，远在瑞士的老总隔着视频大赞小顾先生厚道，顾嘉臣皮笑肉不笑地应下来，累到喉咙痛，完全不想理他。

还有一人比他更为辛苦，敬业得几乎殚精竭虑，签约发布会那天，素雪是在医院拔了输液管直接赶过来的，手背上还能看见青紫的针眼。

顾嘉臣拦下她，难得严肃着一张脸，说：“回去休息。”

素雪脸白得像死人，眼神更像死人，“顾总，你管得太多了。”

“阿雪。”

“你凭什么管我？”

他眼波晃了晃，避开她咄咄逼人的目光，“你姐姐让我照顾好你。”

素雪像听傻了一样，忽然笑起来，“好，好。”

她拉了拉衣袖，勉强盖住手背，低下头说：“先把发布会开完吧。”

“阿雪，谢谢你。”

“谢我做什么？我是 HK 的人，又不是为了你。”她看着手里的策划和合同，眼帘微颤，“我又不是为了你……”

发布会上，顾嘉臣和素雪的席位座分两侧，中间被一束鲜花隔开。

衬着两人如花似玉的容貌，活像是订婚现场。

正在酒店看直播的林思安把薯片嚼得咔咔响。

记者争先恐后地伸过话筒，“瑞士 HK 从未和中国企业合作过，顾先生您觉得顾氏是凭借什么优势得到这个机会的呢？”

“作为 HK 的第一家中国合作伙伴，您代表顾氏有什么想说的吗？”

“顾氏以后会不会把发展国际合作作为第一目标？”

“素小姐，您对顾氏和顾少怎么看？”

“听说您还特地进驻顾氏做考察，请问在合作过程中您和顾少有什么难忘的回忆吗？”

唐健康听了直笑，“现在连财经版块的记者都这么八卦吗？”转头瞥见林思安的脸色，赶紧闭了嘴。

顾嘉臣对着媒体一向风度有加，浅浅一笑就令下面的人如坐春风，“能令国内外的公司在寻找亚洲业内合作伙伴时，把顾氏作为前几位的考虑对象，这就是顾氏的优势。”

某些八卦的记者还要跃跃欲试地提问，顾少直接堵住了他们的嘴，“另外，各位太抬举顾某了，我已经有了个貌若天仙的未婚妻，不敢再拈花惹草，否则回家要跪搓衣板的。”

他是这样出色而自信，总能轻易左右这种场面的氛围。

素雪勉强笑了笑，只是说：“预祝我们 HK 能和顾氏合作成功。”

发布会结束，众人渐渐退场。

几位相熟的记者和顾少在一旁聊了起来。

素雪摇摇晃晃地站起身，被椅子绊了一下，眼前一黑，直接倒了下去。

顾嘉臣猛地奔过去，“阿雪！”

扶起她轻轻摇了摇，素雪还是紧闭着眼，靠在他怀里，像一朵荏弱将谢的昙花。

他心底一慌，脸上的焦急再也藏不住，一把横抱起她，“我送她去医院。”

这一幕，分毫不差地被直播了出来。

林思安慢慢低下头。

“你没事吧？”

她回头看了唐健康一眼，“就算是个陌生人，他也一定会这么做的。”

“你能这么想就好。”

是啊。有什么大不了呢？

医院里，素雪躺在病床上，散下来的头发在枕上簇成一团，更衬出她苍白的脸色，睫毛垂下来，映成淡淡的影子，扫过人心尖的怯弱。

顾嘉臣拉起她的手，凉得几乎感觉不到温度，护士给她输液时都找不出血管，试了几次才成功。

“素小姐以前应该做过胃部的手术，但是没有好好休养，所以落下了病根，以她的身体状况根本不该进行太消耗体力的工作，她晕倒是长期饮食作息不规律加上疲劳过度导致的。”

他拨开素雪的刘海，目光描摹着她的眉眼，那样陌生，找不出丝毫曾经倾心相恋的痕迹。再美艳，看在心里，也只是一团模糊的苍白。

可谁又能真正做到绝心绝情呢？前女友，这真是一个太尴尬的词。

八年前的她耗尽了他的爱，八年后的她又逼得他进退两难。

顾嘉臣为她掖好被角，转身离开，关上门，他靠着墙，慢慢闭上眼。

和顺风置业很顺利地签完约，林思安大大地松了一口气，怎么说也是她参与的第一笔生意，颇有些母凭子贵的欣慰。

顺风老总握着她的手使劲摇了摇，笑呵呵地说：“真没想到顾总会派小顾太亲自来，顺风能得顾氏这样的尊重，我们真是太激动了。”

林思安总算学得圆滑许多，淡定地回道：“公事上我只是顾总的行政助理，帮助他和优秀的公司沟通洽谈是职责所在。”

一起吃了顿庆功宴，离开顺风置业，两人回酒店拿行李，林思安拨通了顾嘉臣的电话，“你不用来接我了，今天不是有股东例会吗？”

那边很安静，他的声音却有些模糊，像是半捂着听筒，犹豫了下，“你自己没关系吧？”

林思安朝天翻了个白眼，“顾嘉臣，我又不是三岁小孩。”

走时她又和经理好好道了回谢，“碰上我们这么不靠谱的客人，真是辛苦您了。”

“哪里哪里，林小姐肯在国际天城下榻是我们的荣幸。”

经理拦了辆车，等他们上去，又隔着车窗笑道：“就是实在有些被顾先生吓到，林小姐，有个男人肯把你重视成这个样子，你何其幸运。”

林思安的脸红了红，一颗心像从蜜里捞出来一样。

唐健康还在跟颜唱唱打电话，声音柔得能捏出水来，“你乖乖的，几个小时以后我就到了……不用来接了，在家等我就好。嗯，我爱你。乖。”

她抖了抖身上的鸡皮疙瘩，是不是每个局外人都会对小情侣的恩爱甜蜜这么大惊小怪呢？

第二十章

回到B城，一下飞机林思安就深深地吸了一口气，很动情地说：“啊，真是熟悉的味道啊。”

唐健康使劲闻了闻，“沙尘暴的味道吗？”

林思安霎时没了抒情的小心思。

“顾总不来接你吗？”

“你忘了今天是股东例会时间了？我要回去给他一个惊喜。”

林思安也没回家，直接拉着行李就去了顾氏大楼，正好碰到姜月，“思安？你回来了啊。”

“你怎么没和顾嘉臣去开会？”

“顾总没参加大会啊。”

林思安一愣，“那他去哪儿了？”

“今天素小姐出院，顾总去接她了。”

手从行李箱上滑下来，林思安笑了笑，“谢谢啊。你去忙吧。”

电梯门忽然打开，里面站着素雪和顾嘉臣。

他拿着她的皮包和外衣，像个护花使者一样站在她身后。

顾少有些怔然，“安安？怎么没回家？”

林思安觉得难堪，抿了抿唇，看向别处，顾自笑着。

她在心里说，我想给你一个惊喜。

素雪大病初愈，脸上带着几分柔弱更显得貌美如花，软软地开口，“对不起啊林小姐，我不知道你今天回来，嘉臣也没告诉我，要不然我们就先去机场接你了。”

林思安低下眼不看她，“没关系，素总监为了合作的事累垮了身子，嘉臣有责任照顾你。”

素雪轻笑，烟水做的眼波盈着媚意，“我也很感谢嘉臣这么照顾我，每天都来医院看我，陪我做检查，很多小事连我都没想到，他却惦记着。”

“他一直都很细心的。”

素雪那样理所当然地从顾少手上拿过自己的东西，走到林思安面前，轻飘飘地说："是啊。对谁都很细心。"

美人摇曳生姿地离去，剩下两人面面相觑。

顾少眼神淡淡的，"安安。"

她按下电梯，伸手把他推进去，"饿死了。陪我去吃饭。"

顾嘉臣仔细打量了她一番，笑了笑，把她拉进怀里深深吻着。

意乱情迷之后才想起来反抗，林思安一把挣开他，"有监控。"

顾少猖狂得很，"谁敢看我顾嘉臣和老婆亲热?"

林思安侧过头笑笑，转过来又是一脸冷若冰霜。

顾少想去拉她，正巧电梯降到一层，林思安抢先出了门，刚好错开他的手。

餐厅里，两人随意点了几样家常菜，林思安却吃得赞不绝口，"这才是家的味道啊，S 市什么都好，就是每样菜都甜得吓人。"

顾少撑起下巴看着她吃，"你说你出一回差，倒把我给吓得心惊胆战，要不是国际天城的经理刚好碰到你们，你要怎么办?"

林思安笑眯了眼，"我找警察叔叔呗。"

"林思安。"

"哎呀，你别光顾着骂我啊，此行虽然小有波折，但是总算不负顾总所托，和顺风置业的合同顺利签下来了，明天唐健康会给你一个系统的报告。"

顾少点了点头，问道："那么到底是什么好看的画展，才让林小姐差点耽误了正事?"

说起这个，林思安眼睛都亮了起来，"是一家名叫橘风会馆的私人会所在展出一批丹麦画家的画作，在此之前这家会馆的主人从未向公众展出过！而且我们到的那天还是最后一天，离关门就剩几个小时了，我当然忍不住要去看一看。虽然代价大了点儿，不过真的是不虚此行，大师就是大师，每一笔每一画都别具深意，引人揣摩，配色张扬大胆，每幅画都那么光彩夺目，啊！尤其是那幅《落日》，简直是经典中的经典，吸引了整个会馆的人，我等了二十多分钟才有机会挤出人群，近距离地看一看……"

林思安侃侃而谈，说到激动处还像个小孩子一样手舞足蹈，她是那样干净而纯粹，眼里的向往都带着光。

顾嘉臣含笑望着她，心底一片柔软。

林思安忽然有些不好意思，恶狠狠地瞪他，"不许笑话我。"

顾少举起手以示清白，“我哪敢啊林小姐。”

林思安顿了顿，拉过一旁的行李箱，翻了半天，拿出一个小巧玲珑的盒子，推到他面前，非常诚恳地说：“送给你的礼物。”

打开一看，里面躺着一个精致的打火机。

外壳是软陶制的，画着一个 Q 版的林思安，旁边书一行小字，“不许抽!”连那歇斯底里的表情都惟妙惟肖。

盖子和机身的连接处正是小小安的脖颈，每次一推开，小小安的脑袋就掉了下来。

也不知道被触动了哪根神经，顾少抖着肩膀笑个不停。

林思安红着脸要抢回来，“不要就还给我!”

顾嘉臣一伸手就躲开她，“谁说不要了，你都把自己送给我了，我哪能不要。”

把小小安装进胸前的口袋，顾少又低叹，“这要真是你该有多好，永远跟在我身边，想带到哪里就带到哪里，不用一眼看不见就开始担心。”

林思安咬着吸管没说话，这又何尝不是她最大的奢望？能把顾嘉臣时刻揣在兜里，无论风雨还是诱惑都被她一一挡下，哪里还用害怕什么旧桃花。

吃过饭，顾少送她回家，一路开到林宅，他去后备箱拿行李，林思安却呆坐在车上不动。

经他一敲车窗，林思安才缓过神来，慢吞吞地下了车。

她在夕阳下看着顾少光华满身的背影，低声问：“和 HK 的合约已经签订下来，素雪她，应该也快回去了吧?”

顾嘉臣动作不停，一手揽着她，一手拉着行李，向大门走去，过了片刻，才含糊不清地“嗯”了一声。

进了家门，桌上已经摆好了晚餐，难得今日林父也在，林思安和顾少虽然刚吃过饭，只得又入席喝了些汤。

林父免不了又问起老同学，“嘉臣，你父亲近来身体还好吧?”

顾少恭恭敬敬地答：“父亲近来注意很多，远离烟酒，勤加锻炼，老毛病已经很久没复发了。”

“那就好。老顾那身子早年都被累坏了，幸亏有个争气的儿子接他的班，才能提早退下来。”

林父是不轻易开口夸赞人的，如今对着顾嘉臣倒不吝欣赏，一双眼睛里全是对准女婿的满意。

林思安看得直想笑，又忍不住酸溜溜地想，他日自己若和顾嘉臣闹了什么矛盾，这林家的先生太太是不是真的会被那油嘴滑舌的顾少蒙蔽了双眼，连亲女儿都不帮？

林母在一旁招呼顾嘉臣吃菜，林思安便抬手给他夹，筷筷都是他不爱吃的，撑着下巴媚眼如丝，“别客气啊嘉臣，饿着了我该心疼了。”

顾少似笑非笑地望来一眼，像看一个没长大的小屁孩儿，真正让她没脾气。

林父笑道：“婚事商量得如何了？打算什么时候办？”

两人却都不约而同地顿了一下。

林母不由得看了他们几眼，“有什么问题吗？”

顾少笑起来，“自然没问题。只不过我怕时间太仓促，准备得不够充分，会委屈了思安。”

“这个嘉臣不用担心，反正我整日闲在家里也没事，一定会帮你盯着的，现在就是希望先把日子定下来，大家也好着手筹备。”

顾少道：“思安和我一切都听长辈的就好。”

林母满意地点点头，“那我们就再和你父亲商量一下，定出一个具体的日子。”

林思安低着头，恍若未闻，一言不发。

又陪着林父、林母聊了一会儿，林思安便送顾少出门了，其时已是夜幕低垂，繁星满空。

看他上了车，林思安让到一旁，双手插在裤兜里，贴着花坛站着。

等了片刻，顾少也没发动汽车，敲敲车窗，朝她招了招手。

林思安小跑过去，“怎么了？”

他摇下玻璃，也不说话，扶着她的下巴，吻了上来。

唇齿相依间，两人的呼吸都有些急促，听他低喃道：“真想就这么把你带回家去。”

林思安眨着眼问：“带我回去干什么啊？”

顾少坏坏地勾起唇角，想凑过去再吻，她却侧过头闪开，蹦蹦跳跳地后退，“不给你亲。”

他便靠着车窗笑，“为什么啊林小姐？”

林思安直起身子，居高临下地看着他，“因为你让我不高兴。”

那似真似假的表情让顾少愣了一下，“安安……”

“我不听我不听！再也不想听你废话！”她豪情万丈地拽着顾少的领子，“顾嘉臣，我警告你，你马上就是有家室的人了，你给我想清楚你该怎么做。”

不再理会他的反应，林思安松手，大踏步地回了家。

晚上和林母坐在沙发上看电视，母亲把削好的苹果切块、装盘，推到她面前，淡淡地问：“你和嘉臣最近还好吧？”

林思安嚼着果块口齿不清地答：“很好啊。当然很好。”

林母拿过餐巾纸擦了擦手，轻声道：“我怎么总觉得你们最近怪怪的。安安，有什么事一定要跟妈妈说，不要总憋在心里。”

她低下眼，过了片刻，探身靠在林母肩上，“妈妈，我从没想过，有一天我会这么爱顾嘉臣，爱到会在深夜想他想得突然惊醒，想给他打电话，又不敢给他打电话，只想着下一秒就能见到他。爱到他看别的女人一眼，跟别的女人说一句话，我便嫉妒得发狂，恨不得把他永永远远锁在家里才放心。爱到时常会觉得自卑，他是那样优秀，那样完美，站在哪里都光芒万丈，映衬得什么都不会的我越发像个丑小鸭，一天到晚都在琢磨怎样做才能更配得上他……想起他时，并不是完完全全的甜蜜，总会觉得胸口又麻又痛，酸涩得想把一颗心都挖出来捧到他面前，妈妈，爱一个人就是这样的吗？我是不是病了？”

林母只是说：“你何其幸运，嘉臣也同样爱你，甚至更爱。”

她浅浅地笑起来，点点头，“是啊，他爱我，他这么爱我。”

还有什么好担心的呢？

周末是林思安睡懒觉的时间，不用早起的生活真是天堂。

她在床上懒洋洋地滚了滚，慢慢睁开眼。

顾嘉臣正坐在她床前的椅子上，手里捧着本书，阳光透过窗帘撒在他身上，熠熠生辉，像是中世纪走出来的王子，优雅高贵，雅致夺目。

见她醒来，顾少从书里抬起眼，眉目是最最精心的工笔画，“林小姐，你知不知道现在几点了？”

林思安愣了愣，反应过来之后立刻转过身，用被子蒙住头。

她羞窘得不敢出来。没洗脸，没化妆，怎么见他？

顾少去拉被子，林思安亦在里面用力，一时相持不下。

“顾嘉臣你出去，你先出去！我收拾好了就去找你。”

“你睡觉的时候我都已经看半天了，你还怕什么？林小姐，你知不知道你睡着了还会流口水？”

林思安忍不住去擦嘴角，一晃神，被子便被顾少掀开。

她乱乱地披散着一头长发坐在床中央，表情茫然。

顾少笑得没心没肺。

林思安红着脸，裹着睡裙下床洗漱，想到自己不雅的睡姿，岂不是什么都被他看了个干净？更是忍不住瞪他一眼。

洗漱间里，林思安一边刷牙一边问：“你这么早来我家干什么？”

“早？你一会儿下楼就直接吃午饭了。”

他自身后揽住林思安的腰，在镜子里望着她。

林思安的睡裙是绸子做的，质地极轻薄，他的手臂一贴上，倒像是什么都没隔一样，体温源源不断地传过来。

林思安含着满嘴的泡沫看了看他，眼睛亮亮的。

顾少去吻她的脸，她便笑着侧头躲开，“讨厌。”

洗漱完毕，林思安随意披了件衣服就要下楼，这才看到立在墙边的东西。

走近了一看，心忍不住怦怦跳，掀起盖在上面的绢布，林思安惊喜地叫了出来，回身扑到顾少怀里，“啊啊！嘉臣！谢谢你！太谢谢了！”

顾少退了两步才接住她，“这本应该是我一来时就受到的待遇，谁曾想你那个时候还在呼呼大睡。”

那正是两幅当日在橘风会馆展出过的画作。

“你说的那幅《落日》，人家怎么也不肯让给我，只得到这两幅，林小姐就将就一下吧。”

林思安赖在顾少怀里不出来，仰起脸看他，“谢谢你，我很开心，真的。”

他不一定懂你说的每一句话，却会把你说的每个字都记在心里。

良人如此，夫复何求？

瑞士 HK 的老总几天前也飞到中国，特地来顾氏考察一番，满头白发的小老头看起来是挺严肃的一个人，完全想象不到他会在视频里和顾少纠结饺子和包子的差别。

老头背着手逐层看遍，连厕所都不放过，看阵势不是考察合作伙伴，倒像 FBI

在排除炸弹。

连带后面跟着的一大群人都紧张不已，姜月皱着眉小声说：“我怎么觉得来者不善？”

林思安随意点点头，她的注意力全在最前方分立老头左右的两人身上。

顾少领着他四处转，颇有些漫不经心，这次和 HK 的短约除了能在业内得个好名头，并不会给顾氏带来多大的收益，他亲自出马还拖了这么久才定下来，心里怎能不憋屈。

老头拉着素雪一阵嘀咕，美人频频望向顾少，不住地点头。

商量一阵，老头呵呵一笑，道：“倘若这次合作成功，HK 在接下来的两个季度也有意和顾氏合作。小顾先生，你可不要让我失望啊。”

顾少终于眉开眼笑，“您放心，顾氏从来都会交上客户最满意的答卷。”

姜月松了一口气，拿着档案夹扇了扇，“搞什么，总统视察似的，吓死我了。不过能和 HK 这样难缠的公司接档合作，咱顾氏的声誉又能提高不少，思安你说是不是？”

林思安勉强挤出一抹笑，无精打采地看着天花板，她才管不了此次顾氏能得到哪些好处，只知道短时间内，素雪是不会走了。

一转眼，HK 成了有望长期合作的好伙伴，顾少和他的团队激动之余更觉动力倍增，惯例的三套方案之后，又加紧赶定了两套，全都堆在素雪面前，等着她的修改意见。

没日没夜的开会，整间会议室里烟雾缭绕，争论得激烈时，少不了拍桌子踹椅子，场面酷似要打一架才痛快。

作为其中唯一的女人，素雪倒是非常淡定。

争论的焦点莫过于报价和完工时间等问题，素雪可谓周扒皮中的周扒皮，在这一群人精中不仅半点儿亏也不肯吃，还要榨取到最大利益。

一个经理终于忍不住直指素雪，刀剑相向，“素小姐，此次和 HK 的合作我们顾氏在最短的时间内组建了最精良的团队，甚至连我们顾总都坐镇在侧，还不够说明诚意吗？可你们 HK 不能太欺负人，大家都是商人，在商言商，不能好处都让你们得啊，制订这么多苛刻的要求，你让我们怎么完成？”

素雪看着他，连日的疲劳轰炸让她憔悴了不少，此刻苍白着一张脸，在一群五大三粗的爷儿们面前更是我见犹怜，眼神却不卑不亢，沉静得很，“HK 当然看得到顾氏的诚意，同时也更加相信你们的实力，我翻阅了近十年来顾氏和其他公司合作时的明细指标，充分证明了贵公司的确具有远胜其他公司的软件和硬件，你们靠这些吸引了HK，怎么到了真正需要出成绩的时候，就又开始双向标准了呢?”

有人愤愤道：“我们还有句话叫具体情况具体分析呢，总不能把几个死的数字指标套在所有工程里吧，您这不是难为人吗?”

“就是啊，三号和四号方案里，顾氏已经做出最大的让步了。”

“你们HK一边大把赚钱，一边还拼命压榨我们，真当我们是给资本主义卖命的苦力吗?”

大家又吵成一团，此刻却是一致向外，各个针对着素雪，商场上，从来都没有绅士风度可言。

素雪额头冒出细细的汗，指尖颤了颤。手里的笔滑了下来，一路滚到地上。

坐在她旁边一直未开口的顾少此刻轻轻敲了敲桌子，室内立马安静下来。

“今天就到这里吧，你们先回去。”

“顾总，这……”

顾嘉臣抬了抬手，“回去吧，大家已经熬了好几天了，今天我放你们假，回去好好休息一下。”

几人便也不再多说，纷纷整理了文件离开。

素雪撑着额头，轻轻闭上眼，“你的手下都是一群悍将。”

顾嘉臣捡起地上的笔，沉沉的目光望向她，“身体还好吗?”

“我没事。”

他伸手抚上她的额头，素雪颤了一下，抬起眼帘望着他，“你在发烧。”

“我说了我没事。”

“都已经烫成这个样子了，你还嘴硬什么？起来，我送你回宾馆。”

顾少起身，拿了东西先走出去，素雪晕晕沉沉地跟在后面。

来到车上，见他发动了汽车，素雪才低声道：“我不想回宾馆，回去了也是我一个人，有什么分别。”

顾少顿了顿，“我给你姐姐打电话。”

素雪轻笑，脸上带着病态的灼红，“姐姐和你一样，把我当个麻烦，不想看见我的。”

“阿雪。”

“带我去你家吧。”

他的手从方向盘上滑下来，看向窗外。

素雪像没了力气，静静地靠在车窗上，侧目看着他，“我歇一歇就走，不会让你为难，我只是……不想一个人。”

顾少动了动唇，想说什么，最终又忍下来。

她闭着眼，软软地哀求，“嘉臣，求求你，不要在这个时候扔下我。”

她似乎真的烧得很厉害。她明白，但从来都不肯示弱。

顾嘉臣淡淡地收回目光，沉默着发动了汽车。

【卷五】

他给的天堂和地狱

第二十一章

终究还是开回顾宅。

一进屋，素雪先是打量了两遭，接着便在沙发上坐下，轻轻笑了笑，“我在这里坐一坐就好。”

那抹笑衬在一张病容上，越发显出她的荏弱。

顾嘉臣皱起眉，把钥匙扔在桌子上，抬脚进了厨房。

素雪望了望四周，屋子整洁得近乎冰冷，只有茶几上散落的几本杂志添了些活气儿。

沙发靠背上斜搭着顾嘉臣的一件外套，她摸了摸，很快又收回了手。

指尖碰到领口，连带整件衣服都往下滑了滑，有东西从胸前的口袋里掉了出来。

是那个画着小小安的打火机。

她在沙发上慢慢躺了下来，眼里像凝了霜一样。

厨房里，顾嘉臣一直盯着锅子，等那粥极软极烂了才关上火，盛出来，晾在一边，又找了退烧药和冰袋，一并拿到客厅。

素雪缩成一团，蹙起眉，轻轻咳了两声。

取了毯子盖在她身上，顾嘉臣抬手拍了拍她的肩，“阿雪，起来先吃点儿东西，然后我们把药吃了。”

她的脸烧得通红，水意下，一双眼睛却更加莹润了，望着他静静地笑，“真没想到，竟然还有机会让你照顾我。”

顾少低着眼睛搅了搅碗里的粥，淡淡地说：“别想太多了，起来把粥喝了吧。”

她按住他的手，指尖微微颤抖，使不上半点儿力气，却让他挣脱不开，“嘉臣，我们……”

顾少的手机忽然响起，只看了一眼，便毫不犹豫地起身，走到阳台上接起，“安安。”

那边是百灵鸟一样动听的嗓音，“顾嘉臣，我妈妈让你今天来我家吃饭，你有没有时间?”

他靠着落地窗，表情一片空白，声音却似水温柔，“今晚我要加班开会啊。替我向阿姨道下歉，我们改日好不好?”

林思安兀自撒着娇，“忙忙忙，你和文件结婚去吧!”

他慢慢呼出一口气，“对不起。”

林思安愣了愣，倒被他弄得有些不好意思，“我又没有怪你。好了好了，你自己注意身体啊。我先挂了。”

顾少听着耳边的忙音，慢慢切断了电话。

“是她吧。”

回过头，素雪正扶着窗子看着他。

顾少沉默了下，而后道：“别乱走动了，躺下好好休息。”又重新坐了回去，端起碗。

她轻声道：“你骗了林小姐。”

瓷制的小勺猛地撞在碗壁上，顾少默默抬眼，“阿雪，你到底想怎么样?”

素雪却笑起来，像听了什么极度滑稽的事一样笑起来，一双眸子光华四现，“你不是爱她吗? 不是舍不得伤害她吗? 怎么还会为了我而欺骗她? 顾嘉臣，你怎么这么虚伪?”

他站起来，转身就走。

“嘉臣!”素雪伸手拉他，顾少甩开，再一探身，腿被沙发绊了一下，她直接滚落下来。

他在几步之外停下，身后是素雪颤颤欲碎的眼波。

她的怨，都是绵软无力的，“你要第二次扔下我吗?”

顾嘉臣从来都清俊锋利的背影重重地抖了一下。

他回过身，把素雪抱回沙发上，目光像罩了一层雾气一般看不清。

“陪我说说话吧。”

顾少便问：“你想说什么?”

素雪抬起手，指尖摸上他的脸，顺着轮廓滑下来，声音都是带着笑意的骄傲，“你知不知道上大学时，我们在一起之后，有多少女生嫉妒我嫉妒得发狂?”

“你本来就很优秀。”

“是因为你。嘉臣，你的思想涵养，你的人品家世，你的风度外貌，让很多女生已经不是简简单单地把你当成偶像来看待，她们都爱着你，如痴如狂。她们会藏在各个角落偷拍你，把照片藏在枕下，日日夜夜要看上千百遍。你太完美了，像活在每个人心里的毒药一样。”

她的眼神凉了凉，“我和你在一起之后，收到过很多恐吓威胁，逼我离开你。我破坏了某种平衡，她们要我付出代价，种种报复行为接踵而来，却都巧妙地没让你看到，其中以陆纤歌最为疯狂，你记不记得有一次我差点从三十多层的楼梯上滚下来？那不是意外。所以我毁了她的脸，逼她交出最引以为傲的底牌，从那以后，便再也没人找过我的麻烦。”

顾少淡淡开口，“这些你从未跟我提起过。”

她笑着说：“那时我想，如果连这些都处理不好，怎么配和你在一起？我每时每刻都在担心你会变心，会离开我，只好变本加厉地试探你，可惜用错了方法。我给你看的那些照片，都是假的，我把他们带到旅馆，只拍了些照片就把人轰走，从没让人碰过我，那时候大家都当我是圈子里出了名的神经病。”

素雪慢慢地闭上眼，“只有那一次，你铁了心要和我分手，我在酒吧喝得酩酊大醉，糊里糊涂地和人上了床，结果很快就来了报应……那时你陪我去打掉孩子，我心里比你还痛的……”

顾少只是说：“都过去了。”

“这些话我憋在心里很久了，总也提不起勇气告诉你。嘉臣，我父母在我很小的时候就去世了，亲戚们一拨接一拨地抢走了所有值钱的东西，是姐姐一手把我拉扯大的，那时候能吃顿烤红薯就算改善生活，姐姐连焦黑的皮都不舍得扔掉。她为了我去歌厅当舞女，然后便认识了你父亲，她只隐约跟我提过她在和一个年纪很大的有钱人交往，当我知道那人就是顾老先生的时候，我们已经在一起了。我从未想过欺骗你，我欠了姐姐太多，若要我还，我是愿意把命给她的，所以我一定要成全她，即便是牺牲我们的爱情。”

顾嘉臣静静地听着，还是忍不住摸了摸她的头。

素雪绞着袖口，目光盈着一层凄婉，涩声道：“那一晚，我满心以为你会来的。”

他颤着手，掠过她的额发，“不要说，阿雪，不要再说了。”

那是两人承受不起的痛。

素雪空着一双眸子，恍若未闻，把旧时的伤疤猛力揭起，即便流着血，也是畅快的，“我怎么等你也不来，风很大，码头也很静，黑漆漆的什么也看不到。我很害怕，又不敢走，怕你来了找不到我，就在心里一遍遍地告诉自己，再等等，再等等，他就快来了。后来终于有车灯从远处亮起，我以为是你，便迫不及待地挥手，后来车子停下，下来一群陌生的男人……”

他心一紧，猛地打断她，“不要再说了！”

素雪靠进他怀里，用力揽着他的肩背，像要融成一团骨血一般，“……我在海水里泡了一夜，冰凉刺骨，身子像痉挛一般发抖，那时我的脑子里只有一个念头，你还会不会要我？还会不会？”

她仰起头，想要吻他，泪水沾湿了两人的脸颊，太凉，又太烫，顾嘉臣一时忘了挣开她。

门锁的响动惊醒了恍神的顾少，他回头望去，下意识地推开怀里的人。

那动作，怎么看怎么像是在欲盖弥彰。

林思安抱着一个保温桶，傻愣愣地站在门口。

这便是，传说中的捉奸在床吗？

她忘了动作忘了言语，只记得紧紧地抱着怀里的东西，指尖几乎用力得出了血。

钥匙从手里掉了下来，砸碎一室的寂静。

她步步后退，下一秒，头也不回地跑了出去。

顾嘉臣像被踩了尾巴一样喊出声，“安安！”

刚要去追，素雪却一把拉住他的衣角，满是泪痕的一张脸，深情而哀婉。

黄昏时的广场鲜有人烟，只有几个滑旱冰的小孩子，间或惊起一片片的白鸽。

林思安坐在台阶上，下巴枕着膝头的保温桶，流下来的眼泪在上面聚成了小小的一汪水。

她咬着唇，心里像生吞了黄连一样。

她知道自己不应该这么没种地跑出来，她明明才是最理直气壮的那个，凭什么要落荒而逃，平白让人看了笑话。

可惜爱情这种事，始终是不讲道理的。

最无辜的，反而注定要伤得最重。

保温桶里的东西是林思安辛苦了几个小时的杰作，潜心研究试验了半个多月，总算觉得能拿出手了，迫不及待地想要做给他尝一尝。

那边三言两语便拒绝了，林思安还是不甘，只想着要讨他欢心，巴巴地送上门，情愿把个小贤妻做到彻底。

她每一次突发奇想的惊喜，总是那么不合时宜。

即使到了现在，也是先恨自己何苦那么多事，又恨当初何必和他要了钥匙，恨来恨去，把自己骂了个遍，才想起怨一怨那最最该死的顾嘉臣。

她不懂他，从来都看不清他，不明白那口口声声说爱她的男人，怎么会把谎言说得这么心安理得，毫无破绽。

“思安?”

她以为自己哭得幻听了，愣了愣，才慢慢转过头。

竟是许久未见的陆之然。

他似乎刚刚下班，西装外套搭在手臂上，上身只着一件白衬衫，仍是那般魅惑人心的干净。

林思安飞快地擦了擦泪水，低着头说：“是你啊。”

陆之然走过来，在她身边坐下，也不说话，静静地递来一张纸巾。

她接在手里，不一会儿就攥成了一个团。

夕阳西下，一群白鸽飞过，掉了几片羽毛，被落日染成金色，慢悠悠地飘下来。陆之然看了许久，低声道：“不开心吗?”

多么难堪，叫她如何开口?

她可以和任何一个人诉苦，却独独不想让陆之然知道。

林思安摇了摇头，再委屈，也只能咽回肚子，“我没事。”

陆之然何其了解她，这世上能让林思安肝肠寸断的，说破天去也不过就那几件。

像是看不到她的拒绝，他一针见血地说：“和他吵架了?”

他向来都是这么坦荡而直率，眼里容不得沙子一般，从不愿给彼此留三分余地。

眼里又是一阵酸涩，林思安自嘲地笑了笑，“真不知道我上辈子造了什么孽，得罪了哪方大神，要罚我今生情路这般坎坷，罚我……”

罚我遇到你和顾嘉臣。

“陆之然，是我自己不长记性，怪不得别人的。”

本来已经在你那里丢了半条命，伤还没好利索，便又要豁出一切去爱，活该让人再伤一回心肝。

陆之然没有说话。

虽然只有一面之缘，可那日顾少眼神里的情思，他看得清清楚楚，分明就是将林思安爱到了骨子里。

他望着身侧的林思安，细腻莹润的脸颊，挺翘的鼻尖，还有纤长卷曲的睫毛，有些抵在喉咙的话，他却如何也说不出来。

陆之然从不认为自己是君子，能做到祝福林思安已是极限，即便再希望她幸福，他也不可能开口劝她和别的男人在一起。

怀里的保温桶硌得她胳膊生疼，林思安一阵凄苦，掀开盖子，从里面拿出两个一次性的小碗，问他："你要不要喝?"

那声音凝重得像汤里放了砒霜一样。

这还是陆之然第一次有幸品尝林思安的厨艺，却是在这种阴差阳错之下。

他像是真的很渴，大口大口地喝着，眼睛里全是苦涩。

一碗接一碗，直到林思安都不忍再盛给他时才停下。

林思安心情莫名好了很多，看了看他，忽然笑出来。

陆之然还是冷着一张脸，半点儿多余的表情也不给她。

过了片刻，他问："你是不是换了手机号码?"

"嗯，前段时间手机丢了。"

他掏出一支笔，淡淡地问："是多少?"

他问得那样自然。林思安不禁顿了顿，若非早已断得清清楚楚，她几乎都要怀疑他对自己余情未了。

拿过笔，她把号码写在他的手腕处，又反复描画了好几遍。

两人挨得极近，从远处看更像是暧昧非常。

一道刺耳的刹车声在身后响起。

顾嘉臣推开车门，慢慢走下来。一双眼睛如冰似火，深不见底。

林思安回头看了他一眼，又毫无反应地转了回来。

她伸手把签字笔别在陆之然的领子上，"写好了。"

顾少一开始还能勉强保持风度，靠着车子，温文开口，"安安，过来，我们回家了。"

林思安本不愿当着陆之然的面和他过不去，奈何气不过他那理所当然的语气，眼一闭就装听不见，笑眯眯地看着陆之然，"以后有什么需要我帮忙的，尽管开口。"

可惜那准奸夫不太配合，自顾拉低袖子，严严实实地遮住手腕上的字迹，理也不理她。

林思安自导自演得还挺开心，“今天的事真是谢谢你了。”

陆之然停了动作，望向林思安，眼底除了夕阳就是她。

那道目光让她不由自主地静了下来。

她以为他终于肯和自己说些什么。

却是顾少再也忍不下去，打断了他们的相望无语，“林思安，你给我过来。”

她深深吸了一口气，起身走到他面前，方才哭得死去活来，此时面对着眼前人，眼泪倒收了个干干净净。

“你舍得从温柔乡里爬出来了？还记得来看看我的死活了？”

字字都带着扑面而来的冰碴子，林思安看他像看一个陌生人。

顾少沉着嗓音，说：“跟我回家。”

她往后退了退，“家？那不是我的家。那个家已经脏了，太脏了。”

“思安。你乖乖的，不要再闹了，跟我走，回去之后我任你处置。”

想来顾嘉臣也是被她逼得没了办法，才会说出这么幼稚的话，她涩涩地笑起来，“我能怎么处置你？给你一刀？还是让你给她一刀？顾嘉臣，你太欺负人了，你伤了我的心，我不想再理你。”

那样委屈的控诉，霎时让顾少心疼起来，加上情敌在旁，越发急躁，伸手便要去拉她，“跟我走……”

“顾先生，思安不想和你走，你何必为难她？”清淡的嗓音传来，陆之然扶着林思安的肩，把她拉到身后。

这动作彻底激怒了顾嘉臣，陆之然是林思安心头好不了的疤，又何尝不是藏在他肉中的刺。

不轻不重地隔开他，顾嘉臣拽了林思安就走。

陆之然挡在他面前，眼神冷若寒冰，“顾先生，你的绅士风度呢？”

顾少的怒火已经烧到了头顶，死死地盯着他，嘲讽道：“陆之然，怎么你现在想要和我争了？你凭什么？你争得过我吗？当初你既然选择早早退场，就要安分一点儿，何必冒出这不该有的勇气呢？”

陆之然清澈的眼波颤了颤，却一动不动。

顾少手下没了分寸，紧紧地攥着林思安的手腕。

她痛呼出声，“顾嘉臣你弄疼我了！放开！”

顾少连忙松手，恰好林思安用力一挣，反把自己摔到车门上。

看起来，倒像是被他推的一样。

陆之然心尖一颤，扭着顾少的胳膊，一拳挥了上来，“顾嘉臣！对个女人动手，你逞什么英雄?”

他生生退了两步，手背抵着唇角，再抬起头来，也忘了什么叫风度，头脑一热就冲了上去，“我和她的事，你少管!”

林思安揉了揉胳膊，静静地看着，看着曾经的心头肉和如今的挚爱大打出手。

可惜这祸水，她当得一点儿也不开心。

恍然想起那年车祸后的某个深夜，父亲摩挲着她的长发叹息，“孽缘，都是孽缘。”

不如大家一起死吧，一了百了。

顾少身具八块腹肌，自然所向披靡，陆之然渐渐落了下风。

她忽然跑过去，在顾少快要打到陆之然时，挡在他的身前。

顾嘉臣愣愣地举着手，眼里全是不可思议。

林思安就那么望着他，挑衅都带着悲凉。

他慢慢放下手，唇角还带着伤，瞬间却又成了不可一世的君王，“我最后问你一次，到底要不要跟我走?”

“不。”

顾嘉臣看也不看她一眼，转身上了车，绝尘而去。

林思安愣了一会儿，全身脱力一般蹲下来。

一只手在她头顶上摸了摸。

她竟然还能笑出声，“这还是第一次呢，我把他彻彻底底地惹怒。”

陆之然面无表情地看着她，若非脸上挂彩，哪里看得出他上一刻还像个孩子一样跟人玩命。

林思安扶着他的手站起来，“总之……今天对不起了，害你平白受一身伤……我先回家了。”

他在她身后淡淡开口，“我不怕你利用我的。”

林思安定了定。

“我只想知道，他对你好不好?”

她默默地垂下眼。

若不好，怎会让她爱得五脏六腑都疼，若好，她又何必时刻患得患失。

爱情这种事，哪是三言两语便说得清的。

第二十二章

林思安接连几日没去上班，顾嘉臣也一个电话都没打来。

她知道他这回是真的生气了，可自己又何尝不是被他伤透了心？顾少那样的男人，最是注重涵养气度，进棺材都要摆好漂亮的姿势，如今连吵都不屑和她吵。

林思安自然也不敢开口，她怕自己一张嘴就咒他去死。

冷战倒成了最好的调停。

林母渐渐生疑，皱着眉问："你怎么还闲在家里？公司的假期这么长吗？"

林思安只好磨磨蹭蹭地去了顾氏，到的时候已是中午，正是员工的午休时间。

姜月抱着文件从影印室出来，看见她，急急忙忙地打招呼，怀里的纸张散落了一地。

林思安过去帮忙，粗略扫了一眼，全是瑞士 HK 相关的资料。

她用力闭了闭眼。

"思安，你怎么突然来了？"

"我不应该来吗？这些天都是谁在协助顾嘉臣的日常工作？"

姜月拍了拍厚重的文件，抱怨道："顾总嫌新来的小秘书用得不顺手，担子就全交给了我，这几天我都快累死了。对了，你干什么去了？生病了吗？"

"顾嘉臣怎么说我的？"

姜月使劲想了想，"顾总好像什么都没说……他只是把文件甩给我，然后直接就是一连串的命令。"

林思安暗暗冷笑。好。真好。连提都懒得提我了吗？

林思安被触到了逆鳞，霎时火力全开，你不是不愿看到我吗？那么大家谁也别想好过。

"把这些给我吧，一会儿我给他送过去。"

一行人从远处走来，有说有笑的，热闹非常。

顾嘉臣和素雪走在最前面，美人娇艳如花，笑起来更是灿若艳阳。

就连顾少眼里都带着丝丝愉悦的暖意。

大家纷纷和林思安打招呼，“小顾太，今天来上班啊?”

只有顾嘉臣拿她当空气，“姜月，把你刚才影印的资料发下去，人手一份，我们要再开个会。”直接和她擦身而过。

众人愣了愣，傻笑两声，便都跟着顾少进了会议室。

素雪扫了扫长发，经过时，意味深长地打量了她两眼。

林思安也静静地回望她，彼此都如鲠在喉。

好不容易等到他们开完会，顾嘉臣又带着素雪回了办公室，也不知两人在商量些什么，门也不关，时不时从里面传出素雪的笑声。

林思安坐立难安，终于忍不住冲了进去。

顾少正在翻看资料，素雪抱臂斜靠着桌子，林思安乍然闯入，两人一齐望了过来。

他漫不经心地问：“什么事?”

林思安扬起下巴，眼里是呼之欲出的骄傲，“让她出去，我有话和你说。”

素雪歪了歪头，笑着看她，“林小姐，现在可是工作时间。”

“我就是来汇报工作的。”

她挑了挑眉，“顾总，你怎么说?”

顾少又翻过一页纸，淡淡开口，“现在没有什么比 HK 更重要的工作，你的事待会儿再说。”

林思安气得胸口生疼，“顾嘉臣！你还有完没完？你就这么点儿度量?”

他猛地抬眼。

林思安到底还是太单纯，始终不明白，即便对她再宠再爱，顾嘉臣这种呼风唤雨惯了的男人，也是容不得旁人蔑视他的权威的。

偏偏此刻林思安踩准了这道底线。

“出去。”

她怔怔地望着他。

顾嘉臣摔下档案夹，不再留半点儿情面，“林思安，不要让我说第二次。”

林思安像是乍然惊醒，转身出了办公室，表情还带着些许茫然。

她还是退出办公室，等在外面。

片刻，素雪也出来了，看见她时眼里闪过一丝惊讶，转瞬又笑开，凑到她耳边说：“林小姐，家家酒的时间到了，进去吧。”

林思安低着眼睛没说话。

“啊，对了，我捡到一样东西，不知道是不是你的。”素雪在她眼前摊开手，目光那样绵软温柔，却像藏着细密的针，散在空气里，等着把她的心扎个千疮百孔。

林思安几乎要把唇咬出血，还要开口道谢，“是我的，谢谢你。”

想要去接，素雪又闪过，拿在手里把玩两下，毫不在意地推开盖子，合上，再推开，再合上，“很漂亮的东西，可惜主人不太珍惜。”

打火机上的小小安可怜巴巴地歪着脑袋。

素雪扔还给她，“好好收着吧，要不是我刚好看到，恐怕它就要进垃圾堆了。”

待她离开，林思安在外面静了好一会儿才进去。

看见顾嘉臣那云淡风轻的作态，她忍不住又气恨起来，劈头盖脸地问：“我送你的东西呢？”

他皱起眉问：“什么？”

“前几天我送你的东西呢？拿出来给我看。”

“你找我就为这事吗？”

“顾嘉臣！你给我拿出来！”

他敷衍道：“在家里。”

林思安忽然笑起来，“原来是在家里啊……我还以为你一点儿都不在意，早就不知道扔到哪里了呢。”

她的手在身后紧握成拳。

“你还有什么事？”

“没事就不能找你吗？你就这么不愿意看见我？我偏要缠着你，偏要恶心你，看你能有多讨厌我！”

“你不要再跟我无理取闹了。”

他那样淡然，眼里平静无波，好像曾经的万般深情都只是丝丝幻觉。

林思安心底一片冰凉，“顾嘉臣，你怎么能这么对我？你和素雪搂搂抱抱被我撞了个正着，连解释都不肯给我一个，你还有脸说我无理取闹？”

他冷笑道：“我是想和你解释的，捧着一颗心去和你解释，可是你让我看到了什么？你在我和陆之然之间又是怎么选择的？林思安，你是不是以为无论什么时候你勾一勾手指我都会回来？”

林思安惊得向后小退一步，哪里还记得起昔日的温存，此时此刻只想着永远不要再见眼前的人，“好，这是你说的。你别后悔!”

晕晕沉沉地回了家，她一进屋就冲进房里蒙头大睡。

林母在外面敲了敲门，忧心忡忡地问：“安安？你怎么了？是不是和嘉臣吵架了?”

林思安缩在床上，恍若未闻。

林母推门进来，拉开她的被子，“到底怎么了?”

林思安懒洋洋地扭过头，睡眼惺忪，一张脸上干干净净，“妈，我能有什么事啊？困死了，让我睡一会儿行不行?”

“你吓死我了！对了，刚才我跟你顾伯伯通过电话，把你和嘉臣的婚期定在了七月初，你看怎么样?”

她闷声说：“嗯，挺好的。”

百花齐放的季节，穿起婚纱来，肯定特别美吧。

她闭上眼。

躺在床上一直半梦半醒，眼前转来转去的，却还是那一张脸。

一会儿是他在麦田里偷亲自己，一会儿是素雪抱着他无语凝咽。

醒来时，夜色已深，屋里却亮着小夜灯，温暖的晕黄。

她侧过身子，看到顾嘉臣正坐在床边，静静地望着她。

林思安一时有些怔。

顾少说：“把我的东西还给我。”

“不知道你在说什么。”

“我丢了一样很重要的东西，是你拿走了吧?”

林思安捏着被角，“你不是不要了吗?”

“我一直都随身带着的，可是前几天却莫名其妙不见了，我把家里翻了个底朝天也没找到。”

她低了眼帘，“丢了就丢了吧。”

顾嘉臣静了静，轻声说：“安安，我们不要再吵了好不好?”

眼泪霎时滑了下来。

和他拍着桌子跳脚吵架的时候，锐利得不像个女孩，此刻他才说几句软话，林思安便哭成了泪人。

她是这样傻，只因那人是顾嘉臣，心软得不像话。

“对不起。我太嫉妒陆之然了，所以才会口不择言。”

“他有什么可让你嫉妒的？我早就告诉过你，我已经不爱他了，我和他根本就不可能了。”

“那你为什么不愿意相信我？素雪于我，正如陆之然于你。”

林思安一顿，想起当日所见，又忍不住闭上眼，“那你为什么要抱她吻她？”

“她和我说起八年前的很多事……”顾嘉臣涩然一笑，“说真的，我当时是被她吓到了，没错，就是被她吓到。原来有些真相，真的会让人情愿蒙在鼓里，也不想大白天下。我没料到她会突然扑过来，更没料到下一刻就好巧不巧地被你看到。”

“就这么巧？”

“就这么巧。”

柔和的灯光下，他的眼神那样专注，语气却淡然得很，“安安，我从没做过任何对不起你的事。以前没有，以后更不会有。”

她直勾勾地望着他，“你要答应我，永远不再骗我。”

他点头，掷地有声，“好。”

林思安笑起来，腮边还挂着泪珠，像朵开在夜里的小海棠。

其实在看见顾少的第一眼，她的气就已经消了一大半。

哪有人舍得怨恨心尖尖上的人呢？

顾少脱了外衣，也上了床，掀起被子躺在林思安身边。

一开始她没反应过来，还主动往他怀里凑了凑，直到察觉顾少身子一僵，她才猛地想起自己没穿衣服。

“出去！流氓！”

顾少忙退出来，一抬眼，望见她脸上嗔怨的红晕，不由得心神一荡。

林思安红着脸左顾右盼，就是不敢看他。

黛眉弯弯，眸若流翠，加上那抹怯生生的小娇羞，偏偏惹了些欲拒还迎的风情。

顾少眼底暗了暗，凑上去吻她，林思安从没试过在这种情况下和他接吻，一时有些闪躲，结果片刻之后便忘乎所以，主动伸出胳膊揽上他的肩颈。

他和她额抵着额，眼里只看得到彼此。

喘息渐渐急促。顾少轻轻咬了咬林思安的耳垂，她一躲，头发纷纷垂下。

青丝凝脂，美得惊心动魄。

吻过精致的锁骨，他停在她胸口那枚小小的红痣上，坏坏地舔了舔，低声道："我才知道，你这里还有这样一道风景。"

衬着欺霜赛雪的皮肤，仿佛前世留下的胎记，诱惑今生的良人参尽相思。

顾少微颤着手去解扣子，衬衫已经脱了一大半，林思安才在情迷之中醒过来，"不行……真的不行！"

顾少愣了愣，林思安拉上他的衣服，又把扣子尽数扣了回去，"我……我妈妈还在家里。"

他深深地吸了一口气，隔着被子倒在她身上，"安安，你要害死我。"

林思安忍着笑，裹好了被子，小声说："我们的婚礼妈妈和顾伯伯已经商量好了，定在七月初。"

"嗯，我知道。"

林思安立刻问起她的头等大事，"那我什么时候去试婚纱？"

"明天我让人把各大婚纱店的图样送来，你看到喜欢的再去试，挑件最满意的，怎么样？"

"嗯，你会陪我吗？"

"当然。"

林思安叹气，"顾总，你哪有时间啊。"

"小顾太当然要比工作重要得多。"

"花言巧语！"她望着天花板，郁郁寡欢，"真想让你每天什么都不用做，好好陪着我。"

顾少想了想，忽然道："那我们就私奔吧。"

"你少逗我。"

"我是说真的。HK 的事各个部门都已经有了负责人，不需要我担心了。前段时间，我们不是说要去海南吗？正好可以趁这个机会放松一下。"

林思安一把抱住他，笑嘻嘻地说："真的真的？这可是你说的，顾嘉臣，顾少爷，接下来的几天你可要好好的给我当牛作马了！"

"我哪回不是任劳任怨任你欺负？"

她得意地扬着小下巴，忽然想起什么，在枕头下摸了摸，拿出那个打火机，塞进他怀里，"给！可别再给我弄丢了！"

顾少细细看了两眼，奇道："什么时候跑到你那儿去的?"

林思安低着眼不看他，"我不告诉你。"

打着去海南参观盛世传媒的旗号，两人很快就定好了动身的时间，林小蜜在自家老板的领导下没有半点儿公然旷工和带薪腐败的愧疚感，真是上梁不正下梁歪。

顾少向来是装蒜的高手，把一干忠臣叫过来，一脸严肃，"顾氏早就有意进军文化产业，此行我去海南旨在参观学习，把 HK 的事留给你们，没问题吧?"

众将义薄云天，"顾总放心，我们不会让您失望的。"

连林思安都倍感欣慰。

一大早就拖着行李去了机场，说起来，这还是两人第一次有机会一起旅行，林思安兴奋得像是麻雀上身，唧唧喳喳说个不停，"……还有还有，颜唱唱要我们多拍一些照片回去，她要裱在唐健康他家的墙上。"

顾少昨晚有些失眠，恹恹地点头，"都行都行，全听你的。"

林思安瞪大眼，"你敢跟我不耐烦?"

"我不敢。"

"你就是有。"

顾少捏了捏她的脸，"去过安检了，那么多废话。"

被林思安一闹，顾少彻底精神过来，容光焕发下，更是美貌如花。

飞机上，接二连三有漂亮的空乘嘘寒问暖，各个眼睛都像带了钩子，"这位先生，您需要饮品吗?"

顾少一笑倾城，"两杯温水。谢谢。"

美人步步生莲地离开了。

一旁的小顾太挑挑眉。

翻了两页杂志，温水送到，这回换了另一个美人，声音温柔得像吃了棉花，"先生您的温水，请慢用。"

顾少接过来，依旧笑得勾魂夺魄，"辛苦，谢谢。"

美人眼波在他脸上转了两转，"很高兴为您服务。"

林思安"啪"的一声合上杂志，从他手上拿了杯温水，一仰头就喝了半杯。

顾少说："你慢点儿喝。"

林思安瞥他一眼，再一仰头喝光了剩下的水。

注定是一场诸多磨难的旅途。

下了飞机，先找酒店投宿，柜台前，登记小姐看了看两人的身份证，抬头冲着顾少笑道："顾先生是吗？请问您要几间房？"

林思安咬咬牙，怎么所有的雌性动物都当她是空气了吗？

顾少说："一间。"

林思安脸一红，却非要跟他唱反调，"两间！"

登记小姐一愣，"到底要几间？"

顾少笑得迷死人不偿命，"我是户主，听我的。"

靠着某人的美貌，他们得了间地段很好的房间，站在阳台上就能看见碧蓝的海。落地窗一推开，海风携着明媚的阳光吹了进来，白色的窗帘若有若无地贴在脸上。林思安伸了伸懒腰，感叹，"腐败！真腐败！"

一回头，顾少正在换衣服，浅蜜色的上身映着阳光，漂亮得像雕塑一样，小顾太靠着窗子静静地欣赏，看着他穿上简单的格子衬衫，扣子系到胸口的第三粒，线条优美的锁骨上晃着银色的挂饰。着休闲装的顾少，总的来讲，少了些沉稳，多了些朝气，不变的是那十分的勾人。

一直任人观赏的顾少换完装，此时眼含期待，抱起双臂，"该你了。"

小顾太一晃神，"砰"的一声撞在了窗户上。

两人心血来潮的旅行没有半点儿计划，租了辆车，在街上四处溜达，停停走走，活似小学生的夏日郊游。道旁高大的椰子树在路上投下整齐的阴影，点点碎钻似的阳光透过树叶的间隙漏下来，林思安拉下车窗，用手接了接，像是有着温温的质感。

正在开车的顾少瞥来一眼，伸手拔掉林思安头上的簪子，一头及腰的长发披下来，被灌进来的夏风吹得四散，若即若离地吻到顾少的手。

小顾太吓了一跳，伸手去扶。

身边的人却坏坏地笑，"不许动。"

两人挑了一家露天的咖啡馆停下，找好座位，林思安去洗手间理了理头发，再回来时，顾嘉臣已经被几个泳装美女给包围了。

一个说："帅哥，我叫 Ella，你呢？"

另一个说："帅哥你打算去哪儿玩？咱们一起？"

最暴露的那个已经开始问："帅哥，你住哪家宾馆？晚上我找你去打牌。"

顾少是个绅士，对女人尤其如此，此般情景，礼貌的笑容里不由自主地就掺了些魅惑，四两拨千斤地说："我今天才刚到，还没什么打算，只想先四处转转。"

林思安站在一棵椰子树下，欣赏着顾少在一群如狼似虎的女人间游刃有余。

看了十几分钟，交战双方竟然还没熄火。

林思安掠了掠耳边的头发。

看着顾少不着痕迹地闪开一只摸上他胸口的玉手，小顾太笑了笑，翻了翻包包，发现车钥匙在里面，顿时笑得更欢了。

偷偷取了车离开，她都开出几百米了才给顾嘉臣打了个电话，"我有点儿累了，先回去了，你自己慢慢玩吧。啊，车我开走了，你打车吧。"

那边自然是翻了天，"林思安！你开什么玩笑？你在哪儿？"

小顾太懒洋洋地说："顾少，我看您玩得很开心嘛，有我在多不方便啊，我自觉，不给您碍事。"

顾少深吸了两口气，似乎勉强压住了火气才开口，"思安……"

这边却毫不犹豫地挂了电话。

坏心眼的小顾太几乎笑趴在方向盘上。

怎么可能老老实实地回去自投罗网？林思安开车去了商业街，抱着个椰子边喝边转，看见好玩的东西就买，不一会儿手里就提了大包小包的购物袋，还碰到一家奇特的成人用品店，各种情趣用品都带着股海南风情，林思安一瞅就乐了，心说回去一定要讲给颜唱唱那色女郎见识见识。

其间她还接了顾嘉臣的电话，可怜的顾少已经回了酒店，"林思安！你不老实在房间等着我你瞎跑什么？快说你在哪儿？"

林思安咬着吸管，笑着说："我就在房间里啊，你没看见？再好好找找。"

"林思安！"

林思安足足逛了两个小时才回去，一进门就踢掉了凉鞋，扑进顾少怀里，"累死我了累死我了，穿着高跟鞋逛街简直就是找死，快给我揉揉。"

顾嘉臣黑着一张脸，拉着耳朵把她从怀里拉出来，"还知道回来啊。"

林思安抬起眼皮冰冰凉凉地瞅了他一眼，"这话得问问你啊？跟美女聊得爽不爽？打牌没有？"

顾少额头的青筋在跳动，“你就为了这种事？我做错什么了，你跟我说说！”

林思安撑起身子，居高临下地捏着他的胸口，“你在躲开那个想摸你的女人时慢了一秒！”

一向淡定的顾少几乎要抓狂，“你还讲不讲理？我看见她一伸手就避开了！”

小顾太揪着衣领把他拉过来，鼻尖贴着鼻尖，“顾嘉臣，我警告你，你可给我玩好点儿，要是让我发现了什么，把你阉十次都是轻的。”

顾少坏坏地一笑，又胜券在握起来，“早说你吃醋不就完了吗？我会好好哄哄你的。”

“吃你的醋？我呸！下辈子吧！”

“那你这么生气干什么？女人一生气就喜欢狂买东西。”

“我生气才不买东西呢！”

“那你就不是女人。”

“顾嘉臣你真讨厌！说两句好听的你会死啊？会吗？会吗？”

第二十三章

早说过林思安其人异常小心眼，一旦觉得自己没得到公平待遇和合理安抚时，心里就一定会憋着坏地报复回来。

晚上两人一起去吃饭，顾少先去泊车，一肚子坏水的小顾太便先风姿绰约地进了餐厅。

长及脚踝的裙子勾勒出玲珑有致的身材，披散着长发更添了几分洒脱，虽然被墨镜遮住了半张脸，但露出的秀挺鼻梁和精致的下颌便足够引人遐思。

待落了座，她摘下墨镜，随手捋了捋头发，简单几个动作已经惹来了大半目光。

漫不经心地翻看着菜谱，她白皙纤细的手指映在黑色的皮质封面上，更添风情。

有个花衬衫走了过来，“小姐？一个人吗？介意拼桌吗？”

林思安扫了一圈餐厅剩下的空位，然后抬眼瞅了瞅他。

平日她一定会冷着脸蹦出“没戏”两个字，今天却只是笑了笑。

花衬衫大喜，在林思安对面坐了下来，“小姐你好，我叫Jack，你呢?”

这名字你去男厕所叫一句，应答声一定此起彼伏。

林思安随口答道：“Lucy。”

花衬衫赞道：“好名字，好名字。”

可见是个老江湖。

你来我往地聊了两句，花衬衫跃跃欲试开始要电话。

身后却传来淡淡的嗓音，“你想对我太太做什么?”

一回头，他看到一个俊美优雅的男人抱臂而立，一双狭长的眸子清清透透，眼底却漫上几分寒意。

花衬衫讶然看向林思安，“你结婚了?”

小顾太不置可否。

花衬衫讪讪退场。

顾嘉臣沉着脸坐下来，“怎么什么乱七八糟的人都理?”

那睚眦必报的小顾太看向窗外，“哟，您不是吃醋了吧？我魅力没您大，就一个上来搭讪的，算算还是我亏了，啧啧。”

顾少一时无语，颇有些命门攥在别人手里的郁闷。

“安安，不要闹了好不好?”

小顾太专心于食物上，敷衍地应了一声。

席间有漂亮的女服务生前来询问是否需要加餐，顾少学聪明了，不咸不淡地回道：“不用了。”

美人黯然离去。

小顾太心情莫名好了些，嘴里的沙拉嚼得咔咔响。

恋爱中的种种小情绪都好比台风过境，来势汹汹，去势匆匆，晚上两人回酒店后又开始甜甜蜜蜜地凑在一起看电视，说穿了不过小醋怡情。

林思安躺在顾少怀里，抱着他的胳膊，一遍遍的数他的手指，电视里正演到妻子撞到丈夫出轨，和小三扭打成一团，嘴里还不住地问着，“你到底爱我还是爱她?爱我还是爱她?”

林思安颇有些嗤之以鼻，那男人若真爱她们当中的任何一个，断然不会对她们的厮打袖手旁观，果然后面又出了个灰姑娘般坚强的小四，貌似这才是那男人胸口上的朱砂痣，其他女人不过是一摊又一摊的蚊子血而已。

“哎，你们男人是不是都能把性和爱分得那么清楚啊？爱人是爱人，床伴是床伴，两不耽误？”

顾少凑过来吻她的脸颊，长长的睫羽像小刷子一样蹭过林思安的鼻梁，麻麻痒痒的，“这一点男人女人都一样，生理需要和爱情本来就是两回事。”

“瞎说，我们女人才不是呢，肯定做不到像你们男人一样穿起裤子下了床就能六亲不认。”

“喂，不要总是‘你们你们’的好不好？”

小顾太姐俩好地勾住他的脖子，“好吧，他们男人向来都是无情无义的，狠起来就会让咱们伤心。”

“忠诚永远都是爱情的基础，若是连这点都做不到，还不如做回床伴，省得牵扯上什么责任义务的道德底线。”

林思安心头一跳，想起颜唱唱的那些歪论，忽然觉得倒有几分道理。

晚风穿堂而过，窗帘飘动如振翅的蝴蝶，海南的天空即使在夜晚也不是暗沉的黑，而是透着紫的墨蓝，有一层层的暖意渗出来，漫天的星光亮起一弯璀璨的海，浮着点点晶芒。

林思安望向顾嘉臣，却发现他的眸底是比星光还要亮的温柔，浅浅地晕起十二分的专注。

这样一双眸子，仅是看一眼，似乎就要惹上无尽的相思断肠。

若有若无的吻自后颈漫开，揽在腰上的手也变得炙热起来。

电视里的爱恨情仇方休，电视外的欢情缠绵却刚刚开始。

林思安略略垂了头，却被顾少一指勾起，唇齿相依。

吻渐深，情更浓，林思安一个不稳，没撑住向后倒去，顾嘉臣却没扶，反而倾身上去把她压在床上。

小顾太有些紧张，躲躲闪闪地就是不敢看他。

她只着白色的睡裙，着实是方便了顾少的攻势。

肩带滑了下来，顾嘉臣的吻也跟着涌入，他的气息有兰芷的味道，清清淡淡，诱人情迷。

手指似乎带着魔力，所过之处点燃了簇簇酥麻的火苗，林思安转过头，咬着唇忍耐。顾嘉臣扶正她尖尖的小下巴，坏坏地吻了吻她的耳垂，“不许咬自己，听话。”

温热的气息绕着敏感的耳朵转，林思安下意识地缩了缩肩膀，想避开却挣不动他的钳制，只好委委屈屈地瞪他一眼。

自眼底漫开的水光带着几分情动，含嗔带怨的一望，媚意横生。

顾嘉臣的目光霎时一暗，呼吸也乱了几分，动作间更显情浓。

小顾太往后缩，顾少步步紧逼，拉着她的手贴到自己的胸腹处，“我听说有人对我的腹肌一直很感兴趣。”

触手是坚硬且柔韧的肌肤，滚烫得吓人。

小顾太一副豁出去的表情，“你……你要是……就……就来吧。”

顾少眼里的情欲已经燃得像火一样，此刻却差点笑场，颇有些愤恨地在她锁骨上一咬。

林思安低叫一声疼，被封住唇，顾少抵着她的额头轻吻，“怕吗？”

小顾太脸上火辣辣地烫，转过头去不再看他，手却慢慢揽上他的肩膀。

顾少技巧高深，前戏也很充足，但真正进来的时候，林思安还是疼出了眼泪，一口咬在他的肩膀上，带着哭腔小声骂：“浑蛋。”

顾嘉臣最怕她哭，慌慌张张地停住不动，一点点地吻去她的眼泪，气喘得活像刚跑完八千米。

小顾太眼泪汪汪，她见过柔情似水的顾嘉臣，认真工作的顾嘉臣，狡黠欺负人的顾嘉臣，却从没见过他这般忍耐而性感的表情，额头布满了汗水，眼神深得像夜海，又似有漫天大火在眸底烧起来。

她一动，顾嘉臣立刻抖了抖，“别……”

小顾太贴上去吻他，怯生生地碰了一下，小声说：“你来吧。”

像是触发了一个开关，漫天席卷的情欲淹没了两个人，浮浮沉沉，从发梢到指尖的酥麻。

第二日，林思安一觉睡到中午才醒。

眼睛还没睁开，她张嘴就喊：“顾嘉臣。”

等了半天也没人应，林思安撑起身子一看，房间里除了她，哪还有半个活人。

她赶紧拨通他的电话，等了很久那边才接起，隐约能听见音乐声，“安安，你醒了？”

“你去哪儿了？”

“我四处转了转，新认识了几个朋友，你要不要过来？”

林思安吸了口凉气，“不去！”干脆地挂了电话。

再温柔细致，男人始终也是男人，哪能把她的小心思猜得面面俱到。

初夜过后便是这般待遇，想想都觉得凄凉。

林思安一生气，倒头躺下，又睡了过去。

不知过了多久，她被那狠心的陈世美摇醒，“怎么还在睡？快起来，起来。”

林思安蒙蒙眬眬地张开眼，睡得脖子生疼，“你什么时候回来的？”

“就刚刚啊，快起来，我带你出去转转。”

一说玩儿，林思安立刻有了精神，匆匆洗了把脸就跟他出了门。

临近黄昏，正是海滩上热闹的时刻，泳装美女跑来跑去，白生生的大腿晃瞎了男人的眼。

碰到顾少新结交的朋友，都是从东北来的，男的生猛，女的彪悍，笑起来震天响，“哎呀妈呀，小顾，这是你媳妇儿？这老妹儿可真俊啊。”

林老妹儿一愣，笑了笑，“姐姐好。”

找了家大排档坐下来，先要了一打啤酒，大家有说有笑，天南海北一通胡扯。林思安又被顾少震了一回，这人简直就是百变小腹黑，顾少当得，小顾也当得，下了谈判桌就能去做说书先生，什么奇闻野史都知道。

服务生把海鲜端了上来，其中还有一盘活的小章鱼，在盘子里张牙舞爪。

“来啊老妹儿，快尝尝，好吃！”

林老妹儿把头摇得像拨浪鼓，“不不不。”

大姐转移了目标，“小顾！你来！”

众目睽睽之下，顾少不愿丢了面子，接过来往筷子上一卷，小章鱼还在蠕动，看着触目惊心，真不知道是谁吃谁。

眼一闭就往嘴里送。

林老妹儿第一个鼓起掌来。

结果当晚顾少一回酒店就吐了个昏天黑地，白着一张如花似玉的脸，颤巍巍地倒在床上。

林思安喂他吃了药，点着脑门数落他，“就知道逞英雄，也不想想您那娇贵的胃乐不乐意。”

一转眼已过了好几天，林思安乐不思蜀，连身后事都琢磨好了，势要和顾少一起埋在这么个山明水秀的地方。

这日两人从外面玩回来，一进酒店就看到熟人，还是个大熟人。

林思安下意识松开和顾少紧握在一起的手。

素雪刚做完入住登记，脚边还放着行李，冲他们浅浅一笑，“我回国这么久，一直没好好玩过，听说你们来了海南，我便也想凑个热闹，不会给你们添麻烦吧？”

林思安像吃了只死苍蝇一样恶心。

她不明白像素雪这种女人怎么也会这样不要脸。

顾少最爱她的真实不做作，这也是林思安最改不了的本性，所以下一秒她就沉着脸回了房，招呼都不打一个，全扔给顾嘉臣处理。

素雪竟还在问：“林小姐是不是生气了？”

顾少头疼得很，也疲惫得很，“阿雪，算我求你……”

“你求我什么？你顾嘉臣有什么可求我的？我不过是来散散心，你就这么容不得我吗？”

顾少自觉言尽于此，再也无话可讲。

小后妈打来电话，上来就问：“她跟着你去了海南是不是？”

“是。”

“给我看好她，我要阿雪完好无损地回来。”

头抵在门上，顾少像找不到出路的困兽。

林思安站在窗前，望着外面的碧波连天，顾少走过来，手扶在她的肩膀上，她像被扎到一样退开，“别碰我！”

气怨全写在了脸上，林思安说：“你们……你们怎么能这么欺负人？”

顾少僵在原地。他已经不知该如何开口。

两人的蜜月成了尴尬的三人行，只有素雪坦然得很，每日拿着旅游手册翻看，看到感兴趣的便央着顾嘉臣同去，顾少又默默地望向林思安。

多诡异的一局棋。

旁人看了还会责怪顾少不知好歹，身边陪着两个活色生香的大美人，整日还一脸要被人抽筋剥皮的表情。

林思安越来越不愿理他，有时一整日也懒得和他说上几句话。

素雪要坐船去外岛玩，一天一夜的行程，林思安虽然兴趣缺缺，但也不好拒绝，只得由她订了票。

一大早，天才刚刚亮，三人便背着简单的行李来到码头，没想到赶这第一班轮渡的观光客还不少，人山人海，熙熙攘攘。

顾少和素雪一路都在聊公事，又提到顾氏有意进军文化产业的事，“……现在大家都想在文化界分一杯羹，可惜用得都是前几年人家嚼剩下的烂点子，即便赚了钱，也赚得不过瘾，我还是打算在创意文化方面多下些工夫。”

“我倒觉得你不如打着‘中国元素’的旗号，走出国门。要知道，你和那些老外说起中国，他们可能不置可否，但若说起盛世大唐，他们可是感兴趣得很……”

顾嘉臣想了想，又和她细聊起来，没发现一旁的林思安已经渐渐落在了后面。

她面无表情地望着两人的背影。

素雪总是轻易就能在他们之间隔起一道墙，用她的阅历、才智，还有和顾少的那份势均力敌。

甲板上的人更多起来，林思安在一片拥乱中静静地站着。

天气阴得厉害，时不时掉下来几滴雨点，她觉得脸上湿湿的，抬手擦了擦。

一对小情侣从身边走过，女孩说：“我怎么觉得这天要下大雨啊？船还能开吗？”

男孩笑嘻嘻地回道：“怕什么，死了还有我陪着呢。”

“讨厌！”

林思安拉了拉书包的肩带，不再多想，隔开人群向前走去。

在栏杆边上只看到素雪，她问：“顾嘉臣呢？”

素雪比她还惊讶，“他以为你没上来，下船去找你了啊。”

林思安愣了愣，猛地回身，逆着人群跑下甲板。

满眼都是人，她艰难地踮起脚尖，向周围看去，“嘉臣！顾嘉臣！”喊声很快淹没在喧闹声中。

一直跑出通道，到了检票口，工作人员拦下她，“小姐！检完票就不要再出去了。”

“我在找人，我和我丈夫走散了。”

“可是船马上就要开了。”

林思安拨通顾嘉臣的电话，铃声却在自己的包里响起来，这才记起他的手机今早装在了自己这里。

像是想起了什么，林思安蓦地一僵。

翻出他的手机，本想找素雪的电话，却不小心碰到快捷键，转到了收件箱。

里面满满都是素雪发来的信息，很多条的时间显示都是深夜。

她却什么都不知道，颤着指尖点开第一条，里面只有一句话。

“嘉臣，不管你承不承认，这一辈子，你都不会忘记我。”

林思安极轻极轻地眨了眨眼。

汽笛声响起，搭在岸上的栈板被收了起来，轮渡慢慢开动。

顾嘉臣从船舱里走出来，怀里抱着刚买的几瓶水，递给素雪一瓶，左右找了找，问道：“思安呢？”

“去厕所了吧。你没碰到她吗？”

岸上的景物越来越小，雾蒙蒙的，渐渐模糊起来，素雪垂着眼，淡粉色的指尖点了点栏杆。

她的手机忽然响起来，素雪看了一眼，接起，两人一时都没说话。

片刻，林思安低涩的声音传来，“把电话给顾嘉臣。”

“是林小姐。”

顾少讶然接过，“安安？”

“我身体不舒服，先回酒店了。”

“你说什么？你在哪儿？”他的声音冷下来，“林思安，你一定要时不时地玩我一回吗？”

“我很累。”她轻轻呼出口气，“就这样吧，先挂了。”

林思安一个人回了酒店。楼道里很静，厚厚的暗红色地毯铺到尽头，墙上贴着轻薄的壁纸，图案是浅黄色的栀子花。

林思安觉得有些冷，抱起双臂，掏出门卡，插了几次才成功。

她在床上躺下来，昨天她还和顾嘉臣在上面相拥而眠，如今就剩下满手的冰凉。

外面果然淅淅沥沥地下起雨，午后渐渐大起来，渐有磅礴之势，狠狠地砸在地上，惊心的声响。

林思安自嘲一笑，这下好了，顾嘉臣就是想回来也没船可坐，再想掐死她，总不可能游着回来。

第二日，林思安一早便出了门，在外面待了一天，傍晚才回酒店。一进屋便看到散乱了一地的行李，顾嘉臣坐在床边，指间夹着一根烟，见她进来，抬起眼淡淡地问："去哪儿了？"

"玩得好吗？"

顾嘉臣起身，向洗手间走去，经过她时停了停，"思安，一定要把我们弄得这么累吗？"

林思安霎时笑了起来，"是我的错吗？"

她把手机扔还给他，又问一遍，"我的错？"

顾嘉臣滑开盖子，看着屏幕亮起，又慢慢暗去，"给我一些时间。"

"好啊。没问题，可是你别忘了……"林思安挪开视线不看他，眼里隐隐带着凄然，"我们马上就要结婚了。"

回 B 市那天，她在大厅里碰到素雪，林思安在那盆栽后低了头，还是没躲过去，"林小姐，好巧啊。"

她看了看素雪的行李，哪里是巧呢？分明就是算计好的。

素雪着一身简单的休闲装，眉目出尘，动静皆是万种风情。她撩了撩头发，忽然道："你不想知道那一天一夜，我和顾嘉臣之间发生了什么吗？"

指甲恨不能陷进掌心里，林思安脸上仍是淡淡的，"能发生什么呢？"

她笑起来，"你真是可爱。"

"谢谢。"

"如果不是因为他，我们之间或许还会成为朋友。"

"不可能的。"

"为什么？"

"因为我们本质上就不同，我若是你，绝不会再去纠缠八年前的旧爱，而且还是用这么卑鄙的手段。"

素雪眼里的笑尽数退去，彻骨的凉，"那就让我看看，你和顾嘉臣会有个什么结果。"

海南之行，到底成了林思安郁结于心的噩梦。

回到B城，筹备婚礼成了头等大事。林思安索性搬到顾少家去住，和他一起研究婚礼的细节，用了几个晚上的时间才定下请柬的样式。

等到拿去印刷了，林思安又皱起眉，“要不还是选那个并蒂莲的图样吧？”

顾少轻笑。

“好吧好吧……”她倒在床上，歪着头看他一眼，“顾嘉臣。”

“怎么了？”

却又不说，她只是笑，“顾嘉臣。”

顾少从书桌前抬起头，摘下眼镜，走过来，深深地吻她，“什么事啊，小顾太？”

林思安勾着他的脖子，一遍遍地叫他，怎么也叫不够一样。

她选了一款最心仪的婚纱，层纱叠绢，镂空式的刺绣，分外精美。

“林小姐真有眼光，这款婚纱是由意大利名家设计，选用蚕丝织就，刺绣都是纯手工的，缀以一百二十八颗珍珠，您在婚礼当天一定会光彩照人。”

林思安喜欢得不得了，很快便和店员进了试衣间。顾少活像个土财主，淡淡吩咐，“我要最好的，无论是绣工还是珍珠。”

经理微笑着说：“这个自然。如果林小姐选定了这套，我们会通知意大利总店加紧赶制，然后空运过来。”

待林思安换好衣服走出来，顾少只望了一眼，便凝住了目光。

她美得像个幻觉。

他在镜子前揽住她的腰，轻轻地笑，“安安，我怎么突然觉得我配不上你？”

林思安脸上发烫，小声问他：“好看吗？”

顾少挑起眉，“你说呢？”

把请柬发到顾氏，于公于私，也留了一张给素雪。

“阿雪，希望你能来。”

还有什么比这更残忍。

素雪冷笑，“顾嘉臣，你抬起头看着我。”

顾少看她一眼，又轻描淡写地移开了目光，“我们都该有自己的生活。”

她翻开请柬，一字字地读过去，“你以为我会祝福你吗？”

那烫金的纸张被她撕了个粉碎，手一甩，漫漫飘散下来，“我不会！我永远都不会！”

按照习俗，婚礼前夕新人是不能见面的，两人只好通过电话、短信联络，顾少小孩心性一上来，举着手机就不放下，“安安，我想你。”

“想我什么呀?”

“想你的头发、你的眼睛、你的唇，还有……”顾少意味深长地笑了两声。

林思安笑骂：“流氓。”

他们的婚礼在周刊和报纸上占了大幅的版面，注定要轰动一时。她和颜唱唱去精品店看家具，被跟来的记者拍到，“林小姐即将正式成为小顾太，您有什么想说的吗?”

林思安有些羞涩地笑了笑，“自然是很开心。”

所有人都在幻想明媚的未来，却不知人间世事，大多不能尽如人意。

第二十四章

那一年的夏天，炎热里又透着些许清凉，浅浅熏风吹过，便有处处落花如歌。

婚车排了一长街，一眼望不到头，这是B城这么多年来最最奢华的婚礼，为人津津乐道。

林思安穿着洁白的婚纱在家中和父母告别，坐上加长款的劳斯莱斯，一路开到教堂。

林思安很平静，伴娘反而很紧张。

颜唱唱绕着手指，“太可怕了，这种场面让我当主角，我肯定怯场。”

十丈红毯铺尽一路繁华，走在前面的混血小花童活似两个玲珑精致的白玉娃娃。

两旁的嘉宾纷纷鼓起掌来，顾嘉臣的那帮兄弟跟着起哄，“小顾太！小顾太!”

林思安在软红的尽头看到了那等候多时的人，一身墨黑色的礼服，勾人心弦的潇洒和优雅。

他那一眼望过来，似乎隔绝了尘嚣烟岚，有笙歌华彩，相思烂漫。

一直陪她走来的父亲将她交给顾嘉臣，只低声说：“思安，要好好的。”

顾嘉臣牵过她的手，温柔而坚定，十指相扣，“爸爸，您放心吧。”

她红了眼圈，望着父亲，哽咽了。

顾少在耳边细声说："哭花了眼妆就不漂亮了，你不是要做最美的新娘吗？"

嘉宾入席，B 城最德高望重的神父望着他们微笑。

他牵着她的手走到告台前。

就在此时，顾宅的用人忽然小跑过来。

耳语两声，顾少吃惊不小，脸上笑容却不变，"安安，等我一下。"

他来到侧门的休息室，看到父亲和素晴。

素晴在他面前重重地跪了下来，眼泪淌了满脸，"我求求你！求求你！你去救救阿雪，救救她！"

"你知不知道现在是什么时候？我要去结婚！我的妻子在外面等着我！"

"阿雪现在就站在顾氏大楼楼顶，你若不去见她，她一定会跳下来的，她一定会的！我求求你，顾嘉臣，我求求你，你已经害了她一次，不要再害她第二次了！"

顾少重重一颤，"我不能，我做不到，我不能丢下安安。"

顾父目光凝重，"停止婚礼吧。"

"爸爸？那是思安啊！您那样喜欢的思安啊！我怎么能抛下她？"

"你婚礼当天就有女人从顾氏大楼跳下去，被媒体知道了，一定会爆出你和素雪当年的事，顾氏经不起这种丑闻的，到时候，你要如何向股东交代？而且我们和 HK 的合作才刚刚起步，他们的商务总监就被逼死在顾氏，我们要如何自处？嘉臣，你首先是顾氏的行政总裁，然后你才是一个男人……你要对全公司的人负责。"

一旁是跪着哀泣的素晴，"求求你……我求求你。"

顾嘉臣像沙漠里折了翅膀的鹰，求生不得，求死不能。

他从休息室里走出来，迎上林思安温柔的眼波。

他的手在身侧攥出了血。

"各位来宾非常抱歉，因为事出突然，今天我和思安的婚礼不得已要取消了。"

底下一阵喧哗，林家父母猛地站了起来。

林思安僵着身子，目光颤颤地望来，像是刚刚被人挖出了心肝。

顾嘉臣凝眉看着她，"对不起。"

他摘下领结，转身离去。

林思安下意识地追了两步，踩到裙摆，摔在地上，她抬起头望着他，凄声喊："顾嘉臣，今日你若走了，有没有想清楚后果？"

他想冲过去扶她，颜唱唱却先他一步，顾少看到不远处年迈的父亲，微微弯着腰，拄着拐杖的手还在颤抖。

他重重地闭上眼，“安安，等我。”

林思安望着他的背影，唇上的血珠滚下来，滴在婚纱上，“他不要我了。”

她低声喃喃道：“他不要我了。”

那场盛世婚礼，竟成了一出凉薄的闹剧。

七月的B城，雨水总是特别多，接连下了几场雨，吹散了三两闷热浊气，呼吸间都是清凉的湿意，卷进肺里，通体舒畅。

雨滴掉在叶子上，映着鲜绿滚了一圈，颤颤地摔下来，碎得不见踪迹。

林思安伸出手去接，指尖触到些许凉意，一路蹿到心底。

风从窗子外吹进来，掀起浅黄色的窗帘，飘飘扬扬，她的身影在布幔后若隐若现。

“安安。”

她自顾望着窗外，只答了一声，“怎么了？”

那声音真是太孤寂。

颜唱唱没由来地心慌，“你哭出来吧，别憋在心里。”

她静静地笑，回过头，眼底清浅淡漠，“有什么可哭的呢。”

“那要不我陪你出去转转。我们……”颜唱唱却又猛地停住。

林家附近埋伏着一干八卦记者，不依不饶像闻了腥味的疯狗，就等着把林思安抓个正着。

那日一开门，她便被堵了回来，狰狞的摄像头和话筒戳在她眼前。

眼神都是幸灾乐祸的，“林小姐，请问顾少为什么在婚礼上落跑？他没戴戒指吗？”

“你和顾少是否发生了情变？”

“林小姐，嫁进豪门是你的梦想吗？你会不会换个目标？”

林思安慌不择路，眼神都是惊惶欲碎的，苍白憔悴的面容被拍了个干净，还得印在报刊上，任B城民众品头论足。

父母私下愁云密布，对着林思安，又强装笑颜。

素来强干的林母拉着她的手说：“没什么。安安，别怕。”

转头趁林思安不在，她接了不知哪位太太的电话，虚应两句，便恨恨地摔了话筒。

林父也推了大小会议，守在家里，教她修剪花枝。

她又像一个濒危动物一样被保护起来。

这日，B城又逢大雨。

她坐在出租车上，不顾司机窥探的眼神，脸上木无表情。

车在B城最好的医院停下。她撑起伞，步行进去，在门口甩了甩雨滴。

楼道里很静，只有她自己的脚步声，还有伞面滴下来的水声。

她在虚掩的门前停了下来，轻轻敲了敲。

开门的是素晴，她一慌，向床上看去。

素雪靠在床头，怯弱哀怜。

“林小姐。”

林思安冲那小后妈笑了笑，“我只是来和她说几句话而已。”

素晴不语不动，眼神戒备地望着她。

林思安低了低头，走到素雪床前。

她摘下戒指，手上沾了些雨水，有些艰涩，费了好大的劲才摘下来，深深的戒痕在指上绕了一圈。

“你赢了，我会和顾嘉臣解除婚约。”

素雪拈起那枚戒指看了看，内秀含蓄，真正不是她喜欢的风格。

她戴起来试了试，竟是惊人地合适。

又摘下来，放在一边，素雪漫不经心地笑，“你不必这样的，我一早就说过，你还可以继续和他在一起，但你这辈子也不能嫁给他。”

“没有继续了。”林思安眼里静静的，“我向来是容不得一粒沙子的。”

走到门口，又听她喊：“林思安。”

林思安停了停，见她没说话，便抬脚出去了。

门外站着僵立的顾嘉臣。

黑色的西装，雪白的衬衫，俊美优雅，让人一箭穿心的爱和恨。

他紧抓着林思安的手腕，出口的还是那句最俗最俗的话，“安安，原谅我。”

她竟讶然地笑了，“顾嘉臣，你有什么可让我原谅的？我怎么可能原谅你？那天在婚礼上，你离开的时候我跟你说了什么？”

“你明明知道，我是为了……”

“有天大的理由又怎样？你明不明白这对一个女人来说是多大的屈辱？抱歉，林思安真的做不到这么忍辱负重。”

他闭上眼，“安安，我后悔了，倘若再给我一次机会，我一定不会在婚礼上丢下你，顾氏的存亡，素雪的死活，跟我又有什么关系，我从来就是这么心狠手辣。”

那样精致的一张脸上，尽是委屈和痛苦，可惜林思安已经不愿再动心。

“那你就慢慢后悔吧。顾嘉臣，这么久以来，我的诸多忍让都是因为我爱你，而今，我已经不想再爱了。”她望着窗外的瓢泼大雨，像是最最绝望之后的一声轻叹，“我太累了，我对你死心了，我不想和你在一起了。”

他猛地推开门，拉着她来到素雪床前，“那我们今天就把话说清楚。”他像是一刻都等不了了，像是看不到素雪惊痛的目光，“这个女人我要定了，我爱她，我要娶她。阿雪，八年前的事的确是我对不起你，我欠你的可以用命来还，但我不能对不起林思安。”

素雪慢慢下了床，“顾嘉臣，你知不知道你在说什么？”

“你不要再想仗着我的愧疚来逼我伤害我最爱的人，我不会再错第二次。”

素晴捂着嘴哭出来，嘶声喊道：“不要再说了，你不要再说了。阿雪，我们走，我们出院。”

她挣开姐姐的手，泪水流了满脸，却还是目不转睛地看着他，“那你来还，我看你怎么还！”

“只要你开口，不用你去跳楼，我去跳，我去死，倘若我侥幸活下来，你能不能放过我们？”

“好！好啊！那你就去死！你去死！”

他一把拿过桌上的水果刀，眼里泛着凉意，“背着你的情债，我生不如死，倒不如和你赌一把，你看怎么样？”

林思安惊慌失措地按住他的胳膊，喃喃道：“何必，你做戏给谁看？”

素晴紧紧咬着唇，“顾嘉臣，你疯了是不是！”

顾少只是望着素雪。

她颤颤地向后退了两步，目光散乱，“你真的……你真的这么爱她？拿命来爱她？”

“八年前，我也这样爱过你，可惜太多的人和事，让我们不得不分开。”他低低地说，“阿雪，你当真要逼我至此吗？当真要让我们之间以这样的方式收场吗？”

房间里一时只剩下哭声，所为不同，三个女人却都流了泪。

素雪像是疲惫得站不住，又坐回了床上。

她背对着顾嘉臣，声音轻得似耳语，“走吧，你走吧……走。”

顾嘉臣想要召开记者发布会，说明婚礼延期的事，林思安欣然同意，“发布会是一定要开的。可是我们的婚礼不是延期，是取消。”

顾少手撑着额头，静了静，道：“安安，你不能这么对我。”

她像是听不懂，“为什么呢？”

“你爱我，你这样爱我，你舍不得我。”

“是啊，一直以来，你不就是仗着我爱你吗？可是我已经不想再爱你了。”

“你若是因为素雪的事……”

“谁也没有错，我也不想怪谁，这段时间发生的事太多了，我累，你更累，何必非要再把我们绑在一起呢？”

林思安扯出抹笑容，“嘉臣，我们分手吧。”

顾嘉臣愣在那里，一瞬间，他像是被人抽走了灵魂。

他猛地把她压挤到墙边，捏着她的下巴，林思安仰起脸，他的眼里有痛有怜还有怨，“林思安，我不会让你离开我，你休想！”

“你连个好聚好散的结果都不肯留给我吗？”

“好聚好散？你跟我散得了吗？你不是恨我因为素雪和顾氏在婚礼上抛下你吗？好，你若跟我分手，我便辞去顾氏行政总裁！大家一起把这天给闹翻！”

她想挣开他的手，却把自己弄得生疼，禁不住冷笑，“你可真有本事！竟会拿这个来威胁我！”

“你若不怕在你顾伯伯和顾氏员工面前当罪人，你就尽管扔了我！”

“你少跟我耍无赖，谁不知道顾氏是你顾大少的命根子？”

“我恨就恨我为什么没在婚礼当天当一回要美人不要江山的昏君！”他的吻狂乱地落下来，唇、脸侧、脖颈、锁骨，雨点一般，满是深爱。他埋在她的肩上，挤出来的声音是那样低涩痛苦，“安安，别离开我，求求你，求你。”

他太难过太难过，自顾不暇，已经看不到她眼里的凄婉。

林思安不再出门，整日窝在家里，越发像一株见不得光的植物。母亲很担心她，目光充满忧虑，有一天终于忍不住，在她面前流了泪，“安安……”

她的女儿，她的掌上明珠，究竟犯了什么错，要得到这样的惩罚。

林思安靠在林母怀里，这一刻，竟是她反过来安慰母亲，“妈妈，没关系的，别哭。”

“我想让你坚强一点儿，快点站起来……”

“我没事，我很好。”

“就是你这样不哭不吵不闹才让我们担心啊……”

林思安默然无语，她的冷静，来源于彻底的死心，可惜其他人却都不明白。

顾嘉臣来林家找她，林思安避而不见，素来对这准女婿宠爱有加的林家父母也寒透了心，母亲一看到他就冷着脸甩上门，任他敲破手也不开。

她站在二楼卧室窗前，看着楼下瓢泼大雨里的顾嘉臣，顾宅的管家把伞举到他头顶，又被他推开。

他那样委屈，那样深情，把痴心人的角色演到极致。

隔着烟帘雨幕，他们望着彼此，却看不清彼此。

顾少倒下去的那一刻，林思安的心像被凿了一个豁口，有凛冽的风呼啸进来。

医院病床上，高烧四十度，他还拉着她的手不放，“安安……安安……别走。”

管家哆哆嗦嗦地拿下他额上的冰袋，老泪纵横，“林小姐，我求求您行行好，别再折磨少爷了。”

林思安像是无动于衷，一点儿一点儿抽出手，他握得那样紧，“别告诉他我来过。”

素雪难以置信地拦在她面前，“林思安，你怎么能在这个时候离开他？他这么需要你!”

林思安淡淡地低下眼，此时此刻，竟然连素雪都可以开口指责她。

顾嘉臣是所有人的心头肉，只有他的痛苦才是痛苦。

那我需要他的时候呢？

他要给顾氏、顾父、素雪、素晴等所有人一个完满，独独负了她林思安。

素雪回瑞士那天，在机场给林思安打了一个电话。

那锋芒毕露的商界玫瑰竟为了顾嘉臣向她开口示弱，“真没想到，有一天，我会低三下四地求你去对他好。”

素雪深深吸了一口气，竭力想笑，却还是声音哽咽地说：“林思安，其实我来的第一天就知道了，我赢不了你，可惜抵不过心里的不甘，还是要自不量力地试一试。他爱你，比所有人想象的还要爱你，这就是你应该原谅他的最大理由……我不会再来打扰你们了，我输得彻彻底底。”

林思安冷静得像听别人的故事，只是说：“一路顺风。”

几天之后，顾少又找上门，那出苦肉计到底是博得了林母的心软。

他病体未愈，脸上带着倦容，憔悴而苍白。

林思安只看了一眼，便低下头去。

他的声音像在砂纸上磨过，“素雪已经走了。”

“我知道。”

顾少点点头，“安安，她已经走了，我们……”

林思安静静地听，他却不再说了。

“嘉臣，我们已经分手了，和任何人都无关。”

他好像很累，靠在门上，呼吸有些急促，“分手……安安，我没有同意，你和谁分手？”

“又不是离婚，你同不同意，又怎样呢？”

顾嘉臣猛地笑出来，“我想怎样？你会知道的！我会向董事会递交辞呈，因为顾氏失去你，这个行政总裁我不当也罢！还有，我要召开记者发布会，向大家说明真相，在 B 城所有人面前给你一个交代！”

“你何必这么幼稚。”

“林思安，你别想离开我！永远都别想！你别想！”他几乎要把喉咙喊哑，弯下腰来拼命地咳嗽，像病入膏肓般要把肺咳出来一样。

林思安低叹一声，过去扶他，却被狠狠推开。一刹那，她在他眼里分明看见了恨意。

颜唱唱和唐健康吵了架，一气之下搬到了林宅，和林思安一起住。

“这回他要是不跪在我面前求我，我都不看他一眼！”

林思安忍不住笑，“能有多大的事呢？你别老是欺负他。”

“我欺负他？我哪敢！明明是他要气死我！”

“唱唱，你们在一起多久了？”

她一时没说话。

“我和陆之然还没在一起时，你们就已经在一起了，冲着这么多年他对你不变的情分，就值得你原谅这个男人身上所有的缺点。”

“我很怕……我觉得我越来越抓不住他，曾经他愿意什么都不做就陪在我身边，看见我就下意识地笑出来。可现在，他越来越忙，我把电话打爆，都找不到他人在哪里……”

林思安轻叹，“他长大了。”

颜唱唱仰起脸，红着眼圈，低笑，“那叫什么来着……对，七年之痒，我们这正好是第七年。”

林思安躺在阳台的摇椅上，轻轻摇了摇，都已经七年了，这么快，这么让人措手不及，好像昨天她们还是奔跑在医大校园里的学生，今天就已垂垂老去。这么多年的这么多事，像一个冗长的梦，又确确实实是发生在她们身上，“唱唱，我都已经二十七岁了，我都这么老了。”

“行了行了，你再老也风韵犹存。”

林思安笑了笑，窗外尽是喧嚣，已是盛夏，万物葱茏的时节，树木鲜嫩得像是要流出翠润色的精华，风过处，掀起一片绿潮。院子里的白玉兰开到极致，花香熏然，热烈明灿的阳光下，灼灼其华，蝉鸣是最恼人的，一声又一声，活像是要把脑袋里的神经扯断。

近来她疲懒得很，好像怎么也睡不够一样，有时中午才起床，吃过饭，拿本书坐在阳台上看，不一会儿就又睡了过去，也清瘦了不少，瘦得身上没几两肉，脸像能扎死人的锥子一样，倒真应了失恋的景。

颜唱唱都说她像个裹在衣服里的骷髅，“你就是我的前车之鉴，我可不能委屈自己，我要大补，气死唐健康，有什么好吃的？快给我拿出来。”

“在那边的柜子里，自己去拿吧。”

她拉开柜门一看，“怎么这么多话梅啊，你什么时候这么喜欢吃酸的东西了？”

林思安一凝，手里的书往下坠了坠。

恰巧那阵反胃的感觉又上来了，她捂着嘴，小跑进卫生间，趴在洗漱池上呕了呕，难受得眼泪都要掉下来。

她望着镜子中的自己，脸白若雪，发丝凌乱，目光散乱而张皇。

一层层的冷意漫上来。

“安安？你在里面干什么呢？快出来！我要上厕所。”

她匆匆洗了把脸，拉开门。

颜唱唱奇怪地看了她一眼，“你没事吧？怎么脸色不太好？”

林思安静静地摇摇头。

她一个人去了医院。

那上了年纪的医生皱着眉，说：“林小姐，你把什么事都憋在心里，郁结发不出来，是很伤身体的，而且你的健康状况一直都不太好，再这样下去，流产的风险很大。你考虑清楚，这个孩子你到底要不要？”

她惨白着一张脸，手扶上小腹。

她在楼道里坐了很久才起身，走出医院。

在门口就被一干记者堵住，“林小姐，听说你这次来医院是做流产，是真的吗？”

“林小姐，这孩子是谁的？顾少是因为这个孩子才在婚礼上离开的吗？”

“你和顾少还会举行婚礼吗？你们是不是分手了？”

“林小姐……”

林思安对着镜头一字一顿地说：“我和顾嘉臣已经解除婚约了。”

记者倒吸一口凉气，眼睛亮起来，这是这么久以来，当事人首次公开承认。

第二日便在B城引起轩然大波。

豪门逸事最为人津津乐道，各大报刊纷纷添油加醋，三寸舌头判人生死，有人猜是林思安行为不检，顾少不甘戴绿帽子才甩了她。也有人猜林思安此番去做流产，是在证明她已和顾少彻底决裂。

昔日的小顾太一朝沦为弃妇，林思安成了B城的话题，上流社会的笑柄。

她想起那日素雪离开时说的话，忽然笑出声。

哪有什么真正的赢家，她丢了顾嘉臣的同时，也明白了什么是身败名裂。

第二十五章

顾少很快就找来了，拼命压着怒火，声音都变了调，“你怀了孩子?”

她缩在沙发的角落，抱着双膝，像是要融进那大团大团的并蒂莲里。

“你是不是……是不是真的去做了流产?”

“是又怎么样?”

他劈手拂下桌上的茶杯，碎在地上，瓷片高高地溅起，“林思安！你看着我！我要听你一句实话!”

“我们已经分手了。”

顾嘉臣脸上再没了血色，一把将她从沙发上拽起，五指在她手上掐出青紫，“我最后问你一遍，你是不是打掉了孩子?”

她轻轻颤了颤，迎上他的目光，“是。”

顾少猛地扬起手，指尖颤抖，她像是失去了全身的力气，只凭着他的钳制才能勉强站稳，却仰起脸静静地望着他，等着他那一掌拍下来。

“你太狠心了，你的心太狠了……”顾嘉臣皱着眉，好像怎么也想不明白一样，他看着眼前的女人，这一刻她是这样陌生，“你恨我，怨我，怎样惩罚我都可以，可你怎么舍得拿孩子出气？怎么舍得杀了我们的孩子，你怎么舍得!”

他推开她，任她摔撞在茶几上。

林思安下意识地捂住小腹，倒在地上，长长的头发垂下来，遮住了脸上的表情。

顾嘉臣居高临下地看着她，声音冷得像寒冰，“你不是想分手吗？我成全你，林思安，从今天开始，我们之间再无瓜葛。”

她蜷缩在地上，像一朵低到尘埃里的花。

那一瞬间，她才意识到，自己终于完完全全地失去了他。

漫天漫地，透骨的凉。

夕阳从晚霞里透出光来，那是一天里最后的一抹余晖，朦朦胧胧的看不分明，风一吹，三两层薄云慢慢散开，那染着橘色的灿金才壮阔起来，整个天空都是灼华的光。

颜唱唱从卧室出来，光影流过楼梯，一阶一阶，幽幽静静地退下来，她踩着那片影子，来到厨房。

陈阿姨盛来一碗熬得稀烂的粥，放在托盘上递给她，轻轻一叹，“作孽啊。”

颜唱唱咬了咬唇，眼圈霎时红了，“安安她……怎么就这么倔。”

“小姐她向来就是这么个性子……旁人伤她一分，她是必定要还回去十分的。可是顾少为什么不肯好好想一想！”

“他们两个……就是因为太爱了，才忍不了彼此的一点儿错吧。”

她把粥端回卧室，林思安正躺在床上，静静地望着窗外，眼里是墨黑色的死水。

枕边摆着几本八卦杂志，封面上的顾嘉臣正和酒吧女厮混，昔日浪荡不羁的顾大少如今又开始混迹声色场，并且变本加厉，夜夜笙歌，醉生梦死。

“安安……”

她慢慢转过头，巴掌大的一张脸，几乎瘦得就剩一双眼睛。

“先吃点儿东西吧。”

那照片不甚清楚，却也将顾少的放浪形骸暴露无遗，左拥右抱，倚红偎翠。手一拂，林思安将那几本杂志推到地上，轻轻闭上眼。

“安安，你忘了医生是怎么跟你说的？你自己也是医生，应该更清楚自己的身体状况。你再这样下去，宝宝会受不了的。”

林思安的手横在小腹上，那是她这些日子以来最常做的动作，渐渐成了习惯。她接过碗，大口大口地喝着，连味道都尝不出来，就生生地咽下去。

颜唱唱忍不住按下她的手，“你到底想要怎么样？都跟他分手了，又留下孩子，你是准备一个人生一个人养吗？”

她猛地抬眼，“这是我的孩子，我最最重要的宝贝，我当然要生下来。”

“那你有没有想过将来？安安，你以为生养一个孩子是那么容易的事吗？未婚妈妈在社会上是多艰难的群体，你不会不知道，你这样瞒着顾嘉臣是不对的。”

“我不知道怎样面对他。”

“你明明就还爱着他！为什么一定要折磨自己呢？”

林思安紧紧地攥着被角，“我忘不了！我忘不了当日他在婚礼上决绝而去的场景，那是我这辈子最最重要的一刻，他却这样负我，我无论如何都忘不了！”

“可他也是有苦衷的……”颜唱唱深深吸了一口气，“而且……你要为你的宝宝考虑一下，他需要一个父亲。”

林思安一凝，睫羽静静垂下，颤过几道泪光。

晚风徐徐飘过，吹散了几分灼气，夜色已经很深了，天空是一片透着暗紫的黑，盛夏八月，星河似乎别样清澈。

B城有名的酒吧街仍是亮如白昼，人潮涌动，林思安松松绾着头发，素颜素裙，站在一家酒吧门口，像一朵病态的莲。

等了许久，才见顾嘉臣醉醺醺地搂着一个艳丽的女人走出来。

她的脸色似乎更苍白了些，慢慢迎了上去。

顾少醉得很厉害，却在看见她的一瞬间僵直了身体，冷声问：“你来干什么?”

他也憔悴得不成样子，瘦得脱了形，两人相望，分明就是木乃伊对阵木乃伊。

林思安动了动唇。

顾少马上打断她，“啊，我知道了。”

他笑着揉了揉身旁女人纤细的腰，“宝贝儿，在这里等我。”而后拽起林思安的手，像扯一个破布娃娃，一直摇摇晃晃地走到无人的角落。

不给她任何开口的机会，他直接把林思安压在墙上狂吻，酒精味和陌生的香水味熏得她要窒息，却因为那份久违的亲密忍下来。

直到他的手顺着裙摆探入，林思安一颤，满眼惊慌地推开他。

顾少退了两步才勉强站稳，舔舔下唇，嘲讽地笑，“怎么？你不是因为难耐寂寞了才来找我吗?”

“嘉臣。”

他眉心一颤，低哑着嗓音，“你叫我什么?”

林思安在一片幽暗里望着他，“我有些话想对你说。”

“什么?”

“是孩子的事……”

他猛地一哆嗦，眼里满满都是痛和恨。

“孩子，我……”

“够了！”他一声暴喝，下一瞬，像是再也忍不住怒火，一巴掌向她脸上扫来。

顾嘉臣惨笑出声，“好！你够狠！到了这个时候还要再来捅我一刀！非要看我生不如死，你才痛快吗？很好！你要不要观众？把所有人都叫来吧，让他们看看，我顾嘉臣掏心掏肺爱的女人，是如何把我逼得人不像人鬼不像鬼的！”

林思安静静地转过脸，唇角带着几滴血，像淬了毒的胭脂。

他的那只手，突然颤得那样厉害。

身后是一声绵软娇嗔，“顾少，还走不走啊？”

顾嘉臣冷凝着目光，把那女人卷进怀里，和林思安擦身而去，“走，不要理不相干的人。”

林思安的孕呕越来越厉害。趴在池子前，她恨不能把心肝都呕出来，浑身打着颤。

颜唱唱急得眼泪汪汪，“安安，我们还是去医院吧。”

“我就是医生。”她擦去额上的汗，低低地说，“我要这个孩子。”

“可你的身体已经差成这个样子了……”

“我没事，我知道我需要做些什么。”

“你最需要的就是顾嘉臣！他是你的丈夫，是孩子的父亲，他必须要对你们负责！”

颜唱唱直起身，“我要告诉他。”

“不准去！”林思安攥住她的手，几乎要掐出血痕，“你不准去……”

“你这到底是为什么？”

“他已经不爱我了。”她慢慢滑坐在地上，泪水从空洞的眼睛里流下来，“他不再爱我了……”

颜唱唱慌忙扶起她，“别……去床上。”

“唱唱，答应我，别告诉他。”

“你这分明就是在报复他！要他后悔！安安，你不能这么幼稚，孩子不是你在感情上称王的武器。”

“是他逼我的，是他一点点逼我去恨他。”

颜唱唱惊住，静了许久，轻轻为她拉上被子。

林思安像忘了顾嘉臣一样，不再整日愁肠满腹，脸上有了笑，胃口也好了不少，还会主动缠着陈阿姨要吃的。她的转变令所有人倍感欣喜，颜唱唱除外，她在一旁静静地看着，脸黑得像锅底。

她知道，林思安是把所有的怨和痛更深地埋进了骨子里，看起来痊愈了，实际上是一场自欺欺人的回光返照。

林思安很容易饿，却不敢多吃，身旁总是摆些小零食，再配上一壶温牛奶，躺在摇椅上，悠悠闲闲的，便过了一下午。

颜唱唱也只好强颜欢笑，“你现在越来越像个老太太了，整日除了吃就是看风景，日落真的那么好看吗？”

林思安便倚老卖老，“等你到我这个年纪，你就什么都知道了。”

“少来！你才比我大一岁而已。”

“可我却比你多经历了那么多，唱唱，有时候我真的很羡慕你，小时候你是父母的掌上明珠，刚一长大，就有唐健康急着来接手，你这一辈子都不用碰到什么坎坷。”

颜唱唱蹲在摇椅旁，仰起脸望着她，“安安，无论你经历着什么，我都会陪在你身边。”

“你这是在向我表白吗？唐健康不会掐死我吧？”

“你一定要把我的真心踩在脚底下？”

林思安笑了笑，摸着微微隆起的小腹，“等孩子出生了，第一时间就认你当干妈。”

这天上午，林思安正翻看着一本影集，手机忽然响起，她看着上面的号码，愣了好一会儿还是接起来。

“思安……是我。”

她应了一声，“我知道……陆之然，有事吗？”

他的嗓音压得极低极低，像是挤出来的哀求，“能出来见见我吗？”

约好了地点，她换上一条宽松款的长裙，望见镜子里白得像吊死鬼似的一张脸，又拍了些腮红，挑了一对珍珠耳环戴上。

火辣辣的阳光铺天盖地，肆无忌惮，柏油路面上反射着一层灼亮的光，车子急速驶过，带起阵阵烟土，渐渐便融在那影子里。

她推门进去的时候，陆之然已经等在那里了，这是他们以前常来的一家蛋糕店，虽然换了店主，也重新装潢过，某些记忆却还是种在脑子里，挖也挖不走。

她在他对面坐下，勾起一抹笑，“我来晚了。”

陆之然直勾勾地打量她，那目光很是失礼。

林思安只是静静地垂下眼。

他说：“还好吗？”

她的眼帘更低了些，勉强笑道：“真糟糕……又让你看笑话了。”

陆之然望着她，静了静，低低地说：“在我面前，你不用这么笑的。”

宛若灼灼盛夏时，忽然飘聚到头顶的一团云，一抹幽凉静静流下来，轻絮一般绵软，却渐渐渗进肺腑。

林思安像是累极的样子，手撑在桌子上，腕上的碧玉镯子往下滑了滑，在白皙的肌肤上映出一道绿波，颤颤，复颤颤，“不笑，又能怎样呢？”

陆之然盯牢她，那目光像长满了倒钩，牵牵扯扯，不知痛的是谁，“我原以为，你和他在一起是对的。”

“哪有什么对错之分呢？”她闭了闭眼，“现在我自己都说不清我和他之间怎么会落得这样一个下场……终究世事难料吧。”

他蹙起眉，清澈的眼底分明泛起深蓝色的动荡，喃喃道：“不对，不应该的，你不应该这样的。”

店里的人渐渐多了起来，人声鼎沸，盖过了悠扬的音乐，他们坐在过道左侧，中间是一道木栏拼成的隔板，上面摆了一溜花盆，里面是绢纱簇成的小茶花，玲珑精致。邻桌坐着一对母女，年轻的妈妈带着三四岁的小女儿，同吃一块蛋糕。女孩主掌刀叉大权，喂你一口，再喂我一口，公平得可爱。林思安目不转睛地看着，摸着微微隆起的小腹，脸上不由得添了些笑。那抹笑像是染着月华的莹润，那样安详柔美，竟生生把一旁的茶花比了下去，陆之然一时看呆了。

她真的已经不再是五年前的小女孩了，曾经的她是一朵风中蔷薇，浑身是刺，一碰就碎，而今却像暮夏的小雏菊，清雅内敛，静静开在墙角，咫尺惊艳。

他不知心底到底是什么感觉，只轻轻地说：“你真的变了很多。”

她从那对母女身上收回目光，眼里的温柔像要溢出来，“你也变了很多，从前你明明是最厌恶条条框框的规则，现在竟也踏踏实实地成了一个朝九晚五的上班族。”

他淡淡一笑，“这世上的千万种事，从来由不得我们选择厌恶与喜欢。”

“你看，从前的你可不会说出这种话来。”

“那我会怎样呢？”

“你若厌恶什么，那便是真的厌恶，永远都没有喜欢上的可能，可你若爱上什么，又会爱得不计后果，豁出一切去争取。”

他怔在那里，像是被什么东西勒紧了脖子，拿捏住命门，怔怔地说不出话来。他望着眼前婉静的女子，她是林思安，却又好像不是，唯一不变的就是她的笑容，轻轻勾一勾唇角，好像能在空气里浮起两三朵小桃花，悠悠打个圈儿，静静地落在他心底，那香气能从骨髓里透出来。他想守着这抹笑，从那么多年以前，他就想看着她，护着她，让她永远开心下去，却没想到七年辗转，她身边来了人，又走了人，这条路，终究又剩下他们俩。

陆之然不想等了，一刻都不想等了，既然没有人懂她，没有人珍惜她，不如由他来。他想不计后果一回，豁出一切去争取，他想做一回林思安以为的陆之然，“思安。”

她将两人的茶杯斟满，那茶壶是靛青小瓷的，泛着一层盈盈的光泽，正衬在她的指尖上，像缀着星芒，笑着抬眼望来，“怎么了？”

陆之然亦望着她，目光清澈却复杂，那抹决然碎在温柔里，又看不真切了，“其实当初，我们……”

蓦地，他的手机响了起来，陆之然望了一眼，按了挂断。

林思安敛了敛睫羽，还未说话，那铃声又一次响起来，陆之然隐约有些不耐烦，第二次挂断。

“是她吧？为什么不接？”

陆之然闭上眼，也不知哪里来了些凉意，一路蹿到心里。

手机又响，这一次他僵直了身子，向林思安点点头，一边接起，一边起身向外走去。

林思安望着他走远，手从茶壶把手上松下来，不知为何，掌心都是渗出来的汗。

她在座位上静静地等他，目光随意落在桌子上，那桌布是暗蓝的底色，上面开着大团大团的红锦花，那颜色有些夸张，像要从桌上跳脱出来一样，好像手指随意一掠，便能沾些花汁下来。她还记得，曾经的店主最喜欢用些简单明快的色调，阳光一照进来，整间屋子都暖洋洋的。而今倒像是一家精致的藏宝室，奢华至极，却又冰冷至极，让人望而却步。就像很多东西，即使还伫立在某个地方，有些东西终究是变了，再也回不去。

身后忽然有人靠近，在桌上映出高大的影子，她刚要回过头，却有一只手猛地从脖子后面伸过来，在她嘴上轻轻一捂，一阵酸涩呛鼻的味道传来，她徒然张了张嘴，竟发不出一点儿声音，脑子里昏昏沉沉的。有人把她从座位上拉起来，她被拽进一个充满烟味和汗臭的怀抱，后面又有一人跟上来，手臂上搭了件衣服却虚虚搂上她的肩膀，实际上是把她的双手紧紧禁锢在身后。从远处看，就像是三个知己好友勾肩搭背地离开，竟看不出丝毫破绽。她使不出半点儿力气，每个人都在经营自己的欢笑，谁也看不到她求助的目光。快到门口的时候，她看到正在打电话的陆之然，林思安想要用力地喊他，出口的却只是几缕破碎的嘶声。她被男人带出门，玻璃门框在屋檐的风铃上轻轻一撞，一声声的叮咛，碎在空气里。陆之然挂上电话，回过身，只看到那明亮的落地门晃了晃。

他站在空无一人的桌前，以为林思安已经离开了，默然僵立了一会儿，眼神暗下来，一时说不清是什么感觉，只觉得这日头像是又大了些，热气涌进了室内，潮潮的，呼吸有些困难。在低眸的瞬间，他看到横在桌上的东西，那是一枚橘红色的耳坠，拾起来，隐隐有些奇怪的味道传来。

他的眉心剧烈一跳，一阵寒意从头皮漫开。

是乙醚。

林思安被他们带上车，一张面罩迎头扣下来，视线里一片黑暗，隐约有几束细碎的光透进来。在这样一个密闭的空间里，所有的感知就只剩下触觉。男人钳着她的手臂，几乎要捏碎一样。她竭力忍住颤抖，在唇上咬了一道道的伤口，勉强保持几分清醒。车外喧闹的声音渐渐远去，像是已经驶出了市区，道路很不平整，车身晃来晃去，像汪洋里的小船。

终于停下来，她被男人拉下车，踉踉跄跄地跟着他，脚下是碎石和松软的土地，男人推开一扇门，轴上应该已经锈迹斑驳，传来吱嘎吱嘎声，听在耳朵里，就像刀锯过骨头。林思安抖着唇，心脏几乎要跳出胸口，身后人一推，她踉跄着进了一间屋子。鼻间是森冷的霉味，有脚步声传来，一下一下，踏在她的神经上，那人站在她面前，绕了两圈，轻轻地笑了笑。

林思安一僵，面罩忽然被扯落，刺眼的光芒里，苏意浓正望着她，那笑意黏腻而冰冷，像是爬行在雨林里五彩斑斓的蛇皮。

这是一间废旧的仓库，整间厂房都已经布满锈迹，像是已经被扔在世界的角落，几个大汉围在苏意浓身边，正闲闲地看着，眼里是淫邪的光。

“林思安，没想到我们会以这种方式再见吧？”

她忍不住瑟缩两步，颤声道：“苏意浓，你想干什么？你知不知道这是犯罪？”

苏意浓像听了笑话一样，被逗得笑弯了腰，“你还以为自己是高高在上的富家小姐啊？这副不可侵犯的清高样子你做给谁看？谁不知道你是个荡妇，想嫁入豪门，丈夫却在婚礼上甩了你，你在B城早就臭名昭著了！”她一把拽起林思安的头发，狠狠绞着，声音像淬了砒霜一样，“你知不知道我等这一天等了多久？我早就告诉过你，顾少才看不上你这样的女人，你早晚会跌得比我还惨，可我没想到你竟然会这么惨，你是被顾少活生生从云上扔下来的啊！哈哈哈！”

林思安的脖颈弯到极致，像一只垂死的白天鹅，轻轻一折便要断了，那周围的几个大汉直勾勾地盯着，纷纷咽了咽唾沫。

她断断续续地说：“当日……当日……的一切都是……我对不起……你，求求……你……”

苏意浓松开手，把她往地上一掼，笑道：“啧啧，听听，曾经那么不可一世的院长千金竟然在跟我道歉，我哪里受得起啊！”

林思安撑起身子，慢慢跪下来，尖利的沙子碾进膝盖里，她像是感觉不到，做着世上最谦卑的动作，弯下身的时候，双手紧紧地护在小腹上，“以前的事都是我的错……求求你放过我，我已经……我已经受到了惩罚……求求你，让我走吧……”

“放过你？为什么？”

“那封……那封电子邮件是莫童发的，诋毁你的那些话……也是她说的……”

苏意浓甩手便给了林思安一巴掌，恨声道：“你以为我会放过莫童那个贱人吗？我要先收拾了你，再去找她算账！林思安，你为什么要勾引顾少？为什么要缠着他？你知不知道我有多爱他？如今顾少不要你了，我就好好让你长个记性！我苏意浓的男人不是那么好抢的！”林思安被她踹倒在地，接着就是铺天盖地地踢打，“你不是有张漂亮脸蛋吗？那我就毁了它！你不是纯洁清高吗？今天我就让你变成妓女！我看你还怎么霸占顾少！”

林思安缩成一团，剧痛不断砸在腰上和背上，嗓音沙哑得几乎只剩下气音，却拼着一切喊出来，“你若敢对我做什么，顾嘉臣绝不会放过你！他就是追到天涯海角，也一定会让你给我陪葬!”

苏意浓猛地向后退了两步，眼里惊疑不定，“你说什么?”

林思安用力仰起头，脸上有青紫色的伤痕，宛若一朵被斩了茎的花，“他爱我，他还爱着我，你若伤了我，顾嘉臣定会千百倍地讨回来!”

可她低估了女人的嫉妒，那是埋在骨髓里的种子，一旦发芽，便什么都顾不得。苏意浓尖厉地笑起来，“好！好！他爱你，我看你脏了破了，他还会不会爱你!”

几个大汉朝她拥来，一把牵过她的胳膊，林思安撑着手往后退，“滚开!”惊惧像密密麻麻的针，无孔不入。她爬起来，拼命向前跑，忽然被大力一推，撞在一根断裂的管子上。

她僵住，痛到极致，那道喊声竟生生憋回了嗓子里。她捂着肚子，慢慢滑倒在地，有什么东西拉扯着她的小腹，在一点儿一点儿地往下坠。

“思安!”

模糊中，她听到谁在叫她，向大门看去，是陆之然，他来救她了。

林思安动了动唇，声音卡在嗓子里，下身疼得几乎没有知觉，有阵阵凉意从体内流出。她想低下头去看一看，却连弯身都不能，只能躺在地上，视线所及是高高的房顶，一块块的霉斑似乎能拼成一张脸，凶神恶煞，像是来索命的冤魂。

周围的尖叫声和械斗声，她已经听不到了，视线越来越模糊，有白蒙蒙的光亮遮在眼前。

【卷六】

总会有那么一个人，让你变得很低很低，堪堪化在尘埃里

第二十六章

有人扑在她身边，满头满脸的血，陆之然把她抱在怀里，浑身抖得像秋天最后的一片枯叶，“思安！思安！你看着我，你哪里受伤了？哪儿疼？”

林思安在那模糊的光影里看到他的脸，也不知从哪里来了力气，她攥住陆之然的手，指甲在上面抠出道道月牙形的血痕，“孩子！救救我的孩子……孩子。”

陆之然像被人霍然捅了一刀，定在那里，慢慢向下看去。

她流出的血已经在深色的裙子上湿了一大片，顺着小腿滑下去，那血线像能把皮肉割开一样狰狞。

警笛声由远及近，陆之然猛地抬起头，像一只被逼到绝路的狼，嘶声大喊：“快来人！快点！”

林思安像是做了一个冗长的梦，无论如何也醒不过来，在望不到尽头的长廊里走着，两边是开到极致的琼花，风一过，花瓣便纷纷飘落下来，宛若一片香气卓然的雪海。落在地上，却又变成细碎的屑，像是刚刚烧过的灰，堆了厚厚的一层。再看一眼，周围的场景却又变了，整个世界都是空的，好像只剩下她一个人。身后有嬉笑声传来，她回头望去，顾嘉臣搂着一个美丽的女人向她走来，她像是看到希望，拼命喊他的名字，他却听不到，和她擦身而过，眼底看不见她的影子。林思安哭着追向他，一路跌，一路追，追进一间屋子，似乎是婴儿房，缀着蕾丝的窗帘静静地飘着，宝宝的笑声和摇铃声像是近在耳边。她向中央的婴儿床走去，想要抱一抱那孩子，掀开被子，却看到一具小小的断了头的尸体。

她尖叫出声，猛地睁开眼，鼻间是消毒水的味道，床头的医疗器械滴答响着，一下一下像敲在耳膜里。有人推门进来，走到她床前。

衬衫像团抹布一样凌乱地裹在身上，下巴上是浓密的青色胡楂，邋遢得像是刚从垃圾堆里翻出来。林思安撑起身，躲开他欲扶的手，死死地揪着他的衣服，一字一顿地问：“孩子呢？”

顾嘉臣颤着手，一时竟开不了口，一种疼像是从骨子里向四面八方漫延一样，透过皮肉，将他从内到外死死地缠住。

林思安只顾嘶声喊："我的孩子呢？"

他甚至不敢对上她的目光，把她埋进怀里，"安安。"

她在他怀里瞪大了双眼，空空的，像被偷了灵魂的木偶。她觉得这样冷，整颗心都变成了一块冰，连血液都被冻住了。

那是他们的骨血，会说会笑会思考的小生命。顾嘉臣紧紧咬着牙，好像五脏六腑都烂成了血水，可他没有时间悲恸，他的吻轻得似羽毛一样落在林思安的额头上，好像她是一尊一碰就碎的玻璃娃娃。他拼命地忍，最终还是哽咽道："安安，对不起，对不起……我不知道，我都不知道……你不要这样……"

她低低说了些什么，软软碎碎的。他凑过去听，听到那声带着疑惑喃喃道："我明明……明明昨天还跟他说过话的。"

他僵在那里，心几乎要碎成碴儿。

下旬的时候，又来了雨季，雨帘漫天漫地地铺下来，整个B城像一艘行驶中的船，在风雨交加里踯躅地晃着。

病房里，林母喂林思安吃了药，沾湿了帕子搭在她额头。前些时候，她烧得很厉害，这几天才有些好转。一滴泪顺着她的脸滑下来，林母轻轻抹去，顿了顿，手掌摸在她脸上，渐渐红了眼圈，"安安，你这个样子，让我和你爸爸可怎么办？"

林思安本来正望着天花板发呆，此刻像被针刺了一下，转过眼望着母亲，轻轻地叫："妈妈……"

林母的眼泪霎时落了下来，"安安，妈求你……孩子我们还可以再要的，你和嘉臣都还年轻……"

林思安眼波动了动，指头勾着林母的手，"别哭了……"

"你见见他吧，他就在门外，这些天一直守着。"

她静静地闭上眼，睫羽的影子垂下来，扫在眼睑上，轻轻颤了颤。

楼道里，顾嘉臣的手还扶在门把上，此刻慢慢放了下来。

他靠着墙站了一会儿，望见自己衣袖上沾了些烟灰，轻轻掸了掸，那层灰飘在空气里，像投进水里的墨渐渐荡开，下一秒，又散开了。

墙上的指示灯是亮绿色的，显得那几个字别样惊心，看得久了，眼里涩得像灌了铅似的。他揉了揉眉心，接连几日夜不成眠，整个人像被掏空了一样累。他不敢想，不敢想林思安，不敢想夭折的宝宝，他是这样不称职的父亲，竟要在失去孩子的时候才知道孩子的存在。后来他曾听颜唱唱说过，林思安的妊娠反应很严重，头晕乏力，倦怠嗜睡，吃下去的东西没一会儿就又吐了出来。她甚至还患着轻度的抑郁症，几次被查出有流产的先兆。那些时日，最最应该陪在林思安身边的他，竟然什么都不知情，他盲目地恨，盲目地不甘，在林思安舍下骄傲、舍下一切来找他时，他的回应竟是一记恩断义绝的耳光。

顾嘉臣一拳狠狠地打在墙上，印出一道血印，再也不敢想下去，他怕自己会发疯，他一定会疯的。

手机震动了起来，他努力平复下喘息，冷声问："什么事?"

"顾少，绑架林小姐的那些人已经找到了……"

他的手紧紧地攥起，骨节上的血珠滑下来，在地上碎开，蚀骨的恨从眼底极速漫开。他森然地一字一顿，"你知道该怎么处理……"

光划过落地窗，他的影子被拉伸开，顾嘉臣站在那里，一动不动，像是伫立成了雕像。

他能为孩子做的，也只有这些了。

门后响起一声轻轻的声音，林母擦着眼泪走了出来，本想当做视而不见，和他擦身而去，却被他目光里暗无边际的悔痛定住，再也迈不开步子，终究是一声叹，"你进去看看她吧。"

林思安正缩在被子里，听见脚步声，以为是母亲去而复返，也没有睁眼，直到一只手靠近她的脸颊，气息越来越近，熟悉得让她整颗心都像被油煎了千百遍。顾嘉臣不敢碰她，虚虚地摸了摸，她脸上那层细腻的小绒毛像扫在他心尖上一样。

林思安睁开眼，一双眸子黑白分明，无波无澜，静静地望着他，视线落到他受伤的手上，像是被那抹血色刺伤了眼，再也移不开。

顾嘉臣以为吓到她，慌忙抽了张纸巾，胡乱团了团，草草擦着，可怎么也止不住似的，没完没了地冒出血来。才要再抽一张纸，却有一只手伸了过来，拉过他的胳膊，隔着纸巾，指尖在伤口上轻轻压了压。那素白的手背上能看到清晰的淡青色经络，随着她的动作，像融在玉里一样，一下子让顾嘉臣酸涩了眼睛。这些天的冷静霎时魂飞湮灭，他像是失去了理智，一把将林思安裹进怀里，吻着她的唇、她的颈，"安安，安安……"

林思安轻轻挣了挣，便不再动，铺天盖地都是他的气息，那是一张细密的网，网住了她的前世今生。她环上他的肩，任他吻着，多像一出抵死缠绵，"为什么你没有来救我……那时我一直在喊你的名字，我那么痛，一直都在叫你。"

顾嘉臣的胸口像是被大锤狠狠砸过，一时竟说不出话来，他的脸埋在她的脖颈旁，她身上清雅的香味让他几乎热泪盈眶。无论如何，她还在他怀里，她还在，“是我该死……安安，枉我自诩才思过人，却连自己最重要的人都保护不了……”

两人拥在一起，门外响起轻轻的响动，谁也没有听到。

一道影子投在门上，轻轻一晃便又静住，像是风吹过池水，再也寻不着半点儿波动。

有人慢慢走远，一步一步，似有千斤重，那身蓝白条的病号服衬在阳光里，像一幅古旧的画，定格在岁月深处。

林思安的精神渐渐好了些，快出院的时候，有个意想不到的人找了过来。

季佳安站在门口，宛若一株幽幽而开的山茶花，“思安姐姐，我有些话想对你说。”

顾嘉臣不知为何冷凝了眸子，寒声道：“安安身体不好，不能费神和你聊天了，请回吧。”

季佳安笑了笑，“顾先生，你这又是何必，思安姐姐有权利知道的。”

顾嘉臣抿着唇，再也不顾风度，“我让你走。”

房内一时寂静下来，林思安像是有些热，额上出了一层细密的汗。她掠了掠耳边的发，望着顾嘉臣，轻叹道：“你先出去吧。”

顾少眼里漫上了些许雾气，朦朦胧胧的，看不清，他起身向外走去，经过季佳安时，淡淡地看了她一眼。

季佳安脸色一白，却不卑不亢地迎上。

顾少扯出抹笑，沉沉地道：“不要累到她。”

待他出了门，林思安道：“过来坐吧，有什么事慢慢说。”

她病体未愈，脸色还很不好，却是极善意的，眼里有抹静婉的温柔，季佳安细细地看着，像是听到谁在叹息。

输了。终究还是输了。

“我来告诉你一些关于陆之然的事。”

林思安半点儿惊讶也没有，轻声说：“前些日子，我去看了他几次，他的伤如今没有大碍了吧？”

“嗯……已经好很多了……”季佳安望着床头柜上的一束花，姹紫嫣红中，最出挑的竟是那朵纯白的百合，内敛洁净，顾影风华。她的唇角浮起一丝笑，苦涩却又豁然，“其实你已经猜到我想和你说什么了吧？你那么聪明……”

林思安静静地靠在床上，呼吸轻得像飘在空气里的烟尘，软软地，像是下一秒便要断掉。

午后的天空又阴了起来，像一张浸在墨里的宣纸，透出灰败，艳阳被埋在暗沉的乌云后，隐约漏出些光，描上一圈橙紫色的边儿，宛若一大幅融了胭脂的旧画。陆之然抬手推开窗子，些许的风吹进来，头上的伤口是最先感觉到凉意的，麻麻痒痒，像有无数只蚂蚁在爬，咬着心脏似的烦躁。他想扯掉纱布，却找不到线扣，只得回身去拿剪刀和镜子，才举起手，便从镜子里看到站在门口的人。

他的目光淡淡的，“怎么突然来了？”

林思安静静地看着他，“来查房啊。”

他把手里的东西又放回桌子上，背对着她，问：“身体还好吧？”

“我明天就出院了。”

“嗯。”

“那天你想和我说什么？”

陆之然忽然笑了笑，他很少笑，此刻那笑容衬在苍白的脸上，宛若坠在晨花上的露水，下一刻就要蒸发开来。他轻轻一叹，叹息慢悠悠地化在空气里，再也听不见，“我忘记了。总归不是什么重要的事，还是忘了吧。”

林思安低垂着眼帘，只望着地上的瓷砖，那图案是小兰花拼成的，一抹浅蓝，又一抹深蓝，白炽灯打在上面，映出一块块的光斑，花蕊似要滴出泪来，“陆之然，你真残忍。”

他像是没有听到。

他问：“你会幸福吗？”

她答：“会。”又问，“你呢？”

他漠然，点头。

“不要总是让自己背着那么多事，找个人来和你分担一些吧。”

他说：“好。”

“季佳安真的很爱你，不要辜负她。”

他说：“好。”

“你们结婚的时候要记得请我，我才不会像你一样不够意思，我一定会去。”

他说：“好。”

林思安慢慢退出了房间，隔了一道门，谁也看不清谁，脑中却又不由得回想起季佳安的话，那是一个陌生的故事，她从未听过，只依稀觉得主角有些似曾相识的熟悉。

她总以为是自己爱得轰轰烈烈，舍生忘死，原来到头来不过是一场荒唐的假象，她于他是牵一发而动全身的命门，她却因肤浅的得之失之而一叶障目，再也不愿为他多费一分思量。

是谁在心底呢喃，纵使情深，终究抵不过缘浅。

顾少把林思安接回了顾宅，先前发生的事，像一出跌落在岁月间隙的哑剧，两人不再想不再问，好像只有靠着掩耳盗铃才能活下去，贪图在这危险的平衡里，不知归路。生活宛若漂浮在水面上的气泡，五彩斑斓，但全是扭曲的，轻轻一碰，便要炸裂开来。

顾少休了长假，每日在家里陪着她。夏末已近，连绵阴雨和酷暑燥热皆已远去，天空似一汪静水，再无横波。

林思安身体虽好了，却伤了元气，一天时间里，竟有大半是躺在床上度过的。每日睡到午时，顾嘉臣因怕她伤了胃，才把她叫起来吃饭，饭菜自然也是亲自下厨，每每花尽了心思，一周竟从未重过样。望着林思安把菜送到口里，顾嘉臣的眼神有些巴巴地期盼，林思安却只当看不见，始终缄口不言。一顿饭吃得倒真有些贵族风范，死气沉沉，没有丝毫交流。

偶尔傍晚在躺椅上凝望夕阳，看那一层灿金复一抹橙黄，终究慢慢退下去，被黑暗包围，变成一团模糊的影子，顾嘉臣会靠在一旁的栏杆上陪她，眼里是一弯光海。

顾少在露台上置了一个小小的花房，林家的那些名品，被他一样不剩地复制了过来。闲来无事，林思安最喜欢摆弄那些花草，浇水、施肥、移盆，皆是亲自动手。有一次，用人在擦洗叶子的时候勾了一小片花瓣下来，林思安心疼得厉害，连连轻叹。第二日顾嘉臣便又买了两盆，更为绚烂招展，价格不菲。她看了许久，却把其放置在角落，有些东西，破了便是破了，再怎么努力也弥补不了，遑论替代。

又是一天深夜，林思安大汗淋漓地被惊醒，猛地坐了起来。床头的小夜灯跟着亮了起来，那是一种暖蓝色，光晕一点点地扩大，驱散了黑暗，有温暖的怀抱拥上来，顾嘉臣眼里的温柔更甚那光芒，“做噩梦了？”

林思安闭上眼，忽然挨到他怀里，顾嘉臣一僵。这些日子以来，林思安连话都很少跟他说，肢体接触更是没有，如今这样抱着她，只觉得有阵阵幽淡的香味从她衣领里散发出来，把那空气都烧得热了些。他的喉结上下滑动了一下，哑着嗓音道："安安，还好吗?"

林思安摇了摇头，枕在他胸口处，慢慢平复呼吸。

视线所及处，是她莹白的后颈，微暗里，像蒙着玉一样的光泽，他的目光燃了琥珀色的火，忍不住低头吻了上去。

林思安颤了颤，却动也未动。顾嘉臣更用力地把她揽进怀里，那渴望已经烧干了理智，他把她压在身下，伸手去扯她的睡裙。那绸子这样滑，和她的肌肤一样，几乎分不清。好不容易被他摸到边缘，他再也忍不住，手一扯，那黄豆色的扣子便被他扯飞在地上，噼啪跳了两下。急切的吻落了下来，唇、下颌、锁骨，还有胸口的那颗朱砂。他的汗水那样烫，几乎能灼伤她。她像一叶小舟，在动荡不休的大海里摇晃，只能依附住他的臂膀……

天空里的墨水像是被吸干了，逐渐透明起来，一层隐约的薄蓝渗出，宛若一池静谧的湖。朝阳初升，光芒打在云上，嵌了一圈浅浅的金色，未几，又散开了。

林思安系上衣扣，坐在镜子前，她的头发更长了一些，几乎盖过腰，像缎子一样，泛着乌亮。她细细地盘了个髻，斜绾了一支檀木钗，又寻了对耳环戴上，轻轻扑了些胭脂，将那苍白的脸色盖住，衬得整个人都明艳了些。

一回头，顾嘉臣正躺在床上，撑着手笑嘻嘻地看她，一切都像梦一样，一醒来，便能看到她对镜梳妆，这实在是一件最美最美的事，"别动别动，古有张敞画眉，今日我便来效仿一下。"

他匆匆下床，拿起台上的眉笔，对着她轻轻描画起来。林思安笑了笑，任他动作。少顷，他停了手，林思安往镜子里一看，竟也画得标致得很，"顾少当真了得，谈判桌坐得，梳妆台也坐得，钢笔拿得，眉笔也拿得。"

顾少在她额上一吻，望定了她，"安安，你不会知道我现在有多开心。"那声音轻柔得像浮在清晨里的雾，轻轻一碰，便要沾一指尖的湿意。

林思安却移开了目光，轻声道："我想吃翡翠斋的点心。"

那翡翠斋开在B城最南，且只此一家，从这里开车过去，大约要三个小时的车程。顾少虽叹了叹，却也是极高兴的，"偏偏就只会难为我。"

洗漱完，他随意披了件衣服就匆匆出了门，林思安喊住他，走过去，把他的衣领细细拉好，又将扣子悉数扣上。她抬眼望着他，那眼神像凝着些什么，又看不清，凑上去吻在他唇上，“路上小心。”

顾少呆了呆，一颗心像腌在糖罐里一样，柔声道：“在家乖乖等我。”

她望着他取了钥匙，换好鞋，开了门，急匆匆地出去。

那道关门声猛地响起，好像抖落了空气里所有的尘埃，让她不禁抖了抖。

林思安拿起手机，拨通了一个号码，“妈妈……”

“我在你们楼下，嘉臣刚开车离开。”

她下了楼，在街角上了林母的车，后座上放着她的行李，林母递来一张机票，“真的要这样做吗？”

林思安靠在座位上，“走吧。”

一路开到机场，林母抱着她，还是忍不住流了眼泪，“国外不比家里，你要万事小心。”

“我知道，妈妈您放心吧。”

“你要常给我打电话，否则仔细我去Y国把你揪回来。”

“嗯。”

“嘉臣那里……”

林思安深深吸了口气，手搭在行李箱上，往前提了提，淡淡地说：“别告诉他我去了哪里。”

林母轻叹，“安安，我没想到，你竟然才是最狠心的那个。”

临近中午的时候，顾嘉臣才回到家，一进屋就喊起来，“小馋猫，你的点心回来了。”

房间里空荡荡的，连回音都没有，他一间间地找过去，卧室、厨房、阳台、花房，一边找一边说：“不要再跟我闹了，安安，快出来，点心硬了就不好吃了。”

整间房子走了一圈，他像是累极，呼吸都有些急促了，眼神却静静的，挺直的背脊微微弯了弯，老态龙钟一样。他回到客厅，坐在沙发上，把那盒一直捧在手里的点心放在桌上，还在低声喃喃，“不是要吃点心吗？你这样调皮……吃不到会不高兴的……”

已是初秋，阳光却还是那样热烈，从窗外射进来，照在那盒子上，像电影的慢动作一样，光和影分散开来，从这头游走到那头。那盒子本是墨绿色，描着几道精细的龙纹，华丽得不像是食盒，倒像某样艺术品，此时被阳光一照，那龙好像真的要飞下来一样，满眼都是灿金。

他又一次错了。

他以为她终于原谅了他，在回来的路上还在想，明天要带她回林家，跪在她父母面前认错，让他们把林思安放心地交给他。还要带她回顾宅，和父亲讲明一切，让他明白，刻在他生命里的女人必须是她，也只能是她。再来就是记者发布会，他要在所有人面前说明真相，给她一个说法，她那么小心眼，这件事不说清楚，肯定一辈子都恨着他。还要尽快再办一场婚礼，那套婚纱她虽然喜欢，再穿却还是有些不吉利，要抓紧时间再去换一套。她有小公主情结，精致的蕾丝和刺绣是少不了的，做工一定要精良，样花也要细细地挑好，再像上次似的中途改换可是不行的。她还喜欢珍珠，上次缀了一百二十八颗，还觉得不够尽兴。这次定要让她开开心心，只要她穿得动，缀一千二百八十颗他也是没意见的……

他的手伸进兜里，掏出那枚戒指。

这是那天素雪上飞机之前递给他的，他一直贴身带着，本打算今天再重新给她戴上的。

阳光似乎更热烈了些，正射在那枚戒指上，飞散出五彩的光。他坐在那里，闭着眼，一动不动，像没了呼吸一样。

第二十七章

一年后。

林思安从市集回来的时候已经是中午了，手上提着洋葱、牛肉、番茄、生菜一类食物，还有一些日用百货，几乎要把胳膊累断。

这座小城镇什么都好，就是这点不方便，只在市集建了一家大型超市，一到假日周末，大家都开着车蜂拥过去，场面颇为壮观。林思安在国内何曾见过这阵势，来了这么久还是不能适应。

路过花店，女主人 Alice 正抱着几个月大的儿子晒太阳，林思安又走不动路了，忙把东西放下，逗弄起宝宝来。Alice 轻笑道：“我儿子现在就喜欢你，你一抱就笑个没完，连我这亲妈都不认。”

宝宝眨着一对蓝汪汪的眼睛，咿咿呀呀地揪着林思安的头发，笑得像朵花，

“他长得也太快了，好像前几天还没这么沉呢。”

“这么喜欢，不如和 Gavin 生一个？”

“Alice。”

“好好，我不说，知道你害羞。”

林思安无奈地笑了笑，懒得再反驳。

回到租住的屋子，她把满手的袋子放在桌上，总算松了口气，几乎累瘫在沙发上。这是间在 Y 国小城最常见的廉价公寓，天花板很矮，仿佛自己霎时高大了许多，在异国他乡竟有些许安慰。有独立的阳台和洗手间，不用因为生理问题急得把头发揪光。洗衣机是公用的，放在楼道里。林思安有些小洁癖，平日里的床单衣物都是手洗，她曾经也是十指不沾阳春水的千金小姐，能把脏衣服扔进洗衣机就已是极限，来了这边，倒真的自力更生起来。虽然第一次洗的时候就把最喜欢的一件裙子搓出了一个洞，但总算还是慢慢好起来，有时站在晾满衣服的阳台上，鼻间闻着那茉莉花的衣皂香，霎时便觉得生活都美妙起来。

她把食物塞进冰箱，又换了干净的床单，拿出新买的空气清新剂喷了喷，屋子里立刻弥漫着小雏菊的香。她伸了伸懒腰，抬手按开答录机听留言。

里面传出 Ann 阴恻恻的声音，“Jennifer，你敢放我鸽子。”

林思安一愣，这才想起昨天那玩笑似的约会，没想到他们竟当了真。

“Ann，当红娘好玩吗？让你这么乐此不疲？”

“Gavin 是真的喜欢你！”

认识 Ann 是个偶然，若细想，其实也是必然。

这个小城镇的生活节奏很慢，不用像在大都市里整日火烧屁股一样赶去投胎，且极具艺术的浪漫气息。闲时漫步街道，会看到各种流浪艺人的表演，神情坦然而满足，这对林思安来说简直是天堂。

到这里的第二个月，她去了 Y 国闻名世界的博物馆，室内肃穆而冰冷，鸦雀无声。

林思安本能地有些排斥，总觉得艺术应该是包容且充满热情的，而今倒像是云雀被关进黑漆漆的笼子，再好的嗓音也吟诵不出曾经的曼妙。

她在一幅作品前长久地凝视，心里有些似曾相识的兴奋，好的画作和音乐一样，会让人连指尖都蠢蠢欲动。

恍然间想起那年夏天，B 市盛况空前的颁奖典礼，她的《渔舟唱晚》被评委大加赞誉，一举夺魁。那时她是参赛选手中年龄最小的，孤零零地站在台上像个稚嫩的布娃娃。林思安的名字一度被B市美术家所熟知，更有桃李满天下的大师指名要收她为徒。

她一有时间就跑到老师家里，听他揣摩画境还有作者意图，如痴如魔。自己一个人关在屋子里临摹线条繁复的工笔画，涂涂抹抹一整夜，真正废寝忘食。后来林母再也看不下去，心一横没收了她的画板，关箱落锁再也不许碰一下。林思安在母亲面前向来软弱，不敢为心尖儿上的爱好抗争，唯唯诺诺地答应下来。日子久了好像就真的忘了自己还有过人的天赋，再碰到昔日恩师，年迈的老人惋惜地摇摇头，直叹耽误了一棵好苗子。

这之后的十余年，林思安再没静下心来认认真真地动过一次笔，偶尔兴致来了，也不过是在日记本上信手涂鸦，聊以自娱而已。

买了画板和颜料回去。第二天，她便在路旁支起了架子，对着日出小心翼翼地下笔，手颤抖得厉害，并非真的不堪入目，而是心里早丢了那份自信，总觉得贸然描摹是对昔日的亵渎。

对街也有个写生的女孩，画好的成品就堆在一旁的篮子里任人挑选，廉价却又潇洒。

落笔时技巧精准且训练有素，典型的科班出身，画风循规蹈矩中又透着三分狂放，应该是那种成绩优异却有些逆鳞喜欢捣蛋的学生。

两人互相观察了许多天，某个黄昏那年轻的女孩走了过来，“我是Ann。”

林思安讪讪地放下画笔，下意识地挪了挪画架，“叫我林。”

Ann掏出一支烟熟练地点上，瞅着她的画，狠吸一口，又慢慢吐出来，“你在畏畏缩缩地怕什么？”

林思安讶然，“什么？”

“你的画，都是死的。日出却似黄昏，晴空也像带着乌云。林，你是个胆小鬼。”

林思安被这陌生的女孩一招刺中死穴，霎时哑口无言。

相熟之后，林思安才知道此女竟然已经离过两次婚，哪里还是什么菁菁校园里的小萝莉，“我和我那第二个老公结婚才不到三个月，我妹妹就怀上了他的孩子。”

林思安顿觉惊悚，暗道节哀顺变。

Ann吸烟吸得很凶，一天一包是常事，隔着灰白的烟雾看过来，眼睛利得像猫，“你呢？做这副被天下人抛弃的怨妇嘴脸给谁看？”

林思安正酝酿着该从哪儿讲起，又听她道："其实你不说我也能猜到，像你这种女人，肤白貌美气质佳，一看就是从小被养在花盆里的豌豆公主，没遇过大风大浪，突然心血来潮惦记起出来流浪，想必是在哪个男人那里伤了肝肠吧？"

她撩起头发，露出耳下三寸狰狞的伤口，"这是我前夫打我时留下的，是叉子，已经捅进来了一半。没有人管我的死活，他和我妹妹相携而去，最后还是我自己打电话叫的医生。你看，爱情里必须要有个悲剧的炮灰，来映衬主角的情比金坚，谁说爱会教给我们宽容，更多时候它是在告诉我们该如何残忍。"

林思安只好低下头和冷硬的烤土豆较劲，她的故事多么不值一提。

"可即使经历了两次失败的婚姻，我还是愿意相信爱情，女人在这方面总是越挫越勇。"

林思安不敢苟同，更不敢叫板，在她虎视眈眈的目光下点头称是。

真是离奇的一场邂逅，她和 Ann 无论性格还是价值观都相去甚远，却也奇迹般的成了朋友。

某个微风熏然的午后，林思安正在作画，乍闻咔嚓一声快门。

回头看去，高挑的年轻男子正举着相机，长长的镜头肆无忌惮地指向她，颇为狰狞。

被发现后，年轻男子便讪讪地放下手，竟是眉眼清澈的小帅哥，笑起来虎牙尖尖。

林思安心情好了许多，决定不再和他计较。

帅哥凑上来，笑嘻嘻地问："你是中国人？"

熟练的 B 城口音，林思安听在心里真是余韵徐歇，可惜不想被打扰难得的好兴致，只好装作听不懂。

那边还在不依不饶，从汉语换到日语，又从日语换到韩语，林思安忍不住开口，"你烦不烦？"

帅哥兴味大起，"我叫简默，你也可以叫我 Gavin。"

瞥见对街 Ann 诡异的眼神，林思安好歹没有再恶语相向，勉强一笑，"你好。"

简默是个话篓子，且思维跳跃，短短几分钟天南海北一通胡扯。

林思安只得从中合并同类项再提取公因式，得出信息如下：此人男，二十六岁，在某著名杂志社任首席摄影师，貌似身家清白。

当晚某个无聊的女人就拎着一袋子苹果来林思安租住的小屋里进行人道主义关怀，"今天那个 Gavin 怎么样？"

林思安正吃着颜唱唱寄来的康师傅，爽得不亦乐乎，点点头说："帅！"

"没看出来他对你有意思？"

"没看出来。"

美人一拍桌子，汤汁溅了林思安一脸。

"那小帅哥眼珠子都快黏在你身上了，还不叫对你有意思？我怎么不见他来给我拍两张照片？"

"你这不是在嫉妒我吧？"

Ann 挺起波澜壮阔的胸膛，用肢体语言证明了一切。

自那天相识之后，帅气的摄影师 Gavin 每日都会找林思安搭讪，以叙同乡之情，眉眼温柔似水，意图昭然若揭。

没想到竟然真的被对街那个乌鸦嘴言中，林思安这个准已婚妇女很是汗颜。

在超市会碰到他，在咖啡馆也会碰到他，甚至在女装店还能一睹其英俊侧影。

他撞上林思安的眼神，便装出一副惊喜的样子，满口的"好巧好巧"。

想来这也是个颇为稚嫩的孩子，追女生的手段委实生涩得很，只会制造一个又一个的偶遇，以为见得多了，缘分就到了。

林思安不忍苛责，能让猎物对猎人心生怜惜，可见这孩子得有多招人疼。

日子久了，自然能猜到队里出了奸细。

Ann 对罪行供认不讳，并且还一脸正气凛然，"每个人的爱情都应该有一次机会。"

两人外出写生，又碰到拿着相机拍山山水水的简默，林思安似笑非笑地望了他一眼。

那目光真是太促狭，脸皮再厚的人都要惭愧一下。

远处是个精致的小牧场，牛羊悠闲地吃草，小溪潺潺，风车摇曳。

偶有风过，传来麦香阵阵。

林思安一阵恍惚，B 城郊外也有这样一方麦田，金黄曳地，一望无际。

那时候顾嘉臣也喜欢带她去看田野，间或在一片清香中讲一讲他小时候干的那些见不得人的勾当。

她低下头去看，手指上的戒痕已经消失不见，心里没由来地一阵恐慌。

人是多么可悲的一种动物，总是要在触及回忆时才恍然明白自己正在消磨什么，即将失去什么。

颜唱唱不远万里还要打电话来羞辱她，"长夜漫漫，我就不信你一点儿都不想顾嘉臣。”

怎么可能不想？

于是 Ann 又说：“一边想念，一边自虐，你这不是犯贱是什么？”

她永远都孤立无援的和所有人站在对立面，好不容易遇到一个懂她的人，偏偏就是顾嘉臣。

她只是想找到一种更适合自己的生活方式，有了自己的成绩，再回去和顾嘉臣平等的生活。

竟然这么难。爱上顾嘉臣那样的男人，似乎就注定了一辈子都是仰望的姿势。

素来行为彪悍的 Ann 对这种苟延残喘的爱情很是莫名其妙，“你还爱他吗？”

林思安甚为苦涩地笑了笑，若不爱，何苦把自己逼得出逃千万里？

“那你们究竟为什么会搞成这样？他对不起你，你无非是原谅和不原谅两条路，现在这算怎么回事？”

“你不懂，我们之间的问题，远不止这些。”

“我的确不懂。林，只有你这种在城堡里唯我独尊的公主才会活得这么明白。我老实告诉你，倘若我前夫现在丢下我妹妹回到我身边，那我一定会继续和他在一起，因为我爱他。人生短短数十年，我们没有时间和自己较劲的。”

林思安心底火辣辣地一疼，被人这么赤裸裸地瞧不起，真让她有种被当众剥皮抽筋般的屈辱。

来到 Y 国一年多，她从未和顾嘉臣联系过，每次和母亲通电话，也都忍着不敢问，倒是母亲欲言又止，憋得难受。

某天上网时在财经版块看到了他的照片，女记者用了种种华彩斐然的赞美词来形容这位年轻有为的顾少，使其一时在 Y 国声名鹊起。

她告诉简默自己已经结婚，那死心眼的小帅哥马上就反问：“他是谁？为什么没看你戴戒指？他为什么不陪你一起出来？”

林思安一时语塞。

谁能想象得到顾嘉臣的未婚妻只是个在郊外租住低矮简易楼，日日苟延残喘能吃袋康师傅就算改善生活的女人？

就连 Ann 都是在看了他们的合影之后，才相信林思安不是在信口胡诌，“天啊，我的丈夫要是这样的男人，他就是犯了天大的错，也没什么不可原谅的了。”

小帅哥简默攻势日益凶猛，并已学会用舆论造势，某天夜里在林思安楼下喊：

“Jennifer! I love you!”

惊起口哨阵阵。

顶着房东太太促狭的眼神下了楼，林思安在他似水又似火的目光下再一次坦言，“我真的结婚了。”

“我只希望你能给我一个你不爱我的理由。”

真是白瞎了这么一副风流貌，感情上竟是这般才疏学浅。

哪里还需要什么理由？不爱你就是最大的理由。

转眼在Y国又待了半年，林思安算了算日子，订好了回国的机票。

简默以为她不再回来，吓得小脸煞白。

林思安一副铁石心肠，很肯定地告诉他，“我确实不再回来了。”

小帅哥黯然神伤，回家憋了两日，竟也收拾好了行囊。

临走时，简默上前抱了抱她，“思安，我是真的想和你在一起。”

蜜语甜言更兼美色在前，林思安忍不住心底一暖。

“你会找到真正适合你的女孩。”

Ann斜斜地叼着一根烟，瞅着她，“想通了？”

林思安低叹，“我是回去参加旧情人的婚礼。”

Ann讥讽地大笑，“扔了丈夫，撵跑了新欢，又回去参加旧爱的婚礼，你这个女人真是不知好歹。”

林思安但笑不语，未免对这评价受之有愧，马不停蹄地赶回了B城。

林母也被她折腾得磨硬了心肠，越来越听之任之，“你床底下的那个箱子我没扔，锁在花房里了，你若还想要，就拿回来好了。”

林思安扯出一抹笑，迎着夕阳淡淡地说：“还是扔了吧。”

给顾嘉臣打了电话，不过半个小时，那本应和文件较劲的男人就赶了过来。

近两年不见，他清减了不少，目光却越发迫人了。原来的他是只时刻微笑的狐狸，算计阴狠都藏在肚子里，眼底总是如坐春风的笑意，如今却成了一匹独行在雪原里的狼，冰冷凌厉。

他甩上车门，在林思安面前一米的地方停下来，目光久久地定在她身上。

她说：“几天后是陆之然的婚礼，你陪我一起去吧。”

顾少低哑着嗓音，“这就是你叫我来的目的？”

林思安轻描淡写地答：“对。”

顾嘉臣气得转身就走，猛地撞上车门，好大一声响。

林思安也不去追，坐在露台上摆弄花草。片刻，顾少又风风火火地折了回来，冷着脸坐在沙发上，苦大仇深地望着她。

手一哆嗦，一盆剑兰被她剪了个二级残废，未免林院长怒发冲冠，她只好放下屠刀，转身面对另一位债主。

对视良久，二人异口同声地说："你还好吗？"

又同时沉默，顾嘉臣闭了闭眼，涩声道："你怎么忍心问？"

原来大家都对这种貌似忠良的关心敬谢不敏。

林思安沏了一壶茶，沸水浓烟，待新芽沉了，又满上两杯，推到他面前。

顾嘉臣一直看着她，目光像雨落新荷，一层淡，一层伤。

"你的公司业绩越来越好，最近谈成的几笔大生意更让你顾少在国外声名鹊起，我偏居 Y 国小城都能看到关于你的报道。"

顾嘉臣淡声道："而你却离我越来越远。"

"可我却很快乐。我不再是活在你羽翼下的小顾太。"

林思安的直言不讳又一次刺伤了顾少，好在他已练就铜皮铁骨不坏身。你想让我说什么？偏偏我就什么也不说。让你时刻记着后面有个男人翘首以盼的身影，飞也飞得不踏实。

陆之然的婚礼在一家酒楼举行，伴郎楚哥威武在侧，身形几乎要顶过两个单薄的新郎。

想是多喝了几杯，楚哥拉着林思安心有戚戚，"我当初一直以为，跟他牵手白头的人一定会是你。没想到世事难料，今天你竟然还能心平气和地祝他和别的女人百年好合。唉，你们都长大了。"

林思安笑笑没说话，看向远处，陆之然一身得体的黑色礼服，干净而优雅，游走往来间，哪里还有半分懵懂青涩。

再也认不清当年的那个白衣少年。

角落里，顾嘉臣递来一支烟，"以后有什么需要，我和思安一定会尽力帮忙。"

陆之然不卑不亢地接过，淡淡道："多谢。"

两人站在一起，已然有些势均力敌的态势。

顾少不禁暗叹，这个孩子的确优秀得令人艳羡，工作不过几年，连番升职，如今已是公司最年轻的副总，假以时日，定是业内不可小觑的对手。林思安看人的眼光恰如箭矢破空，正中靶心，一招落地，精准得让人心惊。

“没想到，你还是把他让给我了。”季佳安慢声说，脸上的笑容和陆之然如出一辙，空洞而程式化。

“不能叫让吧，你相不相信缘分是天注定的？陆之然从一开始就属于你，是我不自量力地非要争上一争。”

季佳安一愣，“你和顾少？”

林思安敛了眼睫，“今天可是你大喜的日子，为什么要关心别人的爱恨情仇？”

“我真是搞不懂你。告诉你那些话之后，我满心以为你会和之然再在一起。”

林思安笑道：“人的这些情情爱爱又没有开关，不能一拉一合间就收放自如，我和陆之然互相折磨了这么多年，什么感情也都消耗淡了。”

“其实顾少曾经找过我。”

林思安奇道：“找你？”

“是。大致的意思是让我趁早做好接手陆之然的准备，也不用再费心机撮合你们，他死也不会放过你，横刀夺爱的事能做出一次，自然也能做出第二次。”

漂亮的新娘子轻叹，“能让一个男人对你这般势在必得，你还有什么好委屈的？”

林思安都被气笑了，跑到别人面前丢人现眼，顾嘉臣你可真给我长脸。

去洗手间补妆，出来时她看到斜斜靠在墙上的陆之然。

醉眼嫣然，却更显目光专注。

望过来时，是要将人溺毙的深邃。

一时都没说话，颇有些进退不能的尴尬。

他们已经生疏到不知如何向对方开口的地步。

还是他出言调侃，“你瘦了，也黑了，不漂亮了。”

风吹日晒半年多，小百合也要变身狗尾草。

林思安虚心承认，“的确，憔悴了不少。”

陆之然点点头，“真丑。”

林思安不禁笑出声，颊边酒窝乍现。

陆之然低下眼，睫羽颤若秋莲。

他似乎真的已经醉得很厉害了。

“我曾经甚至想过抛下一切带你私奔，躲到一个谁也找不到的地方，几年以后再拖家带口地回来，所有的事可能就会容易很多。”

林思安望着他，像听一个和自己无关的故事，专注而淡漠。

“可是我做不到，我知道你也一样。我们不能对别人绝情，只好对自己残忍。”

陆之然笑起来，明朗清澈一如四月晴天。他素来背负得太多，渐渐连笑容都是不清醒时的放纵，“我倒宁愿告诉自己，即便你和那个女人在一起又怎么样？兴许不过就是两年欢愉，到底逃不开七年之痒，中年危机，终成一对怨偶。我甚至会幻想你老了以后能有多不讲理，多招人讨厌，想着想着便也觉得，这个女人……终究也只是一个女人而已。”

林思安极慢极慢地眨了眨眼。

他的几个同事结伴上厕所，瞅见过道里的陆之然瞪起眼睛，“你不去陪新娘子，在这里干什么？这么快就惦记上娶二房了？”

醉醺醺的一巴掌拍在林思安肩上，“之然，你可不能对不起弟妹啊。”

可怜的准二房一个趔趄，被奸夫扶住才将将站稳。

几人摇摇晃晃地进了厕所。林思安挣了挣，陆之然的手却纹丝不动，更是用力把她拥进怀里。

林思安一颤，浑身上下都是违和感。

陆之然在她耳边轻声说：“我们不要再联系了好不好？这是最后一次。”

她愣愣地听着。

他却笑起来，“等你死了，或者等我死了，再到对方的坟头上敬一杯清酒吧。那时候也就真的不存在什么没齿难忘的爱恨了。”

这是今生陆之然对她唯一的一个承诺。

竟是跟她约定不死不见，非要到你死我活的境地才能兑现。

顾嘉臣曾问过她，倘若时光倒转，她会不会选择和陆之然相识。

那时她毫不犹豫地说不会。

而今反倒真的有些含糊了，和生生死死联系起来的羁绊，究竟太深，还是太浅？

她在抬眼间望到前方伫立的人影。

不知看了多久，又听了多久。

顾少面无表情，转身就走。

第二十八章

第二日，林思安便一声不响地飞回了Y国。Ann像看见失散多年的骨肉一样在机场抱着她狂啃，“我还以为你不回来了呢。”

“我这么死心眼儿的人，不把所有人都折腾死怎么舍得放手？”

“你那旧情人怎么样？”

“要和我老死不相往来。”

“你那完美丈夫呢？”

“现在恨不得要掐死我。”

Ann低叹，“那你逃难也逃错了地方。前几天我又在镇上看见Gavin了。”

林思安头痛得厉害。

Ann忽然正色道：“F国要举办美术大赛，你知道吗？”

“四年一届的那个？当然知道。”

“我的导师是评委之一，我把你的画拿给他看了。”

林思安一惊，“没吓到老人家吧？”

“你这个女人到底是在谦虚还是在炫耀？老师说你的画很有灵性，强烈建议你去试一试。”

林思安的确有些心动。

在Y国这半年多的时间，她也算刻苦勤奋，马不停蹄地想要找回曾经握笔的力度，手里也有几件相当满意的作品，可惜却没什么市场，尴尴尬尬地挂了好久也无人问津，最后还是Gavin友情客串，买走了全部。

她又不是凡·高。

想到此，她又不禁有些犹豫，“我再考虑一下吧。”

果然没过两日，林思安就又在街上巧遇简默。

小帅哥愤愤不平地问：“你不是说你不回来了吗？”

她亦反问：“你怎么这么快就又回来了？”

简默红着脸没说话。

在Y国又不咸不淡地过了半年，林思安每天都上网关注顾氏的消息，隔着千万里，好像和他依然心脉相连。这日，有媒体爆出顾少最新的感情动向，纷纷猜测他是否好事将近。

那是程家的千金，从小和顾嘉臣青梅竹马，近来两家走动颇近。林思安看到她的照片，俏生生的一张芙蓉貌，楚楚可怜，曾放言女人若嫁，就要嫁顾少这样的男人。

门当户对的世交豪绅，向来是供人揣摩的关系。大家八卦之心横起，一时众说纷纭，谁还记得顾少的糟糠之妻。

没几天，就有记者拍到了两人的暧昧照片，竟是相携步入宾馆。

林思安气得连指尖都在哆嗦，打电话过去，那边还迟迟不接。

好不容易通了，字字句句间哪里还顾得上给彼此留些余地，她忘了是自己不辞而别，是自己和他断绝联系，她忘了这两年的空当，好像他们还是刚刚表过忠心的情侣，“顾嘉臣！你就那么急着娶老婆是不是？要不要我帮你介绍一个？保证安全还打八折！”

那边久久没有说话，呼吸极慢，细若悬丝一般。

痛得狠了，竟流不出眼泪。

林思安劈手拂下桌上的画稿，声音尖厉如铁器在生了锈的铜上划过，一道一道，几乎要喊出血来，“你在逼我是不是？你在逼我！顾大少！你可真是一点儿亏都吃不得！你明知我恶心什么，你还故意往我胸口上戳刀子，是不是真要逼死我你才算满意？”

那边竟还是没有声音。

林思安跌坐在床上，望着远处的万丈霞光，“好……顾嘉臣……很好。”

有人拿过电话，是温柔的女声，“林小姐，嘉臣刚切完声带息肉，你让他怎么开口？”

那边一字一句地说：“他躺在病床上的时候，是我照顾他的一切，那个时候，你这个未婚妻在哪里？”

林思安心底一凉，刚要开口，那边已挂了线。

隔日起床，她自然憔悴了不少，Ann笑得满心欢畅，“是不是又想你那完美丈夫想得哭湿了半条枕巾？”

林思安茫然道："他做了手术，我竟然都不知道。"

"怎么这种上手术台的事也不告诉你？"

"我是不是做错了？"

Ann 捡起地上的画笔，没说话，别人教的经验和道理，总是不如自己活生生疼出来的要有意义。

满心烦闷，应简默之邀，她和镇上的一小队人去爬雪山。

一片白茫逶迤，风过影移，空气中似乎都带着细小的冰晶。

Martin 和 Mark 是兄弟，疯疯癫癫的一对摇滚青年，"不要走这条路，好没劲的，走这边。"

简默提了提背包的肩带，犹豫着说："我们还是按着手册上的指示走吧。"

Mark 做了个鬼脸，"拜托 Gavin，胆子不要那么小，除非有雪女出没，否则不会有问题的。"

一行人都笑了。

雪越来越深，踩在云上一般绵软，呼吸间是穿透肺腑的清爽，林思安心情总算好了一些。

简默望着她，"你终于笑了。"

"总不能去死。"

他小声问："你丈夫对你不好吗？"

林思安顿了顿，"到如今这个地步，我和他都有错吧。"

"你是在等他吗？"

林思安专心走路，低了头没说话。

Mark 在前面笑，"Jennifer，你打算什么时候和 Gavin 结婚？全镇的人都知道他苦追你而无果。"

林思安云淡风轻地说："你是暗恋我还是暗恋 Gavin？就属你最关心我们的事。"

Mark 涨红了脸，"死女人！"

说说笑笑地走了好一会儿，队里有人好奇道："怎么都看不到标线了？"

遥遥望去，广袤的世界是一片空白，找不到任何人工痕迹。

Martin 皱了皱眉，拿出指南针来看了看，却和印象中的方向相反。

雪又开始下。未免体温下降过快，只好又接着向前走，还是没有找到标线。

Mark 颤声问："怎么办？"

众人这才意识到危险。

Martin 道："不要停，一直走。"

天色渐晚，当大家第三次经过一块熟悉的突起冰尖时，有胆子小的年轻女孩哭了出来。

林思安拍拍她的肩膀，"你想让自己的脸被冻住吗？不要怕。"

简默竟还有心思笑得出来，"本来这是我想安慰你的话，没想到你连这个都不肯给我机会。"

Martin 解下背包扔在地上，"我们先歇一会儿吧。"

Mark 低着头，"对不起。"

女孩忍不住抱怨，"都是你！"

简默道："Mark 没有强迫任何人跟来，现在也不是抱怨的时候。"

大家围坐在一起，几乎能感觉到自己的血液流速在渐渐变慢。

Martin 拿出游山手册，"按照上面的图样，我们在半公里前就应该看到指示牌和标线，可为什么没有？"

"不会是工作人员的失误吧？"

"怎么可能？这可是人命关天的事。"

简默顺着地图看回起点，低声道："终点和起点是环状，一直走应该就能看到，会不会是我们一开始就选错了方向？"

众人沉默。风似乎更凉了。

简默猛地站起身，惊道："什么声音？"

诡异的声响自远处传来，初时似隐隐蜂鸣，越近越剧烈，渐有雷霆万钧之势。

一片风雪朦胧后，巨大的雪山在崩塌，像被毁天灭地的铲土机推着一般疯狂地滚过来。

Martin 大喊："是雪崩！快跑！"

慌乱逃窜中，林思安不慎跌倒，在冰上滑出老远，翻下雪坡，整个人滚了下去，"啊！"

"Jennifer！"简默猛地扑过来，抓住她的胳膊，两个人抱在一起减缓落势，一路竟幸运地没撞上石头，最后狠狠地摔在地上，林思安眼花了好一阵才回过神。

简默紧紧地搂着她，抖着嗓子问："你没事吧？"

林思安摇摇头，猛地瞥见他额上的汗，惊道："你受伤了？"

挣出他的怀抱一看，林思安才惊觉他的整条手臂都被碎冰磨破，伤口深可见骨。

林思安哽咽着咬紧唇，“你怎么这么傻?”

简默竟然还在笑，“你是大画家，怎么能伤到胳膊?”

找到一个天然的雪洞，刚好可以容纳两个人的深浅，二人缩着身子躲了进去。

林思安扶着他的胳膊检查伤口，顿了顿，背过身开始解衣服。

简默慌忙拉住她，“你疯了吗?”

林思安没理他，鼓捣了一会儿，拉出自己的胸衣。

带着体温的柔软布料贴上伤口，简默抖了抖，脸色涨红。

简单的固定包扎好，林思安跌靠在他身上，望着杳无边际的空白世界，一阵阵的恐惧漫上来，哑声问：“我们会死吗?”

简默心一疼，伸出手虚揽着她，“这算什么？我曾经遇到过数不清的比这危险一百倍的事，等我们出去以后我讲给你听啊。也许 Mark 他们都已经获救了，救援部队现在正满山找咱们这两个倒霉鬼呢。”

林思安没有得到半点儿宽慰，这种风雪交加的鬼天气，再重视人权也要以大局为重，怎么可能为两个异国游客的性命而冒死发动救援。

她翻遍了全身上下的兜，只可怜兮兮地找到两块巧克力，“你还有吃的吗?”

简默轻轻地点头，“还有 Mark 塞给我的糖。”

天色暗得很快，转眼间他们只能模糊地分辨清彼此。

空旷的雪地没有一丝声响，静得让人发慌。

死灰般的绝望渐渐笼罩下来。

林思安的呼吸开始变得急促，没有人能控制得了自己的本能恐惧。

她闭上眼。

这一刻，她是这般思念顾嘉臣，从未有过的思念。

好像只要想一想他，念一念他的名字，就可以得到无尽的力量。

直到现在她才明白，原来无论走多远，过了多少年，顾嘉臣始终是烙在她心底的人，即使血肉模糊，痛彻肺腑，也是她爱和恨的动机，生和死的企图。

简默摇了摇她，撕开巧克力的包装，递过去，“吃了吧，天太冷了，你会受不了的。”

林思安咬了一半，而后推给他，一双黑白分明的眼睛望了望，见他吃下去，才默默低下头来。

攥紧了领口，她和他像两个互相取暖的北极熊一样靠在一起，“陪我说说话。”

“好。”

“你爱过什么人吗?”

简默一顿，“很多年前的事了，我爱上过一个吉卜赛姑娘。”

“后来呢?”

“她死了。”

又是生生死死下的人间悲剧。

“如今死到临头，我才明白平凡生活的可贵。”

简默把她更深地裹进怀里，声音沉稳如山，“不会有事的。我要把你平安地交回到你丈夫手上。”

夜色终于深到看不见近在咫尺的对方，林思安痉挛般地一哆嗦，哽咽着问：“真的会有人来救我们吗?”

简默亦冷得牙齿打战，捧起她的手，不停地搓揉。

不知尽头的天寒地冻，穿透每一颗细胞的冰冷。

林思安的意识已经有些模糊，一直喃喃自语：“Gavin，我们会没事吧?”

简默便在她耳边一遍遍不厌其烦地答，抖着嗓音说：“不要睡。起来，不要睡。”

朦朦胧胧间，有温热柔软的气息贴近，连同醇厚的甜腻一同扑了过来。

林思安艰涩地睁开眼，发现她裹着简默的上衣，他正将仅剩的一点儿巧克力喂给自己。

嗓子痛得说不出话，她只能微弱地摇摇头。

简默却像没看懂，搓着她的手掌和胸口，嘴唇已经青得发紫，还有心思开玩笑，“我可不是在占你便宜啊。”

林思安望着他，不能语，不能动，只有眼泪源源不断地滚下来。

这个男人，必定也是对她万分真心的吧?

林思安醒来时看到坐在床边的人，胡子拉碴，一脸憔悴，以至于她看了好久才认出那是谁。

眼泪簌簌落下来，她动了动唇，喉咙像被火烧一样，发不出半点儿声音。

顾嘉臣静静地望着她，见她醒来，也没露出几分欣喜。

他狠狠地攥着林思安的下巴，眼睛里是汹涌动荡的海水，刺骨的疲惫。

他恶狠狠地吼：“是不是要把我活生生折磨到死，你才会甘心?”

林思安还没来得及说话，那凶神恶煞的人便眼一翻晕了过去，吓得她魂飞魄散不说，还被压了个半死。

医生看了两眼便把他抬到病床上，“疲劳过度，没大事，睡一觉就好。”

乍然得知自己遇险的消息时，他是什么反应呢？又是怀着怎样的心情一路马不停蹄地赶了过来？

林思安直勾勾地盯了他两眼，不敢再想。

找到简默的病房，他正坐在床上听广播，看见林思安立刻笑开，“Jennifer！你醒了啊。”

林思安笑笑，“你精神不错。”

“是啊，哪像你，一下睡了那么久，一检查医生还说你什么营养不良，忧思过度，这都是你得的病吗？”

林思安想到病床上的某人，难怪他方才恨不得活吃了自己。

简默顿了下，轻声道：“你等的人终于来了。”

她不禁抬眼望着他，简默歪七扭八地披着病号服，胳膊斜吊在脖子上，脸上挂着几处擦伤，头发也乱得像鸡窝，却让她觉得是那样温暖。

这就是那个生死关头还在保护她的傻子，没有他，自己真的能撑下来吗？

林思安突然有些难以启齿，犹豫着说：“简默，谢谢你。”

他扬起脖子，使劲揉了揉脸，笑嘻嘻地说：“好兄弟嘛，说什么谢谢！”

两人都没有再谈起雪山里的一天一夜，好像被人强行挖去了记忆。

林思安向后退了退，“那你好好休息吧，我先回去了。”

简默挥了挥手，又转过头和收音机较劲。

待她出了房门，简默脸上的笑容才垮了下来。

那日他刚一醒过来，便跌跌撞撞地跑去 Jennifer 的病房，却看到她床边早已守着一个男人。

那人回过头，满身疲惫，难掩不凡气度。

他伸过手，“你好，我是思安的丈夫。”

简默恍然，这才该是 Jennifer 放在心里不敢爱亦舍不得恨的人。

这样一个男人，优秀得让人缄口无言。

他拂了拂林思安额前的头发，淡淡地说：“多谢你对安安的照顾，这丫头从不让人省心，以后我来就好，不敢再劳烦你。”

简默忍不住开口，“你的占有欲从来都是这样强吗？”

顾嘉臣看了看他，仅那一个眼神，便让他咽下了后面的话。

“危难关头，陪在我妻子身边生死与共的是另一个男人，你还指望我应该如何大度?”

他的眼里一时有太多太多的情绪，简默忽然有些分不清。

只知道，今生今世，那个被他刻在心上的女人，终究不会回过头来看他一眼，即使一同经历过生死，又怎样?

林思安没有在医院久留，临床的顾少和临屋的简默都让她分外闹心。

回去的路上，她碰到了 Mark 和 Martin 两兄弟，Mark 上来给了她一个大大的拥抱，捧着她的脸左右看了看，“嗯嗯，没毁容，还是那么漂亮。”

林思安抬手拍开他。

Mark 忽然想起什么，惊道：“Jennifer，你竟然已经结婚了?”

“我一早不是就说了?”

“我们还以为那是你拒绝 Gavin 的借口。没想到你还真有个俊美出众的丈夫。”

“怎么? 又开始惦记上我的男人了?”

“你个没心没肺的死女人! 有那么好的丈夫还离家出走? 他可是不眠不休地在你床边守了整整三天!”

林思安无言以对，匆匆告别，回到租住的房子。

和房东太太打好招呼，她又去镇上买了材料。切丝、沸水、勾味，花了几个小时的时间煲好一锅大补汤。

细细装好，她忍不住面无表情地发了一会儿呆。来这里这么长时间，她都舍不得这般犒劳自己一下。

而今顾少不远万里地来这儿生了一场病，气都喘不匀她就要巴巴地跑过去伺候。

真正是个活冤家。

赶到医院，顾嘉臣正不急不缓地靠在床上闭目养神。

听到响动睁开眼，他消瘦的脸上硬是挤不出一丝笑，“本来是赶过来照顾你的，怎么本末倒置了?”

林思安放好保温杯，坐在椅子上静静地望着他。

顾少撑起身子，胳膊一脱力，险些跌回去。

她仍是表情空洞，瞎了一般没看到。

顾嘉臣总算艰难地坐起来，皮肤苍白，目光淡漠，像是刚爬出棺材的吸血鬼。

林思安这才拧开保温杯的盖子，搅了搅浓稠的汤汁，忽然问：“那个程家美人不会已经入主西厢了吧？”

顾少闭上眼，气息分外哀凉。

林思安冷冷地笑起来，“我猜报上的小道消息也不太靠谱，听说那时候你在准备手术，没力气脱裤子吧？”

顾嘉臣漠声道：“晚晴有个深爱的恋人，我不过是被她利用的试金石而已。”

林思安淡淡地说：“哦。”又轻描淡写地问，“怎么上手术台的事也不告诉我？”

“小手术而已。”

“总会有风险的，你要是死了，我和谁互相折磨去。”

“有大笔丰厚的遗产在等着你。”

林思安笑着点头，“这样啊。”不再多说，又重新盖上保温杯，起身离去。

走到门口时，她听到顾少撕心裂肺的一声喊：“林思安！”

林思安停下。

那样艰涩的声音，像含恨淬成的黄连酒，“和我多说一句话都不愿意了吗？”

她微仰起头，用力瞪大双眼，生生把阵阵酸涩给逼了回去。

顾少挣扎着下床，腿一软，险些摔滚下来。

林思安心底一叹，回身扶起他，触手是突出的肋骨，全身上下都透着病态。

顾嘉臣望着她，“陪我待一会儿吧。”

“你这是何必。算准了苦肉计每次都会让我心软是不是？”

捧过辛苦了数小时的大补汤，她低低地道：“喝了吧，我也放心些。”

顾少尝了一口，忽然苦涩地一笑。

林思安不知他想起了什么，拉过他的手细细地摩挲着，手背上道道青筋狰狞，还有输液留下的针孔，触目惊心的虚弱。

林思安的指尖在那枚戒指上滑了两圈，“你竟然一直戴着。”

顾少慢慢地说：“你当我像你一样狠心吗？”

林思安抿了抿唇，忍不住轻叹，“为什么不照顾好自己？”

顾嘉臣抚上她的脸，本就伶仃柔弱的小人儿，如今脸瘦得像骷髅，微嘲道：“你又比我好了多少？”

收回颤抖的手，他不敢再碰她。

他顾嘉臣爱的女人，竟被他逼成了这副模样。

眼泪扑簌簌地滑下来，林思安却像没感觉到，只知道望着他，眼都不眨地望着他，喃喃道："我想你。你猜不到我有多想你。吃饭想、坐车想、散步想、画画想，做什么都在想你。到最后都不敢睡觉，整夜整夜地发呆，一闭上眼就看见你。梦不到你的不好，全是你的温柔、你的体贴、你的动情，醒来以后眼睛都是疼的，哭不出来的疼。顾嘉臣，我知道，我离不开你。我不敢想象，倘若有一天你爱上了别的女人，于我会是多大的一场浩劫。有时我甚至在想，只要给我个机会让我待在你身边，就已经够了。曾经那些痛、那些恨、那些伤害，我都愿意忘记，不仅爱你成痴，还要将你供奉成神，这样的感情，是不是一种罪？"

他静静地听着。

林思安闭上眼，凑过去吻他，一滴泪恰好落下，哪里还尝得到半分甜蜜，分明都是苦涩，情到深处，也不过一句哽咽，"顾嘉臣，我爱你。"

顾少却狠狠地反咬回来，像是最绝情的猎人，在展露柔软的猎物面前肆意挞伐，不见丝毫温存。

林思安乖顺地承受着他的粗暴，目光是十二桥下映着的月光，静默而哀婉。

唇上的鲜血混进了嘴里，凉薄的痛。

顾嘉臣舔了舔她的伤口，默默退开。

他不是圣人。寡情的顾少有着高不可攀的自尊，从来都是对别人狠，对自己更狠。

哪个女人舍得让他受半点儿委屈？谁不是迁就着他的骄傲，成全着他的潇洒？

偏生就是报应不爽。

林思安是他的毒他的瘾，对她不知轻重的执著是那样危险。

可他从来没想过要戒掉，即使明知很多时候他只需松一松手，便能彻底扔掉她。

堂堂顾少，何尝不是爱个女人爱得那么廉价而卑微？

林思安死死地掐着他的命门，动辄便可让他一败涂地。

第二十九章

顾嘉臣和林思安一起回了她租住的房子，过于低矮的门框，甚至要他低下头才能安全进去。

他环顾整个房间，眼睛里像沉淀着墨水。

林思安有些局促，想请他坐下，却想起唯一的一把沙发椅在前些时候断了腿儿。

顾少淡淡地瞥她一眼，冷声道："安安真是好本事，昔日在家也是千娇万宠的金枝玉叶，如今倒受得了这种苦。"

林思安微低下头，垂着眼睛没说话。

昔日她一露出这种表情，顾嘉臣就恨不得把心尖子揉碎，而今却能漠然地看着，真不知是谁比谁更狠。

顾少病好后也没急着回公司，眼一闭就赖在 Y 国不走了，每天睡到日上三竿才起。有时出门散散步，心情好了就去看林思安画画，"这边的确挺好的，怪不得你不愿意回去。"

林思安忍不住腹诽，你这种游手好闲的生活状态，每个人都会觉得赛天堂。

顾少大驾光临，可不仅仅是多张嘴而已，这不吃那不穿，平日的生活琐事林思安恨不得要操碎一百颗心，分厘都差不得，稍不如意那人就要蹙着眉抱怨，"这都做不好，你怎么为人妻子？"

林思安恨得牙根痒痒，又说不出狠话，怕把他气回 B 城，到时候难受的又是自己。近来她也狡猾了许多，尤其是经历了雪山之险后，更加明白倔犟不能解决任何问题，可以和某个人相爱，是这般幸运，应该分外珍惜。

胆战心惊地数了数钞票，林思安心里颇为酸涩，往日支出尽是她卖画所得，而坐吃山空的顾公鸡没有掏一分钱。

她只好加倍努力，接下更多的杂志任务。Y 国人素来骄傲，对亚洲人多有不屑，林思安点头哈腰地去交稿，换取微薄的稿费，那阴阳怪气的主编在她的脑海里已经死了一百次。

晚上挑灯夜战，顾少还凑过来捣乱，端着杯牛奶坐在桌子上，边喝边看着她。

顶着火辣辣的半边脸，灵感霎时便秘。

林思安温声问："你有什么事？"

顾少笑眯眯地说："没事啊，就是想看看你。"

"我在工作。"

"我又没有打扰你。"

"你能不能去别的地方？"

他淡淡地问："这么不想看到我？"

林思安动心忍性，"我没有。"

他便似笑非笑地看她一阵，一语不发地离开。

留下林思安满心琢磨："他是不是生气了？我说的是不是太过分了？"

她哪里还有心思下笔。

某天林思安回到家，一眼瞥见顾少随手扔在桌上的领带夹，忍不住眉心一跳，从小被林母训练出一双火眼金睛，林思安一眼就能判断出这些奢侈品的价值。

她拿过票单一看，一口血差点喷出来。

限量版！竟然还是个限量版！比她想的价格还要贵上几倍！

顾少靠着阳台，闲适而风流，凉凉地问："安安，这回你知道做女强人有多不容易了吧？"

林思安气得直掉眼泪，翻来覆去就那么一句话，"顾嘉臣，你怎么能这么欺负人？"

顾少暗笑，也知道此番下手太狠，凑过去揽她入怀，声声温存，"我只是想要你明白，我会一直站在你身后，任你飞任你闯，当你累的时候，只要向后一靠，我便会第一时间接住你。"

鼻尖尽是清新的皂角香，衬得顾少的软声细语分外煽情。林思安眼泪掉得更凶，狠狠搂着他的腰，"我画得手都起茧子了，也不见你理我，还在一旁说风凉话。"

顾少大呼冤枉，"我哪里敢？明明是你太爱我才会分神。"

林思安脸上发烫，未免他得意忘形，只好死死地扎进他怀里不抬头。

顾嘉臣总算向组织供出了财产，金灿灿的一张卡，晃得人眼花缭乱。

林思安还是有些不平衡，酸溜溜地说："总有一天我也会赚到这么多的钱。"

那副小屁孩儿似的别扭表情一下就把顾少逗笑了，把她压在床上一阵折磨。

简默前来告别，不顾某人杀气腾腾的眼神，上前抱了抱林思安。

千言万语都埋在了心底，概括成淡淡的一句，"你要幸福。"

林思安用力拍了拍他的背，"帅哥，你值得更好的。"

日子分外美满，不用担心事业，又没有桃花债来打扰，整日最费心的竟是琢磨究竟该吃什么，去哪里玩，这样招人嫉恨的生活简言之就是神仙眷侣的待遇。

很晚很晚，两人还是舍不得睡，躺在床上聊天。

“顾嘉臣，你说实话，你有想过放弃我吗？”

顾少没说话，隔了很久才道：“不敢想，也不能想。”

“什么意思？”

他望着林思安，“你能想象当一个男人舍弃自尊去爱一个人时，需要多深多重的感情来驱使吗？所以我不敢让你离开我。幸运的是你也同样爱我，有爱情，也有依赖，我被你当成生命里的一部分，所以我不能离开你。本能加责任，我这辈子就被你套死了。”

林思安闭上眼，那一瞬间连睫毛都刻着愧疚。她终于不得不承认，和这个男人相比，她的爱是这般夜郎自大，狭隘又虚伪。

Ann 打来电话，“比赛的日子快到了，你到底怎么想的？”

林思安一顿。

厨房传来顾少的声音，“放红酒还是白酒？”

“随便！”

Ann 吓了一跳，“谁啊这么迅速，都已经登堂入室了？”

“我丈夫。”

Ann 沉默片刻，一针见血地说：“所以你又开始犹豫要不要离开他去参加比赛？Jennifer，姹紫嫣红的画坛，总是少了你那一笔。”

林思安极轻极轻地叹了一声，“我一定会去。我需要成绩来站到和他比肩的高度。”

当晚她便和顾少说了这件事，彼时他正在看书，听了以后眉眼未动，“去多久？”

“半年。”

顾嘉臣淡淡地笑了笑，“没想到，我们之间竟会这般聚少离多。”

林思安心底一疼。

顾少拉开抽屉，递来一张机票，“我早就说过，你想要的东西，哪一样我没给过？”

林思安刹那间像被施了定身法，只有眼泪簌簌落下。

“F 国四年一度的美术大赛举世瞩目，恰逢这届日期临近，你爱画成痴，怎么可能不去？”

他在低眉间轻轻吻上她的唇，温柔仿若第一朵莲花开时的耳语。

林思安第二日醒来时，顾少已经离开了，身畔余温冰凉。

桌上有他留的纸条，只有短短四个字。

“早点回家。”

“……大赛颁奖典礼已于昨日落幕，其中有件值得一提的趣事，季军得主 Jennifer 并未到场，领奖事宜由好友全权代理。这位来自中国的林小姐非常低调，至今未接受任何媒体的采访，多家记者连夜蹲守也未能捕获其芳踪。大赛主席曾笑赞她不骄不躁，是位真正的艺术家……”

顾嘉臣把玩着手里的钢笔，唇角隐隐带着笑意。

程晚晴也没敲门，大大咧咧地闯进来，“听说小顾太获奖了？”

顾嘉臣松了一口气，“她终于获奖了。”

程晚晴大笑，“你还真是个胆小鬼！不过摊上林思安这么一个极品，一般男人还真消受不起。不枉我牺牲名节陪你演一出戏，顾嘉臣！你可不许骗我，城西的那块地要分我一半！”

“我顾嘉臣向来一言九鼎，给你就给你。”

“林思安到底什么时候回来？”

“应该就这几天了，颜唱唱和唐健康的订婚礼快到了，她一定会赶回来。”

“哇，一回来就参加喜事，她还真幸运。”

“这话你可不要让唐健康听到，颜唱唱为了等她把时间一推再推，唐健康早就恨得牙痒痒了。”

“这位小顾太啊，远在异国他乡还给健康找麻烦。”

顾嘉臣忍不住轻叹，“这么急着结婚干什么？”

程晚晴挑挑眉，“也对，你就是差点生不如死的前车之鉴。”

两个人不禁相视一笑。

飞机上，Ann 对着杂志封面上的男人流口水，“真帅。嗯，真帅。”

林思安笑了笑。

“你这个女人真是好命，这样的男人都能被你骗入囊中。”

“喂，明明是他勾引我的好不好？”

Ann 来了兴趣，问道：“你们到底是怎么认识的？”

林思安的目光落在那本杂志上，顾嘉臣优雅自信的气度一如初见，漫不经心，却又勾魂夺魄。

想起那日她和他初见，彼端君子气质温良，形容妖孽，一眼，便是锋刀出鞘般的决绝沦陷。

林思安敛了睫羽，轻声道："第一次见他啊……场面很无聊的。"

Ann摇头失笑，"大画家，爱情事业双丰收的感觉怎么样？"

林思安的手抚上小腹，眼波似暗夜星芒，温软而明亮，"我还有一个惊喜要送给他。"

窗外，碧空如洗，云烟若簇，隐约有一道彩虹斑斓过万顷霞光，浅浅透出。

（完）

【番外一】

蔷薇烂漫豆蔻时

那是她和陆之然在一起三个月之后的某个夜晚，林思安在宿舍的阳台上看到那美得让人心动的一幕，槐花在路灯的光影里纷纷扬扬地落下，唐健康揽着颜唱唱的腰，吻得忘乎所以，如痴如狂。

虽然他不是王子，貌似只是丢了剑的骑士，而她也不是公主，只是一头张牙舞爪的暴力恐龙。

但是那情调，那氛围，那你侬我侬的小情深，还是让林思安倍感嫉妒。

她撑在栏杆上，轻轻一咬唇。

连月亮都那么配合，又圆又亮，想到某人，她几乎有了变身狼人的冲动。

不一会儿，颜唱唱就蹦蹦跳跳地上来了，她刚被临幸过，眼里哪看得到其他怨妇，只拿着小睡衣捂着脸，笑嘻嘻地倒在床上，不明所以地偷乐了好一阵，忽然娇滴滴地迸出一句，“真讨厌!”

林思安额上掉下几条黑线，轻飘飘地走过来，蹲在她的床前，直勾勾地盯着她。

颜唱唱手一滑，睡衣掉下来，立刻被眼前的人吓了一大跳，“你干什么?”

“什么感觉?”

“啊?”

“我问你是什么感觉。”

“我……被你吓了一跳。”

林思安皱起眉，拉着她的胳膊一阵磨蹭，“唱唱唱唱唱唱唱唱！你快跟我说说，他亲你的时候你什么感觉。”

颜唱唱赛城墙的脸皮一下就红了，周身都飘着小桃花，只知道傻笑，“就是……就是……挺好的呗。”

“有没有书上说的那种心跳加速头晕目眩欲仙欲死的感觉?”

“别说，还真有点儿。你呢你呢？你和陆之然呢?”

林思安的脸一下就拉到了脚面上，沉着嗓音嘟囔了一句。

“什么什么？你说什么?”

“他没亲过我。”

颜唱唱“哦”了一声，拿过桌上的水美滋滋地喝了起来。

林思安瞪大眼，满腹的倾诉欲让她生生给堵了回来，只觉得眼前一黑，男朋友对待她像路人甲，闺蜜又为了个男人不管她的死活，小火苗蹭蹭往上冒，她暗暗发誓明天就找唐健康决一死战。

颜唱唱过意不去，总算敷衍着说了一句，“陆之然比较慢热，你又不是不知道……”

林思安更委屈了，她从不肯落于人后，连这种事也要拼个你死我活，唇角一撇就哭了出来，“给他打电话！现在就打！我倒要问问他，好歹我也算拿得出手吧，怎么他就那么嫌弃我，连亲都不肯亲我一下啊！”

“不是吧……”

“你打不打！”

颜唱唱权衡了一下，觉得出事了死得最惨的也不是自己，于是就拨通了号码，响了没几声就接通了，颜唱唱非常慈爱地说：“之然啊……”

林思安耳朵一动。

“吃饭了吗？哦……在工作啊，现在忙不忙？哈哈是吗……楚哥还好吧？”眼见着林思安越来越黑的脸，忙道，“啊啊，等等啊，让安安跟你说。”

林思安一副“你不跪着求我我绝不看你一眼”的表情，正气凛然地接过电话。

陆之然淡淡地说：“喂？”

林思安心脏怦怦地急跳起来，却还是死憋着没说话。

陆之然轻声道：“思安？”

林思安细声细气地“嗯”了一声，“你工作累不累啊？”

“还好。吃过饭了吗？”

“吃了。和同学一起去食堂吃的，王师傅做的兰州拉面，不放辣椒不放醋。”

“又把牛肉扔了吧？”

“没有。”

“真的？”

“就扔了一小片。”

“别老挑食，你是学医的，不需要我总是提醒你这些吧？”

“哦。”

“早点儿休息，晚上睡觉别把手机放在床头。”

“那我要是听不到你的电话怎么办？”

“你听话。”

“好吧。”

“那我先挂了？晚安。”

“嗯，晚安，你回家要小心啊。”

林思安挂上电话，和颜唱唱并排躺在床上，笑眯眯地望着天花板，手冰了冰发烫的双颊，忽然娇声道："真讨厌!"

颜唱唱一激灵，摸了摸自己的胳膊，轻轻一叹。

林思安妩媚一笑，"你在干什么?"

"为我阵亡的鸡皮疙瘩哀悼。"

"你嫉妒我!"

"怎么刚才陆之然亲你了吗？哈哈哈!"

林思安一咬牙，一捶床，眼里是不屈的革命之光，"你等着！你等着！他不亲，我亲!"

第二天是周末，林思安借口月考将近急需复习之由没有回家，一大早就爬起来梳洗打扮，确定连公蚊子都会多围着自己转两圈之后，终于款款生姿地出了门。

医大和Q大离得很近，两所百年名校巍立在B城中轴线上，林思安楚楚可怜地跟门卫说自己忘了带门卡，便恬不知耻地大摇大摆走了进去。

一直到男生宿舍楼下，她才给陆之然打了个电话，"给你个惊喜啊。"

他的声音带了些淡薄的笑意，"我能说不要吗?"

"对不起，概不退货。陆先生，打开窗子看看，你的快递到了。"

陆之然不疑有他，当下便跳下床，光着上身跑到阳台上。阳光下，林思安将他白生生的小身板看了个一清二楚，脸刷的一下就红了，明明兴奋得要死，嘴上却还故作羞涩地说："你你……耍什么流氓。"

陆之然也有些尴尬，轻咳一声道："你怎么来了?"

林思安又偷瞄了一眼，发现他已经回去了，不由有些失望，只说："怎么我不能来吗？你被窝里藏着谁呢?"

陆之然轻轻一叹，随口道："要不上来看看啊。"

不想林思安立刻跃跃欲试地接道："真的？等我啊等我啊！我就来我就来!"说着便挂了电话，那模样活似急待调戏小美人的怪叔叔。

陆之然足足愣了三秒才反应过来，忙去拍还赖在床上的老三老四，连带着扔了一件上衣给通宵打游戏的老五，"快点起来穿衣服，有女生要过来。"

老三迷迷糊糊地从床上爬起来，咧开嘴笑道："哎哟，不错哦，哥们儿真够迅速的，这么快就给我介绍女朋友了?"

陆之然忙着收拾床铺，来不及理他。

林思安又用楚楚可怜的无耻嘴脸骗过了宿管，以找哥哥借书为由，让宿管大叔引狼入室。

她上了楼梯，来到二楼，一路上白色裙角翩跹，惹来目光无数。她受用非常，忙又拢了拢头发，以求达到迷惑人心的最高标准。

门一打开，她微微歪着头，笑眯了一双杏眸，伸出右手轻轻晃了晃，“嗨，你们好。”

老三吸溜了一下口水。

林思安接道：“我是之然的女朋友。”

屋里霎时有几道怨念的目光射向某人。

于是陆之然很肯定地“嗯”了一声。

林思安被请进屋，仪态万方地坐在陆之然的床上，间或偷瞄一下屋里有没有什么可疑的物件。老五是高度近视，早起没戴眼镜，看不清林思安的样貌，只瞥到一团模糊的白，也没了小男生看见小美女的羞涩，大大咧咧地道：“嫂子喝什么？”

老三也忙道：“是啊是啊，嫂子想喝什么饮料？跟我们说吧。”

老四直接举了过来，左手是红茶，右手是绿茶，眼角还示意她去看桌下。

林思安笑了笑，“你们都比之然小吗？要叫我嫂子？”

“没错啊，我们是按宿舍里的排序来的。”

“那之然排老几？”

“之然是老二。”

林思安一个没忍住，扑哧一声就笑了出来，为保持纯情少女的水晶形象，忙又以手掩唇，娇滴滴地说：“你们平时一定都对之然很好吧？”

“哈哈，是我们受之然照顾比较多。”

“就是啊，之然为人很仗义的，上次经管院那帮人来挑衅，之然第一个就冲上去了。”

敢偷偷打架不告诉我！林思安暗暗记了一笔。

“而且之然还很专情呢，虽然他没提过他有女朋友，但也从来没和其他女生多说过一句话。”

敢不给我证明身份！林思安暗暗记下了第二笔。

“怪不得上次中文系的系花请之然去看电影他都不去呢，原来是已经有了这么漂亮的女朋友了啊。”

还有个中文系系花！陆之然你想不想过了！林思安恶狠狠地看了他一眼。

陆之然面无表情地回视着她。

林思安小朋友又很没种地败下阵来，怯生生地缩在他身边，好像经常被家庭暴力可偏偏又对他死心塌地的小媳妇，只细声问："反正我今天也没什么事，不如就帮你们收拾收拾屋子吧，你们有要洗的衣服吗？都交给我吧。"她笑着垂下眼，看着自己十指纤纤的玉手，心道谁敢真拿出臭袜子来我就第一个掐死他。

好在陆之然的兄弟们大小脑都发育正常，笑着一打岔就过去了，林思安和陆之然又坐了一会儿，便和他们告别出门了。

林思安穿了一件洁白的连衣裙，陆之然又穿了一件白T恤，两人走在一起，衣袂飘飘，衬着如花似玉的容貌，真如金童玉女一般。林思安得意的小心思又上来了，微微疑惑地问："他们为什么总是看我啊？"

陆之然不理她。

林思安便凑过去，真的非常不解似的，"是不是觉得我长得漂亮啊？"

陆之然非常不屑地看了她一眼。

林思安立刻就奓毛了，抱着他的手臂不依不饶，恨恨地说："你夸我一句怎么了！怎么了怎么了！你会死吗你！"

她别扭地晃悠着身子，一不留神踩到一颗小石子，整个人都踉跄了一下。陆之然忙扶住她，抬脚把那颗石子踢到一旁，轻轻道："别闹。"

林思安动了动腰，感觉到他揽在自己身上的手臂，心里美了，微微一倾身子，虚虚地挨近他怀里，跟个小孩似的，小声说："抱抱我啊。"

陆之然一顿，揽在她腰上的手臂又紧了紧。

林思安的视线慢慢往上移，经过他白玉般削尖的下巴，停在那玫瑰色的薄唇上。

真讨厌，一个男人，嘴唇却那么好看。

林思安嘟着嘴，漫不经心地，一点儿一点儿地靠近。

陆之然左右瞥了瞥，见还是有人对他们指指点点，心里不由得一阵不悦，当下便侧过头，拉着她的手离开。

林思安"啊"了一声，心道只差一点儿啊！只差一点儿！怎么能这样！

两人原本也没约好去哪里玩，便在路边慢慢走着，林思安小朋友在心爱的人面前向来掩藏不住真正的丑陋面目，一路上蹦蹦跳跳，招猫逗狗，连坐在婴儿车里的小婴儿都要调戏一番才觉得过瘾。陆之然便在一旁静静地看着她，唇角带着几分不易察觉的笑意，时而帮她撩起路边垂下来的槐树叶子，时而在人多时将她半掩进怀里。

两人走着走着就到了樱花公园，林思安心念一动，这就是天时地利啊！想纷纷扬扬的樱花飘落，她和陆之然深情对视，镜头拉近，特写，两人慢慢靠近，音乐，高潮，一切不都是水到渠成吗？

林思安擦了擦口水，说："跟我去公园玩玩儿？"

那口气就像古代的恶少当街拉住良家少女，不怀好意地问："跟爷回家玩玩儿？"

好在陆之然英勇无畏，有着明知山有虎，偏要去打虎的精神，便无所谓地点点头。

林思安美滋滋地去牵他的手，陆之然有些别扭，不着痕迹地滑了出来。过了片刻，林思安又去牵，陆之然借着看手表，又滑了出来。几次三番下来，林思安愤怒了，"你干什么啊？"

陆之然有些语塞，他一向不喜欢和别人太过亲密，林思安也是知道的，可她总是非常喜欢挑战极限，以此来标榜自己和别人的不同。陆之然见她气红了脸，小眼神里分明有几分受伤，当下便软了心尖，勾过她的手指，低声道："别生气了。"

林思安垂下头，"我不知道你这么讨厌我。"

"我没有。"

"哪有情侣不牵手的？"你还不给我亲！

陆之然想了想，无言以对。

林思安瞪大了眼睛，敢给我玩这手？想冷战啊是不是？

"你说啊！你就是不喜欢我对不对？"

"我没有。"

"那你……那你……那你为什么不亲我？"

她眼睛一转，忽然委屈道："陆之然……我好喜欢好喜欢你的……你不能这么对我。"

陆之然立刻缴械投降，把她拉进怀里，林思安刚嘟起的小嘴，一下就亲在了他的肩膀上。林思安简直是出离愤怒了，忍不住在他肩膀上狠狠一咬。

好歹把别扭的林思安小朋友哄高兴了，两人又手牵着手往前走。因为是周末，来樱花公园玩的人渐渐多了起来，放眼望去，除了人还是人，林思安臆想中的世外小桃源还是没有出现，她不由得有些泄气，加上走得累了，便说："去湖边坐坐吧？"

陆之然去冷饮店买了红豆冰，捧着两碗漂亮的小冰山回来，递给她一碗，自己捧了一碗，坐在她身边一言不发地吃起来。

林思安眼巴巴地瞅了他一阵，忽然说：“我要你那碗。”

陆之然有些迷茫，“为什么？”

林思安大言不惭，“红豆看起来比较多。”

陆之然一顿，于是在冰碴里扒了扒，把一颗颗晶莹剔透的小豆子盛到她碗里。

林思安目瞪口呆，心里骂了一百遍木头木头死木头！

她想，她不能再坐以待毙了。

不思上进的人，是不可取的！

她一咬牙，侧过脸便凑了上去，眼见着离目标越来越近，某根木头也终于有所察觉，微微瞥来一眼，林思安立刻就僵在了原地，彼时离他的脸颊不到一厘米。两人面面相觑了一会儿，陆之然忽然低下眼，把一勺冰晶喂到她嘴里，“刚刚又发现了一颗。”

林思安捂脸，望着身后碧波荡漾的湖水，只想跳下去一了百了。

某人备受打击，色心稍稍收敛，终于乖乖地陪在他身边。

赏花的人虽然多，好在还算有秩序，排着队过去，两人终于看到粉霞连天的胜景。风过处，花瓣纷纷扬扬地落下来，飘了路人满身，小孩子在花屑中嬉戏，银铃般的笑声回荡在樱花树间。林思安母性大发，发着发着就把心里想的问题问了出来，“你以后想要几个孩子？”

才一问完，她便回过神来，撞上陆之然似笑非笑的眼神，只窘得恨不得钻到地缝里去。她慌忙垂下头，像只熟透的小番茄，花瓣纷纷落在她的头上，脸侧，还有唇畔，那粉嫩的樱花，竟及不上她嘴唇的妩媚。陆之然心头狠狠一动，情不自禁地托起她的下巴，慢慢地靠近，再靠近。

林思安的睫毛飞快地眨着，心脏剧烈地跳动，来了吗？终于要来了吗？她闭上眼，唇微微颤着，快点啊！这个时候也能磨蹭吗？

等了许久许久，那人还是没有动静，她不禁睁开眼，陆之然微低着头，也有些尴尬。她再一看，只见他们身旁已经围了一溜小孩子，都好奇地瞪着他们，眼睛一个比一个睁得大。

啊啊啊！小孩子什么的最讨厌了！她以后绝对不要！一个都不要！

林思安慢慢地眨眨眼，何其恬不知耻，凶巴巴地问：“你刚才想干什么？”

陆之然看她一眼。

“就是……”林思安微微仰起脸，一边忐忑，一边撒娇，“你……你想……”

陆之然一脸的云淡风轻，“快中午了，你饿不饿？”

林思安长长地呼出一口气，无精打采地说：“还好。”

风渐渐大了，天空慢慢阴下来，一声闷雷突然在头顶炸响。林思安扬起头，心道陆之然你个死木头看见没有，老天爷都看不过你这么对我了！

夏日雨急，不一会儿便有雨点落下来，公园外有间快餐店，两人便小跑过去避雨。有对情侣先他们一步，正在屋檐下整理微湿的衣服，男孩用纸巾很温柔地擦拭着女孩的头发。林思安艳羡地看了一阵，也掏出纸巾来，抬手擦了擦陆之然的脸。

隔着薄薄的纸巾也能感觉到手下肌肤的温热，林思安偷偷蹭了两下，正感叹着某人皮肤的美好触感，不经意间对上了他的眼神，那目光深邃得像有旋涡一样，直勾勾地望过来，搅得人心慌意乱。林思安脸一红，把纸巾塞到他手里，小声说：“自己来呀。”

陆之然却攥住了她的手，拉到唇边，轻轻吻了一下。

林思安低下头，嘴角几乎要咧到耳根上。

雨一直断断续续地下着，两人便在快餐店消磨了一个下午的时间，快到黄昏时才出了门，打算一起去楚哥的酒吧转转。

一场大雨驱走了夏日的燥热，空气里满是湿意，地上是大片小片的水坑，静静地倒映着路边苍翠的树木和林立的高楼。林思安蹦蹦跳跳地走，一刻不得闲，被陆之然一瞪才老实下来。

两人去坐公交车，人虽然多，林思安却觉得摇摇晃晃的很好玩，陆之然双手撑在她身侧的栏杆上，围出一个小小的空间，林思安便抱着他的手臂，随着车子的惯性，笑眯眯地倒在他身上。

“其实……你还记得今天是什么日子吗？”

陆之然淡淡反问：“什么？”

“那我给你提个醒好了，今天是二十一号。”

陆之然想了想，“下周你就该月考了。”

“不对不对，再想想。”

“我昨天已经发过工资了。”

林思安不满地看了他一眼，“怎么你除了考试和赚钱就没其他事可干了吗？”

“差不多。”

林思安忍了忍，心道淡定淡定，不能跟他一般见识，“那你还记不记得三个月前的二十一号是什么日子？”

陆之然心里一动，却没说话。

林思安委屈地问："你不会真不记得了吧?"

陆之然侧过脸，闷声敷衍道："什么啊……谁会记得那种事。"

林思安气得不行，恨道："你凭什么不记得！你敢不记得！三个月前的今天，是谁死气白赖地非得求我跟他在一起的啊?"

一旁的老大爷扑哧一声乐了。

陆之然耳朵微微发烫，左右看了看，低声道："你小点儿声。"

"哎呀，你还有理了!"

林思安哼了一声，推开他的手臂，站得远远的。她扶着栏杆，心想这种无情无义的人迟早有一天要变陈世美，不理不理坚决不理!

车子摇摇晃晃地开了片刻，忽然有条手臂从后面揽上林思安的腰，她坚守阵地，挺直了身子不动，当我这么好糊弄吗?结果那条手臂非但没拿开，还越来越有向下的趋势，林思安红着脸，气哼哼地回头看去，一见之下几乎气倒，站在她身后哪是陆之然，分明就是一个戴着墨镜的猥琐大叔。林思安吓得几乎尖叫，她很少坐公交车，没想到这次竟然让她遇上了传说中人神共愤的公交车色狼。她拼命往后躲，奈何车上人多，又能躲到哪里去。那大叔也不知道见好就收，被发现了还不要脸的跟着凑过来，手只顾在她腰上揉捏着。林思安急得眼泪都快出来了，往人群里找，一时却看不见陆之然。她想开口呼救，可又不知该说什么，嘴像是被黏住一样。正慌乱地不知所措时，那条手臂忽然被人扯了下去，大叔一声惨叫，手腕被狠狠弯折着。陆之然死死地拽着他的手，脸色难看到了极点，眼底有尖锐的蓝光一闪而过。那种杀气腾腾的眼神林思安从未见过，惊得几乎说不出话来，直到那大叔疼得微微抽搐，她才反应过来，怕事情闹大了惹上麻烦，忙去抱住他的腰，"好了好了，我……我也没什么……你别这样了。"

正巧公交车到站，门缓缓开了，林思安便使出吃奶的劲儿，好歹把他拉了下去。

陆之然急促地喘息着，唇抿得死紧，林思安惊魂未定，勾着他的手指，小心翼翼地说："之然……"

陆之然一把将她揽进怀里，紧紧地拥着她，那力道像是恨不得将她融进自己的骨子里一样。林思安还没来得及受用，就听他在耳边吼道："为什么刚才不叫我?"

林思安吓得深深地垂下头，小声说："我……我就是特别害怕……我什么都忘了。"

陆之然只觉得胸口无名火四下涌动，狠狠一攥拳，推开她，大步向前走去。

林思安忙追上他，他步子大，她几乎要小跑着才能跟上，“我……我不是故意的……我当时真的很害怕啊……”说着说着又委屈起来，眼圈都红了，“你都不来安慰我……就知道凶我……陆之然你真讨厌！”

陆之然猛地停下步子，林思安没反应过来，还往前冲了几步，忙又停下来，委委屈屈地看着他。

陆之然望着她，那眼神深不见底，而她从不懂揣摩人心。

她不知道他的无奈，他的怕。

陆之然最最恐惧的，是林思安受委屈，他总是质疑他们的感情，质疑他们的未来，他怕自己始终给不了林思安想要的生活，他怕林思安总有一天会因为这样那样的原因离开他。

就像今天这样，即使他想豁出命去对她好，可还是会在一不留神间让她受到伤害。

他保护不好她。

林思安蹭过来，小动物一样挨近他怀里，“你别生气了好不好，我都没有生气。”

陆之然立刻又身心无法思考了，下巴抵在她的头顶，低声道：“下次不许这样了。有什么事，你要第一时间叫我。”

林思安美美地点点头，“嗯。我知道。”

其时已是倦鸟归巢，日落西山，橙紫色的霞光映着林思安红扑扑的脸，那一分动人，让陆之然深深的凝住了目光，只想时间永远停留在这一刻。这一天，再也不要过去。

他们下车的地方离楚哥的酒吧只有一站地，走了十五分钟也就到了。酒吧才刚刚开门，楚哥见他们这么早就来了，很是惊喜，笑道：“来请我这个媒人喝酒吗？”

林思安鄙夷地看他一眼，心道那时候我万分凄惨地守株待兔时你可没少泼冷水。

陆之然道：“现在忙吗？我正好可以帮把手。”

楚哥笑道：“我哪敢，怕有人用目光杀死我杀死我啊。”

林思安娇娇柔柔地一笑，“楚哥在说谁啊？说谁啊？”

楚哥挑挑眉，“算你们走运，正好今天店里来了新的厨师，你们帮着尝尝他的手艺如何，算我请。”

白吃白喝自然是一大乐事，林思安欢呼一声，飞快地拉着陆之然坐下来。不一会儿食物就端上桌了，是西餐，两盘意大利面，一份比萨，外加几枚小点心。

林思安挺直了腰板，在陆之然和自己腿上铺了餐巾，拿起叉子卷了面吃，呷了呷嘴，微微皱眉道："面不够劲道啊，牛肉也不够烂。"

楚哥笑了一声，指着点心说："尝尝这个。"

"嗯……芝士放得太多了，很腻啊。"

"那比萨呢？"

"一般般吧，可是我不爱吃这个。"

楚哥望着陆之然叹气，"哥们儿，你不容易啊，真不容易。"也不待林思安反应过来，说完就摇头晃脑地走了。

林思安不满，要找陆之然评公道，"我很挑剔吗？"

陆之然喝了一口果汁，心想原来你也知道，嘴上却说："还好。"

两人吃完了饭，店里的客人也多了起来，斑斓的灯光流泻下来，整个屋子仿佛笼罩在魅惑的烟雾之下，一会儿是玫瑰紫，一会儿是琉璃黄。林思安心里软软的，拉起他说："走，我们也去跳舞。"

舒缓的音乐像海水般涌过来，她在他的手掌里转过了一圈又一圈，朦胧的灯光下，她的目光一刻也舍不得离开他，没有华丽的礼服又如何？

她有她的王子，他是这世上最最英俊的人，许她一世情深。

一曲完毕，林思安像喝醉了一样，赖在他怀里，闻着他身上淡淡的兰草香气，宛若做了一场烟岚大梦，笙歌华彩，都是为他，只是为他。

她觉得自己不能再等了，就今天，一定得是今天！

林思安从他怀里挣出来，一咬唇，瞧见他温柔的眼神，更是信心大增。

只奋力一扑！

谁想恰好小吴端着托盘经过，被台阶绊了一下，陆之然忙侧过身去扶他，耳边只听咚的一声。

林思安小朋友磕在桌沿上，正捂着嘴，哀哀地喊疼。

陆之然吓了一大跳，"思安？你怎么样？"

这一问，可是更加不得了，林思安嘴里都尝到了腥甜的味道，指尖一蹭，唇上果然见了血。

一天的委屈在这一刻终于到了爆发了，林思安忍无可忍，索性坐在地上，哇的一声哭了出来，眼泪簌簌落下，不一会儿就淌了满脸，"你是故意的！你就是故意的！你太讨厌了！”

一次两次三次都亲不到！怎么会有这种人！

陆之然顾不上迷茫，只伸手去扶她，“快点起来让我看看，思安！”

林思安小朋友眼泪汪汪地控诉，“你让我难受，让我流血，让我疼，你伤我心了！我再也不要理你了！起来起来，我要回家。”她站起来，挥开他的手，一边抹眼泪一边往外走，陆之然哪敢让她一个人出去，挡在她面前，手忙脚乱地安慰她。怪只怪平日里林思安精灵古怪的假哭不少，却没真掉过眼泪，这回哭得像被人踩了尾巴，眼泪噼里啪啦地砸在他手上，哪能不让他慌神，情不自禁地一吼：“你……你别哭了！”

林思安愣了两秒，难以置信地看着他，接下来便是哭天抢地起来，“你还敢凶我！”

楚哥在他身后悠闲自在，“这种时候光安慰是不管用的。”

陆之然小声问：“那怎么办？”

楚哥在他耳边嘟囔了一句。

林思安伸长了耳朵听着，眨眨眼，见他看过来，赶紧又假模假式地抽噎两声。

陆之然有些烦躁，又有些死不愿意承认的害羞，见她哭得声音都哑了，于是眼一闭就把唇贴了上去。

林思安瞪大了眼。

陆之然亲了一下就想退开，结果林思安不满地“嗯”一声，手揪着他的衣领又给揪了回来，像小猫一样，在他唇上轻轻一舔。

陆之然微微一颤，双手不禁揽上她的腰，加深这个吻。

林思安只觉得轻飘飘的，全身像过电一样酥麻，只一步步地往前逼，倒把陆之然逼得后退，直抵在桌子上。

啊啊啊！让我在这一刻被吻死在他怀里吧！

楚哥憋笑憋得满脸通红，功成身退地离开，一转头，却见季佳安站在灯光昏暗的吧台边。

楚哥轻轻一叹，“小安？什么时候来的？”

季佳安笑道：“刚到一会儿。”

人太帅果然不是好事，大房二房齐聚一堂，难不成要打个昏天黑地？楚哥决定救兄弟于水火，便说：“你去忙吧，这里交给我就好。”

林思安小朋友总算尝到了甜头，回到宿舍，连步子都是虚软的，大眼睛忽闪忽闪，一副“快问我啊快问我啊你问了我我绝不告诉你”的表情。

颜唱唱正抱着笔记本看得拍腿大笑，没有看见她的傲娇。林思安不忿，凑过去问：“你在看什么？”

颜唱唱咔嚓一声咬下薯片，含糊不清地说：“金瓶梅……”

“你说什么？你怎么能看这种东西！”

“你离我这么近干什么？”

“好玩吗？给我也看看。”

屏幕上人影闪动，林思安看得面红耳赤，小声问：“你和唐健康到哪一步了？”

“你和陆之然呢？”

她觉得自己何其悲惨，只好哀声一叹，“今天我使出浑身解数，才终于死皮赖脸地啃到他一口。”

“哇，不是吧，他是不是性冷淡啊？”

“那么帅能性冷淡吗？”

“要么就是 Gay。”

林思安灵光一现，想到他那张绝世妖孽的小脸蛋，霎时心灰意冷地倒在床上，“他是 Gay 我也要！可是……总不能让我去做变性手术吧！”

颜唱唱皱起眉，油乎乎的指尖在纸巾上蹭了蹭，“你看看你，分明就是为情所困啊大小姐，其实从一开始我就不支持你们两个在一起。陆之然冷若冰霜的，我真摸不透他对你有几分认真。”

林思安整张脸埋在被子里，闷声闷气地答：“他是很好很好的人……对我也很好很好。”

“姐姐，你的脑子进水了吧？”颜唱唱颇有些恨铁不成钢，低头想了想，“要不……给你们制造个机会？”

林思安竖起耳朵，“什么机会？”

“国庆小长假的时候，咱们约上唐健康和陆之然去露营吧，增进一下感情，也让你感觉一下那个很好很好的人是不是真的对你那么好。”

林思安幻想了一下，蓝天白云，碧草连波，潺潺的溪水旁，陆之然抱着她欣赏日出日落。

“啊啊啊！要去要去！”

等待总是让人如坐针毡，搅得林思安日夜不得安宁。好不容易盼来了国庆小长假，天气也凉了下来，林思安无奈，只好脱下了衣摆飘飘的小裙装。她又和母亲撒了谎，说要参加班级活动，不得缺席。林母淡淡地看着她，直吓得林思安血液都要逆流了，才终于说了声好。

坐着唐健康的车去了郊外，是 B 城远近闻名的露营景点，占地甚广，风景宜人，最重要的是非常安全。工作人员最后嘱咐了他们一遍注意事项，便拉开围栏放行了，四人走在幽长的山间小路上，四周空旷幽静，隐约听见几声云雀的鸣叫。空气里已有初秋的凉意，微风过处，漫山的银杏叶簌簌作响，金浪翻叠。

林思安忽然一声大叫："啊啊！"

陆之然一惊，"怎么了？"

林思安兴奋得双手握拳，望着不远处的一棵松树说："松鼠啊！有松鼠啊！"

陆之然刚松一口气，颜唱唱又唧唧喳喳地蹦过来，"哪儿呢哪儿呢？啊！真的真的！好可爱啊！"她转过头，眨着一双星星眼，"唐健康，你去给我抓下来好不好？"

唐小帅一下就冒了冷汗，憋了半天，冒出一句，"我没它跑得快。"

陆之然心痛地转过头。

时逢假期，来露营的人很多，走着走着就碰到结伴而行的一家人，男主人还牵着一条德国牧羊犬，威风凛凛地迎面而来。颜唱唱看得很是心动，走过去摸了摸它的头，想来那也是色狗一只，非常享受美女的抚摸，舒服得眯起眼睛，呼哧呼哧地吐着舌头，尾巴摇得像风扇一样。林思安也看得跃跃欲试，刚往前走了一小步，忽然心念一动，拉着陆之然的袖子小声说："哎呀，我好害怕啊。"

陆之然果然中招，虽然没说什么，但是侧过身子挡在了她前面。

林思安美滋滋地靠在他肩上，活生生就是一只娇弱可怜的依人小鸟。

和陆之然比起来，一只狗算得了什么呢。

山势越发开阔，地上碧草丛生，渐渐有了平原的迹象，忽听叮叮咚咚的水声传来，只见山石间有一条瀑布滑下来，汇成一条小溪，潺潺流过，在阳光下粼粼闪着光。颜唱唱踩着石头过去看了看，惊喜道："这里有鱼啊！"

女孩微微弯下身子，含笑望着溪水，眸光比那碎钻似的秋阳更亮。唐健康远远看着，只觉得像是醉了一样，再也移不开眼。

结果下一刻，那美丽的水中仙子就张开了血盆大口，"这么小哪够吃啊！还不够我塞牙缝的呢！"

唐健康一脸的幻灭。

林思安一下就乐了，扭头去看陆之然，却见他只顾低头摆弄手机，连她悄悄走过去都不知道。林思安忍了忍，还是没有偷看，只是酸溜溜地问："跟谁发短信呢?"

陆之然看了她一眼，淡淡地说："没什么。"

那种把她隔绝在外的目光霎时让林思安小朋友不高兴了，"陆之然，你就不能好好陪我玩一天吗？非得这么惦记她?"

"你说什么?"

"你你……还装！你是不是跟她发短信呢?"

"听不懂你在说什么。"

"我说季佳安!"

陆之然猛地一顿。

林思安以为自己猜中，更是心头火起，见他要走，忙一把拉住他，动作间他的手机掉在了草丛里。林思安蹲下身去捡，一眼就瞥见屏幕上收件人的位置写着"楚哥"。

林思安闹了个大红脸，低头酝酿了一阵，委屈地把手机还给了他，"对不起。"

她从来都不是无理取闹的人，只是情到深处，往往由不得自己的。

陆之然接过来，触到她微凉的指尖，一把握住，就再也没有松开，低声道："楚哥说这里虫蚁很多，让我照顾好你。"

林思安乖乖地点了点头，又小声问："你没有生气吧?"

在那个人面前，你会变得很低很低，总是诚惶诚恐，总是小心翼翼，他的情绪就是你的情绪，凡事都要做到最好，一定要给他最美最美的意义。

陆之然不知道他和林思安究竟谁是猎物谁是捕手，就像相依相傍而生一般，相互缠得死死的，扯不开，分不断，她的古灵精怪，她的任性调皮，她的妩媚动人，她的所有所有，都是他爱她的理由。

到了中午的时候，唐健康拿出地图一看，他们离原定的午餐地点还差了一大截。颜唱唱趴在石头上死赖着不走，嘟囔着说："我好累啊……腿要断了。"

唐小帅没办法，一声叹息，只好蹲下身，"上来吧。"

"哎呀，好乖好乖!"颜唱唱飞快地爬上去，搂着他的脖子，在他脸上狠狠亲了一口。

林思安眼巴巴地看着，酸溜溜地说："又不是猪八戒。"

陆之然刚要出口的话被生生噎了回去，冷着脸走了一阵，终于被林思安不时瞥过来的眼神看毛了，只得认命地蹲下身。

没想到幼齿的某人还在装傻，“你干什么啊？”

陆之然哼道：“上不上来？”

两只猪八戒各自背着媳妇往前走，终于到了一块开阔的小平地，已经有几队人马在那里驻扎，欢声笑语间好不热闹，一对年老的夫妻给他们让了地方，瞧着两只死赖在人家背上不动的懒虫，笑道：“你们这是刚结婚没多久吧？一起出来玩？”

颜唱唱和林思安两人的脸皮堪比城墙，装作不好意思地“嘿嘿”笑了两声，倒是唐健康和陆之然齐刷刷地红了脸。

几人席地而坐，开始吃午餐，陆之然把食物从书包里一样一样地拿出来，无论是饼干的牌子，还是糕点的口味，全都是某人的最爱。颜唱唱看在眼里，微微笑了笑，可惜那个某人饿得前胸贴后背，看见吃的就扑了上去，哪里还顾得上那么多。

邻座的夫妻慢悠悠地喝着茶水，老妇人忽然拿出手绢，在老先生唇上轻轻擦了擦，两人相视一笑，过了片刻，便收拾好了东西，打算离开了。起身时，老先生在她胳膊上一搀，待她站稳了才松手。

林思安偷偷观察着，不禁暗暗点了点头。

颜唱唱举着地图研究了半天，指着一个红圈圈说：“不会吧？我们要在这里搭帐篷？”

唐健康道：“那里人最多，晚上也比较热闹，大家可以一起玩一玩。”

“可是好远啊。”

“那换地方？”

两人向对面望去。

林思安还在和食物战斗，根本没听见他们在说什么，而陆之然眼里只有某人一个，见她稍稍停下，便递过手里的水。

颜唱唱默默地收回了目光。

林思安喝完了水，又把瓶子推到陆之然嘴边，他本不想喝，可瞧见她含着水微微鼓起的双颊，还有那亮晶晶的小眼神，只好仰头喝了一口。结果还没来得及咽下去，林思安便拿起手边的一张餐巾纸用力地擦了擦他的唇角，满目的温情在狐疑的陆之然看来，着实像是目露凶光。

果然下一刻，唐健康呆愣愣的声音就传了来，“那是我用过的。”

颜唱唱笑趴在他身上。

林思安“啊”了一声，窘迫地低下头。

陆之然恶狠狠地咽下嘴里的水。

起身的时候，林思安不敢再拿乔，第一个就蹦了起来，讨好地去搀陆之然，手才碰到人家胳膊，就被万分嫌弃地闪开了。

下午的旅程又是一番跋山涉水，好在后面的路稍稍平坦了些，景色也更美，一路走来，说说笑笑，再加上林思安和颜唱唱时不时让人啼笑皆非的小乌龙，时间很快就过去了。

黄昏时终于到了宿营地点，拿出帐篷来，唐健康和陆之然开始组装，未免越帮越忙，某些人早早就被发配到一旁去捡树枝。陆之然连这都不放心，手上搭着帐篷，还时不时回头瞥过去几眼。

唐健康笑道："她们不会走太远，没事儿的。"

陆之然低着头系带子，"她笨死了。"

潺潺的小溪边，颜唱唱和林思安在低矮的草丛里捡着干树枝。所谓无聊之下必有异动，颜唱唱随意一翻，竟见石头旁趴着一条巨大的蜈蚣，两人顿时兴奋得眼都绿了。林思安刚想大叫一声装可怜，颜唱唱已经拿起一块石头拍了上去，"哈哈，哪里逃！"

林思安望着她那张甜美可人的脸无语了半晌。

那心狠手辣的蛇蝎美人笑嘻嘻地回过头，"别怕别怕，已经死了。"

林思安霎时又有了呼救的冲动。

"经过我一路的观察，我觉得吧，陆之然对你还算用心了。"

"那当然，什么叫心头肉你明白吗？含在嘴里怕化了，捧在手上怕碎了啊。"某人风骚地一撩头发，无奈地摇摇头，"说真的，我特惭愧，他这么爱我，对我这么好，我却无以为报。"

"怎么会？你每时每刻给他找那么多麻烦，不是最好的回报吗？"

"我哪有啊？"

"你没有？你看看今天这一路，我要是陆之然早甩了你了，这种时刻担惊受怕的日子我一天也不要过。"

"你这是嫉妒。"

"我那是没你无耻。"

"我怎么……"林思安手上忽然微微一疼，低头看去，原来是树枝上的小木刺在指尖轻轻刺了一下，不及皮毛的伤口。她挤了挤，还真挤出了一抹血花。林思安高兴坏了，扭头就眼泪汪汪地去找陆之然了，"好疼啊。"

陆之然忙用清水给她洗了洗伤口，又拿了块创可贴给她贴上。某人果真无耻得很，入戏入得挺深，还知道可怜兮兮地往后缩，果然陆之然的动作瞬间又轻柔了百倍，最后少不了责怪她不小心，可惜再多的埋怨都只会让林某某爽得愈演愈烈。

目睹全过程的颜唱唱在一旁目瞪口呆，这个女人真是……不要脸啊！

天色渐暗时，陆之然和唐健康总算搭好了两个帐篷，其时不远处已经有几处火堆亮起来了，串门回来的颜唱唱和林思安各自抱了满怀的水果，颜唱唱笑道："陆之然，这可是你媳妇儿卖笑换来的收获，快尝尝是不是别样香甜啊。"

林思安恶狠狠地踩了她一脚，恨不得把她推到干柴上一起烧了。

陆之然都懒得瞥过来一眼，又检查了一遍她们那个小帐篷的安全性，才拍了拍手慢悠悠地走了过来。

唐健康终于点燃了他们这堆篝火，某些没见过世面的小朋友又开始膨胀了，粉红泡泡飘了满身，"哎呀……亮起来了亮起来了真的亮起来了！"

"好浪漫啊，真的是篝火啊。"

"快点拍照，我要拿回去当电脑桌面。"

"我来我来，你快去站好……哎呀！"

"你小心别掉到火堆里啊姑奶奶！那是我新买的相机……"

纵使在火光的掩映下，仍然可以看见另外两个男人脸上经纬纵横的黑线。

晚上有了人类的文明之源，终于可以不再吃面包了，唐健康把小锅架在火堆上，倒了些水进去，等煮沸了，又打开泡面包装，把面饼放进去，隔了一会儿又放入酱料。颜唱唱望着他不停地从那个好似小叮当万能口袋的背包里掏出东西来，眼睛瞪得越来越大，最后何其骄傲地总结道："看见没有！这就是我的男人！"顿时惹来几道鄙夷的目光。

几人吃过饭，便围着火堆聊天，当然大部分时间都是陆之然和唐健康静静地听，颜唱唱和林思安互相揭短，聊了一阵，颜唱唱从包里翻出扑克牌，"来来来，我给你们算命，谁先来?"

自然是他的小男人唐健康首当其冲，颜唱唱让他随意抽了几张牌，低头摆弄了一阵，手撑着下巴，煞有介事地说："寿命运势还挺长，活到八十岁应该没问题……事业嘛，在比较长的一段时间里没什么起色，不过十年以内你会遇到贵人，从此平步青云……再来就是爱情……你的家庭地位堪忧啊，主外不主内，阴盛阳衰，说话没什么分量……简言之就是妻管严的命啊哈哈！"

接下来是林思安，颜唱唱分析道："寿命运势一般般，平日要多注意养生啊姐姐……事业在一段时间的暗无天日之后会有巨大的转折，可能是跳槽或者换职业，从此风生水起，一发不可收拾。然后是爱情，嗯……”颜唱唱啧啧两声，“时也，命也，运也，势也。”

林思安不满地问：“什么意思啊？”

“……总之你的婚后生活会非常甜蜜，你的丈夫非常爱你，孩子也很健康可爱，不会缺胳膊少腿。”

“那能不能算出我的老公是谁啊？我什么时候遇到他的？他的名字是几个字？他是什么性格啊？”某人问着问着也觉得太露骨了些，非常不害臊地往左边望去，立刻娇滴滴道，“你看我干什么？”

陆之然淡淡地收回眼神。

林思安道：“快点快点，该他了。颜唱唱，你，你要重点讲我想听的哦。”

颜唱唱笑着翻了牌，“……嗯，要和思安一样啊，多注意身体，中年的时候可能会生一场大病，挺过去就没事了，事业嘛……哇塞！真不错啊！梅花方片红桃黑桃各有一张，外加一张小猫，你的事业一直很顺，而立之年开始打拼自己的王国，不惑之年再创新高，然后慢慢到达顶峰，一直没有什么太大的风浪。你的爱情嘛……”颜唱唱仔细研究着，脸色微微一凝，不禁抬头看了他一眼。

陆之然漫不经心地坐在林思安旁边，眼里是汹涌的火光，静静地燃烧。

林思安急切地问：“到底怎么样啊？他什么时候遇到她的？她的名字是几个字？她是什么性格？他对她好不好？他们以后会有几个孩子？你快说啊！”

“嗯。很好。”

“什么很好？”

“……什么都挺好的，夫妻和睦，相敬如宾，没离。”

“哎呀，你这叫什么答案啊！重新算！”

“这本来就是游戏好不好？何必那么认真呢？你多大了？我小侄子都不信这个。”

“可是……”

“我小侄子今年八岁啊……你不会真不如他吧？别问了。”

林思安哑口无言，觉得这样败下阵来委实有些丢人，侧过身跟陆之然抱怨道：“你看她欺负我……”

陆之然差点蹦出一个“该”字。

夜色渐渐深了，空中星罗棋布，熠熠生辉，更有一弯满月，隐隐生华，熄灭的火堆上一道清烟软软升起，又轻飘飘的化了。

唐健康收拾了背包，道："唱唱和思安快去睡吧，明天还要早起呢。"

两人也都有些累了，便老老实实地钻进了橘红色的小帐篷，并排躺在一起，一时都没有睡意。山间空气清凉，又逢初秋，更是难得的天高气爽，呼吸间似乎都带着草木鲜花香甜的味道，远处还有人没休息，隐约传来几道欢歌笑语，听不大真切，却又分外勾人心弦。

林思安轻轻一叹，"明天就要走了……真是舍不得。"

颜唱唱说："是啊……我还没玩够呢。"

"以后再有这样的机会也难了。"

颜唱唱睁开眼，望着帐篷细细的纹路，忽然坐了起来，"你说得对，所以我们不能浪费了。"

"啊?"

颜唱唱掀开被子，推开小门就钻了出去，林思安刚要喊她，却猛地想到什么，心跳怦怦怦地加快起来，好像下一秒就要蹦出胸口。

她是和颜唱唱很不同的女孩子，虽然她们一起油腔滑调，一起没大没小，可她远没有颜唱唱敢作敢为。

然而今天有这样美的月色，这样难得的机会，要是放弃了，她又难免会觉得不甘。

林思安为难地躺下来，目光不时瞄一瞄帐篷外，果然没一会儿，就有人慢慢走了过来，清俊挺拔的影子映在帐篷上，踯躅在门口不动。

林思安攥紧了被角。

一秒、两秒、三秒……等了片刻，那影子微微一晃，便背过身去，走远了些。

林思安豪气冲天地坐了起来，所有的疑虑在这一刻都被扔到了九霄云外。

嫌弃和被嫌弃，这是两个截然不同的人生境界!

她想拉着耳朵把陆之然拉回来，结果还是没有那个胆子，改牵了人家的胳膊，也不记得娇滴滴地装可爱装淑女了，只是凶神恶煞地问："你刚才不进来想去哪儿?在外面冻一夜吗?还是去当颜唱唱和唐健康的电灯泡?"

陆之然低着眼，淡淡地说："这样不好。"

"我都没嫌不好!你你……你还敢嫌弃我?你今晚就睡在这里，必须睡!"

结果就变成了两人像僵尸一样躺在一起。

林思安一不小心碰到了他的手指，立刻心慌意乱地道歉，"对不起。"

陆之然轻咳一声，“没关系。”

月光透过缝隙照进来，温温婉婉的，好像绢纱一样。她在一片月光中微微侧过头，看着他说：“你今天开心吗?”

他的声音在夜色里也带了几分低沉的温柔，“很开心。”

“我也是，我特别特别希望，我们以后可以经常一起出来玩。我累了，你就可以背着我，一直走啊走啊，走到太阳落山都不停。”

“嗯。”

“还有啊，其实我今天是骗你的，我一点儿都不怕狗，我很喜欢那些体型大的狗，我以后也想养一只……你会同意吗?”

“好。”

“其实……我手上的这个伤口根本就不疼，我就是想看你担心着急的样子，我想让你为我难过。”

“我知道。”

“陆之然。”

“嗯?”

“陆之然。”

“嗯。”

“我总是喜欢说谎，总是喜欢骗你，是因为我真的特别特别特别的喜欢你，比你以为的还要多很多很多很多，我……”她低下眼，小声说，“我以前觉得那些不计回报的爱非常傻，为什么要为一个人做到那种地步呢？可是现在我明白了，我全都明白了，我希望你好好的，我们能好好的，你喜欢的，我一定会去学，你不喜欢的，我一定全都改，只是……只是我们必须要永远在一起，你不能不要我，永远都不能，我只有这一个要求。”

像是一朵昙花盛开在心底，他和她，不过是隔着一段心动，和另一段心动的距离。

不知是谁先伸出手，那样紧地拥抱，像是找到最最契合的温暖，再也不用怕，什么都不用怕。

他颤抖的吻落在她的额头、鼻尖、唇畔、颈侧，有不知名的花香飘来，熏得人醉眼嫣然，呼吸渐渐急促，彼此小心翼翼地试探，他进一步，她便胆怯地缩回去，他退一步，她又好奇地贴上来，软玉温香，酥骨断肠，每一抹气息都是最最惑人的毒药。

陆之然猛地睁开眼，躺在她身边，静静地平复呼吸。

林思安细细地喘息，抚平了衣角，靠着他的肩，轻声说：“你别着急……等以后我们结了婚。”她脸上微微一红，深深地垂下头去，声音低得不能再低，“我就都是你的了。”

陆之然脸上也有些发烫，心脏剧烈地跳动着，只是移开目光，“你……你真的要嫁给我?”

“嗯。你会开着装有九千九百九十九朵玫瑰的婚车来跟我求婚，跪在我面前求我嫁给你，然后我就仔细考虑一下，勉为其难地答应啦……然后我要穿上最漂亮的婚纱，在最豪华的教堂举行婚礼，让最伟大的神父来主持。他会问，陆之然先生，你愿意娶你身边的林思安小姐吗？无论贫穷或是富有，健康或是疾病，你都将爱她，不离不弃？你就迫不及待地点头，拼了命地说愿意愿意太愿意了，哈哈!”

“你怎么知道我一定会说愿意?”

“你敢不愿意!”

“我又没有卖给你。”

“你就是卖给我了！从你死皮赖脸地求我跟你在一起的时候，你就生是我林家的人死是我林家的鬼了!”

“你还敢跟我提这件事？当初是谁死皮赖脸地求谁非要和她在一起的?”

“是你。”

“是我?”

“就是你！你现在还敢不承认，那我们拉钩好了!”

“谁要做那种事啊，我不。”

“陆之然……你又欺负我是不是?”

“喂……你别又装哭啊。”

“……那你快点跟我拉钩。”

“好了好了……拉吧拉吧。”

“那，你听好啊，我说一句，你说一句。”

“嗯。”

“陆之然先生向林思安小姐保证。”

“陆之然先生向林思安小姐保证。”

“一辈子爱她宠她，不离不弃。”

“一辈子爱她宠她，不离不弃。”

“如有违誓。”

“喂！怎么还有这条？难不成还要让我不得好死?”

“呸呸呸！你瞎说什么啊！如有违誓……啊，就罚你必须每天思念林思安小姐一百次好了!”

“一百遍啊……简直比死还难受。”

“你说什么!”

“好……如有违誓，罚我每天思念林思安小姐一百次。”

“陆之然，你要记得你今天答应过我的话，我们要永远在一起，谁也不能把我们分开。”

“好。我会一辈子记得。”

【番外二】

小醋怡情

“……所以啊，唐子睿，你和我定过娃娃亲，你就是我的人了，不能再和玲玲拉拉扯扯了，知道吗？”

唐子睿小朋友挂着长长的一道鼻涕，傻呆呆地说：“哦。”

市立幼儿园的铁门缓缓被打开，一辆黑色轿车开过来，顾楚翘扬起小脸，微微一笑。

顾嘉臣打开车门，从车上下来，一身笔挺的黑色西装勾勒出比例完美的身材，再加上那张俊美精致的脸，霎时就让驻足观望的女老师们狂飙鼻血。

顾楚翘非常受用。

“楚楚，今天乖不乖？”

“嗯！姜老师又奖给我小红花了。”她伸出手，撒娇，“爸爸，抱抱。”

顾少不但抱起她，还附赠了一个吻。

顾楚翘高高在上地扬着下巴，和她娘一个样，喜欢享受万千女人的嫉妒。

顾少把女儿放进车里，一关车门，忽然瞥见一旁呆头呆脑的小男孩。他瞧了好一阵，才从那张脏兮兮的小脸上分辨出长相，“哎？子睿，爸爸妈妈还没来接你吗？”

唐子睿呆呆地说：“妈妈说要晚到一会儿。”

“那要不要去叔叔家玩儿？今天你林阿姨回来。”

“不了。”他招招手，神秘兮兮地说，“顾叔叔，你来。”

顾嘉臣觉得好玩，便走过去弯下身说：“怎么了？”

唐子睿踮起脚尖，附在他耳边，字字清晰地说：“对我女人好一点儿。”

顾少黑了一张脸，侧过头打量着这个高度尚不及他大腿就开始打他宝贝女儿主意的小鬼头，真是会扮猪吃老虎啊，连我都被他骗了。

颜唱唱和唐健康那两个情商堪比草履虫的家伙是怎么教育出来的？负负得正？

车子转过一个红灯，顾楚翘忽然奶声奶气地叫道：“爸爸。”

顾嘉臣警惕地瞥了她一眼，“嗯？”

“玲玲家养了一只小狗，我也想养一只。”

顾少想也没想就拒绝，“不行。”

“我能知道理由吗？”

“我不想告诉你。”

在林思安心目中，排在第一位的是女儿，第二位的……好吧，也许是画画，第三位的，才是顾嘉臣。

如果家里再来了一只狗。

顾少怎么可能允许自己跟一只狗争宠？

开玩笑。

顾楚翘手撑在车窗上，轻轻一叹，“爸爸，那个于阿姨怎么样了？”

顾少眉心狠狠一跳。

“我很喜欢她送我的那个手镯，不如把她约到家里来吃饭吧，正好妈妈今天回来。”

“于阿姨很忙的，你不要去给她添乱。”

“可是上次她还说很喜欢我呢，要我有时间就去找她玩。”

“她是在哄你。”

“原来是这样啊。”

“于阿姨的事，不要告诉妈妈好不好？”

“为什么？”

“大人之间有很多不方便说的秘密，你不懂。”

顾楚翘“哦”了一声。

隔了片刻，再次脆生生地说：“爸爸，我想养只小狗。”

顾嘉臣满头黑线。

他不过是提前下班一天，兴致高昂地来接女儿，凭什么受到这么多的打击？

他打算给女儿做出坚贞不屈的表率，于是很肯定地告诉她，“不行。”

回到家，一开门，便有暖暖的灯光流泻出来。

顾楚翘扑进美人怀里，“妈妈！”

林思安捧起她的脸蛋，大大地亲了一口，“这段时间乖不乖啊？”

“嗯！我很乖的！”

林思安又望向门边的人，眼神轻轻一勾，“那爸爸乖不乖啊？”

顾楚翘贴近她耳边私语两声。

顾嘉臣一声轻咳，“大画家，画展怎么样了？”

林思安道：“很好很好，还看到了我的偶像，非常可爱的小老头。”

顾嘉臣望着她，轻声道：“累不累？”

林思安微微一笑，“还好。就是很想念你做的饭。”

顾少美滋滋地去了厨房。

林思安低下头，望着女儿，“跟我说说，怎么回事?”

厨房里，顾嘉臣熟练地切着花刀，一流的刀功之下，做菜也成了艺术。

林思安从后面揽上他的腰。

顾少侧头吻了她一下，柔声道：“乖，去歇一会儿，马上就好。”

“嗯。你想我了吗?”

“你总是隔三差五就天南海北地跑，我哪次不是想你想得心肝疼？都习惯了。”

“我也很想你，同行的人都看出我的心不在焉了。”

“那你有没有告诉他们原因?”

“我说怕家里的猫儿没有人管，要去馋腥味儿。”

顾少猛地停住了动作。

“继续啊帅哥，我就喜欢你做饭的样子，让我可有食欲了。”

他便继续动作起来，“怎么我只有这个优点吗?”

“嗯……这得让我想想。明天你有时间吗?”

“林小姐要跟我约会?”

“想和你一起回我妈家。”

“还真不行。明天是周末，要和宋总谈生意，还要去参加一个晚宴。”

“啊，那改天好了。”

“也可以让司机把爸爸妈妈接到家里来啊。”

“算了吧，我爸才不愿意来呢。”

“倒也是，爸爸舍不得他养的兰花。”

“对了，于馨彤是谁啊?”

顾嘉臣把菜刀放在案板上，回过身来，“好吧，开审。不要绵里藏针地扎我了好不好?”

林思安似笑非笑地说：“我在等你主动招供啊。”

“那个于馨彤是鸿基地产于总的宝贝千金，因为倾慕顾氏文化，所以想在顾氏谋一个闲职玩玩儿，我和于总是生意上的朋友，这点要求怎么好意思拒绝?”

“是倾慕顾氏的文化，还是倾慕顾氏的总裁?”

“思安。”

“你坦白的机会可只有这一次哦，顾先生。”

“也许都有吧。”

“那她怎么会认识楚翘的?”

“她来过家里一次。”

“什么?”

“她说受她父亲所托，要给我一些东西，我就让她进来了。”

“然后呢?”

“然后她就看见了楚翘，很喜欢她，给了她一个镯子。”

“有备而来啊。你没请人家喝两杯?”

“思安。”

林思安“哼”了一声，冷冰冰地推开他，转身走了。

顾嘉臣将菜肴端上桌，某个小叛徒正坐在一旁看动画片。

他问:“你妈妈同意送给你一只小狗?”

“没有。”

“那你为什么出卖我?”

宝贝疙瘩义正词严地说:“因为每个女儿都有帮妈妈盯梢的义务。”

顾少惊了，“这是谁告诉你的?”

“外婆。”

林思安一觉睡到日上三竿才醒，在暖洋洋的被窝里留恋了一会儿，才懒懒地下了床。

出了卧室，她左右找了找，皆不见人影。

这时忽然从琴房里传来一阵琴声，她寻着过去，推开门，只见顾嘉臣斜靠在桌子上，正在督促女儿练琴。

见她进来了，顾嘉臣便淡淡道:“继续，不许停。”自己则走过来，抱着林思安亲了一口。

林思安听了片刻，惊喜地点点头，“不错啊，弹得真有进步。”

“如果再让你来管孩子，估计没几天就要倒退回去了，她的鬼头鬼脑都是跟你学的，偏偏还只能骗住你。”

“顾嘉臣，你就这么评价我们母女?”

顾少忙赔罪，“我哪敢啊，跟你开个玩笑而已。饿不饿?”

林思安摇摇头，“你什么时候走?”

“快了，晚上还要参加一个宴会，要回来晚一点儿。”

林思安瞧了他半晌，淡淡一笑，“去吧。”

顾嘉臣走了之后，林思安开始动手给女儿做饭。

顾楚翘胆战心惊地听着厨房里的动静。

过了许久，林思安终于端出了两碗形容诡异的面条。

顾楚翘愁肠百结，可怜兮兮地问：“妈妈，为什么我们不能叫外卖呢？”

林思安心疼得不得了，眼睛都不眨一下就把辛苦多时的劳动成果喂进了垃圾桶，去拿电话叫外卖。

吃过午饭，林思安对女儿说：“一会儿叫司机叔叔来接你，今天回外婆家住好不好？”

“我能知道理由吗？”

“妈妈有事。”

“什么啊？”

“捉奸。”

司机很快就来了，顾楚翘出门前拥抱了妈妈，对她说：“妈妈，你一定可以打败狐狸精的。”

林思安一阵无语。

她拉开衣柜，把晚礼服全部拿出来，摊在床上，挨个试了一遍，对着镜子反复照了照，都不甚满意。

林思安想了想，便收拾收拾出门了，特意拿了顾嘉臣的金卡。

定做显然来不及了，她只得去了卖场的礼服专区，店员都是火眼金睛，一下就认出了她是谁，“欢迎光临。小顾太，您需要什么？”

林思安礼貌地点了点头，扫视一周，目光停在一件银色的小礼服上，稍稍性感了点儿，不过“舍不得肉，哪里套得着狼”呢。

她从试衣间出来，美丽的店员小姐倒吸了一口气，惊艳道：“小顾太，您一定会艳惊四座，迷死所有男人的。”

对此，小顾太还是很受用的。

能不能迷死所有男人她不在乎，只要能气死狐狸精就够了。

她又挑了一双高跟鞋，穿上试了试，越发衬出那分窈窕来。

林思安拿出顾嘉臣的金卡狠狠刷了一下，更是心满意足。

回去的路上，顾嘉臣打来电话，“在干什么？”

“出来转转，买点儿东西。”

“楚翘呢？没带她一起？”

“我把她送到姥姥家了。”

尚不知情的顾少还在问：“为什么？”

“她嫌我做的饭难吃，我一生气就把她送过去了。”

“原来女儿是死在了实话实说上。”

到了黄昏的时候，林思安对着镜子画了个妩媚动人的晚妆。

她眨眨眼，甚是满意，可以看出她离人老珠黄的日子还远得很。

赶到商务会馆，门童深深地朝她弯下腰。

她没有请柬，只有一张脸。

她微笑道：“我是来找我先生的。”

门童一愣，便看在她先生的面子上放行了。

推开玻璃门，优美的圆舞曲涌出，她一眼就看见了舞池中央的人。

顾嘉臣搂着一个妙龄少女，步伐移动间，温文尔雅，招摇撞骗。

深觉领地被侵犯的小顾太立刻就愤怒了。

她走到酒水桌，拿起一杯红酒，指尖在杯壁上敲了敲，浅浅一闻，又慢慢喝了一口。

片刻，果然有一个儒雅的嗓音在身后响起，“小姐，我能请您跳支舞吗？”

样貌还看得过去，林思安大方地答应了。

男人牵着她去舞池，问：“小姐贵姓？”

“先生不是B城人吧？”

“的确不是，您怎么知道的？”

废话，整个B城都知道你面前这个已婚妇女是你泡不到的。

林思安微微一笑，“我姓林。”

男人舞技不错，进退有度，和她配合得很好，渐渐也引来大片目光。

顾嘉臣目光随意一瞥，立刻惊住了，以为自己见了鬼，又死死地看了好几眼。

等他终于看到那美人眼底的挑衅得意时，他的脸色慢慢沉了下来。

低头对女伴耳语两声，他便走了过来，停在她面前，对那男人说：“先生，介意交换舞伴吗？”

男人一愣，还没来得及说话，林思安便已笑眯眯地吐出两个字，“不行。”

她穿过人群，出了舞池，像一尾灵巧的鱼。

待她停了，顾少也跟着停下，面无表情地看了她一会儿，忽然缓缓地笑了，“林思安，你也是当娘的人了，怎么还这么幼稚？”

“顾先生这是什么意思？我就不能来参加宴会吗？”

“能，当然能，只是你今晚为了什么而来，你我心知肚明。”

“我一点儿都不明白。顾先生你瞧不起人的态度让我非常不满意，你伤我自尊了，我不想跟你说话。”

“那你告诉我，你是干什么来了？”

“有人请我来的。”

“谁？”

“反正是有人，要不我是怎么进来的？好歹我也算是一小有名气的文艺工作者，怎么就不能有人请我来啊？”

“有人会请个画家来参加商务晚宴吗？”

“那这回让你长见识了吧。”

两人一边深情凝望，一边唇枪舌剑，颇有些当年相互挑衅的快感。

可惜还没来得及回忆过去，一道银铃般的嗓音就在耳边响起，“嘉臣哥哥，原来你在这里啊！”

那陪顾少跳了一晚上舞的美少女找了来，眼神只盯在嘉臣哥哥的脸上，真正是目无他人。

顾嘉臣一叹，“馨彤，这位是我太太。”

美少女的目光停在林思安头顶十厘米处，“哦，挺漂亮的。”

林思安许久不曾和狐狸精过招，可一张嘴还是一针见血，“妹妹也很漂亮，初中毕业了吗？”

美少女脸一黑，勉强接道：“我……今年大二。”

坏心眼的小顾太一脸惊讶，目光久久徘徊在她的胸部，啧啧称奇，“那还真是……显得年轻啊。”

顾少手掩着唇，无声地笑了笑。

小顾太自觉和个小丫头吵架失了身份，憋了一肚子的火，一回到家就悉数爆发了。

“你还敢搂她腰搂得那么紧，你想干什么呀？啊？”

“请问林小姐谁跳舞不那样？”

“那你干什么不错眼珠地盯着她瞧？”

“我那是在回答她的问题。”

“顾嘉臣你少胡扯！我知道，你享受得很哪，不过你不觉得你太无耻了吗？你一快四十岁的老男人了还去勾引人家如花少女，你要不要脸！”

才三十出头正当年的顾少很是郁闷，“适可而止啊林小姐，不要太过分。”

“哎呀，你还有理了？我问你，我和她的腰谁细？”

“这个问题连想都不用想，自然是你。”

“那……我和她的皮肤谁的好？”

“当然还是你。”

“那你怕不怕我不开心？”

“怕，怕得要死。”

“那你明天就辞了她，不许她再到顾氏缠着你。”

“我不好跟于总开口啊。”

小顾太更是生气，“你就会拿什么张总程总于总的当借口，我不要理你了！你今晚给我睡浴缸！”

她气哼哼地转过身，一路走，一路把提包扔到沙发上，甩了脚上的鞋子，脱下晚礼服扔到地上，又“哗”的一下拔了头上的簪子。

等她走到浴室的时候，已经全身光溜溜了，杏眸一瞥，娇嗔道：“你看什么看！”

顾嘉臣眼眸一闪，拉长了嗓音，“我的漂亮媳妇儿，我为什么不能看？”

他跟着进来，林思安拿下喷头对着他，“出去！”

顾少被溅了一身水，却还是直逼过来，随手关了开关，把她压在墙上，低沉地笑着说：“衣服都湿了……”

“你少碰我！去找你的于小姐吧。”

顾少在她颈侧细碎地吻着，软玉温香抱满怀，更是心猿意马，“谁也比不上我的小娇妻，我就要你，只要你。”

林思安半推半就地任他动作，呼吸渐渐急促，浴室里只听暧昧的喘息。顾少吻着她的心跳，忽然道：“我还没找你算账呢……你今天和那个男人在干什么？”

“人家请我跳支舞。”

“他敢请你跳舞！”

“怎么了？就不许我徐娘半老风韵犹存啊？”

“你还敢穿这么低胸的衣服……”

林思安痒得笑了出来，“不行吗？”

“我要好好惩罚你……”

那一分销魂噬骨的快感，自然是难以言喻。

最最情浓的一刻，顾少来索吻，林思安却偏过头不让他亲，只喘息着问：“你明天……辞不辞退她？”

顾少沉浸在温柔乡，含糊地“嗯”了一声。

云消雨歇之后，顾少心满意足地舔舔唇，给她洗完澡，一路把她抱到床上。

体力差强人意的小顾太困得迷迷糊糊，顾少在她耳边说：“先起来，吃过饭再睡。”

“嗯，我要吃鱼，清蒸的，多放醋。”

顾少忍不住笑了笑，“还吃。”

“你快点去做啊。”

他吻了吻她的唇，柔声道：“嗯，你等等。”

刚要起身，又被小顾太勾着脖子拉了回来，她和他唇抵着唇，轻声问：“你刚才答应了我什么？”

顾少幽幽一叹，“明天，明天我就让她走人。”

小顾太满意了，奖励性地亲了亲他，“乖，快去吧，我等着你。”

待他出了门，小顾太在床上懒洋洋地打了个滚。

什么鱼小姐虾小姐，也敢觊觎她林小姐的男人！

手机震了两下，是从旁观战的颜唱唱发来短信，“战况如何？”

林小姐笑眯了眼，轻轻回了两个字。

“搞定！”

【番外三】

顾楚翘的幼年记事

一

在顾楚翘小朋友的家里，有一个大家心知肚明的传统。

外婆的话，妈妈是必须听的，妈妈的话，爸爸是必须听的，而外公不屑和妇人之流为伍，他最听爸爸的话。

当顾楚翘渐渐长大，明白了一件大快人心的事之后，她好比利剑在手，更加腹黑了。

她会说："外婆，我想养一只小狗，佳佳和玲玲家里都有。"

"养！小孩子就应该有自己的宠物，这样才能培养出善良友爱的天性。"

她会说："外婆，今天我非常非常不舒服，我可不可以不练琴了？"

"不练了！身体是革命的本钱，没有健康，谈什么未来。"

她会说："外婆，妈妈说胡萝卜有益身体健康，我把我的胡萝卜让给你好不好？"

"好！来来，给我吧给我吧，外婆帮你吃。楚楚真乖。"

所以当唐子睿问她"你们家谁最大"时，她扬起小脸，非常傲娇地说，"这还用问吗？"

二

顾楚翘非常讨厌舅舅家的小弟弟。

因为每次他来了以后，爸爸和妈妈将全部注意力都集中在他身上。

"哎，枫枫真乖，来，再吃一大口。"

她看着那个有手有脚却赖在妈妈怀里不肯出来的鼻涕虫，深深地愤怒了。

更让她厌烦的是，那只鼻涕虫还很黏她。

“姐姐……把你的洋娃娃给我看看好不好?”

“你是男孩子！你应该玩长枪大炮奥特曼，明不明白?”

“可是这里都没有。”

“那也不许玩我的东西！玩洋娃娃的男人以后都娶不到老婆！娶不到娶不到!”

鼻涕虫酝酿了两秒，“哇”的一声哭了。

在画画的妈妈立刻小跑了过来，“顾楚翘，你又欺负弟弟!”

她弱弱地反驳，“我没有。”

“那弟弟为什么哭？不许撒谎!”

“我说他以后娶不到老婆。”

“这是对一个男人最恶毒的诅咒，你知不知道?”

于是顾楚翘非常诚心地改过了，“那好吧，我祝他今后能娶到一个像我们班高大胖一样的女生。”

鼻涕虫眨了眨眼，哭得更是撕心裂肺。

有一天晚上，她听到妈妈说：“男孩子也很可爱啊，像枫枫，那天还说要永远保护我呢。”

爸爸说：“是吗？这么懂事啊。”

爸爸！你在干什么啊！有人在打你老婆的主意啊!

“哎……要是能再有个男孩就好了。”

“你是在暗示我吗?”

“你不想吗?”

“其实这个主意还真不错。”

刹那间，狂风大作，飞沙走石，顾楚翘被焦雷劈中了。

她决定，从今以后，她和鼻涕虫势不两立!

三

顾楚翘的妈妈丢了一条钻石项链。

是爸爸在结婚纪念日送给她的礼物，她非常喜欢。

为此妈妈还哭了一场。

爸爸很是心疼，把她抱在怀里安慰，“没关系的，我们可以再买一条啊。”

“可是丢了就是丢了，我就喜欢那条。”

“纪念日我们每年都过啊，每一份礼物都有不同的意义，你怎么知道未来的比不上曾经的？”

“可是可是……如果跟那条一样的话，那就肯定比不上它的分量。”

“那我就买一条更大的送给你好了。”

妈妈泪眼一亮，“好吧。你说的哦。”

果然第二天，爸爸就拿了一条新的钻石项链回来。

更夺目，更耀眼。

妈妈爱不释手，在镜子前照个没完，“好看吗？”

爸爸从后面揽住她的腰，“项链美，人更美。”

然后在一个很偶然的机会下，顾楚翘在画室的沙发底下找到了那条钻石项链。

她戴在脖子上，左照照右照照。

她想到妈妈说过的话，一个女人一生之中一定要有一条钟爱的钻石项链。

既然妈妈已经有了那么闪亮的新项链，应该就不会在乎这条旧的了吧？

那么，无论大女人还是小女人，都该有这个权利吧？

顾楚翘跑去问爸爸。

爸爸在她面前蹲下身来，笑眯眯地说：“楚楚，你还小，不适合戴钻石项链，把这个给爸爸好不好？”

钻石的光芒微微一闪，顾楚翘依依不舍。

“爸爸会送你一条更好的。”

几天之后，顾楚翘满头黑线地坐在镜子前，看着脖子上那条丑巴巴的贝壳项链。

男人什么的，果然最讨厌了！

四

顾楚翘一直想要一只小狗。

那种全身毛茸茸的小动物，会蹦会跳，你对它好，它全都知道。

可是顾楚翘的妈妈觉得那会弄脏屋子，也会让宝贝女儿分神，所以一直没有同意。

而爸爸向来是没有什么发言权的。

她很伤心，在又一次申请被驳回之后，黯然地回了屋子。

月光像小溪，流在地板上，顾楚翘抱着腿，在床上缩成小小的一团。

爸爸走进来，坐到她身边，问："为什么这么想要一只小狗?"

奶声奶气的声音从手臂间传来，"因为爸爸很爱妈妈，妈妈也很爱爸爸，我很羡慕，所以我也想找到很爱很爱我，我也很爱很爱他的朋友，哪怕只是一只小狗。"

顾楚翘的爸爸默然了一会儿。

过了几天，顾宅里迎来一个新的家庭成员。

顾楚翘非常开心，抱着那只圆圆胖胖的小狗，笑嘻嘻地向外婆打了个胜利的手势。

姜还是老的辣，外婆说得真对。

装可怜才是真正的王道!

五

顾楚翘对她小小的未婚夫其实有些不太满意。

他不够高大，不够聪明，不够有风度，还总是流鼻涕!

顾楚翘觉得，他和自己的爸爸比起来，简直就是一根牛毛和一头牛的差距。

"唐子睿，你已经没有什么优点了，如果连贞操都没有的话，我就更不会要你了。"

"哦。"

"所以你不许再和玲玲还有佳佳说话了，听到了吗?"

"哦。"

"我不喜欢吃的菜，你也要帮我吃光，听到没有?"

"哦。"

“还有，我不喜欢你妈妈总是那么用力地抱着我亲，我的衣服都皱了，你要跟她说。”

“哦。”

顾楚翘满意地点点头，唐子睿虽然没什么本事，但好在还是很听话的。

有一天，班上转来了一个插班生。

是个混血男孩，白白的皮肤，蓝蓝的眼睛，头发软软的，笑容甜甜的。

顾楚翘在第一次看见他的时候，足足盯了五秒钟才移开目光。

她扑了扑自己发烫的脸颊，若无其事地说：“一般般而已。”

她是班上最漂亮的姑娘，自有她的骄傲，根本不会主动去理一个陌生人的。

中午吃饭时，混血男生走了过来，把一个红红的苹果放到她的桌上。

顾楚翘望着他。

男生脸一红，扭头跑了。

顾楚翘有些开心。

唐子睿慢慢低下眼。

一连几天，顾楚翘都和那个男生玩在一起，眼里再也看不到其他人。

被冷落的唐子睿便云淡风轻地自个儿玩。

顾楚翘最喜欢的发卡找不到了，很不高兴。

大家偷偷聚在一起，决定帮她找一找。

唐子睿傻呆呆地说：“是不是掉到泳池里啦，前段时间我看见她在那里玩。”

混血小男孩生病了，据说是被凉水激到，患了感冒。

顾楚翘决定偷跑出去看望他。

她一向是个胆子很大的女孩，但是……也要给人家一个护花的机会。

于是她去找了自己的未婚夫。

唐子睿傻呆呆地同意了。

第二天，两人一起溜了出去。

天很蓝，花很香，顾楚翘心情很好。

“唐子睿，我们很久没一起出来玩了。”

“嗯。”

“你开心吗？”

“嗯。”

“不要老是嗯了好不好。”

“嗯。”

路过一个小公园，几个高年级的男生溜溜达达地走过来。

顾楚翘一身漂亮的公主裙，外加一顶烧包的太阳帽，怎么看都是一副“肥羊在这里，快来抢啊快来抢啊”的样子。

擦身而过时，一个男生拦住了她，“臭丫头，给哥哥拿点儿钱出来。”

顾楚翘字正腔圆地说：“我没有。”

男生一把揪住她的小辫子，“快点！”

纸老虎哪里受过这种待遇，立马就吓哭了，“妈妈……爸爸……外婆……唐子睿！”

被点到名的人心中一凛，手一挥把她拦在后面，“不要怕。”

顾楚翘睫毛上还带着泪花，却神奇地不哭了。

一番厮杀之后。

几个男生狼狈地跑了，唐子睿气喘吁吁地倒在地上。

顾楚翘目瞪口呆，一声尖叫，扑了上去。

唐子睿微微一笑，还借机牵着人家的小手一吻，“你没事就好。”

顾楚翘的心脏狠狠一跳，从来都不知道，原来那个总流鼻涕的未婚夫，竟然可以这样英俊。

当天晚上，唐子睿被司机接回家时，别墅外等了几个男生。

领头的和他一击掌，“怎么样？”

“谢了。进来吧，今天我妈妈做了点心。”

自那之后。

唐子睿把发卡重新戴到了顾楚翘的头上，依然傻呆呆地说：“我找了很久，终于帮你找到了。”

图书在版编目（CIP）数据

走过相思路过痛/夏卿缡著. — 北京：光明日报出版社，2011.11
ISBN 978-7-5112-1828-5

Ⅰ.①走… Ⅱ.①夏… Ⅲ.①长篇小说-中国-当代 Ⅳ.①I247.5
中国版本图书馆 CIP 数据核字（2011）第 227695 号

走过相思路过痛

著　　者：夏卿缡　著

出 版 人：朱　庆
责任编辑：高　迟　郭玫君　　责任校对：丁文明　蔡正宫
封面设计：深海设计　　责任印制：曹　诤

出版发行：光明日报出版社
地　　址：北京市东城区（原崇文区）珠市口东大街 5 号，100062
电　　话：010-67078250（咨询），67078945（发行），67078235（邮购）
传　　真：010-67078227，67078255
网　　址：http://book.gmw.cn
E-mail：gmcbs@gmw.cn　guomeijun@gmw.cn
法律顾问：北京市华沛德律师事务所张永福律师

印　　刷：北京联兴盛业印刷股份有限公司
装　　订：北京联兴盛业印刷股份有限公司
本书如有破损、缺页、装订错误，请与本社联系调换

开　　本：690×975　1/16
字　　数：286 千字　　印　　张：18.5
版　　次：2011 年 11 月第 1 版　　印　　次：2011 年 11 月第 1 次印刷
书　　号：ISBN 978-7-5112-1828-5

定　　价：29.80 元